Gilly Macmillan

Gilly Macmillan a été professeure de photographie dans le secondaire avant de se consacrer à l'écriture. Elle est l'auteure de cinq romans parus aux éditions Les Escales : *Ne pars pas sans moi* (2016), *La Fille idéale* (2017), *Les Meilleurs Amis du monde* (2018), *Je sais que tu sais* (2019) et *La Nanny* (2020). Son dernier roman, *Pour tout te dire*, paraît en 2021 chez le même éditeur. Gilly Macmillan vit à Bristol avec sa famille.

Retrouvez toute l'actualité de l'auteure sur :
http://www.gillymacmillan.com

LA NANNY

ÉGALEMENT CHEZ POCKET

NE PARS PAS SANS MOI
LA FILLE IDÉALE
LES MEILLEURS AMIS DU MONDE
JE SAIS QUE TU SAIS
LA NANNY

GILLY MACMILLAN

LA NANNY

Traduit de l'anglais
par Isabelle Maillet

LES ESCALES

Titre original :
THE NANNY

MIXTE
Papier issu de sources responsables
FSC® C003309

L'éditeur de cet ouvrage s'engage dans une démarche de certification FSC® qui contribue à la préservation des forêts pour les générations futures.

Pour en savoir plus :
www.editis.com/engagement-rse/

ISBN : 978-2-266-31587-6
Dépôt légal : juin 2021

À Hellen Heller, agente extraordinaire,
grande prêtresse de la mode,
correctrice d'accent familial et amie.
Ce roman est incontestablement pour toi.

L'eau se referme sur le corps. L'engloutit. La barque cesse rapidement de tanguer. Son occupante, consciente de son souffle qui résonne étrangement fort dans le silence de la nuit, attend que les remous s'apaisent. Puis elle saisit les rames et s'éloigne d'un mouvement déterminé, ignorant la douleur dans les muscles de ses bras. *Je ne peux pas croire que j'aie dû faire ça*, pense-t-elle. *Je ne supporte pas l'idée d'avoir fait ça.* Parvenue devant le hangar à bateaux, elle laisse l'embarcation glisser à l'intérieur. Elle retourne ensuite à Lake Hall le plus discrètement possible, en regardant où elle pose les pieds. Elle se sent éreintée. *L'eau était si froide... Quelle triste fin*, se dit-elle. *C'est malheureux, mais il n'y avait pas d'autre solution.* Quand elle se faufile dans la maison, elle ne remarque pas que la brise agite les branches du saule pleureur, dont les extrémités semblent danser dans le noir à la surface du lac.

Je ne peux pas détacher les yeux de mon reflet dans la glace. Il montre une version de moi-même outrancièrement fardée – déformée, comme tout le reste. Qui suis-je vraiment ? Cette créature peinturlurée ou la femme derrière le masque ?

Je ne sais plus qui je dois croire. Ni en quoi.

La porte s'ouvre soudain dans mon dos, me révélant dans le miroir l'image de ma fille, de son petit visage rond aux yeux brillants, d'un bleu limpide. Parfait.

Je ne veux pas qu'elle me voie ainsi. Je ne veux pas qu'elle devienne comme moi.

— Va-t'en, dis-je.

I

1987

Quand Jocelyn ouvre les yeux, elle se sent désorientée et elle a la bouche sèche. Il fait grand jour dehors, et elle a l'impression d'avoir dormi très longtemps. Après avoir examiné les aiguilles du réveil sur sa table de nuit, elle conclut qu'il est 8 h 26. D'habitude, sa nanny Hannah vient la réveiller à 7 heures.

Elle bâille. Cille. Regarde les girafes grassouillettes qui gambadent par deux sur le papier peint de sa chambre, puis les peluches amoncelées au pied de son lit. Le cintre accroché la veille à la porte de la penderie par sa nanny est toujours là. Il était censé accueillir sa robe spéciale, celle que sa mère lui a achetée pour rencontrer les invités, mais elle n'y est pas suspendue, parce qu'elle a été salie. Cette pensée suscite en elle de la tristesse, de la culpabilité et surtout de l'incompréhension. Elle a beau savoir que ce qui s'est passé est grave, elle ne garde que des souvenirs fragmentés de la soirée, et elle s'efforce de les chasser de son esprit, car ils s'accompagnent d'un douloureux sentiment de honte.

Si, en général, elle adore passer du temps dans sa chambre, ce matin-là, la pièce lui semble différente.

Trop tranquille. Remarquant que la porte de la penderie est entrebâillée, elle imagine une créature tapie à l'intérieur, avec des serres et de longs membres, n'attendant que le moment de se couler hors du meuble pour se jeter sur elle.

— Hannah ! appelle-t-elle.

Un rai de lumière filtre sous la porte séparant sa chambre de celle de sa nanny, mais elle ne distingue pas les ombres mouvantes qui, d'ordinaire, lui révèlent que celle-ci est debout.

— Hannaaah ! appelle-t-elle encore, en étirant la dernière syllabe.

Pas de réponse.

Elle se lève d'un bond, puis franchit en courant la courte distance qui la sépare de la porte de communication, claquant celle de la penderie au passage. Le cintre tombe, produisant un petit bruit qui la fait sursauter. En principe, elle est censée toquer au battant et patienter jusqu'à ce que Hannah lui dise d'entrer, mais dans son impatience elle tourne la poignée.

Elle s'attendait à découvrir sa nanny encore au lit, ou assise sur sa chaise dans le coin, enveloppée dans son peignoir rouge et chaussée de ses pantoufles duveteuses. Or, il n'y a personne. Elle s'attendait aussi à voir un verre d'eau et un gros livre de poche écorné posés sur la table de chevet, la brosse et les fards de Hannah sur sa coiffeuse, ses deux chatons en porcelaine, mais il n'y a plus aucune trace d'elle ni de ses affaires. Le lit est soigneusement refait, le couvre-lit en chenille a été tiré pour en effacer les plis, les oreillers sont gonflés, les rideaux ouverts, et toutes les surfaces sont nues.

— Hannah ! hurle Jocelyn.

Le choc causé par la découverte de cette pièce dépouillée, auquel s'ajoute un sentiment de perte aussi brutal que terrible, rend son cri déchirant.

Dans la chambre de Hannah, Marion Harris, la femme de ménage de Lake Hall, ouvre toutes les portes et tous les tiroirs. Le papier qui tapisse le fond de ces derniers rebique dans les angles, et les cintres métalliques vides tintent en s'entrechoquant dans la penderie. Elle remonte les coins du couvre-lit pour jeter un coup d'œil sous le sommier, puis inspecte l'intérieur de la table de nuit. La petite a raison : tout ce qui appartenait à Hannah a disparu. Marion sort de la pièce et longe le couloir à grands pas jusqu'au débarras.

— Elle a pris ses valises. Je ne peux pas le croire...

Le fil de l'interrupteur, qui pend du plafonnier, oscille frénétiquement dans le réduit.

— Je vous l'avais dit, lui chuchote Jocelyn.

Son menton tremble. Jusque-là, elle conservait l'espoir que Marion pourrait lui expliquer la situation ou y remédier.

— Ça ne lui ressemble pas du tout, déclare la femme de ménage. Telle que je la connais, Hannah nous aurait avertis avant de partir ou elle aurait au moins laissé un mot. Elle ne nous aurait jamais abandonnés comme ça.

Au moment où toutes deux retournent dans la chambre de Jocelyn, les cloches de l'église se mettent à sonner. Marion s'approche de la fenêtre et contemple le haut du clocher, à peine visible au-dessus du rempart formé par les chênes serrés qui entourent le domaine.

— Reste ici, dit-elle à la fillette. Je vais te monter ton petit déjeuner. Ensuite, j'irai parler à ta mère et à ton père pendant que tu joues.

Jocelyn demeure dans la pièce jusqu'à l'heure du déjeuner. Elle fait un dessin pour Hannah, en choisissant avec soin les couleurs et en s'appliquant pour respecter les contours. Quand Marion l'appelle, elle se précipite au rez-de-chaussée, impatiente d'apprendre ce qui s'est passé. Mais la femme de ménage se borne à déclarer :

— Je n'en sais pas plus que toi. Tu vas devoir poser toi-même la question à tes parents.

Ses lèvres pincées ne forment plus qu'une fine ligne.

Le père et la mère de Jocelyn sont installés dans le salon bleu, en compagnie de deux amis qui ont passé la nuit au manoir. Des journaux et des suppléments colorés sont étalés sur les canapés et la table basse. Le feu est allumé dans la cheminée, l'air sent le bois brûlé et la fumée de cigarette.

Sur le seuil, Jocelyn cherche le regard de son père, mais ce dernier, assis dans son fauteuil, les jambes croisées, a le visage dissimulé derrière les pages roses d'un quotidien. Sa mère est allongée sur un des canapés, la tête calée par une pile de coussins, les yeux mi-clos. Quand elle écrase sa cigarette dans le gros cendrier en marbre posé sur son ventre, la fillette prend une profonde inspiration. Elle essaie de rassembler son courage pour s'exprimer. Elle préfère ne pas attirer l'attention de sa mère si elle peut l'éviter.

L'amie de ses parents, postée devant la fenêtre, se détourne soudain et la remarque dans l'embrasure.

— Bonjour, toi, dit-elle.

Jocelyn croit se souvenir qu'elle s'appelle Milla. Ses cheveux bruns sont coiffés de telle sorte qu'ils paraissent volumineux.

— Bonjour, répond la fillette.

Elle tente de sourire et se sent rougir. Elle sait qu'elle ne s'est pas bien conduite la veille, mais Milla l'ignore peut-être.

La voix de sa fille tire Virginia Holt de sa torpeur.

— Qu'est-ce que tu veux ? lui demande-t-elle.

Jocelyn tressaille et jette un rapide coup d'œil à son père. Il est toujours derrière son journal.

— Hé ! l'interpelle sa mère d'un ton sec. C'est moi qui te parle, pas lui.

— Vous... vous savez où est Hannah ? bredouille la fillette.

— Elle est partie.

Trois petits mots, et Jocelyn a l'impression que son univers vient de s'écrouler. Hannah est tout, pour elle. Hannah s'intéresse à elle. Hannah l'écoute. Hannah prend le temps de lui expliquer les choses. Hannah est plus gentille que sa mère. Hannah l'aime.

— Non ! s'écrie-t-elle.

— Ne t'avise pas de faire un caprice, ma fille.

— Elle a pas pu partir ! proteste Jocelyn. Où elle est allée ?

— Alexander !

Lord Holt abandonne enfin son journal. Il a l'air épuisé.

— Maman a raison, ma chérie. Je suis désolé. On te trouvera une autre nanny le plus vite possible. Maman en cherchera une après le week-end.

Quand Jocelyn se met à hurler, sa mère se redresse aussitôt, faisant chuter le cendrier, dont le contenu se répand sur le tapis. Elle attrape la fillette par les bras et se baisse pour approcher son visage du sien. Ses yeux sont injectés de sang et ses cheveux lui tombent devant la figure. Jocelyn voudrait s'écarter, mais sa mère la tient fermement.

— Arrête ça tout de suite, tu m'entends ? Hannah est partie, et tu sais aussi bien que moi que c'est à cause de toi. Tu as été vilaine, Jocelyn. Très vilaine. Et tu t'étonnes qu'elle ait décidé de ne plus s'occuper de toi ?

— Mais je serai sage, c'est promis ! Je ferai plus jamais de bêtises si vous lui demandez de revenir.

— Il est trop tard.

Jo

Le salon de thé de l'hôtel se distingue par son plafond haut et ses murs couleur pastel. Dans un coin au fond, il faudrait néanmoins refaire les moulures. Il pleut si fort dehors que les vitres elles-mêmes semblent liquides. La salle, presque pleine, résonne du bourdonnement des conversations, ponctué par le tintement des couverts et de la vaisselle. La musique du piano-bar et un éclat de rire de temps à autre apportent des touches de gaieté. La température est agréable dans la pièce, qui est cependant trop grande et fonctionnelle pour être accueillante. Je me dis que les lumières du lustre doivent se refléter joliment dans mes yeux, mais je ne me sens pas détendue ; à vrai dire, mon état d'esprit serait parfaitement illustré par le célèbre tableau de Munch, *Le Cri*.

Je m'efforce toutefois de faire bonne figure, parce que c'est aujourd'hui l'anniversaire de Ruby.

— Un sandwich au saumon et au concombre pour toi, Jocelyn ? me demande ma mère.

Inutile de lui rappeler que je préfère désormais me faire appeler « Jo ». J'ai déjà dû le lui répéter une bonne centaine de fois depuis que Ruby et moi sommes arrivées, mais elle refuse obstinément de respecter mon souhait. Je trouve qu'elle a trop forcé sur le blush. Ses joues, aussi roses que celles d'un petit cochon dans un livre pour enfants, ressortent d'autant plus qu'elle a relevé ses cheveux gris acier en une coque maintenue par un serre-tête en velours.

Ma mère réserve cette table d'angle chaque fois qu'elle vient en ville, parce qu'elle offre la meilleure vue sur la salle. D'après elle, la qualité de la nourriture a beaucoup baissé depuis qu'elle m'emmenait ici enfant, ce qu'elle estime tout à fait regrettable. J'ai l'impression que, si elle continue à fréquenter l'établissement, c'est uniquement parce qu'elle aime prendre de haut les employés. Je détestais l'accompagner dans ce salon de thé quand j'étais petite, et je me rends compte que rien n'a changé trente ans plus tard.

— Oui, merci.

Je saisis un des petits triangles de pain blanc ramolli et le place au centre de mon assiette.

— Et toi, Ruby chérie ? Tu en veux un aussi ?

Ma mère a lancé une offensive de charme inattendue sur ma fille de dix ans. Elles se sont rencontrées pour la première fois il y a un mois, et j'étais alors persuadée que rien ne pourrait rapprocher deux êtres aussi différents.

Ma mère : soixante-dix ans, une relique de l'aristocratie anglaise, froide, vieux jeu, snob, égoïste et cupide, veillant toujours à soigner son langage.

Ruby : dix ans, née et élevée en Californie, vive, gentille, fan de jeux sur Internet, ex-membre d'une équipe de foot féminine et garçon manqué depuis toujours.

Je me trompais du tout au tout en pensant que leurs caractères étaient incompatibles. Je suis devenue le centre de l'univers de Ruby depuis la mort de son père, mais j'ai maintenant une rivale de taille en la personne de ma mère. Le lien entre elles se tisse de jour en jour sous mes yeux, suscitant en moi un profond sentiment de malaise. Il me semble que ma mère s'est mis en tête d'occuper d'autorité la place vacante laissée par Chris dans ma vie et celle de ma fille.

— Merci, mamie.

Ruby lui décoche un sourire éblouissant, avant de choisir à son tour un sandwich sur le plateau à quatre étages – le plus gros de tous ceux servis dans la salle. Sur la carte, il est décrit comme un « Thé décadent ». Ma mère l'a commandé sans hésitation, et même avec une certaine délectation, malgré le coût exorbitant par personne. Je la soupçonne d'avoir agi ainsi pour me punir de ne pas avoir confectionné de gâteau d'anniversaire. J'en ai acheté un, mais au supermarché. Nécessité fait loi.

Les yeux brillants d'excitation, ma fille grignote d'un air affecté de petites bouchées de son sandwich. Ça ne me plaît pas. Ruby est du genre à engloutir au plus vite son goûter pour pouvoir retourner jouer. Ou, du moins, elle l'était. Je suis sidérée par la rapidité et l'enthousiasme avec lesquels elle s'est adaptée à l'existence anglaise. C'est comme si elle se servait de toutes ces expériences inédites pour combler le vide que la mort de son père a créé dans notre univers. Je ne sais pas pendant combien de temps elle sera sensible à l'attrait de la nouveauté mais, pour le moment, elle inonde son compte Instagram de photos de Lake Hall et de la campagne environnante, des bibelots et objets divers qui remplissent le manoir et des personnes qui y travaillent. Depuis que nous sommes attablées, elle a déjà posté plusieurs gros plans des sandwichs et gâteaux sur le plateau. Elle les tague comme s'il s'agissait de curiosités dans un musée ou d'accessoires dans un parc à thème. « Troooop beau », lui répondent ses copines californiennes.

Je me demande pourquoi je m'inquiète à propos de ces échanges inoffensifs. Je devrais au contraire me réjouir qu'elle réagisse aussi bien, car aujourd'hui est un jour spécial : non seulement c'est son premier anniversaire depuis le décès de son père, mais c'est aussi un de ceux qui comptent.

— Alors, quel effet ça fait d'avoir dix ans ? lui demande ma mère.

— Pareil que d'en avoir neuf.

Ruby a répondu la bouche pleine, et je me raidis, prête à la défendre au cas où ma mère la réprimanderait. Or, à ma grande surprise, elle sourit.

— Tu es ravissante avec ce gilet, dit-elle à Ruby.

Avant de venir au Swallow Hotel, nous avons passé un long moment quelque peu éprouvant dans un grand magasin où ma mère lui a acheté deux sacs de vêtements. Elle a également insisté pour que ma fille troque son cher sweat-shirt à capuche contre son gilet rouge tout neuf pour aller prendre le thé.

— Je l'adore, déclare ma fille. Il est grave rétro.

— Pardon ? interroge ma mère.

Je me demande si elle ne deviendrait pas dure d'oreille.

Quoi qu'il en soit, elle a remarquablement bien vieilli depuis la dernière fois que je l'ai vue. Le seul effet notable du passage des années, chez elle, c'est l'arthrose. Ses articulations sont enflées sur les deux mains. Mais c'est l'unique signe d'affaiblissement physique, de dégradation, que j'aie remarqué dans son apparence. Il me procure néanmoins une certaine satisfaction, je l'avoue. Quand une personne vous a tyrannisée toute votre vie, quand vous vous sentez obligée de mettre un océan entre vous et votre éducation pour tenter de l'oublier, c'est plus fort que vous. Je mentirais si je prétendais ne pas ressentir une joie mauvaise, mesquine.

Ruby ne lui répond pas, parce qu'elle est manifestement intriguée par la passoire spéciale destinée au thé Assam en feuilles que ma mère et elle ont commandé.

— Tu as presque tout d'une jeune lady, maintenant, déclare ma mère.

Ses mains ne sont pas déformées au point de l'empêcher de saisir avec dextérité un macaron à la pistache sur l'étage supérieur du plateau.

— *La di dah*, chantonne Ruby.

Le petit doigt en l'air pour mieux singer les bonnes manières, elle porte sa tasse à ses lèvres.

Une nouvelle fois, je me prépare à entendre ma mère la tancer, ce qu'elle n'aurait pas manqué de faire avec moi, mais elle éclate de rire, révélant ses gencives et ses dents saines. Une miette de gâteau est coincée entre ses incisives.

— *La di dah*, répète-t-elle. Décidément, tu es trop drôle.

C'est le plus grand compliment qu'elle puisse adresser à un enfant.

— Excusez-moi, je reviens tout de suite, dis-je.

Dans les toilettes, où je me sens à la fois oppressée par le papier peint surchargé de motifs floraux et transie par un courant d'air froid, je tire mon téléphone de ma poche. Les derniers SMS que Chris et moi avons échangés remontent à deux mois et demi. C'était par une magnifique matinée californienne. Il était au bureau, je me tenais dans notre cuisine inondée de lumière, d'où j'observais un colibri voltigeant autour de la mangeoire dans notre jardin. Le mouvement rapide de ses ailes couleur émeraude était fascinant.

J'ai un cadeau pour toi, avait-il écrit.

Merci ! Génial !! C'est quoi ?

Tu verras… Serai là vers 7 h xx

C'était un petit vase japonais en céramique vernissée et craquelée, que je rêvais depuis longtemps d'ajouter à ma modeste collection. Il a survécu au choc qui a été fatal à Chris. Mon mari rentrait à la maison quand une camionnette de livraison a grillé un feu rouge et l'a percuté au moment où il abordait un carrefour. Le chauffeur était ivre. Le lendemain, une policière m'a remis le vase, emballé dans du papier cadeau, ainsi que le sac de Chris. « C'était sur le plancher côté passager », a-t-elle dit.

Je fais défiler les messages que Chris et moi nous écrivions plusieurs fois par jour. C'est une compulsion à laquelle je ne peux pas résister, malgré la souffrance qu'elle provoque invariablement en moi. Si quelqu'un d'autre lisait ces SMS, ils lui sembleraient sans doute banals, mais ils m'aident à entretenir le souvenir de certains moments partagés. Ils me permettent d'imaginer que Chris est toujours en vie. Lorsque j'ai fini de les parcourir, je lui envoie comme toujours un texto disant : « Je t'aime tellement ». Quelques secondes plus tard, j'en reçois un : « Échec d'envoi ».

Parfois, mon chagrin est si intense que j'ai l'impression de me vider de mon sang. J'en arrive alors à redouter d'être trop brisée pour pouvoir assurer mon rôle de mère auprès de Ruby. Et cette pensée en entraîne tout naturellement une autre : une telle défaillance de ma part donnerait-elle la possibilité à ma propre mère d'essayer de prendre ma place ? Cette seule idée m'est intolérable.

— Vous voulez que je suspende vos vêtements ?

Anthea, la femme de ménage, me pose la question tous les cinq ou six jours depuis que Ruby et moi nous sommes installées à Lake Hall, il y a quelques semaines. Elle est manifestement contrariée que je n'aie toujours pas défait ma valise. Mes vêtements sont sens dessus dessous, moitié dans le bagage, moitié sur le tapis. Elle doit me prendre pour une souillon doublée d'une feignasse… Avant, j'aurais tout déballé dès mon arrivée, mais la disparition de Chris m'a plongée dans une profonde inertie.

« C'est le chagrin, m'a écrit une amie dans un mail quand je lui ai parlé de mon état. Ne te juge pas trop durement. Laisse s'exprimer tes émotions. »

Même si elle a raison, j'ai bien conscience aussi du rôle que joue le déni dans mon comportement. Défaire ma valise signifierait accepter la réalité de ma situation, à savoir que Ruby et moi sommes coincées à Lake Hall pour une durée indéterminée, et je ne peux pas m'y résoudre. Pas maintenant. Pas encore.

— Non, merci, dis-je à Anthea. Je m'en occuperai plus tard.

— Et pour les affaires de Ruby ?

— Je les rangerai aussi.

Si Anthea maîtrise à la perfection l'art de l'impassibilité, je perçois néanmoins sa réprobation et sa pitié, qui me blessent dans mon orgueil, car j'ai quitté le cocon familial sitôt que j'en ai eu la possibilité. J'ai pris mes distances avec Lake Hall et mes parents. Je me suis fait appeler « Jo » au lieu de « Jocelyn », et j'ai refusé toute aide financière de leur part. Voilà pourquoi c'est si pénible pour moi de me retrouver ici aujourd'hui, dépendante de la charité de ma mère.

Je descends au rez-de-chaussée pour laisser le champ libre à Anthea. J'avais oublié à quel point la présence d'une femme de ménage peut parfois être pesante ; si je m'en accommodais enfant, j'en conçois un certain malaise depuis que nous sommes revenues.

Dans la cuisine, je remarque une bouteille de sherry vide, mise de côté en attendant d'être jetée dans la poubelle de recyclage. Ma mère et moi en avons un peu abusé hier soir, alors que je n'aime pas le sherry. J'ai tout de même fait un effort, parce que le prêtre de la paroisse nous a rendu visite à l'improviste pour nous abreuver de lieux communs sur le deuil, comme s'il s'agissait de précieuses paroles de sagesse.

Ma mère et moi sommes toutes les deux veuves. Mon père est mort d'une crise cardiaque deux mois avant l'accident de Chris. Une fin brutale, que rien n'avait laissé présager. Il n'avait que soixante-neuf ans. Je ne suis pas rentrée pour l'enterrement. Je l'ai envisagé, mais je ne l'avais pas revu depuis dix ans et sa disparition m'a prise de court. Je l'aimais énormément. Si j'ai décidé de ne pas assister aux obsèques, c'était avant tout par crainte de me sentir de trop alors que ma mère tenait le premier rôle et revendiquait toute la douleur.

Hier soir, pendant que le prêtre débitait ses platitudes, elle a rempli nos verres trop souvent et j'ai bu pour tromper l'ennui. Quand il est parti, un souffle de brise venu du lac est entré dans la pièce par les fenêtres ouvertes, nous apportant la tiédeur de la soirée, et l'alcool m'a délié la langue.

« Ça ne te gêne pas d'avoir du personnel ? » ai-je demandé à ma mère. La chienne labrador de mon père, Boudicca, couchée sur le tapis, a levé la tête vers moi, sans doute sensible à mon intonation cassante.

« Les Holt ont toujours employé les gens du village, a-t-elle rétorqué. C'est ce qu'ils attendent de nous. Honnêtement, ma chérie, je croirais entendre une fichue communiste. »

Sa pique m'a agacée, ce qui était le but. L'enseignement que je tire de cette conversation, c'est que la bulle sociale dans laquelle elle a toujours vécu demeure intacte, du moins dans son esprit. Et son attitude suscite en moi de l'incrédulité, de la déception et, plus que tout, un sentiment aigu de claustrophobie.

Je ne serai jamais capable de changer cet endroit mais, si nous devons prolonger trop longtemps notre séjour, j'ai peur qu'il ne nous change, ma fille et moi.

L'intérieur de Lake Hall est resté en grande partie tel que dans mon souvenir. Je m'en aperçois en accompagnant Ruby dans ses explorations. Je la laisse libre d'aller où elle veut, à une exception près : je lui ai bien recommandé de ne pas emprunter l'escalier raide qui monte au grenier, où se trouve l'ancienne nursery. Sinon, elle court partout. Les vases chinois rares et les élégantes chaises Hepplewhite tremblent dans son sillage.

Je suis saisie d'une crainte irrationnelle quand je la vois effleurer les murs de pierre criblés de trous et les panneaux de lambris sombres, ou examiner les antiquités disséminées dans la maison comme des pièces de musée négligées. L'atmosphère du manoir me paraît aujourd'hui pesante et vieillotte, surtout en l'absence de mon père. Les cloisons semblent dégager une énergie froide, malsaine, aussi pénétrante que l'humidité. Parfois, inexplicablement, un frisson me parcourt la nuque. Je ne veux pas que Ruby se familiarise trop avec cet endroit, parce que ce n'est pas le cadre dans lequel je souhaite qu'elle grandisse. J'ai traversé un océan pour nous en éloigner.

Les seules choses que j'aie retrouvées avec plaisir, tels de vieux amis, sont les œuvres d'art. Petite, je ne prêtais pas particulièrement attention à la collection familiale de tableaux et de dessins, mais plus tard, à la fac, j'ai choisi d'étudier l'histoire de l'art, et j'ai été immédiatement conquise. À mesure que mon intérêt grandissait, j'ai commencé à mieux apprécier les trésors dont ma famille est la gardienne. J'ai ensuite travaillé dur dans l'espoir de devenir un jour une connaisseuse avertie, comme des générations de Holt avant moi. C'est à peu près le seul trait familial dont j'aie hérité qui ne me fasse pas honte.

Lors de mes déambulations autour de Lake Hall avec Ruby, des souvenirs plus heureux me reviennent parfois, en contrepoint de mes sentiments les plus douloureux. Ils m'offrent un répit. Je me rappelle l'époque où je considérais Hannah comme le centre de mon univers et Lake Hall comme notre domaine privé, parfait. Cette douce nostalgie ne dure cependant pas longtemps. Mes réminiscences finissent inévitablement par s'assombrir à la pensée que Hannah est partie à cause de moi et que, par la suite, mes relations avec ma mère se sont dégradées jusqu'au point de non-retour.

Cela dit, je m'efforçais déjà de conserver mes distances avec elle avant le départ de ma nanny. Quand mes parents séjournaient à Lake Hall – en général, seulement les week-ends –, tout me paraissait différent. Autant j'aspirais à passer du temps avec mon père, autant j'essayais d'éviter ma mère, si bien que je restais le plus souvent à l'écart des pièces qu'ils occupaient, longeant les couloirs à pas de loup, le cœur battant, et empruntant l'escalier de service qui reliait la nursery à la cuisine et au jardin – les havres où Hannah et moi ne risquions pas d'être dérangées.

Ruby ne sait presque rien sur ma vie de l'époque, et j'espère qu'il en sera toujours ainsi.

Alors que l'idylle entre ma fille et l'Angleterre touche à son terme, et que la réalité de l'absence de son père s'impose un peu plus chaque jour, elle commence à se renfermer sur elle-même et à se réfugier de plus en plus souvent sur Internet.

Je lutte, moi aussi. Je redoute de perdre Chris encore une fois en constatant que mes souvenirs de lui menacent de s'estomper – non seulement ceux de tous les moments partagés, mais aussi de son visage.

Ça semble impossible. Chris et moi nous sommes rencontrés à Londres quand j'avais vingt-deux ans et lui vingt-quatre. Nous sommes tombés amoureux l'un de l'autre au premier regard ; c'était un *coup de cœur*[1]. Nous avons emménagé ensemble dans la foulée. Unir ma vie à la sienne a été la meilleure décision que j'aie jamais prise. Nous étions deux âmes sœurs, inséparables, les amis les plus proches qui soient, et pourtant il m'arrive aujourd'hui de paniquer en me rendant compte que je ne parviens plus à me représenter précisément ses traits. Je fais alors défiler frénétiquement les photos sur mon téléphone pour les étudier.

Ma mémoire n'est pas infaillible, j'en ai bien conscience, pour autant certaines choses devraient être sacro-saintes. Je voudrais qu'elle préserve à jamais l'image parfaite de Chris. J'aimerais ne pas être obligée de recourir à mon imagination pour combler les parties effacées par l'oubli.

J'ai fait encadrer deux tirages de ma photo préférée de nous trois. Un pour la chambre de Ruby, un pour la mienne. C'est déjà ça.

---

1. En français dans le texte.

Il me paraît également nécessaire de distraire ma fille de son iPad. Un soir, après qu'elle n'a pas répondu même à mes questions les plus anodines, je lui demande de poser sa tablette et de me regarder.

— Qu'est-ce qui ne va pas, ma puce ?

— Rien, je joue.

— Tu n'as pas envie de parler ?

Léger mouvement de tête en signe de dénégation.

— Pourquoi ? Tu es triste ?

— Un peu, mais ça va mieux quand je vais sur Internet.

— Tu en es sûre ?

Elle acquiesce, et je n'ai pas le cœur de lui confisquer l'iPad. En attendant, je ne lui avais jamais vu cette expression fermée, et je suis terrifiée à l'idée qu'elle puisse s'éloigner de moi.

Au terme de notre bref échange, je lui envoie par SMS un émoji de pingouin, alors qu'elle est assise à côté de moi. C'est le code secret que nous partagions, Chris, elle et moi : un pingouin pour signifier « Bravo ». La tablette émet un bip quand le pictogramme apparaît sur l'écran, et ma fille sourit. Quelques secondes plus tard, elle m'en renvoie un.

S'il lui arrive parfois de me repousser, à d'autres moments elle a encore farouchement besoin de moi. Nous dormons ensemble presque toutes les nuits depuis la mort de Chris ; en général, elle s'endort dans son lit, mais elle vient me rejoindre plus tard. Je me réveille toujours avant elle le matin, et la vue de son joli petit visage si innocent sur l'oreiller à côté de moi me fend le cœur. Je l'aime tant… Je ne supporte pas de la voir souffrir. Ni de savoir que nous sommes obligées de rester ici, à Lake Hall.

Pour avoir surveillé son utilisation de l'iPad et du téléphone, j'en ai conclu que les univers sophistiqués dans lesquels elle s'immerge sur Internet ne sont pas dangereux. En outre, les communautés de joueurs qu'elle fréquente lui tiennent compagnie et lui permettent d'être en contact avec des enfants de son âge. Ma mère, qui a aussi remarqué qu'elle passait de plus en plus de temps sur ses écrans, ne rate jamais une occasion de nous le reprocher à toutes les deux. Elle est convaincue que c'est un poison pour l'esprit de Ruby.

Comme nous ignorons en général ses commentaires, elle essaie de trouver des moyens de distraire Ruby. Mais, quand elle propose de lui montrer comment tailler les rosiers dans le jardin, ma fille lui oppose un « non » cassant. Ses bonnes manières s'érodent à mesure que l'ennui gagne du terrain chez elle. Je ne la reprends pas. Que ma mère se débrouille.

Elle suggère ensuite de lui apprendre les règles du bridge. Si l'idée paraît fonctionner au début, Ruby se désintéresse néanmoins rapidement du jeu.

— Elle est trop jeune, dis-je.

Ce à quoi ma mère réplique :

— Au moins, j'aurais tenté quelque chose.

Ce même jour, pendant le déjeuner, Ruby demande :

— Est-ce qu'on peut faire du bateau sur le lac, mamie ?

J'approuve aussitôt, ravie de l'entendre exprimer un désir.

— Excellente idée !

— Non, décrète ma mère. J'ai bien peur que ce ne soit pas possible. Les bateaux sont en trop mauvais état. Le bois a pourri, ça les rend très dangereux. Tu te souviens de cette jolie comptine, Jocelyn ?

Docilement, je récite :

— « Ils ont pris la mer dans une passoire / Dans une passoire ils ont pris la mer… »

Les paroles me sont revenues instantanément. Je me rappelle chaque inflexion de Hannah lorsqu'elle me la lisait.

— Tu adorais ce poème quand tu étais petite, déclare ma mère.

— Comment pourrais-tu le savoir ? Tu ne m'as jamais lu un seul livre de toute ma vie !

Je n'avais pas prévu d'élever la voix. Ruby me dévisage d'un air étonné et ma mère cille avant de répondre :

— Non. Peut-être pas, en effet. Quelqu'un a dû me le dire.

— On peut pas réparer les bateaux, mamie ? interroge Ruby.

Je m'engouffre aussitôt dans la brèche :

— Ce serait formidable. Est-ce que Geoff pourrait nous ouvrir le hangar ?

Du plus loin que je m'en souvienne, il a toujours été verrouillé. En tout cas, il l'était à l'époque où j'ai été envoyée en pension.

— Ce n'est pas la peine, répond ma mère. Personne n'ira naviguer sur le lac, point final.

Sous l'effet de la déception, la mine de Ruby s'allonge. Elle repousse sa chaise, dont les pieds raclent le sol, avant de sortir en trombe de la pièce. Je n'ai que le temps de crier :

— Ne cours pas dans l'escalier !

Je regarde mon assiette, mais j'ai perdu l'appétit. J'en veux à ma mère d'avoir joué les rabat-joie. Elle, les lèvres pincées, se coupe un petit morceau d'une énorme part de cheddar dont les bords ont durci. Je me demande si j'ai les moyens de faire réparer une des embarcations ou d'en acheter une d'occasion.

Ma situation financière n'est pas brillante depuis la disparition de Chris, parce que nous avons investi toutes nos économies dans sa société et que je ne peux pas espérer toucher quoi que ce soit avant un bon moment. Nous étions locataires de notre belle petite maison en Californie et nous n'avions pas contracté d'assurance vie. Notre compte courant était en permanence dans le rouge. Et, pour couronner le tout, comme je n'étais pas en règle avec les services de l'immigration, j'ai été obligée de quitter les États-Unis après le décès de mon mari.

Par conséquent, en plus d'avoir été privée de son père, Ruby a également perdu tous les repères qu'elle avait depuis sa naissance.

Je repose mes couverts.

— Je monte la voir.

— On ne devrait pas accorder trop d'attention aux enfants, affirme ma mère.

Je serre les poings.

— Ce n'est pas à toi de me dire comment élever ma fille.

— Je suis encore chez moi, je te rappelle. Je fais et je dis ce que je veux.

Lorsque nous sommes arrivées au Royaume-Uni, j'ai considéré qu'il était trop tard pour inscrire Ruby à l'école ; il ne restait que quelques semaines de classe avant les grandes vacances, et je voulais lui laisser le temps de faire son deuil et de prendre ses marques. Néanmoins, afin de mieux la préparer à la rentrée de septembre, j'appelle l'établissement pour demander qu'elle y passe une journée durant la dernière semaine du trimestre. J'espère aussi que cela lui permettra de rencontrer d'autres enfants que nous pourrons inviter au manoir pendant l'été. Ruby a besoin de s'amuser avec des camarades de son âge ; elle ne peut pas demeurer constamment avec ma mère et moi.

À la date convenue, l'institutrice l'attend devant la grille. Une brise tiède fait voltiger ses cheveux autour de son visage et gonfle son ample chemisier. Je suis horrifiée d'entendre la voix de ma mère s'élever dans ma tête : « Quelconque », dirait-elle. Moi, elle me paraît ravissante.

— Tu es Ruby, j'imagine ? Bonjour, je suis madame Armstrong. Bienvenue à Downsley. Nous sommes tous impatients de te compter parmi nous l'année prochaine.

Ruby parvient à lui adresser un petit sourire, et je suis fière d'elle parce que je sais à quel point elle est nerveuse.

Quand je rentre à Lake Hall, sans elle, j'ai l'étrange impression d'avoir perdu une partie de moi ou de mon armure. En un sens, elle a joué le rôle de pansement sur mes blessures depuis la mort de Chris, et je prends conscience que je n'ai pas eu l'occasion de passer du temps seule ni de me confronter à mes propres émotions.

J'ai un objectif précis en tête pour la journée d'aujourd'hui, même si cette perspective m'emplit d'appréhension. C'est plus fort que moi, j'éprouve une sorte de curiosité malsaine, irrépressible, semblable à celle qui vous pousse à ne pas détourner les yeux devant un accident de voiture. Il est impossible de résister à certaines impulsions.

J'emprunte l'escalier principal jusqu'au premier étage, où un tapis pourpre usé jusqu'à la trame recouvre le sol du large couloir éclairé par un vitrail.

Pour monter au grenier, il faut prendre l'escalier de service, utilisé à l'origine par les domestiques. J'y accède par une porte au fond du couloir. La pierre des marches étroites brille, usée par des siècles d'allées et venues. La corde qui sert de rampe, mal fixée au mur, pend mollement. Je grimpe lentement, en la tenant avec précaution. Je n'ai jamais aimé cet escalier.

Parvenue au sommet, je presse un interrupteur, et trois des quatre ampoules au plafond s'allument, diffusant une faible clarté dans le corridor bas de plafond. Leurs abat-jour sont tachés et tordus. Les portes des chambres que nous occupions, Hannah et moi, se situent à mi-parcours. Quand je tourne la poignée de la mienne, je retrouve la sensation familière du bois lisse sous ma paume. À l'intérieur, mon ancien lit et ma penderie sont toujours là, protégés de la poussière par des draps. Les girafes qui gambadent sur le papier peint ont gardé leurs couleurs vives, même après toutes ces années, mais, étrangement, elles ne ressemblent pas tout à fait au souvenir que j'en gardais.

J'ai définitivement quitté cette pièce après le départ de Hannah. Je ne voulais plus rester seule là-haut, et de toute façon ma mère avait insisté pour que j'aille m'installer en bas. C'est l'une des rares fois où nous sommes tombées d'accord toutes les deux.

J'entre ensuite dans la chambre de Hannah. Là aussi, le mobilier est dissimulé sous des draps et des couvertures mangées par les mites, mais les rideaux sont fermés. Les lattes du parquet craquent sous mes pas quand je m'approche de la fenêtre, et des flocons de poussière tombent de la tringle au moment où j'ouvre les rideaux, me faisant tousser. La lumière du jour me confirme qu'il n'y a rien à voir, à part le même vide horrible que j'ai découvert ce matin-là, des années plus tôt.

Une nouvelle fois, j'éprouve un immense sentiment de perte. Je n'aurais jamais dû monter au grenier. C'est trop douloureux. J'espérais faire renaître les émotions merveilleuses que suscitait Hannah en moi quand j'étais petite, les souvenirs heureux de tout ce que nous partagions, de l'amour et de l'impression de sécurité qu'elle m'apportait, de mon adoration pour elle. Au lieu de quoi je ne ressens que ce même mélange de douleur et d'incompréhension qui m'avait assaillie en trouvant sa chambre désertée.

Il faut que je sorte d'ici. Je commence à refermer les rideaux quand je remarque soudain que la pièce offre une vue plongeante sur le bureau de mon père. Je ne m'en étais jamais rendu compte, sans doute parce que le rebord de fenêtre est assez haut, et que je devais être trop petite pour pouvoir regarder dehors sous le bon angle. Mon père se doutait-il qu'on pouvait l'observer dans son sanctuaire ? Cette pensée me met mal à l'aise.

Ayant mal lu l'e-mail envoyé par l'institutrice, je pars en retard chercher Ruby à l'école. J'espérais avoir l'occasion de rencontrer d'autres parents, malheureusement ils sont déjà partis quand j'arrive. J'aperçois ma fille assise à côté de sa maîtresse sur le banc dans la cour de récréation. La tête basse, elle frotte les semelles de ses chaussures sur le bitume. Je sens la tristesse m'envahir, mais je force une note de gaieté dans ma voix :

— Alors ? Comment ça s'est passé ?

— Ruby a été formidable, répond la maîtresse. Et quelle jolie écriture elle a !

Dans la voiture, Ruby libère ce qu'elle a sur le cœur :

— Les autres se sont moqués de mon accent et ils ont dit que j'étais une pimbêche parce que j'habite à Lake Hall. Ils me détestent !

J'étranglerais volontiers de mes propres mains ces gosses cruels. Je sais que je devrais la rassurer, lui promettre que tout ira bien. Or, à ma grande honte, j'éclate en sanglots convulsifs. Manifestement prise de court et effrayée, elle tente de me consoler, affirmant que ce n'était pas si terrible, parce que la maîtresse est très gentille et qu'il y a un hamster dans la classe, dont tous les élèves doivent s'occuper à tour de rôle le week-end en le ramenant chez eux. C'est elle qui assure que tout ira bien. Je finis par me ressaisir, et je me confonds en excuses, avant de la féliciter pour son attitude courageuse, tout en me faisant l'effet d'être la pire mère du monde.

— S'il te plaît, ne raconte pas à mamie que tu n'as pas aimé l'école, lui dis-je quand nous nous garons devant le manoir.

Je ne voudrais pas que ma mère s'en mêle et l'inscrive dans l'établissement que j'ai moi-même fréquenté et que je détestais, lequel se targuait de préparer les élèves à leur future vie de pensionnaires. J'ai peur qu'elle essaie de la façonner à son image, comme elle a voulu le faire avec moi, de l'habituer à une existence de privilèges et de la brider peu à peu jusqu'à ce qu'elle apprenne à réprimer toute spontanéité.

Ça n'arrivera pas. J'y veillerai.

Désireuse d'aider Ruby à se faire des amis, je puise dans ce qu'il me reste d'économies pour l'inscrire à un stage de tennis. Pendant son absence, je vais voir Geoff afin de solliciter sa coopération.

Je le trouve dans la serre, où il s'occupe des géraniums. Dans cet environnement fermé, leur parfum velouté est intense.

— Qu'en pense ta mère ? demande-t-il quand je lui annonce que je voudrais jeter un œil au hangar à bateaux.

— Elle veut que Ruby soit heureuse, et je crois que ce serait un beau cadeau pour ma fille.

— Il y a longtemps que je ne l'ai pas vue sourire, cette gamine.

— Tout juste.

Son expression est éloquente : il a compris que je n'étais pas tout à fait sincère à propos de ma mère. Il accepte néanmoins de me donner un coup de main.

— Mais je n'ai pas beaucoup d'illusions sur nos chances de dénicher la clé du cadenas, me prévient-il.

Il a raison. Pour finir, il doit le faire sauter. Nous profitons d'un moment où ma mère est partie jouer au bridge.

Si l'intérieur du hangar est sombre et envahi par les toiles d'araignées, le plancher paraît encore solide. Nous découvrons une petite barque pourrie et à moitié submergée. Le nom à la proue a été peint à la main, en lettres irrégulières : *Virginia*. Je revois soudain mon père les tracer au pinceau par un bel après-midi d'été.

— Elle a connu des jours meilleurs, observe Geoff.

— On ne peut pas la remettre en état ?

— Non. Mais si tu veux vraiment emmener Ruby sur le lac, je te prête volontiers le kayak de mon frère. Il est dans mon garage depuis des années.

Je sens un frisson d'excitation me parcourir. Chris, Ruby et moi sommes partis une fois faire du kayak, en Californie. Ce séjour compte parmi les meilleures vacances que nous avons passées ensemble.

Durant les deux jours suivants, Geoff et moi nous activons sans que ma mère le sache. Quand tout est prêt, j'ai du mal à cacher mon enthousiasme en allant chercher Ruby au tennis. De retour à Lake Hall, je lui demande de me suivre derrière la maison.

— Pourquoi ? s'étonne-t-elle.

— Surprise. Tu verras bien.

Je la prends par la main pour la guider jusqu'au hangar.

— Aide-moi, dis-je.

Elle s'exécute et, de toute la force de ses petits bras, tire l'une des deux portes. Elle en tremble tant elle est impatiente.

Geoff et moi avons évacué la barque pourrie pour installer à la place un kayak gonflable. Des pagaies, deux gilets de sauvetage et les divers équipements nécessaires sont disposés à côté.

— Trop bien ! s'exclame Ruby. On peut en faire maintenant ?

Nous enfilons nos gilets et mettons le kayak à l'eau. Quelques instants plus tard, nous flottons sur la surface étale du lac.

— Je veux aller jusqu'à l'île ! lance ma fille, devant moi.

Elle pagaie avec assurance, comme son père le lui a appris, et je suis heureuse de m'être assise derrière elle pour la laisser diriger l'embarcation. C'est la première fois depuis la mort de Chris, me semble-t-il, que nous faisons ensemble quelque chose qui nous plaît, sans penser à ce que nous avons perdu ni à ce que l'avenir nous réserve. Nos pagaies fendent aisément l'eau et nous nous approchons rapidement de l'île, une petite étendue circulaire couronnée par un seul arbre.

— Je peux descendre ? me demande Ruby quand l'avant du kayak touche la terre ferme.

Tandis qu'elle enjambe le bord, je stabilise l'embarcation. Aux racines de l'arbre, qui sont immergées à cet endroit, se mêlent divers débris flottants.

— Attention, Ruby.

Mais elle va trop vite, et son pied glisse. Je la rattrape de justesse par le dos de son gilet avant qu'elle perde l'équilibre. Le kayak tangue mais ne se retourne pas.

— Je suis coincée, gémit-elle.

Apparemment, son pied s'est pris dans les racines sous la surface.

— Tiens bon, ma puce. Accroche-toi au canot.

Elle s'y cramponne tandis que je descends à mon tour sur la berge spongieuse.

— Vas-y, lève doucement la jambe.

Elle essaie de nouveau, en vain. Je vois son menton trembloter.

— Tout va bien. Ne panique pas, d'accord ? Reste tranquille.

Comme l'eau est trop trouble pour que je puisse discerner ce qui retient Ruby prisonnière, je plonge la main sous la surface et la fais descendre le long de sa jambe jusqu'à sentir l'enchevêtrement de racines. Je parviens à déloger quelques bouts de bois, ainsi qu'une espèce de caillou coincé au-dessus de sa cheville.

— Voilà, dis-je quand elle se dégage enfin. Bien joué ! Tu as été très courageuse.

Elle se jette dans mes bras et me serre aussi fort que le lui permettent nos gilets de sauvetage, puis nous nous asseyons au sec pour contempler Lake Hall en face de nous.

— Tu te rends compte, Rubes ? Cette vue n'a pas changé depuis des centaines d'années.

— C'est quoi, ça ?

Elle se lève pour examiner un objet que les vaguelettes ballottent le long de la berge. Il a la forme de celui qui lui bloquait le pied. Elle le ramasse, avant de se tourner vers moi pour me le montrer. J'ai l'impression que mon sang se fige dans mes veines.

— C'est bizarre… murmure-t-elle.

Elle n'a pas encore compris ce que c'était, contrairement à moi.

— Lâche ça, Ruby. Tout de suite !

Sensible à la peur qui altère ma voix, elle laisse tomber sa trouvaille comme si elle lui brûlait les mains.

C'est un crâne humain, qui atterrit à ses pieds avec un bruit mouillé. Les orifices béants à la place des yeux et du nez semblent me dévisager et, malgré la couche de saleté qui recouvre l'os, je distingue nettement les traces de fracture sillonnant la partie bombée. Elles ressemblent à de vieux sentiers dans un paysage.

Ruby plisse les paupières.

— Hé, c'est une tête de mort ! s'écrie-t-elle. Waouh, trop cool ! Dommage que j'aie pas mon téléphone pour la prendre en photo.

Elle s'accroupit pour mieux voir.

— Elle est cassée sur le haut, observe-t-elle.

— N'y touche pas !

— Mais non… T'as vu ? Elle est tout abîmée !

En effet, me dis-je. *Cette personne, quelle que soit son identité, n'est vraisemblablement pas morte de cause naturelle.*

— Tu crois qu'il est ancien, ce crâne ?

— Je ne sais pas, Rubes. Sûrement. Recule, s'il te plaît.

— Pourquoi ?

— Parce qu'il va falloir prévenir la police.

— Oh non.

Je hoche la tête.

— On n'a pas le choix, ce sont des restes humains. Allez, recule. On s'en va. On le laisse là.

— On peut pas le rapporter ?

— Non !

C'est tout juste si je parviens à le regarder. Cet os fracturé est une chose horrible, la preuve tangible d'un courant malveillant entre le passé et le présent. Il suscite en moi une peur glacée, viscérale. Il faut qu'on s'en éloigne au plus vite.

Pour rentrer, je m'installe d'autorité à l'avant du kayak. Ruby, qui ne cesse de se retourner, même quand nous sommes trop loin pour discerner la forme du crâne, en oublie de pagayer, et je dois la pousser à accélérer le rythme. Je tiens absolument à mettre de la distance entre l'île et nous. À peine avons-nous accosté que ma fille saute de l'embarcation, se débarrasse de son gilet de sauvetage et s'élance sur la pelouse.

— Hé ! Tu pourrais me donner un coup de main pour remonter le kayak !

Elle s'arrête, puis fait volte-face. L'excitation illumine son visage.

— Je vais raconter à mamie ce qu'on a trouvé !

1976

FAMILLE CHERCHE AIDE-MÉNAGÈRE
Quatre heures par jour
Ménage, repassage et divers travaux domestiques.

L'annonce elle-même ne se distinguait pas spécialement de toutes celles qui étaient punaisées sur le panneau chez le marchand de journaux. La seule différence notable, c'était que Linda avait vu la personne qui l'avait affichée : un homme qu'elle avait supposé avoir la trentaine. Autant dire vieux, mais pas trop. Il portait un superbe costume, de belles chaussures cirées, et ses cheveux épais, bien coupés, lui avaient révélé un profil séduisant.

Elle s'était réfugiée derrière le réfrigérateur bourdonnant jusqu'à son départ, en faisant semblant de s'intéresser au dernier numéro de Jackie, qu'elle n'avait cependant pas les moyens d'acheter. Elle avait vu l'inconnu tirer le papier de la poche intérieure de sa veste – un endroit qui lui avait paru délicieusement intime – et le déplier. Il avait ensuite pris son temps pour trouver un emplacement qui lui convenait sur le tableau, avant de le punaiser aux quatre coins, en s'assurant qu'il n'était pas froissé. Elle était aussitôt tombée amoureuse de lui.

Elle l'avait regardé reprendre son attaché-case, demander et payer un paquet de cigarettes (des Benson & Hedges, sans filtre ; le choix d'un gentleman, avait-elle estimé), puis quitter le magasin. Les clochettes sur la porte tintaient encore dans son sillage quand elle s'était approchée pour lire l'annonce. Ce travail correspondait exactement à ce qu'elle recherchait. Profitant d'un moment où le marchand était occupé ailleurs, elle l'avait ôtée du tableau et glissée dans sa poche.

Une semaine plus tard, elle était engagée. Une avance sur ses gages lui avait permis de louer une modeste chambre meublée dans une maison mitoyenne en brique rouge à Chapeltown, une banlieue de Leeds. Elle la partageait avec une autre fille pour économiser. Sa colocataire avait fugué elle aussi. Elle s'appelait Jean.

Jean travaillait au supermarché Woolworths et rapportait souvent des fards ou des magazines volés. Toutes deux s'étaient bien entendues dès le départ.

Linda pouvait se rendre à pied à son travail. Elle passait alors d'un quartier où l'essentiel de la végétation se résumait aux pissenlits qui poussaient dans les fissures sur le trottoir à des zones plus résidentielles, où des haies parfaitement entretenues marquaient les limites des propriétés, pour arriver enfin dans son quartier à lui, où de beaux arbres chargés de fleurs parfumées ou de bourgeons verdoyants bordaient les larges avenues.

Il habitait une magnifique maison individuelle de taille imposante. Tout à fait le genre de demeure qui convenait à un homme tel que lui, avait-elle pensé en la découvrant. Un landau Silver Cross se nichait dans un coin du perron et une Ford Granada noire était garée sous l'abri pour voitures. Linda avait pris plaisir à imaginer ce qu'elle ressentirait en poussant le landau ou en voyageant dans cette berline.

Chaque fois qu'elle arrivait devant cette bâtisse, elle repensait à l'endroit d'où elle venait et à sa propre famille : le minuscule cottage sur la lande où ses frères et sœurs crasseux cavalaient partout pieds nus ; sa mère morte prématurément, qui avait toujours le visage tuméfié après que son mari rentrait du pub où il avait dépensé sa paie ; l'amour que son père portait à ses pigeons, bien plus fort que celui qu'il avait pour ses enfants ; les précautions avec lesquelles il les sortait de leur cage, comme s'il s'agissait d'objets précieux, puis les serrait contre lui et leur caressait la tête de son index sale en émettant de petits sons mouillés qui semblaient les hypnotiser...

Elle avait tordu le cou de l'oiseau paternel préféré avant de partir. « On va bien voir s'il t'aime toujours autant, maintenant », avait-elle lancé à la dépouille inerte qu'elle avait jetée sur le sol du pigeonnier.

Les tâches demandées n'étaient pas compliquées pour quelqu'un qui n'avait pas peur de se salir les mains, et Linda était de ceux-là. Elle n'avait jamais rien connu d'autre, à part les journées qu'elle avait passées à s'ennuyer dans des salles de classe bondées. Dans la belle maison de ses employeurs, elle récurait les sols et les salles de bains, faisait la poussière, lustrait parquets, rampes d'escalier et bibelots, selon ce que l'épouse du mari lui demandait. C'était d'autant plus facile qu'elle était intelligente et apprenait vite. Parfois, la femme la faisait travailler quelques heures de plus.

À son grand dépit, le mari n'était presque jamais là. Chaque jour, elle contemplait les photos de lui disséminées dans les pièces et effleurait les objets sur son bureau, mais elle ne l'avait revu en personne qu'aux vacances d'été. Il portait un short et un T-shirt. Ses cheveux étaient décolorés par le soleil. Un après-midi, il avait reculé la voiture dans l'allée et l'avait lavée en écoutant les commentaires du test-match de cricket à la radio. Linda avait aussitôt décidé de s'initier aux règles de ce jeu.

Elle n'était pas jalouse de l'épouse, parce qu'elle la jugeait molle, incompétente et trop vieille pour lui. Elle s'achetait des vêtements qui ne semblaient jamais lui aller ; elle avait voulu un jour confectionner une forêt-noire et avait fondu en larmes quand la pâtisserie s'était écroulée, se transformant en un magma informe, strié de rouge. Elle ne paraissait pas non plus se soucier beaucoup des enfants – des jumeaux, une fille et un garçon –, contrairement à son mari, qui les couvrait d'attentions les rares fois où il était à la maison.

Cet été-là, il avait joué avec eux tout un après-midi sur le tapis du salon, les chatouillant, faisant de petits bruits de bouche comme un poisson rouge de dessin animé, riant quand ils riaient... Les bébés se penchaient vers lui, attrapant leurs petits orteils avec leurs petits doigts, et il s'était amusé à leur déposer des baisers sur le ventre jusqu'au moment où la nanny, que tout le monde appelait Nanny Hughes, s'était éclairci la gorge avant d'annoncer que c'était l'heure de la sieste. Linda, fascinée, n'avait pu détacher les yeux du tableau touchant formé par le trio. Cette vision l'enchantait. Elle avait parlé à Jean du père de famille.

« Il est pas un peu vieux pour toi ? » lui avait demandé sa colocataire.

Jean et elle partageaient désormais vêtements et secrets, et sortaient ensemble le samedi soir. Jean fréquentait le garçon qui tenait le guichet au cinéma. Il ne savait pas fumer sans tousser.

« Non, il est parfait, avait répondu Linda.

— Moi, je veux bien palper son fric. Et je te laisse son affreux corps tout flapi. »

Leur propriétaire disait souvent que Jean avait un « rire graveleux » et qu'elle devait apprendre à le retenir.

Durant ses heures de travail, Linda observait Nanny Hughes avec envie. Celle-ci portait un uniforme, qui incluait parfois un chapeau et des gants blancs, parce qu'elle avait étudié pendant trois ans au prestigieux Norland College et obtenu son diplôme de gouvernante l'été précédent. Elle adorait raconter à qui voulait l'écouter qu'une des filles récemment sorties de la célèbre école de nounous travaillait maintenant pour la famille royale et qu'elle-même avait l'espoir de décrocher un jour une place semblable une fois qu'elle aurait acquis de l'expérience. Nanny Hughes n'élevait jamais la voix et avait remporté un prix pour son maintien impeccable.

Alors Linda s'efforçait d'apprendre auprès d'elle, notant tous les détails, en particulier la façon dont elle parlait aux bébés, qui la regardaient avec adoration et se cramponnaient à elle quand leur mère s'approchait d'eux. Lorsqu'elle vidait ses seaux d'eau sale dans la rigole le long de la maison, elle s'attardait souvent dehors pour étudier l'attitude de la nanny en train de pousser le landau dans l'allée, les épaules bien droites et le pas assuré. Elle qui s'intéressait au pouvoir avait bien compris qu'il était entre les mains de Nanny Hughes dans la mesure où le mari adorait ses enfants, qui adoraient leur nanny. Alors, chaque fois que cette dernière sortait de la pièce, Linda s'efforçait de reproduire son comportement avec les bébés. Et elle n'avait pas tardé elle aussi à gagner leur amour.

Virginia

L'avantage, quand on s'assoit au premier rang à l'église, c'est que personne ne peut vous voir pleurer.

Et le prêtre, alors ? me demanderez-vous. *Il doit bien survoler du regard ses ouailles pendant qu'il prêche et, comme ses prédécesseurs au cours des siècles, prêter une attention particulière à l'effet produit par ses paroles sur la famille Holt, non ? Après tout, les toits des chapelles ne se réparent pas tout seuls, sans soutien financier.*

Vous avez raison, bien sûr. Sauf que, si notre actuel ministre du culte me coule fréquemment des regards, je sais pertinemment qu'il est myope comme une taupe, trop timoré pour essayer les lentilles de contact et trop soucieux de son apparence pour porter des lunettes. Je pourrais bien arriver avec une carotte à la place du nez qu'il me presserait encore les mains en me félicitant pour mon élégance. Dans ces conditions, il est fort peu probable qu'il remarque une larme versée pendant son sermon, et je ne prendrai pas le risque d'attirer l'attention en l'essuyant.

À cette heure-ci, je devrais être en train de jouer au bridge, mais je n'étais pas d'humeur alors je suis venue ici. Une fois par mois, un office est célébré en fin d'après-midi, et j'y assiste lorsque j'ai besoin de m'échapper un moment du manoir. Je suis assise seule sur le banc, comme toujours depuis la mort d'Alexander. La place vide à côté de moi était celle de mon défunt mari, et de tous les lords Holt avant lui. Alexander n'allait pas régulièrement à la messe, parce qu'il s'y ennuyait – il préférait de loin se promener avec ses chiens –, mais il n'en reste pas moins que c'était sa place réservée et qu'aucun des habitants du village n'oserait se l'approprier.

La larme qui roule sur ma joue me semble aussi visqueuse que de la bave d'escargot. Je m'efforce de maintenir une posture irréprochable malgré les douleurs dans mes épaules, mon dos et mes fesses. Une veuve doit veiller à ne pas se laisser aller si elle veut conserver l'autorité qu'elle détenait auparavant en tant que moitié d'un couple. Mes mains gantées reposent sur mes genoux. J'ignore le sermon pour me concentrer sur elles. Mes gants écarlates sont faits du cuir de veau le plus souple. C'était un cadeau d'Alexander, et j'ai aujourd'hui toutes les peines du monde à les enfiler sur mes articulations arthritiques, mais ils sont tellement beaux que ce serait dommage de ne pas les porter. Que ne donnerais-je pour en ôter un afin de chercher la main de mon mari, comme avant ! J'imagine une fois de plus la sensation familière des contours et de la texture de sa paume, de ses doigts…

Le veuvage est bien solitaire et assumer seule la responsabilité de représenter la famille me pèse. Ma fille pense que je ne ressens rien, mais elle se trompe.

Si les fidèles ne se pressent pas sur les bancs derrière moi, ils sont néanmoins plus nombreux que vous pourriez le supposer. Le respect de la tradition est encore profondément ancré dans l'esprit des habitants de la région, et il impose, entre autres, d'assister à l'office dans la petite église construite par les Holt il y a des centaines d'années. Pour s'être côtoyés pendant des siècles, les Holt et les vieilles familles du cru se connaissent bien. Nous avons toujours été mutuellement dépendants les uns des autres, dans une relation d'employeurs à employés. Dans cette assemblée comme au village, on nous déteste ou on nous voue un respect qui se teinte de flagornerie.

Pour certains, les Holt font partie du paysage, au même titre que le bosquet d'arbres séculaires au bas de Downsley Hill ; si la famille n'était plus là pour une raison ou pour une autre, ceux-là auraient l'impression de perdre un élément fondamental de leur environnement, et même de cette terre. Pour d'autres, nous sommes des exploiteurs persuadés d'avoir tous les droits, indignes de notre statut et de notre fortune. Nous méritons d'être rabaissés. Il y a quelques années, les plus acharnés d'entre eux se massaient le long des chemins en brandissant des pancartes lorsque nous organisions des chasses au renard. « Fascistes ! » scandaient-ils. Ou encore : « Salauds de chasseurs ! » Voire pire.

— Prions, dit le prêtre.

Derrière moi, les fidèles s'agenouillent. J'entends les gémissements étouffés que les articulations vieillissantes arrachent même aux plus fervents d'entre eux. Je baisse la tête. Pour ma part, si je m'agenouille, je ne pourrai pas me relever sans aide. Mon prie-Dieu reste inoccupé devant moi, désormais inutile. Une femme du village l'a garni d'une tapisserie qu'elle a faite elle-même, et qui représente les armoiries des Holt. L'ouvrage est maladroit ; pour autant, j'apprécie l'attention.

Je ferme les yeux, trop tard cependant pour empêcher une autre larme de couler. Si quelqu'un derrière moi s'en apercevait, il supposerait sans doute que je pleure Alexander, mais il se tromperait : c'est la pensée de Jocelyn qui me peine.

Quand j'ai accepté de l'accueillir avec sa fille, j'ai imaginé que nous pourrions, elle et moi, réussir à établir de bonnes relations pour la première fois de notre vie, ou du moins nous offrir mutuellement réconfort et soutien dans l'adversité. Or, j'ai vite compris que ce ne serait qu'un vœu pieux. Jocelyn ne manque aucune occasion de me signifier que, si elle est revenue à Lake Hall, c'est uniquement parce qu'elle n'avait pas d'autre solution. Nécessité fait loi, comme on dit. Sa réaction m'emplit de tristesse, mais je ne lui en montre rien, de peur de m'attirer son mépris.

Les dernières prières me semblent interminables, et le prêtre n'en finit plus de décrire avec force détails les maux physiques endurés par les affligés de ce monde. *Et les douleurs invisibles, alors ?* ai-je envie de crier. *Combien de personnes, dont moi, souffrent dans cette église en ce moment même ?*

Aimer son enfant sans qu'il vous aime en retour est un déchirement terrible de tous les instants. Jocelyn ne m'a jamais aimée, même quand elle était petite, même quand elle était bébé. La faute ne peut venir que de moi, du parent, et pourtant je n'ai jamais compris ce que j'avais fait de mal.

Mais, et c'est un « mais » de taille, à quelque chose malheur est bon. En l'occurrence, c'est Ruby.

C'est un vrai trésor, une fillette attachante, pleine de fantaisie, d'assurance et de potentiel. Elle rayonne littéralement. Lorsque Jocelyn a enfin daigné nous annoncer qu'elle avait eu une fille, j'ai commencé par détester le prénom de Ruby. Je le trouvais banal, mais j'ai changé d'avis depuis que je la connais. Aujourd'hui, je suis convaincue que c'est exactement le prénom qu'il lui fallait. Je nourris tant d'espoirs et de rêves pour ma petite-fille ! J'espère que Jocelyn me laissera créer des liens avec elle…

Je murmure « Amen » en même temps que tout le monde à la fin du Notre-Père, ouvre les yeux et renverse la tête en arrière pour étirer mes muscles raidis. Je suis sûre que mes larmes ont séché, et que je peux maintenant affronter sans crainte même les regards les plus inquisiteurs.

Boudicca, le labrador d'Alexander, dort sur une couverture à l'arrière du Land Rover. Alexander l'emmenait toujours à l'église les rares fois où il y allait, et j'ai décidé de perpétuer la tradition. Comme moi, la chienne se languit de lui.

J'avais laissé les vitres ouvertes, et je ne les remonte pas sur le trajet du retour. J'aime sentir l'air chaud du soir déferler sur mon visage. La boîte de vitesses grince comme d'habitude quand je rétrograde pour franchir les grilles de Lake Hall. J'aperçois le manoir qui se dresse au bout de l'allée. Le feuillage vert vif des hêtres, encore joliment tacheté de soleil, même à cette heure tardive, forme un dôme luxuriant au-dessus de nous. Néanmoins, autant cette vision est plaisante en été, autant les branches dénudées en hiver m'évoquent les ossements de quelque Léviathan.

Boudicca remue sur la banquette arrière quand je ralentis pour passer sur les nids-de-poule dans l'allée sans nous ballotter trop brutalement. Je suppose qu'elle et moi avons la même interrogation en tête : nous nous demandons ce qu'Anthea a préparé pour le dîner.

Mais ce qui est sûr, c'est qu'aucune de nous ne s'attendait à découvrir une voiture de police devant la maison.

Inspecteur Andy Wilton

Andy regarde ses hommes s'éloigner à bord de leur canot.

— Votre jardinier a dit que le lac était assez profond, au milieu, déclare-t-il.

La fille de la propriétaire des lieux se tient à côté de lui. Elle s'est présentée sous le diminutif de « Jo » – en toute simplicité, il doit bien l'admettre –, mais il n'a pu retenir un petit sourire moqueur au souvenir de son identité complète, qu'il a lue dans les notes de sa collègue : Jocelyn Lucia Venetia Holt.

— C'est possible, réplique-t-elle. Je n'avais pas le droit de m'y baigner quand j'étais petite, alors je ne sais pas trop.

Elle s'exprime avec l'accent de la bonne société, teinté néanmoins d'inflexions moins guindées que la moyenne. C'est l'influence américaine, comprend-il lorsqu'elle explique qu'elle a vécu aux États-Unis pendant plus de dix ans.

Les représentants de la haute le rendent conscient de son propre accent. Andy Wilton a grandi à une trentaine de kilomètres, mais dans un tout autre monde : la ville de Swindon, où trois générations de sa famille ont été employées par les usines ferroviaires. Il est fier de ses origines ouvrières et prompt à s'emporter s'il estime qu'on le méprise pour cette raison.

« Bonté divine ! s'est-il exclamé en découvrant Lake Hall ce jour-là. Il y a plus de cheminées sur ce toit que dans la rue où j'ai grandi.

— N'exagère pas, a répliqué Maxine. Ce n'est quand même pas Downton Abbey. »

À première vue, Lake Hall tenait plus du manoir médiéval que de Buckingham Palace. Maxine avait raison, ce n'était pas Downton Abbey, mais ça n'en restait pas moins une demeure impressionnante.

Près de lui, Jo a croisé les bras. *Elle est jolie*, songe-t-il. *Dommage qu'elle soit si maigre.*

— Pourquoi n'aviez-vous pas le droit de vous baigner ? l'interroge-t-il.

— Ma mère était persuadée que c'était dangereux. Je me rappelle une ou deux sorties en barque dans mon enfance, c'est tout. Je ne crois pas avoir jamais vu quelqu'un sur ce lac pendant mon adolescence. Le hangar à bateaux était toujours verrouillé. Si vous voulez en apprendre plus sur ce qui s'est passé ces dernières années, il faudra interroger ma mère, la femme de ménage ou le jardinier.

Ils ont du personnel, pense-t-il. *Évidemment*. Il coule un bref regard à Maxine, qui lève les yeux au ciel.

Jo frissonne, malgré la chaleur du soleil, encore assez haut pour se refléter sur les vitres du dernier étage de la propriété.

— Ce crâne, il est forcément ancien, n'est-ce pas ? demande-t-elle.

Elle doit pourtant bien se douter qu'il ne peut pas répondre à ce stade.

— Qui est-ce ? s'enquiert-il en apercevant une femme d'un certain âge qui foule la pelouse d'un pas vif dans leur direction.

Il a l'impression de revoir son ancienne directrice d'école faisant irruption dans la cour de récréation pour séparer deux gamins en train de se bagarrer.

— Ma mère, répond Jo. Bonne chance.

Lady Holt l'apostrophe avant même qu'il ait pu se présenter.

— Qu'est-ce qui se passe ici ? Pourquoi ces hommes sont-ils sur le lac ? Qui vous a donné l'autorisation d'entrer chez moi ?

Il ne se laisse pas intimider par son attitude. Il soutient son regard et, en guise de réponse, lui tend la main. Elle y jette un coup d'œil avant de la serrer mollement.

— Inspecteur Andy Wilton, dit-il. Et voici ma collègue, l'inspectrice Maxine Flint.

Celle-ci lui tend la main à son tour, mais la maîtresse de maison l'ignore.

— Votre fille a fait une découverte, explique-t-il.

L'attitude de cette dernière, qui s'est mise en retrait, pique sa curiosité. Il pensait qu'elle serait impatiente d'annoncer la nouvelle à sa mère.

— Ah oui ? Quel genre de découverte ? demande lady Holt d'une voix légèrement tremblante.

Un crâne humain, là-bas, sur l'île.

Son interlocutrice cille rapidement et porte une main à sa bouche, révélant des bagues serties d'énormes pierres précieuses.

— Sur l'île ?

— Sur la berge, oui.

— Je vois. Eh bien, faites ce que vous avez à faire. Jocelyn vous dira où me trouver si vous avez besoin de moi.

Elle se redresse, comme si elle voulait paraître calme et posée, mais il est prêt à parier qu'elle n'est pas sereine. Pas du tout, même. Elle repart vers le manoir sans avoir adressé la parole à sa fille.

— Il y aurait des couacs au paradis ? lui glisse Maxine tout bas.

— On dirait bien, répond Andy.

Il mentirait s'il affirmait que la perspective de bousculer les choses dans cette famille ne le réjouissait pas.

Jo

La nuit tombe quand les policiers tirent leur canot gonflable au sec et rentrent chez eux. Alors que je les regarde partir, les chauves-souris émergent une par une de leur repaire au-dessus des écuries et disparaissent dans l'obscurité dense sous les frondaisons des chênes.

Les plongeurs ont récupéré le crâne. Il paraissait jauni, grotesque et ancien dans le sachet de mise sous scellés maculé de vase. Ils ont également trouvé d'autres ossements et prévoient de continuer les recherches demain, à la lumière du jour.

Rien ne trouble plus la surface du lac, qui réfléchit les dernières lueurs du couchant – la toile de fond sur laquelle se découpe la silhouette des joncs. À voir ainsi les eaux calmes, on ne pourrait jamais deviner ce qui s'est passé ici cet après-midi ; pourtant, j'ai l'estomac noué. J'éprouve un étrange sentiment d'inéluctabilité, et une pensée affreuse me vient tout à coup, surgie de nulle part :

Et si ce crâne était celui de Hannah ?

Cette éventualité me comprime le cœur. Elle me déstabilise, comme si le monde autour de moi avait pivoté de quelques degrés.

Dans l'après-midi, pendant que je surveillais les opérations depuis la grève en compagnie des policiers, je me sentais calme. L'inspecteur Andy Wilton n'est pas du genre à parler à tort et à travers. Assez mince, les joues ombrées par une barbe naissante, il doit avoir à peu près mon âge. À son arrivée, et alors qu'il ne s'était même pas encore présenté, je l'ai vu considérer la maison et les alentours sans faire le moindre effort pour dissimuler son dédain.

Ne me jugez pas sur les apparences, ai-je failli lui dire. *Lake Hall ne me représente pas. Je ne suis pas ma mère.*

Il m'a expliqué d'un ton sec que les ossements seraient envoyés au laboratoire de la police scientifique pour y être examinés. J'ai reçu le message cinq sur cinq : quel que soit le résultat des analyses, il ne me sera communiqué que si la police le juge nécessaire.

Or, autant j'ai envie de tout savoir sur cette découverte, autant je redoute d'en apprendre plus. Et si j'avais raison ? S'il s'agissait bien de Hannah ? Si elle avait été tuée ? Cette fracture témoigne-t-elle d'un coup porté à la tête ?

Je me détourne pour rentrer. Ce ne sont que des pensées irrationnelles, complètement folles ; il faut que je me ressaisisse avant d'aller chercher Ruby chez Anthea, où nous l'avons emmenée parce que je ne voulais pas qu'elle assiste aux recherches. Elle s'est rebellée, contrariée d'être exclue de cet événement imprévu, mais j'ai tenu bon.

Alors que je m'engage sur la pelouse, je vois les lumières briller dans le salon bleu. C'est dans cette pièce que se trouve ma mère. Nous n'avons pas encore parlé des ossements. Je l'aperçois soudain, qui s'approche de la fenêtre et regarde dehors, une main posée sur la vitre, sa paume pâle bien visible sur le verre. Je lui fais signe, mais elle ne réagit pas. Sans doute ne me distingue-t-elle pas parmi les ombres du crépuscule. Un fourmillement me parcourt la nuque, et je frissonne.

La fascination morbide de Ruby pour le crâne ne fait que grandir, au point qu'elle ne parvient plus à la contenir, et sa curiosité ne m'aide pas à contrôler mes pensées. Elle me bombarde de questions auxquelles, pour la plupart, je ne peux pas apporter de réponse : *Qui est-ce qui est mort ? À quel âge ? Pourquoi l'os ne s'est pas dissous ? Tu crois que cette personne s'est noyée, qu'elle a été assassinée ou qu'elle est morte de vieillesse ? À ton avis, c'était quelqu'un de gentil ou de méchant ?*

Vient enfin le moment où elle m'en pose une à laquelle je peux répondre :

— Dis, je peux inviter Stan à venir jouer ici ?

— Oui, bien sûr. Qui est Stan ?

— Un copain du tennis.

— Tu as le numéro de téléphone de sa maman ?

Elle me regarde comme si j'étais un dinosaure.

— Stan est sur Snapchat. On s'envoie des messages tout le temps.

Je prends contact avec la mère du dénommé Stan et conviens avec elle d'une date. Je suis tellement contente que Ruby ait enfin un ami… Quand sa mère le dépose devant Lake Hall, le jeune garçon ouvre des yeux ronds.

— Tu veux visiter ? lui propose ma fille. Je te montrerai où ils ont trouvé le crâne.

Je me sens obligée d'intervenir :

— Non. Je suis certaine que ça ne l'intéresse pas.

J'ai oublié de demander à ma fille de ne pas en parler. Je ne veux pas qu'elle terrifie son nouvel ami et donne ainsi un prétexte aux autres mamans pour nous éviter.

— Pas de problème, déclare Stan. Je suis déjà au courant. Ça me fait pas peur ni rien.

— Il aime bien les histoires de fantômes, ajoute Ruby.

Le jeune garçon confirme d'un signe de tête.

— J'ai lu des trucs sur la décomposition. Et vous savez qu'on dissèque un œil en sciences nat', en cinquième ? Mon frère l'a fait.

— Bon, dans ce cas, allez-y. Mais ne vous approchez pas du lac, d'accord ? Vous ne dépassez pas la limite de la pelouse. Et pas de chahut dans la maison. Ne courez pas dans l'escalier de service et tâchez de ne pas déranger Anthea.

Je souris en les voyant s'éloigner épaule contre épaule et têtes rapprochées comme des conspirateurs. J'étais certaine que ce serait bénéfique pour Ruby de fréquenter des jeunes de son âge. Il y a bien longtemps que je ne l'avais pas vue aussi détendue.

Anthea, assise à la table de la cuisine, est occupée à lustrer l'argenterie en écoutant la radio. Le volume est bas, mais elle le baisse encore à mon arrivée.

— Ne changez rien pour moi, dis-je.

— Ce n'est pas un souci.

— Je peux vous aider ?

— Non, c'est inutile, merci.

Pendant que l'eau chauffe dans la bouilloire, je la regarde astiquer un chandelier. Elle procède méthodiquement, avec application. De toute évidence, elle a accompli cette tâche à de nombreuses reprises.

— Vous voulez une tasse de thé ?

— Non, merci, répond-elle.

— Depuis combien de temps travaillez-vous ici ?

Elle n'a probablement aucune envie de devenir mon amie, mais je serais ravie de pouvoir au moins bavarder avec elle de temps en temps.

— Ça fait maintenant quinze ans, déclare-t-elle. J'ai pris la place de ma mère quand elle est partie à la retraite.

— Vous êtes la fille de Marion ?

Je ne peux pas croire que je ne m'en sois pas aperçue avant. D'autant que, à bien y regarder, il y a effectivement un air de famille.

— Oui. Elle nous parlait souvent de vous et de votre nanny.

— Hannah et moi passions beaucoup de temps avec Marion.

— C'est ce que j'ai cru comprendre.

— Elle m'a appris à faire des crêpes en suivant sa recette secrète. Comment va-t-elle ?

— Pas trop mal, mais pas trop bien non plus.

Je comprends, à son laconisme, qu'il serait malvenu d'insister.

— Transmettez-lui mes amitiés.

Elle hoche la tête, et je tente de relancer la conversation sur un autre sujet :

— Ruby a tout raconté à son nouvel ami, pour le crâne, dis-je. J'espère qu'il ne va pas prendre peur.

Pour le coup, elle cesse d'astiquer.

— Les gens vont jaser, c'est sûr. Ils ont forcément remarqué les allées et venues de la police. Et, à Downsley, tout se sait très vite.

Je me demande ce qu'elle-même a déjà pu raconter au village.

Au même instant, quelqu'un donne un petit coup sec sur la vitre. Il n'était pas prévu que d'autres plongeurs se présentent aujourd'hui, sinon je n'aurais pas laissé sortir les enfants, mais je vois un homme dehors, qui a à moitié enfilé une combinaison de plongée. Ruby et Stan sont avec lui.

— Je les ai surpris près du lac, en train de nous espionner, déclare-t-il quand j'ouvre la fenêtre. Ce n'est pas un spectacle pour des gosses.

Ma fille et son ami ne paraissent pas le moins du monde contrits.

— On voulait juste regarder, affirme Ruby.

Ma mère refuse d'évoquer le crâne. Elle est inhabituellement taciturne depuis que la police est venue au manoir, même en présence de Ruby.

— Il n'y a rien à dire, décrète-t-elle lorsque j'essaie une nouvelle fois d'aborder le sujet.

— Tu n'es pas curieuse ? Même un tout petit peu ?

Elle coupe la tige d'une rose, qu'elle place dans un vase rond. Puis elle considère un instant le résultat, avant d'en choisir une autre.

— Tu ne pourrais pas oublier cette histoire ? Ça tourne à l'obsession !

— Mais enfin, mère, je l'ai vu ! Il était fracturé. Cette personne n'est pas morte de cause naturelle. Ça ne te fait rien ?

— Que veux-tu que je te dise ? Des gens vivent ici depuis presque un millier d'années, tu le sais aussi bien que moi. Ce crâne est sans doute celui d'un pauvre garçon d'écurie qui s'est tué en tombant de cheval il y a plusieurs siècles, ou d'un malheureux qui a perdu la vie dans une bagarre entre ivrognes. Si ça se trouve, on ne l'identifiera jamais. Alors, pourquoi faudrait-il que je me mette dans tous mes états ?

— Et si c'était une mort plus récente ?

Elle continue d'arranger son bouquet sans répondre. J'insiste :

— Tu crois qu'il pourrait s'agir de Hannah ?

La question l'amène à pincer les lèvres.

— Est-ce qu'elle t'a donné des nouvelles, après son départ ?

Un léger signe de dénégation en guise de réponse.

— Et si c'était elle ?

— Bien sûr que non !

— Comment peux-tu en être certaine ?

Elle m'ignore de nouveau, comme chaque fois que j'essayais de lui parler de ma nanny. Quelques heures seulement après le départ de Hannah, son nom est devenu tabou dans la maison. Ma mère coupe encore l'extrémité d'une tige et prend son temps pour insérer la rose parmi les autres. Le bouquet dégage une senteur sucrée vaguement écœurante.

— Voilà, dit-elle.

Elle fait tourner le vase pour admirer le résultat sous tous les angles.

— Ravissant, non ?

Je voudrais que les fleurs pourrissent sur-le-champ.

Virginia

J'ai l'impression que mon univers se fissure. De la maison, je regarde les plongeurs retirer d'autres ossements de la vase et des enchevêtrements de racines. Ils les enveloppent aussi soigneusement que s'il s'agissait d'objets en porcelaine fine, avant de les emporter. Les opérations se poursuivent sur plusieurs jours. La présence de ces hommes m'est aussi pénible que les questions incessantes de Jocelyn au sujet du crâne.

Le dernier jour, l'inspecteur Wilton vient frapper à la porte. Je ne l'invite pas à entrer. Le porche suffit à l'abriter de la pluie.

— Oui ? dis-je.

— Nous avons fini pour le moment.

— Je vois.

— Je vous tiendrai informée de la suite des événements.

— Il s'agit forcément d'un squelette très ancien, vous savez. Alors, je ne vois pas pourquoi vous prenez la peine de tendre cet affreux ruban jaune partout et de provoquer tout ce remue-ménage.

— Nous devons suivre certaines procédures quand des restes humains sont découverts.

— Les procédures peuvent être bien fastidieuses, n'est-ce pas ?

Le policier est de ceux qui se passent la langue sur les dents de devant lorsqu'ils réfléchissent, faisant saillir leurs lèvres. C'est très laid.

— Je dirais plutôt qu'elles sont nécessaires, madame Holt.

— Lady Holt.

— Je vous appellerai.

— Entendu. Merci.

Je m'efforce de ne rien montrer de la terreur qui m'habite.

J'ai rencontré le père de Jocelyn en 1975. Mon frère m'avait invitée à aller faire du ski avec lui et quelques amis. Alexander nous avait rejoints un jour pour le déjeuner, mais je ne l'avais remarqué qu'après le repas, quand nous chaussions nos skis. Quelqu'un avait alors proposé une course jusqu'au pied de la piste et des paris avaient été pris.

« Vous participez ? » m'avait demandé Alexander. Si, chaque fois qu'il racontait cette histoire par la suite, il prétendait avoir immédiatement deviné que j'étais une excellente skieuse, pour ma part je suis prête à jurer qu'il s'attendait à me voir battre des cils en répondant que je préférais applaudir les garçons de loin. Au lieu de quoi je m'étais placée parmi eux sur la ligne de départ. Le ciel était d'un bleu pur et les sommets enneigés autour de nous semblaient flotter à l'horizon.

Alexander et moi étions coude à coude dans la descente, et à une bonne cinquantaine de mètres devant les autres, quand une imposante Française surgie de nulle part nous avait coupé la route, lentement mais sûrement. J'avais réussi à l'éviter, mais pas Alexander. Ils s'étaient étalés dans une grande envolée de neige et de jurons en français. La dame en avait même perdu sa grosse toque en fourrure.

« Personne ne m'avait jamais battu à la course, m'avait-il dit après coup. Et surtout pas une fille. On fait la revanche ? »

J'avais ôté la neige sur son bonnet.

« Je préférerais prendre un verre. »

C'était l'homme le plus séduisant que j'avais jamais vu.

— Mamie ? lance Ruby.

— Je suis contente de te voir, ma chérie. Où étais-tu ?

— Tu connais des histoires de fantômes ?

— Non, mais je peux te prêter un très bon livre qui te fera aussi peur qu'une histoire de fantômes, si tu tiens absolument à avoir des frissons. Il s'intitule *La Nuit du chasseur*.

— Tu me le montres ?

Je vais chercher le roman sur une étagère, puis le lui donne. Elle y jette un rapide coup d'œil, et je vois bien à son expression qu'elle est impressionnée.

— Stan voudrait que j'aille chez lui pour qu'on se raconte des histoires de fantômes devant un feu de camp.

— C'est une excellente idée, trésor. Avec ma sœur, nous faisions la même chose autrefois.

Elle me ressemble, me dis-je, et cette pensée me procure un immense réconfort.

Ruby me mitraille de questions, tout comme sa mère, mais en général j'ai moins de mal à répondre aux siennes.

— Elle est vieille, ta maison, mamie ?

— Elle était déjà là au onzième siècle, peut-être même avant. Tu te rends compte ? Ça fait presque mille ans. C'est à cette époque que la devise familiale a été gravée au-dessus de la porte. Tu l'as vue ?

Alexander aurait adoré l'expression de notre petite-fille en cet instant. Elle est littéralement captivée. Il était si attaché à Lake Hall que l'intérêt de Ruby l'aurait comblé. Quelle tragédie qu'il n'ait pu la rencontrer…

— Mille ans ? Waouh !

— La première habitation construite à cet endroit était plus petite que celle-ci. Elle a été agrandie au fil des ans. Un jour, un incendie a détruit plusieurs pièces, et ton arrière-arrière-arrière-arrière grand-père les a fait reconstruire.

— Anthea m'a raconté qu'un roi avait dormi au manoir.

— C'est le bruit qui court, oui. Je ne suis cependant pas sûre que ce soit vrai.

— Je me demande dans quelle chambre il a couché.

— La plus belle, forcément. En attendant, tu as dit tout à l'heure que c'était ma maison, mais ce n'est pas tout à fait exact. Je m'occupe de l'entretenir pour la famille. Elle te reviendra un jour, et ce sera ton rôle aussi.

— Ah oui ?

— Je l'espère, en tout cas.

— Alors, je me débarrasserai des fantômes !

Mon cœur manque un battement.

— Comment ça ?

— Stan dit qu'il a dû arriver un malheur à la personne dans le lac et qu'elle va hanter le manoir maintenant qu'elle est remontée à la surface. Ce sera sûrement un poltergeist, parce qu'elle est en colère.

— Ce ne sont que des bêtises, Ruby.

J'espère qu'elle ne perçoit pas le tremblement de ma voix.

— Ben moi, si je vois un poltergeist, je lui ferai une prise de karaté ou…

Elle s'interrompt.

— Tu connais le prêtre, mamie ?

— Oui.

— Parce que Stan, il dit aussi que les prêtres organisent des cérémonies pour chasser les fantômes. On pourrait lui demander, non ?

J'éclate de rire à la pensée de la tête que ferait le révérend Whittard si je lui demandais un exorcisme, et Ruby fronce les sourcils.

— Je suis sérieuse, mamie.

Elle me prend la main. C'est la seule personne qui me touche, aujourd'hui. Son regard cherche le mien ; il est empreint de solennité.

— Les fantômes sont dangereux, tu sais. Surtout les poltergeists.

L'intensité avec laquelle elle me dévisage m'amène à retirer doucement ma main. Elle me rappelle la façon dont Jocelyn m'observait après le départ de Hannah. Je ne le supportais pas. J'avais l'impression qu'elle me sondait pour essayer de découvrir la vérité. Si je m'étais imaginé qu'une fois sa nanny disparue les choses pourraient s'améliorer entre ma fille et moi, je n'avais pas tardé à déchanter. La confiance de Jocelyn avait été trahie ce soir-là, et la cassure entre nous était devenue irrémédiable.

— Ruby ? Tu veux être un amour et aller demander à Anthea de me préparer une tasse de café, s'il te plaît ?

J'éprouve soudain le besoin impérieux de me retrouver seule.

Alexander était mon unique confident. Aujourd'hui, je n'ai plus personne.

S'il était assis là, avec moi, je lui dirais : « Il n'y a qu'une personne à qui ce crâne puisse appartenir. »

1977

Linda est heureuse. Elle aime son travail et s'entend de mieux en mieux avec Jean. Il n'y a que le lundi qu'elle redoute, parce que c'est le jour de congé de Nanny Hughes. Ce lundi-là se passe particulièrement mal. Quand elle arrive chez ses employeurs, la petite fille est déjà très agitée. Tout en vaquant à ses tâches, Linda ne peut s'empêcher d'observer la mère, qui s'efforce de calmer le bébé.

— Je crois qu'elle fait ses dents, déclare cette dernière en surprenant son regard.

Linda pense qu'elle se trompe. Les deux bébés ne se comportent jamais comme ça lorsqu'ils font leurs dents. Ils pleurent et sont parfois ronchons mais, en l'occurrence, la petite semble fiévreuse. Linda ne dit cependant rien. Ce n'est pas son rôle.

La frustration de la mère grandit au fil des heures, surtout quand le bébé, impossible à apaiser, refuse son lait. Linda finit par prendre son courage à deux mains.

— Voulez-vous que j'appelle Nanny Hughes ?

— Non ! s'exclame la mère en changeant maladroitement la couche de la fillette. Je suis tout à fait capable de m'occuper de mes enfants !

Le petit garçon hurle dans son berceau. Il règne dans la nursery une pagaille que la nanny n'aurait jamais tolérée.

— Vous avez encore du travail, non ?

— Oui, madame Burgess, répond Linda.

Alors qu'elle baisse les yeux, elle remarque une plaque rouge sur la cuisse de la fillette. La mère suit la direction de son regard.

— C'est juste une irritation due à la chaleur, déclare-t-elle. Je vais la coucher, et ensuite j'irai faire la sieste, alors veuillez fermer doucement la porte quand vous partirez.

Elle place l'enfant dans le berceau voisin de celui de son frère.

— Allez, soyez sages, tous les deux, leur dit-elle, comme une maîtresse s'adressant à des écoliers. Maman a besoin de se reposer, elle aussi.

Les jumeaux pleurent pendant ce qui paraît une éternité, sans qu'elle revienne les voir. Linda envisage de téléphoner au mari ou au médecin de famille, mais elle ne connaît pas leurs numéros. Alors elle soulève le combiné rouge dans le couloir et compose celui de Nanny Hughes. Elle laisse sonner longtemps, en vain. Personne ne décroche. Comme elle ne veut pas partir en laissant les bébés dans cet état, elle remonte à l'étage.

Constatant que le garçon s'est endormi, elle sort de son berceau la fillette toujours agitée, dont la tête lui tombe sur l'épaule. Le bébé se calme rapidement dans ses bras, et Linda se sent soulagée. Elle aimerait voir de plus près la plaque sur sa jambe, mais elle n'ose pas lui enlever la grenouillère que sa mère lui a mise, de peur de la réveiller. Elle la recouche, défait les trois premiers boutons-pressions de sa combinaison et entrouvre la fenêtre pour laisser l'air la rafraîchir.

En partant, elle referme la porte de la maison le plus doucement possible, comme on le lui a recommandé. Si elle est inquiète pour la petite, elle se dit néanmoins qu'elle ne pouvait pas en faire plus sans risquer de perdre sa place.

Au moment où, rentrée chez elle, elle déverrouille la porte de sa chambre, son père la saisit par la peau du cou. Il la tire en arrière, avant de la pousser brutalement à l'intérieur. Elle s'étale sur le sol puis rampe pour s'éloigner de lui, attrapant au passage une poêle à frire qu'elle a fait tomber. Il pue l'alcool.

— Comment… comment m'as-tu retrouvée ? balbutie-t-elle.

— C'était pas difficile.

Je suis sûre que si, *pense-t-elle. Mais pourquoi s'est-il obstiné à la chercher, puisqu'elle n'a jamais été pour lui qu'une bouche à nourrir parmi d'autres ?*

— Je veux que tu rentres à la maison et que tu t'occupes des mômes, décrète-t-il. C'est là qu'est ta place.

— Pas question.

Quand il lui envoie son poing dans la figure, la douleur lui coupe le souffle. Alors qu'il s'apprête à recommencer, M. Pebworth, qui loue la chambre meublée voisine, sort de chez lui et s'interpose.

— Je reviendrai ! hurle le père de Linda dans l'escalier. Je reviendrai te chercher, crois-moi !

« Va te faire foutre ! » voudrait-elle crier, mais le sang qui lui a empli la bouche la fait tousser et, lorsqu'elle crache, une de ses dents atterrit sur le lino.

Elle va tout de même travailler le lendemain. Sa dent manquante ne se voit pas trop si elle s'abstient de sourire. Et, comme sa mère le faisait toujours autrefois, elle a inventé une explication au cas où on lui poserait des questions sur les meurtrissures qu'elle a sur la figure. Jean ne lui a pratiquement rien demandé quand elle lui a nettoyé le visage. « On va te remettre d'aplomb », a-t-elle dit. Il y avait de la compassion dans ses yeux.

Lorsque Linda arrive chez ses employeurs, elle a complètement oublié ses inquiétudes au sujet du bébé. Mais elles lui reviennent d'un coup dès qu'elle entre dans la cuisine. Le père est assis à la table, vêtu seulement d'un pantalon de pyjama. Elle ne sait pas où poser les yeux. Il lève sur elle un regard vide, sans paraître remarquer ses ecchymoses, et annonce :

— Hannah est morte.

Il éclate en sanglots si violents qu'elle prend peur.

Elle retourne chez eux les jours suivants, parce que personne ne lui dit de ne plus venir. Nanny Hughes est là elle aussi.

— Il faut que quelqu'un s'occupe d'Oliver, dit-elle.

Linda ne sait pas si elle fait allusion au mari ou au petit garçon, car ils s'appellent tous les deux Oliver. Les jumeaux ont reçu les prénoms de leur père et de sa sœur, qui est morte.

— Le sort s'acharne sur eux, révèle Nanny Hughes, les larmes aux yeux, en serrant le garçonnet dans ses bras.

Elle montre à Linda une photo du mari avec sa sœur, qui semble beaucoup plus jeune que lui.

— Perdre une enfant et une sœur en si peu de temps... ajoute-t-elle.

Linda voit des larmes couler sur les joues de la nanny.

Elle continue d'entretenir la maison, mais l'atmosphère a complètement changé. La mère s'enferme toute la journée dans sa chambre et le mari n'est plus le même homme. Il ne va plus travailler. Il s'assoit à son bureau et dessine des silhouettes sombres effrayantes sur son sous-main, ou passe des heures allongé sur une chaise longue, à contempler fixement l'arroseur automatique. Linda a l'impression de faire le ménage dans une morgue.

Son père n'a pas renoncé. Un jour, elle l'aperçoit dans le quartier et se réfugie sous un porche pour l'éviter. Un autre soir, en rentrant du travail, elle le voit devant chez elle, en train de hurler des insultes en direction de sa fenêtre. Elle s'enfuit et erre dans les rues pendant des heures. Quand elle trouve enfin le courage de revenir chez elle, il est parti, mais elle reste terrifiée.

Et s'il découvrait l'adresse de ses employeurs et allait faire un scandale là-bas ? Elle serait sans doute renvoyée sur-le-champ, sans lettre de recommandation. Ou, pis, s'il blessait quelqu'un ? Il pourrait s'en prendre à la famille qui l'emploie, ou à Jean. Elle sait de quoi il est capable.

Elle doit lui échapper, se dit-elle. Et s'arranger pour que, cette fois, il ne puisse jamais la retrouver.

Inspecteur Andy Wilton

Andy est sorti s'acheter à manger pour le déjeuner. Avec l'arrivée dans sa vie d'une nouvelle petite amie, il s'est fixé une limite quotidienne au nombre de calories avalées, parce qu'elle n'aime pas trop sa « brioche », comme elle dit. Il trouve l'expression légèrement insultante mais, n'ayant pas eu de relation sentimentale sérieuse depuis longtemps, il tient à mettre toutes les chances de son côté. Déterminé à perdre du poids, il a choisi chez le traiteur des falafels et du houmous, accompagnés de carottes râpées et de bâtonnets de différentes choses sans doute très saines. Leur vue, dans la boîte en plastique qui les contient, le consterne.

Il picore à son bureau en songeant au corps dans le lac. Un e-mail du labo lui a livré des informations fondées sur des observations préliminaires : il s'agit d'une femme, qui avait probablement un peu plus de vingt-six ans au moment de sa mort et mesurait environ un mètre soixante-cinq. L'examen de ses plombages dentaires a révélé qu'ils sont faits d'un amalgame introduit au Royaume-Uni au milieu des années 1960.

D'autres analyses sont en cours, et il va devoir patienter avant d'avoir les résultats mais, au moins, il dispose déjà de certains éléments. Il songe à la façon dont lady Holt s'est comportée lors de leur dernière conversation. Compte tenu des indications chronologiques fournies par le légiste, il lui paraît désormais tout à fait possible que la propriétaire de Lake Hall ait connu la défunte, ce qui rend les choses beaucoup plus intéressantes.

Lake Hall le fascine. Il y voit un vestige d'une époque révolue. Il n'avait encore jamais eu l'occasion de pénétrer dans le monde des nantis.

— Ça me choque que certaines personnes puissent avoir autant d'argent, confie-t-il à Maxine.

— Vous faites allusion à votre enquête chez les seigneurs du manoir, monsieur Poirot ? ironise-t-elle.

— Très drôle.

Ses collègues l'ont surnommé Poirot depuis qu'il a été chargé de l'affaire de Lake Hall, et aucun d'eux ne semble se lasser de la plaisanterie.

— N'empêche, c'est révoltant, insiste-t-il, désireux qu'elle partage son indignation. Sans parler de la façon dont ces gens-là traitent les autres, comme s'ils s'estimaient supérieurs au commun des mortels.

— Ne te laisse pas atteindre. C'est sûrement plus fort qu'eux.

— Oh, ça ne m'atteint pas, prétend-il. Je disais ça comme ça, c'est tout.

Il renonce à son déjeuner et le flanque à la poubelle. Sur le trajet jusqu'à la cantine, où il compte s'acheter quelque chose qu'il a vraiment envie de manger, il s'arrête pour parler à Richard Price, un inspecteur-chef qui, du plus loin que tout le monde s'en souvienne, a toujours fait partie des effectifs. Il est connu pour sa mémoire encyclopédique des vieilles affaires.

— Lake Hall, annonce tout de go Andy. À la sortie de Downsley, dans la vallée de Pewsey. Propriété de lord et lady Holt. Ça te dit quelque chose ? Est-ce que tu te rappelles des incidents impliquant le manoir, la famille ou le village ?

— On est allés voir les jonquilles, là-bas, un jour. Avant, ils ouvraient les jardins au public une fois par an.

— Ça ne m'aide pas.

— Je crois que Rob a travaillé sur une affaire, autrefois. Une sale histoire de balle perdue, il me semble.

— Rob ?

— Rob Mostin. Il est à la retraite aujourd'hui, mais le dossier est sûrement aux archives. Ça doit remonter au début des années 1980.

L'archiviste ne le localise cependant pas tout de suite.

— Je peux toujours le demander aux archives centrales, propose-t-il.

Andy a du mal à contenir son impatience. Il sait qu'il ne peut pas faire grand-chose avant d'avoir reçu les résultats du labo mais, après avoir effectué sans succès des recherches sur Internet, il décide de se rendre à la bibliothèque locale. Même s'il ne fonde pas beaucoup d'espoir sur cette démarche, il s'est rendu compte que lady Holt a été ébranlée par la découverte du crâne, et il voudrait savoir pourquoi.

Si la bibliothèque située dans le centre de Swindon a été reconstruite dix ans plus tôt, Andy garde la nostalgie de la modeste bâtisse des années 1960 que la municipalité a démolie, sous prétexte qu'elle n'était plus adaptée à sa fonction. Un avis qu'Andy ne partageait pas. Pour l'avoir fréquenté assidûment dans son enfance, lui adorait cet endroit.

— Oh oh, ennuis à l'horizon, plaisante Lizzie lorsqu'elle le voit arriver. Bonjour, monsieur l'inspecteur.

Lizzie le connaît depuis qu'il a obtenu sa première carte d'abonné. Elle le gratifie d'un coup d'œil sévère par-dessus ses lunettes en demi-lune, avant de lui adresser un grand sourire et de soulever l'abattant du comptoir d'accueil pour aller lui déposer un baiser sur la joue, qu'elle rosit de son rouge à lèvres.

— J'ai le droit de t'embrasser quand tu es en service, au moins ? À moins qu'on ne t'ait viré de la police ?

Il lui brandit son badge sous le nez. Il ne se lasse pas de ce geste.

Elle l'installe devant un lecteur de microfiches, pour qu'il puisse consulter de vieux numéros du *Swindon Evening Advertiser*. Il commence au début des années 1980.

Il ne sait pas trop ce qu'il cherche – il est avant tout motivé par une intuition –, mais il est persuadé que, s'il s'est passé quelque chose chez les Holt, la presse locale n'a pas manqué d'en parler. Au début, il ne trouve que deux ou trois articles sur la fête estivale annuelle organisée à Lake Hall, et il étudie les photos à gros grain, en noir et blanc, qui les illustrent. À voir la façon dont lord et lady Holt prennent la pose, on pourrait presque les croire apparentés à la famille royale. Il secoue la tête.

Il fait défiler d'autres numéros du *Evening Advertiser* et tombe sur un nouveau cliché des Holt pris lors d'une réception quelques années plus tard. Leur fille, qui doit avoir trois ou quatre ans, y figure aussi pour la première fois. Elle est debout à côté d'eux mais s'appuie contre les jambes d'une femme qu'elle tient par la main. Là encore, lord et lady Holt font honneur à leur titre. Elle arbore une coupe de cheveux à la lady Diana et porte une robe à motif floral ; lui est vêtu d'un pantalon en velours côtelé et d'une chemise à carreaux sous un gilet. *Beau couple*, songe Andy. La fillette, en revanche, paraît contrariée. Elle a l'air boudeur, renfrogné.

La femme dont elle agrippe la main est en tenue plus décontractée : chemisier blousant rentré dans un pantalon ceinturé. *Est-ce la nanny ?* se demande-t-il. Le couple en employait sûrement une. Elle est jolie, avec ses grands yeux et ses cheveux bruns mi-longs. Surtout, elle a le mérite de paraître naturelle, contrairement aux Holt.

Il poursuit ses investigations, jusqu'au moment où son obstination est récompensée quand il parcourt l'exemplaire daté du 2 février 1984.

— Bingo ! s'exclame-t-il après avoir lu l'article.

Une femme à l'allure guindée, assise à une table proche, lui lance un « chut » réprobateur, auquel il réplique en lui faisant un doigt. Il n'est pas en uniforme, et les vieilles habitudes ont la vie dure. Qu'a dit cette actrice qu'il a vue à la télé récemment ? « J'ai un problème avec le respect des règles. » C'est aussi ce qu'il ressent un peu trop souvent depuis quelque temps.

Jo

J'ai décroché un entretien d'embauche. J'avais répondu à une annonce pour une place à la jardinerie locale avant la découverte du crâne, et dans le chaos qui a suivi, ça m'était complètement sorti de la tête, mais j'ai reçu une convocation par e-mail. Il s'agit pour l'essentiel de tâches manuelles : arroser les plantes, les tailler, couper les fleurs fanées et plus généralement se rendre disponible pour aider les autres employés quand c'est nécessaire. J'aimerais vraiment obtenir le poste. Ce serait parfait pour remettre le pied à l'étrier.

Ruby et ma mère vont cueillir des fraises pendant que je suis reçue par le directeur. J'aurais préféré aller seule à mon rendez-vous, mais ma mère a insisté pour venir. « On ne te gênera pas, ma chérie. On passera un bon moment toutes les deux. Ne t'inquiète pas pour nous. » Si je ne lui ai pas purement et simplement interdit de m'accompagner – sa présence ne me paraissait pas de bon augure –, c'est parce que Ruby était enthousiaste et que je ne voulais pas la décevoir.

— Vous me semblez un peu surqualifiée, déclare le directeur.

Il parcourt mon CV sur son iPad et tapote l'écran de ses ongles crasseux. Sur son bureau s'entassent des papiers striés de traces terreuses. Il a un visage large, tanné par le grand air. Un coin de sa lèvre supérieure se retrousse en un semblant de sourire.

— J'ai l'habitude de travailler dur, dis-je.

— Vous avez de l'expérience dans le jardinage ?

— En amatrice passionnée, oui. J'aime mettre les mains dans la terre et j'apprends vite.

— Vous résidez à Lake Hall, c'est ça ?

Il le sait déjà, vu que mes coordonnées figurent sur mon CV.

— Je suis très motivée, je vous assure. Donnez-moi une chance de vous le prouver.

— Et vous êtes la fille de lady Holt, si je comprends bien. Vous lui ressemblez beaucoup.

Cette allusion à ma famille me laisse supposer que mes chances d'embauche sont probablement proches de zéro.

— Bon, reprend-il. Le problème, c'est qu'on ne peut pas vous offrir plus que le smic. C'est plutôt un emploi destiné à quelqu'un qui n'a pas fait d'études.

En d'autres termes, pas à une Holt.

— Au fait, j'ai entendu dire qu'on avait trouvé un crâne humain dans le lac ? lance-t-il au moment où je me lève.

— En effet.

Je vois bien qu'il aimerait en apprendre davantage, mais je me refuse à satisfaire sa curiosité. Je n'aime pas la façon dont il me regarde.

— Vous auriez des meurtriers parmi vos ancêtres ? ironise-t-il d'un ton narquois.

— Pas que je sache.

Je referme la porte derrière moi avant qu'il puisse ajouter un mot.

Dans la partie de la jardinerie réservée aux fraises, ma mère est assise sur un petit siège pliant à l'extrémité d'une rangée et Ruby cueille les fruits cultivés dans des bacs surélevés. Ma fille offre l'image même de la concentration tandis qu'elle soulève avec précaution les tiges feuillues.

— Alors, ma chérie, ça s'est bien passé ? me demande ma mère.

Le large bord de son chapeau mou lui ombre les yeux. Un panier plein de fraises est posé à ses pieds. Je fais non de la tête.

— Tu sais, j'ai dit à Janet que tu devrais chercher quelque chose de plus gratifiant, raconte-t-elle. Un poste à Londres te conviendrait parfaitement. Même à Swindon, ce serait mieux pour toi.

Janet s'occupe des arrangements floraux à l'église. C'est la belle-sœur du directeur de la jardinerie. J'en déduis que le message que lui a confié ma mère – à savoir qu'elle ne voulait pas de cet emploi pour moi – a aussitôt été transmis haut et fort à l'intéressé.

— Quand lui en as-tu parlé ?

— Je ne me rappelle plus exactement, prétend-elle. Hier, peut-être.

Ma frustration atteint des sommets. Je dois résister à l'envie de lui renverser le panier de fraises sur la tête, d'écraser les fruits sur son visage et dans ses cheveux.

— Laisse-moi te poser une question, dis-je. Si je suis embauchée à Londres, qui surveillera Ruby ? Le trajet me prendra une heure et quart à l'aller comme au retour.

De toute évidence, ma mère n'y a pas pensé. Elle ne s'est jamais préoccupée de tout ce qui touchait à la garde d'enfant ; ces tâches-là, elle les déléguait à d'autres. La nanny s'en va du jour au lendemain et on ne trouve pas de remplaçante qui convienne ? Eh bien, que l'enfant dévastée aille en pension. Peu importe qu'elle n'ait que huit ans.

— Dans ce cas, je demanderai à Anthea d'aller chercher Ruby à l'école et de lui préparer son goûter, réplique ma mère. Et, en admettant que tu décroches un emploi à temps partiel, deux ou trois jours par semaine, je pourrais sans doute l'emmener moi-même le matin.

— Ça ne fonctionnerait jamais, tu le sais pertinemment. Tu ne t'es jamais occupée d'un enfant.

— Je me suis occupée de toi.

— C'est une blague ?

— Pourquoi faut-il que tu sois toujours agressive ?

J'ouvre la bouche pour répondre quand Ruby nous rejoint en sautillant, un grand sourire aux lèvres – une vision rare depuis la journée qu'elle a passée à l'école. Le panier à son bras déborde de gros fruits rouges, et de la pulpe de fraise macule son T-shirt, sa figure et ses doigts.

— J'ai tout rempli ! s'exclame-t-elle.

— Bravo, ma chérie, répondons-nous en chœur, ma mère et moi.

Ruby et moi nous sommes réfugiées dans le salon bleu parce que ma mère a invité des amies à jouer au bridge. Je les ai entendues parler dans l'allée quand elles sont arrivées.

« Attention, ne mentionne pas la police devant Ginny, a dit l'une d'elles.

— J'ai cru comprendre qu'elle était particulièrement chatouilleuse sur le sujet, a répliqué son amie.

— Eh bien, on le serait à moins, non ? »

Elles caquetaient comme des harpies. Pour autant, je n'ai pas éprouvé la moindre compassion pour ma mère. Elle récolte ce qu'elle a semé.

Au moins, Ruby et moi avons réussi à la convaincre de prendre un abonnement à Netflix, et l'idée s'est révélée excellente. Nous avons regardé toutes les trois la série *The Crown*, même si ma mère m'agace en affirmant avoir rencontré certains des personnages dans la vie réelle. Je ne la contredis cependant pas, parce que Ruby adore l'entendre raconter ses histoires.

Ce jour-là, ma fille et moi sommes blotties l'une contre l'autre sur le canapé, devant des rediffusions de *Bob l'éponge*. Ruby pouffe, mais je me sens submergée par la tristesse au souvenir de moments semblables partagés avec Chris, chez nous. Notre installation ici semble nous avoir privées de toutes ces petites parenthèses familiales détendues, durant lesquelles personne ne demande rien à personne, quand seuls comptent le sentiment d'être aimé et le bonheur d'être ensemble.

— Maman ? lance soudain Ruby.

— Oui ?

— Pourquoi t'appelles ta maman « mère » ?

— Je ne sais pas. Je ne me rappelle plus pourquoi. Je crois que je l'ai toujours appelée comme ça.

— C'est bizarre.

— Possible. Mais il est trop tard pour changer nos habitudes.

De fait, j'aime la distance que ce terme instaure entre ma mère et moi. « Maman » suggérerait une intimité entre nous qui n'a jamais existé.

Un jour, j'ai appelé Hannah « maman » alors que mes parents étaient à portée de voix. Tout le monde s'est figé.

« Je crois que ta langue a fourché, Jocelyn », a fait remarquer mon père.

Je me suis sentie si honteuse que j'ai bredouillé. Le regard que ma mère a jeté à Hannah aurait pu la consumer sur place. Ma nanny a gardé la tête baissée. Pour une fois, elle était à court d'arguments pour prendre ma défense.

« Je… je me suis trompée, ai-je dit. Pardon, mère.

— C'est à moi que tu t'adresses ? a-t-elle rétorqué. Ou à elle ?

— À toi. »

Je ne me suis cependant pas précipitée dans ses bras comme je l'aurais fait avec Hannah si j'avais voulu qu'elle me pardonne une bêtise.

« Bien, a conclu mon père. Tout est réglé. »

Il a hoché la tête en direction de Hannah, qui m'a emmenée hors de la pièce. Alors que nous nous engagions dans le couloir, nous avons entendu mes parents parler à voix basse derrière nous, d'un ton pressant. À un certain moment, ma mère s'est exclamée :

« Ma propre fille ne m'aime pas ! »

Hannah m'a serré plus fort la main.

La porte du bureau de mon père s'ouvre sans bruit. Ce n'est pas une grande pièce. Deux bergères usées flanquent la cheminée, et des rayonnages de livres couvrent les murs du sol au plafond. Je repère des ouvrages familiers sur la pêche à la mouche et plusieurs éditions originales de Kipling qu'il choyait comme un trésor.

En voyant un vide sur l'étagère du bas, à la place réservée autrefois au catalogue Holt, j'ai un pincement au cœur. J'aurais tellement aimé le consulter aujourd'hui et étudier tous les détails de la collection familiale d'œuvres d'art… Ce catalogue était un registre soigneusement conservé, constitué sur des centaines d'années – autant dire une source d'information précieuse pour tous les historiens de l'art. Les caractéristiques de chaque œuvre ajoutée à la collection y étaient consignées : ses dimensions, sa provenance, la date de l'acquisition et le prix payé. Comme je regrette de ne pas y avoir prêté plus d'attention quand j'étais jeune…

L'une des conversations les plus mémorables que j'aie eues avec mon père ces dix dernières années, sans doute parce que nous étions tous les deux trop affectés pour rester sur notre réserve habituelle, est celle au cours de laquelle il m'a annoncé que le catalogue Holt avait été détruit par une inondation. Nous étions l'un et l'autre consternés.

Je m'assois à sa table de travail et ouvre l'un des tiroirs. Il s'en dégage une odeur qui me rappelle si distinctement mon père que c'est un choc pour moi. Le compartiment est encombré, pourtant tout ce qu'il contient m'est familier, même le papier qui tapisse le fond, tout écorné et taché d'encre. Je sors une plaquette entamée de confiseries à la menthe Kendal en me rappelant ces moments où, le week-end, il m'en donnait de petits morceaux. « Ne le dis pas à ta mère ni à Hannah », chuchotait-il. Je fourrais le petit carré blanc dans ma bouche et le savourais jusqu'à ce qu'il se dissolve complètement.

Je saisis ensuite son briquet, étonnée de le sentir tiède au toucher. C'est un objet magnifique, en or massif, gravé de ses initiales. Je soulève le couvercle et l'allume. Une grande flamme jaillit, puis s'éteint. Je le remets à sa place. Tout au fond du dernier tiroir, je reconnais le vieux chiffon jaune qui enveloppe son étui à cigarettes. J'hésite avant de le déballer. Même si mon père n'est plus là, j'ai l'impression d'enfreindre un interdit, parce qu'il le considérait comme son bien le plus cher.

« C'est un cadeau offert par un homme très important à mon grand-père, ton arrière-grand-père, pour services rendus pendant la Première Guerre mondiale », m'avait-il dit la première fois qu'il me l'avait montré. Il le tenait dans sa paume et m'avait laissée en effleurer la surface. « Vois-tu, ça le rend très spécial. Il n'en existe probablement pas deux pareils.

— Il est précieux ? avais-je demandé.

— Il a beaucoup de valeur, pas seulement en termes d'argent, mais parce qu'il a une place particulière dans cette famille. Il représente une partie noble de notre histoire. Oui, “précieux”, je crois que c'est le mot qui convient. »

L'étui est aussi beau et agréable à caresser que dans mon souvenir. Il est en or, rehaussé d'incrustations en émail si sombres qu'elles évoquent des eaux profondes. La marque de Fabergé y est apposée. Je l'ouvre et hume l'intérieur. Une faible senteur de cigarettes s'en échappe, qui me plonge dans la nostalgie. Je l'entoure de nouveau du chiffon avant de le ranger où je l'ai trouvé.

Durant toute ma vie, j'ai eu le sentiment que mon père et moi tendions les bras l'un vers l'autre sans parvenir à nous rejoindre.

Ma mère se dressait invariablement entre nous.

Il la faisait toujours passer en premier et était d'une loyauté sans faille à son égard. Je me souviens de sa façon de lui poser une main sur les reins quand ils entraient dans une pièce pour dîner, de son empressement à lui allumer ses cigarettes, des regards intenses dont il la couvait et de la courtoisie avec laquelle il la remerciait – souvent – de « tenir si bien » la maison…

Si elle n'était pas là, me disais-je parfois, est-ce que je deviendrais sa seule princesse ?

Inspecteur Andy Wilton

Les yeux plissés, Maxine lit à voix haute l'article de journal qu'Andy lui a donné :

— « La police lance un appel à la population pour tenter de localiser le témoin d'un accident qui s'est produit durant une partie de chasse organisée à Lake Hall, près du village de Downsley, dans le Wiltshire. Le jeune Barry Toogood, quinze ans, de Downsley, a été blessé par balle à la tête et conduit à l'hôpital Princess Margaret de Swindon, où son état est jugé critique. Ce témoin potentiel est une femme âgée de vingt-huit à trente ans, avec de longs cheveux bruns et des yeux également bruns. Elle portait une tenue de chasse. Son identité reste inconnue, mais il est possible qu'elle ait participé à cette sortie. La police demande à quiconque aurait pu l'apercevoir, ou remarquer une Golf Volkswagen bleue garée dans les environs le matin du dimanche 29 janvier, de prendre contact avec elle. »

— Ni elle ni la voiture n'ont jamais été retrouvées, déclare Andy. Les Holt ont prétendu ne pas savoir si elle avait fait partie du groupe de chasseurs. L'un des rabatteurs a raconté que ses camarades et lui l'avaient vue se disputer avec un participant qu'il ne connaissait pas. D'après lui, tous deux se seraient éloignés des autres, pour se rapprocher de l'endroit où Barry a été blessé.

— Et tu penses que les Holt se sont débarrassés de ce témoin gênant avant de jeter son corps dans le lac ? Tu vas un peu loin, là, non ?

— Eux ou un de leurs invités, peut-être. Et, non, je ne vais pas trop loin. Ce serait typique de la façon dont ces gens-là règlent les problèmes, depuis toujours. Ils se croient au-dessus des lois.

Andy est mal à l'aise à la campagne. On ne peut pas s'y abriter des éléments et il suffit de s'écarter des chemins par erreur pour se retrouver en train de patauger dans la boue. Il préfère les lignes nettes des paysages urbains où, au moins, en cas de danger, on entend les pas résonner sur les surfaces dures.

Le cottage qui les intéresse, Maxine et lui, se situe au cœur du village. C'est une vieille maison d'ouvriers qui fait partie d'une rangée de six habitations identiques, construites en brique rouge et reliées par un seul et même toit en chaume.

Ils sont venus voir un certain Fred Toogood. Fred est l'oncle de Barry, le jeune garçon blessé au cours de la partie de chasse. Il avait également été engagé comme rabatteur le jour de l'accident.

C'est un vieil homme voûté, tout ratatiné, qui se laisse choir dans son fauteuil avec un grognement d'aise après avoir escorté les deux policiers jusqu'à son salon. *Il doit y passer une bonne partie de ses journées*, se dit Andy en voyant plusieurs télécommandes alignées près du siège, le pichet de jus d'orange posé à portée de main, et la tache grasse sur le dossier, à l'endroit où il appuie sa tête.

L'intérieur du cottage est minuscule, et Andy aperçoit par la fenêtre un jardinet derrière, séparé de ses voisins par des murets de pierre. Dans celui d'à côté, un gros gamin saute sur un trampoline. Le grincement régulier de la toile tendue par des élastiques porte sur les nerfs d'Andy.

Ils interrogent Fred sur la partie de chasse.

— J'avais un de mes meilleurs chiens avec moi ce jour-là, raconte le vieil homme. Mon préféré, une chienne appelée Jessy. Je me rappelle aussi qu'il faisait un froid de canard. Y avait une couche de givre sur le sol aussi épaisse que mon doigt, qui a pas disparu de la journée. Les chasseurs, je les ai vus qu'au déjeuner – et encore, c'était de loin, parce qu'on mangeait pas avec eux. Le reste du temps, nous, on battait les broussailles à la lisière des bois ; c'était notre boulot. Ils ont sûrement beaucoup bu pendant le repas. C'était toujours comme ça. Du coup, fallait redoubler de prudence l'après-midi.

— Vous souvenez-vous de cette femme, celle qui avait peut-être été témoin de l'accident ?

Le vieil homme secoue la tête.

— Si quelqu'un peut vous renseigner sur elle, c'est lady Virginia. Elle mettait un point d'honneur à tout savoir sur tout le monde. Marion la respectait beaucoup pour ça. Désolé de pas pouvoir vous en dire plus.

— Et Marion, c'est… ?

— L'ancienne femme de ménage des Holt. Elle habite toujours ici, au village. C'est sa fille qui l'a remplacée au manoir. Marion a travaillé là-bas toute sa vie. Mais je crois qu'elle perd un peu la boule, aujourd'hui.

— Comment va Barry, à propos ? l'interroge Andy, qui n'a pas réussi à découvrir ce qu'était devenu le jeune blessé.

— Bah, c'était déjà pas une lumière avant l'accident, et depuis il est plus bon à rien. Si c'est pas malheureux, quand même… C'était un brave garçon, gentil comme tout. Aux dernières nouvelles, il est parti vivre au pays de Galles avec sa mère.

— Navré, déclare Andy.

Dehors, le gamin sur le trampoline fait des figures en sautant bras et jambes écartés. Il ressemble à un épouvantail, dont la silhouette se détache sur fond de ciel couleur granit. Au-delà des jardins, les profonds sillons d'un champ labouré strient le paysage jusqu'à la ligne d'horizon.

— Quel genre d'employeurs étaient les Holt, monsieur Toogood ? demande Andy.

— Je dirais qu'ils étaient justes, répond l'intéressé. Pour ma part, j'ai jamais eu de problèmes avec eux. Oh, y en a peut-être d'autres qui seraient pas d'accord avec moi, mais pour en avoir le cœur net faudrait que vous leur posiez la question. Si vous pouvez en trouver un qui soit encore de ce monde, évidemment !

Il éclate de rire si fort qu'il s'étrangle à moitié.

Les deux policiers notent le nom des quelques personnes dont il se souvient qui étaient au service des Holt à l'époque. De retour dans la voiture, Andy contemple la liste.

— L'un d'eux est forcément au courant des secrets de cette famille, affirme-t-il.

VIRGINIA

Le silence des policiers est insupportable. Je me demande constamment ce qu'ils peuvent bien être en train de découvrir.

Chaque jour, au réveil, ma première pensée est : est-ce que c'est pour aujourd'hui ? J'essaie de garder un œil sur Jocelyn quand elle est à la maison, de toujours savoir ce qu'elle fait. Je ne veux pas courir le risque qu'elle apprenne quelque chose sans que j'en sois informée.

Je sursaute chaque fois que le téléphone sonne. Je suis sur les nerfs. L'attente me met tellement au supplice que je trouve toutes sortes de prétextes pour quitter le manoir. Le comité des fleurs de l'église et le conseil de la paroisse ont tous les deux été surpris par mon assiduité aux réunions cette semaine, même s'ils ne m'offrent pas un refuge idéal.

— Alors, où en êtes-vous avec ce corps repêché dans le lac ? me demande Marjorie Eastlake quand nous préparons le thé.

Je suis ulcérée par son toupet, mais il est vrai qu'elle est issue d'une longue lignée de commères.

— La police poursuit son enquête.

— Rien de nouveau ?

— Non, pas encore. Désolée de vous décevoir !

Son air dépité rend encore moins avenants ses traits depuis longtemps figés en une expression réprobatrice.

— J'imagine que ça doit vous perturber de savoir qu'il y avait un cadavre dans l'eau, si près de chez vous…

Elle mime un frisson théâtral.

— Non, pas spécialement.

— Eh bien, nous ne sommes pas de la même étoffe, vous et moi.

Une autre représentante du conseil s'approche de nous, comme pour mieux entendre la conversation. N'ont-elles vraiment rien de mieux à faire ? J'entreprends de disposer soucoupes et tasses en ignorant Marjorie. Et je décide de ne plus revenir.

À la maison, je continue à rôder autour de Jocelyn tout en éludant obstinément ses questions. Il est évident que ce crâne la hante autant que moi. Je sais qu'elle a toujours tendance à réagir de façon excessive ; en attendant, je ne voudrais pas qu'elle nourrisse des soupçons qui pourraient se révéler dommageables pour tout le monde.

Je commence à me dire que je n'aurais pas dû intervenir dans cette histoire de candidature à la jardinerie. Peut-être aurait-il mieux valu qu'elle passe ses journées hors du manoir. Les souvenirs ont moins de chances de resurgir dans un environnement où rien ne les déclenche.

Je lui propose de m'occuper de Ruby pendant qu'elle cherche du travail. Comme de bien entendu, elle feint la surprise et se montre réticente au début, mais nous savons toutes les deux qu'il n'y a pas d'autre solution.

Jocelyn et Anthea sont sorties, et il fait trop mauvais pour que Ruby et moi allions nous promener dehors, alors nous avons toutes les deux trouvé une distraction à l'intérieur : elle veut faire un défilé de mode. Je lui ouvre les portes de mes penderies et elle y pioche joyeusement des tenues.

Ma chambre semble avoir perdu son âme depuis la mort d'Alexander. C'est celle d'une veuve, trop silencieuse et ordonnée. Je ne me rappelle même pas la dernière fois où j'ai vu mon lit couvert de vêtements et de chaussures bourrées de papier dans leurs boîtes ouvertes. Ruby sort même mes foulards en soie, qu'elle accroche à la tête de lit et aux coins des miroirs comme des fanions.

Elle examine attentivement mes robes. Je lui montre les différents tissus, lui explique comment ils ont été taillés, et elle n'en perd pas une miette. Elle s'extasie sur certains modèles de boutons ou de délicates broderies de perles. C'est un vrai bonheur. Jocelyn ne s'est jamais intéressée à la mode, quels que soient mes efforts pour partager ma passion avec elle ou lui choisir de beaux habits.

Ruby passe ensuite à la phase des essayages, et je m'assois sur le lit, au milieu de la pagaille, pour la regarder s'admirer dans la glace. Tout est trop grand pour elle, évidemment : les robes lui tombent des épaules, la taille lui arrive aux genoux et le bas traîne sur le tapis, tandis que ses pieds glissent vers le devant de mes escarpins. Je ris de bon cœur.

— C'est celle-là que je préfère, décrète-t-elle.

— Je l'aimais beaucoup moi aussi. Je l'ai portée un jour pour une soirée merveilleuse chez Annabel. Et tu sais ce que j'avais mis pour aller avec ?

— Non, quoi ?

— Tu es capable de garder un secret ?

Elle hoche la tête.

— Viens là.

Elle s'approche en titubant sur mes talons hauts, et j'ouvre le tiroir de ma table de chevet.

— Regarde.

Je sors le compartiment et le pose sur mes genoux. Puis je presse le fond de la queue-d'aronde qui relie la façade du tiroir et la paroi latérale, révélant une niche secrète. Ruby pousse une exclamation de stupeur en découvrant le collier à l'intérieur.

— Ce sont des diamants, dis-je.

— Des vrais ?

— Bien sûr ! C'est ton grand-père qui m'a offert ce bijou.

Je le passe au cou de Ruby. Il fait ressortir la couleur de ses yeux.

— Tu aimerais que je te maquille, trésor ?

J'essaierai de ne pas paraître blessée si elle refuse, comme sa mère autrefois, mais Ruby n'hésite pas un seul instant. Elle s'assoit devant le miroir, le dos bien droit.

— Je n'en appliquerai qu'un tout petit peu. De toute façon, tu es tellement jolie qu'il n'en faut pas beaucoup.

Je me fige, le mascara à la main, en entendant le crissement du gravier dans l'allée. Je sais que Jocelyn sera furieuse si elle nous surprend ainsi. Je me précipite à la fenêtre, mais trop tard pour apercevoir la personne qui s'est garée devant le manoir.

— C'est maman qui rentre ? demande Ruby. Je peux lui montrer ?

— Non. Je veux dire, reste ici, je vais lui parler. Pendant ce temps, change-toi et lave-toi la figure avant de descendre. Je ne suis pas sûre que ta mère apprécie que tu sois déguisée.

— Pourquoi ?

— Oh, je la connais. S'il te plaît, ma chérie. Fais-le pour mamie, d'accord ?

J'ai descendu la moitié des marches quand la sonnette retentit. Est-ce Jocelyn qui a oublié ses clés ? Ça m'étonnerait, puisqu'elle a pris la voiture. Et pourquoi ne passe-t-elle pas par-derrière ? J'ouvre la porte, pour découvrir les inspecteurs sur le seuil.

— Bonjour, dit la policière. Pourriez-vous nous accorder un petit entretien ?

Ne voyant pas comment je pourrais refuser, je les fais entrer dans le vestibule, puis les précède vers le salon avec l'impression d'avoir des pieds de plomb. Au moment où nous approchons de l'escalier, Ruby apparaît sur le palier à mi-hauteur. Non seulement elle ne s'est pas changée, mais elle a achevé de se maquiller, ne lésinant ni sur le mascara ni sur le rouge à lèvres écarlate. On dirait une courtisane miniature.

— Bonjour, lance-t-elle aux policiers.

Si l'inspecteur l'ignore, sa partenaire lui sourit.

— Tu as une très jolie robe.

Je dois résister à l'envie d'ordonner à Ruby d'aller se déshabiller et se débarbouiller sur-le-champ. J'ai la bouche desséchée, et je redoute que ma voix ne trahisse ma peur.

Inspecteur Andy Wilton

Quand lady Holt en personne ouvre la porte, Andy est surpris. Il s'attendait à voir une domestique accueillir les visiteurs.

— Entrez, je vous en prie, dit-elle.

Un instant plus tard, une fillette apparaît dans l'escalier : elle descend vers le vestibule et s'immobilise sur le palier entre deux volées de marches. Elle ressemble à un personnage sorti tout droit d'un film de David Lynch.

Alors que la maîtresse de maison les précède dans un long couloir, Andy examine les lieux avec curiosité. Le plafond voûté s'orne de nombreuses moulures. Les murs de part et d'autre sont recouverts jusqu'à mi-hauteur de lambris sombres, au-dessus desquels sont accrochés une foule de tableaux, dont des portraits d'hommes et de femmes aux yeux éteints. Il n'avait jamais vu autant d'œuvres d'art en dehors des musées.

Lady Holt les introduit dans une pièce qu'elle présente comme son « salon privé », où les fenêtres doivent bien faire deux mètres cinquante de haut. Les meubles patinés par le temps révèlent des traces d'usure, le tapis beige est si vieux qu'il se teinte de rose et les abat-jour tamisant la lumière sont tachés par l'humidité.

Andy boirait volontiers un café mais, comme lady Holt ne leur propose rien, il lui expose sans plus tarder le motif de leur visite : l'accident de chasse.

— Quel rapport avec ce qui se passe en ce moment ? s'étonne Virginia Holt. Ça remonte à des années, je m'en souviens à peine.

— Un jeune garçon a été gravement blessé ce jour-là, souligne Andy.

— En effet. C'était tout à fait regrettable et très triste, mais que voulez-vous, certains sports comportent des risques.

— Une femme, témoin potentiel de cet événement, a disparu ce même jour. Certaines personnes ont trouvé la coïncidence assez étrange.

— A « prétendument » disparu, rectifie lady Holt. C'est bien ce que vous êtes en train de me dire, n'est-ce pas ? Et il n'y a jamais eu aucune preuve qu'elle ait assisté à la scène, ni même qu'elle ait participé à la chasse avec nous. Ce n'étaient que pures conjectures de la part de vos collègues.

Faux, pense-t-il. *D'après les dépositions contenues dans le dossier, au moins un témoin a affirmé avoir aperçu cette femme près du garçon quand il a été touché. Elle a vu quelque chose.*

— N'est-il pas curieux que vous ayez reçu chez vous, pour une partie de chasse et un repas, une invitée que vous ne connaissiez *prétendument* pas ?

Elle arque un sourcil.

— Nous donnions de grandes réceptions, en ce temps-là, répond-elle. Nos amis proches étaient autorisés à amener qui bon leur semblait. De quel droit les aurais-je jugés s'ils venaient avec une personne rencontrée la veille au soir et dont ils n'apprenaient le nom qu'au petit déjeuner ? Ils aimaient s'amuser, inspecteur. Vous-même, n'avez-vous jamais agi de la sorte ? Je suis sûre qu'un jeune homme fougueux comme vous a déjà eu de nombreuses aventures.

Elle le gratifie d'un sourire condescendant qui le met hors de lui.

— En attendant, reprend-elle, je me rappelle avoir croisé cette femme à laquelle vous faites allusion ; c'était au moment du petit déjeuner, avant le départ de la chasse. On me l'a peut-être même présentée, mais je n'en suis pas certaine. Quant à cette blessure par balle, c'était un accident. Un tir malencontreux, rien de plus. Nous formions une équipe de chasseurs expérimentés, et nos sorties étaient toujours parfaitement organisées, mais personne n'est à l'abri d'une maladresse. Ce jeune garçon se trouvait au mauvais endroit au mauvais moment. C'était bien malheureux pour lui, et c'est tout ce que j'ai à dire sur le sujet. Maintenant, si vous n'avez pas d'autres questions, j'aimerais revenir à nos préoccupations. Ce crâne que vous avez emporté est forcément ancien. On a découvert près du village des fosses réservées aux pestiférés, vous savez ?

Maxine feuillette son calepin et s'arrête sur une page.

— Nous sommes aussi venus vous faire part du résultat des examens pratiqués jusque-là, annonce-t-elle. Ce crâne est celui d'une femme qui mesurait environ un mètre soixante-cinq et avait un peu plus de vingt-six ans quand elle est morte. L'analyse de ses plombages a révélé qu'ils n'ont été disponibles au Royaume-Uni que dans les années 1960. Autrement dit, elle devait avoir à peu près le même âge que vous à cette époque.

— Ces détails réveillent-ils des souvenirs ? s'enquiert Andy.

Il observe leur interlocutrice avec attention. Son visage ne trahit rien. Elle maîtrise parfaitement l'art de l'impassibilité, mais il lui semble que sa réaction est un peu trop tardive pour être spontanée.

— C'est tout ce que vous avez réussi à découvrir ? lance-t-elle. Je pensais pourtant que la science vous permettait d'accomplir des miracles, aujourd'hui.

Bien essayé, songe Andy. *La meilleure défense est parfois l'attaque. Néanmoins, je ne suis pas dupe. Elle sait déjà à qui appartient ce crâne.*

— Ne vous inquiétez pas, réplique-t-il. Nous aurons bientôt d'autres informations à vous communiquer.

De retour dans la voiture, Maxine s'exclame :

— Ah, les riches !

— C'est incroyable. Si elle se considère au-dessus des lois, elle se fourre le doigt dans l'œil.

— Tu la juges durement parce que tu ne l'aimes pas. Pour ma part, je ne pense pas qu'elle se considère au-dessus des lois. Ce n'est pas de l'arrogance, chez elle, mais de la peur.

— Les deux, je dirais.

Jo

Ma mère me rend folle, à tourner sans arrêt autour de nous comme une mouche exaspérante, sans que je sache pourquoi. Pour la première fois de ma vie, elle me consulte au sujet de certaines décisions concernant le manoir.

— Je me demande si je ne vais pas condamner le grenier, me dit-elle. Ça coûte une fortune de le chauffer.

— Comme tu veux.

Je ne tiens pas à m'impliquer, parce que je ne compte pas m'attarder à Lake Hall.

Quoi qu'il en soit, si elle me harcèle avec ce genre de considérations pratiques, elle refuse toujours de discuter du crâne. Je ne la comprends pas. Et, plus elle élude mes questions, plus je les ressasse.

Un matin, poussée par la frustration, je lui lance :

— Pourquoi t'obstines-tu à éviter le sujet, bon sang ? J'en arriverais presque à croire que tu as quelque chose à voir là-dedans.

Le regard qu'elle darde sur moi est si noir que j'en reste sidérée.

— C'est horrible, ce que tu viens de dire, réplique-t-elle avant de quitter la pièce d'un pas raide.

— À cause de toi, mamie est triste, maintenant, me fait remarquer Ruby.

— Ne t'inquiète pas, elle dramatise tout. C'était juste une blague, mais elle l'a mal prise, éludé-je, tout en songeant : *N'empêche, elle a eu une réaction vraiment excessive.*

J'en ai la chair de poule. Et j'en viens à m'interroger, forcément.

Ma mère décrète qu'elle va désormais prendre son petit déjeuner avec nous en bas au lieu de se faire apporter un plateau dans sa chambre. Les sourcils d'Anthea disparaissent sous sa frange quand elle la voit apparaître un matin dans la cuisine et annoncer qu'elle change ses habitudes.

— Je lui monte un plateau tous les matins depuis quinze ans, murmure la femme de ménage en rangeant la vaisselle sale dans le lave-vaisselle. Après, j'allume le radiateur électrique. Elle commence par manger, et ensuite elle s'habille lorsque la pièce est suffisamment chaude. Je sais où elle est et ce qu'elle fait. Elle n'est pas dans mes pattes dès le début de la journée…

Je me demande si elle estime que nous sommes aussi dans ses pattes, Ruby et moi.

Ma mère, qui a invité trois personnes pour le déjeuner, propose à Ruby de lui montrer comment dresser le couvert.

— C'est tout un art qu'il est important de connaître, souligne-t-elle.

Pour ma part, je m'assois sur le rebord de la fenêtre et roule des serviettes que je glisse dans des ronds en argent.

— Au fait, les inspecteurs sont revenus, me révèle soudain ma mère.

— Ah bon ? Quand ?

— Hier.

— Pourquoi ne m'en as-tu pas parlé ?

— Ils n'avaient rien d'important à me dire.

— Ils devaient pourtant bien avoir une raison valable de se déplacer jusqu'ici !

— Ils voulaient juste se renseigner sur un vieil accident de chasse.

— Je suis censée être au courant ?

— Tu étais toute petite à l'époque. Ça ne te concernait pas.

— Il vaudrait peut-être mieux que j'en sache plus si la police commence à poser des questions sur cette histoire, non ?

— Je ne vois pas ce que ça changerait. De toute façon, je pense qu'ils ont décidé de me persécuter, parce que l'inspecteur Wilton a manifestement des griefs contre moi. Ruby, ma chérie, tu as bien travaillé, la table est magnifique. Tu veux bien venir m'aider à choisir une tenue pour le déjeuner ?

Consciente qu'elle esquive une nouvelle fois, j'insiste :

— Ils n'avaient pas d'informations à te donner sur le crâne ?

— Non.

— Je peux me maquiller, pour le repas ? demande Ruby.

— Certainement pas, dis-je. Tu es beaucoup trop jeune.

Ma fille ouvre la bouche pour protester, mais ma mère la devance :

— Viens, trésor, on monte dans la chambre.

Elles sortent de la pièce main dans la main. Je vérifie mes e-mails. J'ai reçu deux réponses négatives à des offres d'emploi auxquelles j'avais postulé.

À peine la soupe est-elle servie en entrée que ma mère et ses invités commencent à dénigrer un certain nombre de fréquentations communes. Je n'avais jamais rencontré Rory, le chirurgien, ni Julia, sa femme maigre comme un clou, mais je sais maintenant qu'ils se sont installés récemment à Downsley et que c'est la première fois qu'ils sont invités à Lake Hall. Lui ne manque pas une occasion de flatter ma mère, tandis que son épouse examine chaque détail de l'intérieur sans faire preuve d'une grande discrétion.

Je connais en revanche très bien la troisième invitée, Elizabeth. D'après ma mère, ses talents d'artiste lui ont assuré un beau succès au fil des ans, et elle est maintenant représentée par une prestigieuse galerie londonienne. Cette nouvelle m'a stupéfiée ; je me souviens d'Elizabeth croquant nos animaux domestiques quand j'étais petite, une activité que je considérais alors comme un simple passe-temps.

Elle est particulièrement exubérante aujourd'hui, dans sa large robe bain de soleil sous laquelle elle n'a pas mis de soutien-gorge, et qui laisse voir les taches de peinture sur ses avant-bras. Elle a tenté de rassembler ses cheveux indisciplinés en un chignon haut qui est hérissé d'épingles. Son allure et son attitude en font une amie improbable pour ma mère, pourtant elles ont toujours été proches, du plus loin que je m'en souvienne.

— Virginia ? Voulez-vous que je découpe le poulet ? propose Rory.

C'est Anthea qui a préparé le repas, mais nous assurons le service, parce qu'elle est rentrée chez elle nourrir sa propre famille.

— Volontiers, répond ma mère. Avant, c'était toujours Alexander qui s'en chargeait. Moi, je ne sais jamais par où commencer.

Quand elle presse le bras du chirurgien, ses bagues scintillent. L'épouse de Rory se caresse un sourcil du bout de l'index. La capacité de ma mère à en imposer aux autres femmes est exceptionnelle. Julia ne devrait cependant pas s'inquiéter : lady Holt n'entreprendrait jamais un chirurgien. Et, bien entendu, elle est tout à fait capable de découper un poulet. Un des tiroirs de la cuisine contient un set de couteaux Sabatier datant de l'époque où elle a suivi des cours au Cordon Bleu avant d'épouser mon père.

— Des choux de Bruxelles, Ruby ? demande-t-elle.

— Non, merci, mamie. Ça pue autant que les couilles du diable, ces machins-là.

Je manque de m'étrangler de rire. Elle a cité une des expressions de son père.

Le front de Rory se plisse et sa femme prend un air atterré. Elizabeth et ma mère gloussent comme des poules.

— Tu ne vas pas t'ennuyer, Virginia, déclare Elizabeth. Elle n'a pas la langue dans sa poche, cette petite !

— Elle est adorable, n'est-ce pas ? roucoule ma mère.

C'est un mot qu'elle n'a jamais employé à mon sujet. Et j'aurais eu droit à une réprimande en règle si, à son âge, j'avais utilisé le même langage que Ruby.

— Au fait, j'ai cru comprendre que tu cherchais du travail ? me lance Elizabeth.

— Oui. Mais je m'y mettrai plus activement en septembre, quand Ruby se sera bien adaptée…

J'aimerais ajouter « à l'école », mais je ne termine pas ma phrase. Ma fille ne s'est pas encore remise de la journée désastreuse qu'elle y a passée et n'a pas besoin qu'on la lui rappelle.

— À propos, tu as des nouvelles de ce travail de secrétariat ? s'enquiert ma mère.

— J'ai reçu une réponse négative. Je n'ai pas les qualifications requises.

— Tu sais, maman, je crois que tu devrais être détective, intervient Ruby. Comme ça, tu pourrais enquêter sur la tête de mort. Ou alors, tu pourrais devenir spirituelle, avec une planche de ouija pour demander son nom au fantôme du lac.

— Tu veux dire spirite, je suppose, pas spirituelle, dis-je. Quoi qu'il en soit, non, merci, ça ne me tente pas.

— J'ai entendu quelqu'un au club de golf parler de ce crâne, déclare Rory. Ça m'a l'air bien mystérieux… Racontez-nous tout, Virginia.

— Oh, il n'y a rien à raconter. Les policiers ont monté cette histoire en épingle, comme s'ils n'avaient rien d'autre à faire, mais je suis convaincue qu'il s'agit d'ossements très anciens.

Elle s'est exprimée d'un ton fébrile, presque agressif, et ses propos sont suivis d'un silence embarrassé.

— En tout cas, vous vivez dans une demeure remarquable ! s'exclame Julia. Et tellement chargée d'histoire. Un trésor national ! Je n'imagine même pas tout ce que ces murs ont pu voir au cours des siècles… Vous devriez écrire un livre sur Lake Hall, Virginia. À moins qu'il n'en existe déjà un ?

Elle éclate d'un rire forcé.

Ma mère la gratifie d'une ébauche de sourire, puis se tamponne les lèvres avec sa serviette – sans doute pour dissimuler une grimace. Je sais qu'elle ne supporte pas les flagorneurs.

C'est Elizabeth qui allège la tension ambiante :

— Pourquoi ne tenterais-tu pas ta chance dans le milieu de l'art, Jo ?

Elle au moins respecte mon souhait de me faire appeler « Jo ».

— Tu as déjà pensé à chercher une place dans une galerie ? Je suis sûre qu'il ne te faudrait pas longtemps pour rafraîchir tes connaissances.

Je suis surprise d'éprouver un tressaillement d'intérêt à cette idée. J'ai quitté un bon poste dans une galerie d'art commerciale lorsque Chris et moi sommes partis aux États-Unis. Comme je n'étais pas autorisée à travailler en Californie, j'ai dû renoncer à mes rêves d'une carrière dans le monde de l'art. Pourtant, je ne m'en suis pas coupée complètement : j'étais guide bénévole au modeste musée d'art local, ce qui me permettait de me tenir au courant, et je réussissais parfois à traîner Chris et Ruby en ville le week-end, pour aller voir des expositions.

La suggestion d'Elizabeth se heurte cependant pour moi à un problème de taille.

— Ce serait l'idéal, mais il faudrait que ce soit une galerie près d'ici. Les trajets pour aller à Londres et revenir me prendraient trop de temps, et je ne peux pas laisser Ruby.

— Je t'en prie, Jocelyn, ne sois pas ridicule ! s'exclame ma mère.

— Je ne vois ce qu'il y a de ridicule à vouloir élever soi-même son enfant.

Rory et Julia nous dévisagent, manifestement ravis d'être témoins de nos querelles familiales.

Une nouvelle fois, c'est Elizabeth qui sauve la situation :

— À propos, mon exposition ouvre la semaine prochaine, annonce-t-elle, et j'espère bien voir fleurir les points rouges sur mes œuvres. Alors, je vous propose de porter un toast à l'inauguration.

Nous trinquons à son futur succès.

— D'ailleurs, Jo, ma chérie, pourquoi ne viendrais-tu pas au vernissage ? reprend-elle. Ça me ferait très plaisir.

— À moi aussi, sauf que je n'ai personne pour garder Ruby.

— Voyons, Jocelyn, je suis là, déclare ma mère. Je m'occuperai d'elle.

Et d'ajouter, à l'adresse de ma fille :

— Tu me montreras ce jeu sur Internet dont tu m'as parlé, trésor.

— Je vais lui apprendre à jouer à Minecraft, confirme Ruby.

— Vous serez à la pointe de la modernité, fait remarquer Julia.

— Allez, Jo, dis oui, insiste Elizabeth. On s'amusera bien, tu verras !

Les yeux brillants, elle me décoche un sourire tentateur. Je finis par céder.

— D'accord. Volontiers.

Après tout, j'ai grand besoin de me changer les idées. Les distractions sont plus que rares depuis des mois et, même si la soirée ne se révèle pas aussi amusante qu'Elizabeth me l'a laissé entendre, elle me permettra au moins de m'échapper de Lake Hall pendant quelques heures. Je ne vois pas quelle catastrophe pourrait provoquer ma mère en un laps de temps aussi court.

Ma recherche d'emploi ne donne toujours rien. J'envoie mon CV tous azimuts et passe des entretiens dans plusieurs agences pour du travail de bureau. Or, non seulement je n'ai eu aucune proposition concrète jusque-là, mais on ne m'a pas laissé beaucoup d'espoir quant à l'avenir proche. J'ai l'impression d'être dans une impasse.

En parallèle, mes échanges téléphoniques avec l'associé de Chris deviennent de plus en plus malaisés. Je commence à le sentir embarrassé par les questions d'argent. À ce que je comprends, il ne peut pas nous rendre les fonds que nous avons investis dans la société sans mettre toute l'affaire en péril et, malgré ses efforts, il n'a pas encore trouvé d'autres sources de financement. Il me paraît étrangement évasif chaque fois que nous nous parlons, mais il m'assure que je me fais des idées.

Ruby et moi allons nous promener tous les jours dans la propriété, comme j'en avais l'habitude autrefois avec Hannah. Ma fille court devant moi, saute pardessus les branches mortes, file jusqu'au bas des pentes. Elle grimpe partout avec l'agilité d'une chèvre, et je dois l'empêcher d'escalader les murs et les arbres les plus hauts. L'ambition l'emporte sur le bon sens et la prudence chez elle dans le choix de ses objectifs. Elle a hérité la témérité de son père.

Nos expéditions nous donnent l'occasion de contempler Lake Hall sous tous les angles : ses murs de pierres saillantes, les vieilles tuiles moussues du toit, dont certaines sont ébréchées et d'autres ont glissé, les pignons pointus, une gargouille ici et là, érodée par les intempéries, nous regardant de travers de sous un parapet, les petites fenêtres des étages supérieurs, profondément encastrées dans la façade, et celles plus grandes en dessous, qui offrent les meilleurs points de vue sur le lac et la campagne alentour.

Chris m'avait dit une fois que je devrais m'intéresser davantage au manoir, dans la mesure où il me reviendrait un jour. Ce matin-là, dans notre cuisine inondée de soleil, devant notre café dominical, je lui avais clairement signifié ce que je pensais de son enthousiasme à l'idée de devenir les nouveaux châtelains de Lake Hall. Il avait riposté que j'avais de la chance qu'il m'aime, avec ou sans héritage.

« De toute façon, avais-je ajouté, je serai sans doute obligée de vendre, à cause des droits de succession.

— Mais tu n'en es pas sûre, n'est-ce pas ? Ça vaudrait peut-être le coup de te renseigner, tu ne crois pas ?

— Je le saurai au décès de mes parents. Fin de la discussion. »

Au cours de nos balades, Ruby me pose souvent des questions sur le crâne. De toute évidence, il l'obsède tout autant que moi. Alors j'invente des histoires afin d'éviter d'alimenter mes propres soupçons quant à l'identité de la personne à qui il appartenait.

— C'est le crâne d'un vieil homme très sage qui vivait ici il y a longtemps et qui aimait beaucoup les créatures du lac. Il y était tellement attaché qu'il a demandé qu'on y ensevelisse son corps à sa mort.

— Mais c'est pas un peu dégoûtant ?

— Pourquoi ?

— Stan m'a raconté que les cadavres se décomposaient dans l'eau et que tous les animaux les dévoraient jusqu'à l'os.

Elle fronce le nez.

— Beurk.

Je ne vois pas comment présenter les choses sous un jour moins sinistre. Il est sans doute préférable d'aller dans son sens.

— Dit comme ça, c'est répugnant, oui.

— En tout cas, j'ai pas peur, ajoute-t-elle.

Moi si. Je me contente néanmoins de répliquer :

— Tant mieux.

— Quand est-ce qu'on pourra refaire du kayak ?

— Pas tout de suite, ma puce. La police nous dira quand ce sera possible.

— Tu sais, mamie a eu la frousse quand les inspecteurs sont venus.

— Ah bon ? Pourquoi ?

Je suis brusquement saisie d'une sourde appréhension.

— Parce qu'elle a cru que c'était toi qui rentrais. Comme elle m'avait mis du maquillage et laissée essayer ses robes, elle a pensé que t'allais la gronder.

Elle me sourit, puis s'élance sur le chemin, tout auréolée du soleil de cette fin d'après-midi, avant que j'aie pu répondre. Dans mon esprit se bousculent toujours les mêmes questions à propos du crâne : dans combien de temps la police sera-t-elle en mesure de le dater ? Est-il possible que ce soit celui de Hannah ? Auquel cas, que lui est-il arrivé ?

Le passé est aussi glissant qu'une anguille. On a beau tenter de se raccrocher aux souvenirs d'un proche, ils finissent toujours par nous échapper. Néanmoins, par une étrange ironie du sort, si les images de Chris s'estompent peu à peu, les réminiscences de mon enfance et des moments merveilleux partagés avec Hannah demeurent au contraire particulièrement vivaces dans mon esprit. Elles me reviennent presque chaque jour depuis que nous séjournons au manoir. Pourtant, elles restent incomplètes, et c'est en vain que je fouille ma mémoire à la recherche d'indices suggérant qu'il a pu se produire quelque chose d'horrible la nuit où elle est partie.

— Regarde, maman, me dit Ruby plus tard.

Elle tourne l'iPad vers moi pour me montrer un article. Je sens aussitôt mon estomac se nouer, parce qu'il parle de nous. Le titre proclame :

DES OSSEMENTS HUMAINS
DÉCOUVERTS DANS UN LAC

— Où as-tu trouvé ça ?

— C'est Stan qui me l'a envoyé. Il a créé une alerte Google pour « Lake Hall », comme ça, on peut suivre tout ce qui arrive. Cool, non ? On est célèbres, maintenant !

Je parcours le texte. Il relate la découverte du crâne, c'est tout. Je n'apprends rien, mais je comprends que la nouvelle a dépassé le cadre de Lake Hall et de Downsley. Et je suis terrifiée à l'idée que, dans le monde entier, des inconnus puissent en prendre connaissance.

Virginia

Les lanternes chinoises en pot devant la fenêtre de mon salon fleurissent. Plus tard cet automne, quand les calices vireront à l'orange foncé, je les couperai, puis je les ferai sécher et je montrerai à Ruby comment les vernir. À mon avis, ça lui plaira.

Je ne suis pas parfaite, j'en ai bien conscience, mais j'aimerais partager avec elle ce qu'il y a de meilleur en moi tant que j'en suis encore capable, et surtout, tant qu'elle a encore une bonne opinion de moi. Si la police fait correctement son travail, le moment viendra inévitablement, peut-être même sous peu, où je deviendrai pour elle une source de déception, voire d'horreur.

Je savais déjà, avant que les inspecteurs me l'annoncent, que le crâne était celui d'une femme. Je connaissais sa taille et j'ai une idée bien plus précise qu'eux de l'âge auquel elle est morte. Il n'était évidemment pas question pour moi de communiquer ces informations à Jocelyn, même si elles ne sont pas appelées à rester secrètes longtemps. Je tiens à la protéger du mieux que je peux.

Je me considère comme en partie responsable de ce qui est arrivé à Hannah. Sa place, au cœur de notre famille, impliquait forcément une certaine intimité dans nos relations, et j'aurais dû me méfier, mais j'ai baissé ma garde parce qu'Alexander et moi voulions ce qu'il y avait de mieux pour Jocelyn – à savoir, qu'elle se sente plus aimée et choyée que n'importe quel autre enfant au monde.

Comment aurais-je pu deviner que Hannah ne poursuivait pas le même objectif ? Je ne voyais rien dans son attitude qui puisse me le laisser supposer. Je devais avoir des œillères.

Or, pendant que j'étais occupée à jouer mon rôle d'épouse et de mère toujours fraîche et pimpante, Hannah déplaçait habilement ses pions sur l'échiquier, visant l'échec et mat. Mais j'étais trop sûre de moi et de ma position pour remarquer ses manœuvres insidieuses.

Entre autres, elle me bombardait en permanence de questions à propos de détails mineurs, anodins. Si elles avaient le don de m'exaspérer, elles me paraissaient toutefois innocentes. J'étais loin de me douter qu'elles lui servaient à entretenir chez moi l'illusion qu'elle était à la fois digne de confiance et bien intentionnée. Elle était d'une intelligence redoutable.

« Jocelyn voudrait une machine Sodastream pour son anniversaire, disait-elle. Souhaitez-vous que j'en achète une de votre part la prochaine fois que j'irai à Swindon ? »

Ou : « Jocelyn a besoin de nouveaux chaussons de danse. Elle les aimerait avec des rubans roses, mais je me demandais si vous ne les préféreriez pas plutôt blancs. »

Ou encore : « Jocelyn et moi avons confectionné des sachets pour la lavande. Elle voudrait en suspendre un dans la penderie de lord Holt, pour parfumer ses chemises, mais vous aviez peut-être l'intention de les garder pour l'armoire à linge ? »

Oh, bon sang ! me disais-je souvent. *Je t'emploie justement pour régler ce genre de tracasseries à ma place !* Pour autant, j'avais bien conscience que, sur l'échelle des griefs envers les gouvernantes, les miens étaient mineurs, voire insignifiants. Mes amies m'enviaient Hannah, ses compétences et sa fiabilité, et je ne pouvais nier que Jocelyn, qui me posait des problèmes depuis les coliques des premières semaines, s'épanouissait auprès d'elle. Ma fille était attachée à sa nanny, elle l'était même bien plus que je ne voulais l'admettre à l'époque.

Le jour où j'avais convoqué Hannah pour mettre les choses au point, j'étais allée droit au but : « Voyez-vous, je serais ravie que vous fassiez preuve d'un peu plus d'autonomie. Vous n'avez pas besoin de me consulter au sujet de toutes les petites décisions à prendre concernant Jocelyn. Je vous saurai gré à l'avenir de ne solliciter mon avis que sur les plus importantes.

— Je comprends, madame », avait-elle déclaré. Elle se montrait toujours d'une placidité désarmante avec moi. Je l'avais congédiée, avant de me replonger dans mes tâches administratives sans plus penser à cette discussion.

Quelle idiote j'étais.

Je ne me rendais pas compte, alors, que son regard était impassible seulement quand il croisait le mien, qu'elle savait le rendre pétillant en présence des autres et l'utilisait pour séduire et mieux exercer son ascendant. Du moins, jusqu'à ce que la vie le déserte pour de bon.

Jo

Alors que je suis dans le train pour Londres, où je vais assister au vernissage de l'exposition d'Elizabeth, Ruby me tient au courant par SMS de ses efforts pour apprendre à ma mère comment jouer à Minecraft :

> Mamie appuie toujours sur la touche droite quand je lui dis d'appuyer sur la gauche
>
> Mamie met un temps fou à trouver la bonne touche sur le clavier 😩
>
> Chaque fois que je dis à mamie de lever la tête du personnage dans le jeu, c'est elle qui lève la sienne 🤣
>
> On va plutôt préparer des brownies 😍

Les messages me font rire. Derrière la vitre à côté de moi, la campagne décline toutes sortes de nuances de vert et de doré. Je sens mon excitation grandir à la pensée de quitter le Wiltshire, et la vue du paysage urbain de la capitale précipite les battements de mon cœur.

Après avoir émergé de la station de métro, j'avance lentement sur les larges trottoirs bondés de Piccadilly, puis m'arrête pour admirer les vitrines des boutiques luxueuses de la Burlington Arcade : montagnes de macarons, bijoux capables de rivaliser avec ceux de ma mère, sacs en cuir dans toutes les couleurs de l'arc-en-ciel…

Quand je sors de la galerie commerciale, je ne suis plus qu'à quelques mètres de l'endroit où sont situées certaines des galeries d'art privées les plus prisées de Londres. J'éprouve une certaine nervosité, car j'ai tellement perdu l'habitude de voir du monde depuis la mort de Chris… Je m'oblige à presser le pas pour ne pas être tentée de tourner les talons et de prendre mes jambes à mon cou.

Les invités d'Elizabeth se sont rassemblés dans la rue, et elle-même se tient parmi eux, telle une reine au milieu de ses sujets.

— Ah, te voilà ! s'exclame-t-elle en m'apercevant. Je n'étais pas sûre que tu viendrais. Écoutez-moi tous, j'ai quelqu'un à vous présenter.

Je saisis un verre de pétillant sur un plateau, inspire à fond et plaque mon plus beau sourire sur mon visage.

Tout se passe bien. Les toiles d'Elizabeth, des œuvres abstraites richement colorées, présentées dans des cadres noirs massifs, dont certains sont également peints, reflètent sa personnalité singulière et enjouée. La moitié au moins sont déjà vendues, avant même l'ouverture officielle de l'exposition. Elizabeth se comporte avec moi en parfaite hôtesse, et je prends plaisir à cette soirée, comme elle l'avait prédit.

— Viens dîner avec nous, me propose-t-elle une fois tout le monde parti. Je dois retrouver des amis. Ne t'inquiète pas, tu seras libérée à temps pour attraper ton train, ce soir.

Bras dessus bras dessous, nous nous dirigeons vers le restaurant qu'elle a choisi.

— Quel bonheur de te voir enfin sourire, dit-elle. Tu sais, ça te ferait sûrement beaucoup de bien de venir travailler ici, à Londres, quelques jours par semaine.

Je commence à énumérer toutes les raisons pour lesquelles je ne peux pas envisager cette possibilité, mais elle m'ordonne de me taire.

— Je ne veux pas entendre d'objections d'ordre pratique ce soir, s'il te plaît. Autorise-toi à rêver, d'accord ? Un peu d'audace, Jo ! Pense grand, il n'y a aucun mal à ça. Bon, écoute, je voudrais te présenter quelqu'un de très intéressant. Il a bien connu ton père. Je veillerai à ce que tu sois placée à côté de lui.

Il s'agit d'un dénommé Jacob Faversham, que tout le monde appelle simplement Faversham. Il s'exprime d'une voix rocailleuse, porte des lunettes à monture épaisse, et une pochette en soie dépasse de la poche de sa veste.

Nous engageons la conversation sur les tableaux d'Elizabeth, puis il me parle de sa collection personnelle d'œuvres d'art. Faversham est affable, séduisant, érudit et bien conservé pour un homme de la génération de mes parents. À mesure que les verres de vin se vident, il adopte un ton plus complice. Nous attaquons la croûte caramélisée sur notre crème brûlée lorsqu'il mentionne mon père :

— Nous étions nombreux à admirer Alexander, vous savez. Il possédait un charme naturel inouï. Il vous manque, j'imagine…

— Oh oui.

Je n'évoque pas la distance que j'avais mise entre nous. J'ignore encore ce qu'il sait sur ma famille.

— À moi aussi. C'était un vrai gentleman façon vieille école, comme on n'en fait plus. Et il était très fier de vous.

— Ah oui ?

Cette remarque engendre en moi une certaine tension. Ce ne sont pas des paroles faciles à entendre.

— Il espérait tellement que vous reviendriez un jour prendre possession de Lake Hall… ajoute-t-il. Il pensait que, si votre mère et lui ne réussissaient pas à vous convaincre de rentrer en Angleterre, votre intérêt pour la collection de dessins y parviendrait peut-être.

— J'aimerais beaucoup les voir. D'après ma mère, les plus beaux sont gardés dans un coffre à la banque.

— Vous devriez y aller, déclare-t-il. J'ai cru comprendre qu'ils étaient exceptionnels, et je suis sûr qu'ils vous plairont. Maintenant, si vous voulez bien m'excuser, j'ai besoin de sortir fumer une cigarette. Non, ne faites pas de commentaires désapprobateurs.

— Je ne désapprouve pas.

— Vous lui ressemblez, vous savez. Tout le monde doit vous dire que vous êtes le portrait de Virginia, ce qui est assez vrai, mais c'est lui aussi que je vois quand je vous regarde.

Je le suis des yeux tandis qu'il s'éloigne. Il boite légèrement. Soudain, il s'arrête au milieu de la salle comme s'il venait d'être frappé par une pensée, puis me rejoint.

— Vous n'accepteriez pas de travailler pour moi, par hasard ? me demande-t-il. Je crois que vous êtes exactement la personne qu'il me faut. Si la proposition vous tente, naturellement…

Il repart sans me donner le temps de répondre, et il n'y fait plus allusion quand il se rassoit à table, empestant le tabac. Néanmoins, à la fin du dîner, il me glisse dans la main une carte de visite.

— L'offre tient toujours, déclare-t-il. Rien ne vous empêche de venir pour un essai. Je pense que nous nous entendrions bien, tous les deux. Appelez-moi.

La soirée a suscité en moi un regain d'optimisme et d'énergie qui me galvanise durant tout le trajet du retour dans le dernier train. Je descends à Downsley en même temps qu'une poignée de voyageurs, dont la plupart se dirigent vers le parking. Je patiente près du panneau « Taxis ». J'ai téléphoné à l'avance pour en réserver un, mais il n'est pas encore là.

Mon regard est attiré par une femme seule sur le quai. La cinquantaine, une valise posée près d'elle, elle se concentre sur son écran de téléphone. Il y a quelque chose de familier dans son allure. Habite-t-elle le village ou attend-elle une correspondance, s'il y en a encore une à cette heure tardive ?

Enfin, une voiture s'engage dans la zone réservée aux taxis, éclairant de ses phares le bâtiment de la gare.

— Désolé pour le retard, s'excuse le chauffeur. Vous allez à Lake Hall, c'est bien ça ?

— Oui, merci.

Je tourne la tête vers le quai où se tenait l'inconnue, parce que je voudrais lui demander si tout va bien et si elle aimerait partager le taxi ou prier le chauffeur de revenir la chercher, mais elle a disparu.

1977

Après avoir rédigé sa lettre de démission, Linda la remet au mari le lendemain matin. S'il n'est plus que l'ombre de lui-même, elle a néanmoins cassé sa tirelire pour acheter une belle enveloppe et un bloc de papier Basildon Bond. Elle a aussi recopié le texte trois fois, en essayant d'adopter une écriture moins enfantine ; elle ne veut pas qu'il la prenne pour une simple d'esprit.

Il ne l'ouvre même pas. Il se contente de la poser sur son bureau comme si elle était destinée à quelqu'un d'autre. Quand Linda lui en expose le contenu, il la regarde sans la voir. « D'accord », dit-il seulement. Elle se sent blessée. Il a perdu toute sa prestance, songe-t-elle en cirant le parquet dans le vestibule. C'est désormais un homme brisé. Par conséquent, il lui sera beaucoup plus facile de le quitter qu'elle ne le pensait. Elle se demande ce qu'elle a bien pu lui trouver.

Le dernier jour, elle remarque sur la table de travail deux feuilles de papier alignées. Il s'agit de certificats de décès. Elle les survole rapidement. Le premier est celui de la petite fille :

NOM : HANNAH JULIA BURGESS
DATES DE NAISSANCE ET DE MORT :
11 décembre 1976 – 3 septembre 1977
CAUSE DU DÉCÈS :
MÉNINGITE À MÉNINGOCOQUE

Linda devine que le second est celui de la sœur du mari :

NOM : HANNAH MARIA BURGESS
DATES DE NAISSANCE ET DE MORT :
7 novembre 1957 – 1er février 1973
CAUSE DU DÉCÈS : AUTOASPHYXIE

Elle n'avait que six mois de plus que moi, *constate Linda.* Son frère pensait-il parfois à elle en me regardant ? *La réponse n'a cependant aucune importance pour elle, car le fantôme qu'il est devenu ne l'intéresse plus. Elle se rappelle soudain avoir entendu dire que, quand on veut changer d'identité, le meilleur moyen consiste à identifier une personne décédée du même sexe et à peu près du même âge. En l'occurrence, une nouvelle identité, c'est exactement ce qu'il lui faudrait pour échapper à son père.*

Hannah Maria Burgess. Hannah Burgess... En rentrant chez elle ce soir-là, elle répète les noms dans sa tête. C'est parfait. Bien plus classieux que Linda Taylor. Linda Taylor, sans second prénom. Sans avenir non plus. Le lendemain, elle emprunte l'annuaire à sa propriétaire, puis insère dix pence dans le téléphone du vestibule. Elle prie son correspondant de lui envoyer une copie de l'acte de naissance de Hannah Maria

Burgess. « J'ai perdu l'original », explique-t-elle, avant de donner son adresse. Un vrai jeu d'enfant.

Quelques jours plus tard, le document arrive par la poste. Linda le fourre dans son sac de voyage, de même que la plupart de ses effets, et le cache sous son lit. Elle a délibérément laissé traîner quelques affaires, pour ne pas éveiller les soupçons de Jean. Elle l'aime bien, mais il lui paraît plus sûr de fuir seule.

Elle sort ensuite acheter des provisions en prévision de l'expédition, ainsi qu'une place dans le premier car en partance pour le sud le lendemain matin. Il va à Bristol.

À son retour, elle découvre Jean assise sur son lit, l'acte de naissance à la main. Le bagage qu'elle-même avait dissimulé sous le lit est posé par terre, ouvert.

— Tu comptais partir en douce ? lance-t-elle. Je croyais qu'on était amies.

— Non, je t'aurais dit au revoir, prétend Linda.

— Qui est-ce ? demande Jean en indiquant le document qu'elle tient toujours.

Linda sait que sa colocataire est loin d'être idiote. Maintenant qu'elle a vu le nom sur l'acte, il est sans doute préférable de la mettre dans le secret. Elle lui explique son plan.

— T'es un vrai génie ! s'exclame Jean. Et je viens avec toi. J'en peux plus, de vivre ici. Aide-moi à rassembler mes affaires.

Elles quittent la chambre en pleine nuit, quand elles sont sûres que leur propriétaire dort et ne les entendra pas. Elles se coulent dehors, avant de faire glisser leurs clés par la fente de la boîte aux lettres dans la porte.

Elles marchent vite sur le trottoir, le plus silencieusement possible, fières de leur courage, puis commencent à courir dès qu'elles ont tourné au coin de la rue. Ce n'est pas facile avec leurs bagages qui leur battent les jambes, et elles pouffent. Parvenues à la gare routière, dans le centre-ville, elles passent le reste de la nuit sur un banc, blotties l'une contre l'autre. À la première heure le lendemain matin, elles montent dans le car en partance pour Bristol.

Jo

Ruby m'a rejointe dans mon lit quand j'ouvre les yeux. Pour une fois, elle s'est réveillée avant moi et elle lit un livre.

— T'as parlé dans ton sommeil, me révèle-t-elle.

— C'est vrai ? Et j'ai dit quoi ?

— Hannah.

— Ah bon ?

— Oui, je t'ai entendue. T'as dit aussi d'autres trucs, mais j'ai pas compris.

— Qu'est-ce que tu lis ?

Tout en posant la question, je me concentre sur la couverture. C'est un vieux roman broché, intitulé *La Nuit du chasseur*. La photo en couverture est effrayante : elle montre un homme dégingandé qui s'apprête à saisir une petite fille tenant sa poupée. Le visage terrifié d'un jeune garçon flotte au-dessus d'eux.

— C'est mamie qui me l'a donné. Ça fait drôlement peur.

— Je peux regarder ?

Alors que je feuillette l'ouvrage, le mot « bourreau » me saute aux yeux. Je lis quelques passages. La prose est à la fois évocatrice et glaçante.

— Tu l'as choisi toute seule ou c'est mamie qui te l'a conseillé ?

— Elle m'a dit que je devais le lire. C'est son livre préféré. J'en suis presque à la moitié.

— Désolée, mais ce n'est pas pour toi.

Je m'assois. Je suis tout à fait réveillée à présent.

— Pourquoi ? proteste-t-elle. J'adore !

— Tu es trop jeune pour des récits de ce genre. Mamie n'aurait jamais dû te le donner.

La mine de Ruby s'assombrit.

— Mais je veux le finir, maman !

— On ne fait pas toujours ce qu'on veut, dans la vie.

— Mamie dit que t'es méchante, des fois, et elle a bien raison !

— OK, ça suffit, maintenant.

— En plus, elle m'a sauvée, hier soir, alors faut que tu la remercies.

— Comment ça ?

Elle se ferme comme une huître en comprenant qu'elle a été trop bavarde.

— Que s'est-il passé hier soir, Ruby ?

— Je suis restée coincée.

— Où ça ?

Elle se mord la lèvre inférieure.

— Dans la grange.

— Qu'est-ce que tu fabriquais là-bas ?

— Geoff m'a raconté que Sally la chatte avait eu des petits. Alors j'ai voulu aller voir et j'ai fermé la porte derrière moi pour être tranquille, mais le loquet est tombé de l'autre côté.

— Où était mamie à ce moment-là ?

— Elle m'a trouvée et m'a libérée.

— Au bout de combien de temps ? Elle t'avait laissée toute seule dehors ?

— Elle y est pour rien. C'est moi qui ai voulu y aller.

— Elle devrait toujours savoir où tu vas. Elle est censée te garder, donc te surveiller. Il y a toutes sortes de dangers dans cette grange. Oh, bon sang !

Elle sort de la chambre comme une furie, me laissant avec le livre et un début de migraine. Je me recouche en me demandant pourquoi je ne parviens pas à faire confiance à ma mère.

Au petit déjeuner, je lui annonce qu'on m'a proposé un emploi. Je ne veux pas parler de l'incident de la grange devant Ruby.

— Ah bon ? C'est formidable !

— Ne t'emballe pas, mère. Je n'ai pas encore les détails – pour l'instant, il ne s'agit que d'une offre informelle –, et je ne suis pas sûre d'avoir envie de travailler à Londres, mais si je peux négocier un temps partiel…

— À cheval donné on ne regarde pas les dents.

— D'accord. En attendant, j'ai des responsabilités.

— C'est moi, ça, intervient Ruby. C'est moi ta responsabilité, hein, maman ? Écoute, il faut que tu dises oui. Mamie me gardera.

Ma mère se rengorge, puis se ressaisit en croisant mon regard.

— J'en serais ravie, déclare-t-elle. Et avant que tu objectes, Jocelyn, oui, je sais que tu ne m'en crois pas capable, mais Anthea sera là pour me donner un coup de main.

— Est-ce que je pourrai inviter Stan à venir jouer quand tu me garderas, mamie ?

— Bien sûr, répond ma mère. Et, si tu veux, je ferai nettoyer le court de tennis pour vous.

Toutes deux se laissent emporter par leur enthousiasme, et j'estime nécessaire de les ramener à la réalité.

— Si cette offre se révèle sérieuse, je ne l'accepterai qu'à condition de trouver une autre organisation pour Ruby, dis-je. Tu es restée six heures avec elle hier soir, mère, et il s'est passé des choses qui ne me plaisent pas.

— Qu'est-ce que tu racontes ?

— Elle ne s'est pas enfermée dans la grange, peut-être ?

Je suis tellement contrariée que les mots ont jailli sans que je puisse les retenir.

— Et alors ? Tout s'est bien fini ! Tu n'as pas eu peur, ma chérie, n'est-ce pas ? Je l'ai découverte couchée près des chatons. Rien de grave, en somme.

— Tiens donc. Tu n'as pas pensé à ce qui aurait pu lui arriver ?

Je m'efforce de refouler ma colère, parce que je ne veux pas de dispute. Je prends une profonde inspiration.

— Quoi qu'il en soit, je refuse d'en parler maintenant. Nous en rediscuterons plus tard.

— Quand je serai pas là, c'est ça ? lance ma fille.

— Eh bien, oui. C'est exactement ça. Ce matin, il faut que je téléphone à Faversham pour savoir si sa proposition tient toujours ou si elle lui a été dictée par l'alcool.

— Faversham, tu dis ? s'étonne ma mère.

Elle immobilise en l'air sa cuillère de confiture.

— Jacob Faversham, oui. Il voudrait m'embaucher dans sa galerie.

Ma mère tapote la cuillère sur le bord de l'assiette pour en vider le contenu, puis tente d'étaler sur un toast un peu de beurre durci par le froid du réfrigérateur, avant de répliquer :

— Il possède une jolie petite galerie, c'est vrai, mais tu risques de t'y sentir un peu à l'étroit. Tu ne préférerais pas chercher quelque chose dans un de ces nouveaux espaces lumineux dédiés à l'art contemporain ?

— Il faudrait savoir ! Il y a quelques secondes, tu te réjouissais pour moi. Pourquoi ? Quel est le problème avec Faversham et sa galerie ?

— Aucun, répond-elle. Tu as raison. J'imagine que ça m'a fait un choc d'entendre ce nom, parce que c'était un très bon ami de ton père. J'ai été prise au dépourvu, c'est tout. Bon, je crois que j'ai eu les yeux plus gros que le ventre, ce matin.

Elle repousse son assiette.

— Tiens-moi au courant de ce qu'il t'a dit quand tu l'auras eu au téléphone, d'accord ? J'ai un rendez-vous à Marlborough à 10 heures, alors je vais me préparer. Je m'arrêterai chez le boucher en partant afin de lui commander un rôti pour dimanche.

Je hoche la tête. Je me sens étrangement abattue, comme si cette soirée à Londres n'avait été qu'un rêve. *Non, je ne laisserai pas ma mère me décourager. J'irai jusqu'au bout de mes démarches.* Je décide néanmoins d'attendre quelques heures avant d'appeler Faversham. Je ne veux pas paraître trop impatiente.

Je me connecte à Internet pour essayer de savoir quel est le salaire moyen proposé dans les galeries d'art commerciales aujourd'hui. Je constate qu'il n'est toujours pas mirobolant, mais qu'il est possible de toucher des commissions intéressantes sur les ventes. Je me rends aussi sur le site de Faversham, où j'admire la mise en page soignée.

Je suis en train de parcourir la liste impressionnante des œuvres en réserve quand un coup de sonnette m'interrompt.

— J'y vais !

La chienne m'accompagne, faisant cliqueter ses griffes sur le dallage. Lorsque j'ouvre la porte, le soleil m'éblouit, m'empêchant de distinguer plus qu'une silhouette sur le seuil. Je place une main au-dessus de mes yeux.

— Bonjour, dis-je.

C'est une femme d'un certain âge, vêtue avec élégance d'une robe bleu marine à la taille ceinturée. Elle a drapé un gilet vert sur ses épaules et porte une paire de mocassins rouges confortables. Ses cheveux teints en brun sont coupés au carré. Elle m'adresse un sourire charmant, qui dessine de petits sillons au coin de ses yeux également bruns à l'expression bienveillante.

— Jocelyn ? C'est bien toi ? demande-t-elle.

Je ne la reconnais pas. Je m'écarte pour mieux la voir. Elle me tend la main, et je l'imite. Elle presse la mienne avec une intensité particulière, comme si elle attendait de ma part une réaction significative.

— Oh, Seigneur ! s'exclame-t-elle.

Elle se couvre la bouche de sa paume en cillant. Essaie-t-elle de refouler ses larmes ?

— Je n'aurais jamais pensé que tu serais là. Mon Dieu ! Quelle merveilleuse surprise…

— Désolée, mais…

— Tu ne me reconnais pas ?

Je fais non de la tête.

— C'est moi, Hannah. Ton ancienne nanny.

Je ne l'aurais pas remise si je l'avais croisée dans la rue. Ce constat me choque. Quand on pense régulièrement à une personne qu'on n'a pas revue depuis presque trente ans, on est loin d'imaginer ne pas la reconnaître en cas de retrouvailles. Surtout s'il s'agit de quelqu'un dont on a été très proche autrefois – d'une femme présente dans pratiquement tous les souvenirs heureux que je garde de mon enfance.

Je sens mon cœur se serrer. Est-ce vraiment elle ? Je scrute ses traits en essayant de leur trouver un aspect familier, quelque chose qui me conforterait dans la certitude que c'est bien Hannah.

— Je vais te laisser une de mes cartes, d'accord ?

Elle en tire une de son sac et me la tend.

— Tu peux la donner à ta mère ?

Je regarde le carton entre mes doigts :

CHANGEMENT D'ADRESSE
HANNAH BURGESS
habite maintenant à
HILLSIDE COTTAGE, DOWNSLEY,
WILTSHIRE, SN9 4NZ

J'ai du mal à donner un sens à ce que j'ai sous les yeux. Un souvenir resurgit soudain.

— Étiez-vous à la gare hier soir ?

— Non, ma chère Jocelyn. C'était quelqu'un d'autre. J'étais chez moi hier soir. Désolée, je me rends compte que ma visite te cause un choc. Je suis revenue dans la région, sans doute de façon définitive, et je n'ai pas résisté à la tentation de passer vous voir, mais j'aurais sans doute mieux fait de téléphoner avant.

Les mots me manquent tandis que j'essaie d'assimiler le fait que non seulement Hannah se tient devant moi, mais qu'elle habite aujourd'hui à Downsley. Elle me gratifie d'un sourire aimable, puis se détourne, et j'éprouve brusquement une horrible sensation de déchirement.

— Non, ne partez pas !

Ruby me rejoint alors que je bataille toujours pour trouver quelque chose à dire.

— Bonjour, déclare-t-elle, la main tendue.

Hannah la serre d'un air solennel.

— Bonjour, je m'appelle Hannah. Et toi ?

— Ruby Black.

— Quel nom ravissant ! Est-ce que par hasard tu aurais un faible pour les cupcakes ?

C'est à cet instant précis que j'acquiers la conviction qu'il s'agit réellement de Hannah, ma chère Hannah. La façon dont elle a formulé la question en souriant à ma fille a effacé les années.

— Un gros faible, répond ma fille en se frottant l'estomac.

Elle porte toujours son pyjama, qui s'orne de petits cupcakes.

— Surtout pour les rouges, les *red velvet*, ajoute-t-elle.

— Eh bien, tu as des goûts très sûrs, parce que ce sont les meilleurs, affirme Hannah. Je suis enchantée de t'avoir rencontrée, Ruby, et ravie de t'avoir revue, Jocelyn. Tu es devenue une si belle jeune femme…

C'est vraiment une surprise fabuleuse. Écoute, je ne veux pas te retenir plus longtemps, mais j'aimerais beaucoup discuter plus longuement avec ta mère et toi, quand vous aurez un moment.

— Oui, ce serait formidable, dis-je par réflexe, même si je ne sais pas trop ce que m'inspire cette perspective.

Mon cœur me souffle que je rêve de ces retrouvailles depuis trente ans, ma raison me rappelle que c'est mon comportement qui a poussé Hannah à partir mais se réjouit également à l'idée que le crâne découvert dans le lac ne puisse pas être le sien, puisqu'elle est là, devant moi, vivante et bien portante. L'euphorie, la honte et le soulagement déferlent en moi.

— C'était qui, la dame ? demande Ruby lorsque Hannah s'éloigne.

— Mon ancienne nanny.

— Celle que t'avais quand t'étais petite, et que t'adorais ?

— Oui.

— Je croyais qu'elle avait disparu. T'es contente qu'elle soit revenue, alors ?

— En fait, j'ai surtout du mal à le croire.

Virginia

Je profite de ce que je suis seule à Marlborough pour essayer d'appeler Faversham de mon téléphone portable. Je fais plusieurs tentatives pour le joindre – en vain. Peu importe. Même s'il est malin comme un singe, nous savons tous les deux qu'il ne pourra pas m'éviter éternellement. Je ne suis pas sûre de ce qu'il avait en tête quand il a proposé un travail à Jocelyn, mais j'ai ma petite idée sur la question.

Je me sens exténuée par les conflits permanents avec ma fille. Cette manie qu'elle a de m'envoyer des piques à tout propos use ma patience et me rend plus mordante avec elle que je ne le souhaiterais.

Mon esthéticienne sait que je n'aime pas bavarder, alors elle s'active sur mon visage en silence, ôtant les poils indésirables et usant de ses doigts de fée pour redonner à mon teint un semblant de fraîcheur. Il faut ce qu'il faut. Les apparences comptent. Je serai revigorée lorsque je sortirai d'ici.

Étrangement, c'est seulement maintenant, les yeux fermés, allongée sur la table recouverte de papier, le cou et les épaules exposés, que j'ai le courage d'affronter la question que j'ai évitée jusque-là.

Quand la police identifiera le crâne comme étant celui de Hannah Burgess – et ce moment arrivera inévitablement, ce n'est qu'une question de temps –, comment réagirai-je ?

Je considère mes options.

Je pourrais rédiger une confession qui explique tout. Cela provoquerait un énorme scandale, bien sûr, mais Jocelyn devrait être capable de le surmonter. Elle est plus forte qu'elle ne le croit, et tout le monde sait qu'elle s'est éloignée de nous dès qu'elle en a eu la possibilité. Il lui suffirait de couper les ponts une nouvelle fois, de vendre la maison et de repartir de zéro. Le manoir lui reviendrait car, après avoir couché par écrit mes aveux, je lui transmettrais Lake Hall et disparaîtrais complètement. Par quel moyen, je l'ignore encore, mais ce n'est qu'un détail dans le tour que prendrait alors mon existence.

Je me concentre sur cette éventualité.

S'il est envisageable, ce plan n'est pas parfait pour autant.

Surtout à cause de Ruby. Ruby, Ruby, Ruby. Je l'aime trop pour la quitter.

Quant à Jocelyn… Au cas où je m'évanouirais dans la nature, ne risque-t-elle pas de se rappeler certaines choses ? Je ne peux rien laisser au hasard. Je dois rester pour tenter de limiter les dégâts.

Peut-être vaudrait-il mieux attendre la suite de l'enquête de police, affronter la perspective des interrogatoires et arrestations éventuelles. Après tout, je pourrais toujours nier avoir eu connaissance de ce qui s'est produit, puis croiser les doigts. Cette méthode a déjà fonctionné dans le passé pour Alexander et moi.

L'esthéticienne entreprend de me masser les épaules.

— Vous êtes très tendue aujourd'hui, lady Holt, constate-t-elle. Je vais essayer d'assouplir un peu tout ça.

Si elle savait… Ses doigts pétrissent mes muscles noués.

Alexander, ce joueur invétéré si séduisant, cette tête brûlée qui était aussi l'amour de ma vie, m'a dit un jour : « Tu dois décider à quel moment il faut raisonner à long terme, et si c'est l'approche que tu adoptes, alors il faut te montrer patiente. Prendre ton temps et ne pas paniquer. Si tu paniques, ne le montre pas. Garde ton sang-froid, et tu finiras par déterminer quel est le coup suivant. »

De bien belles paroles… Malheureusement, cette stratégie n'a pas fonctionné pour lui, qui a perdu une fortune aux tables de jeu. Pour autant, il me semble que c'est exactement le conseil que j'ai besoin d'entendre. Je suis désormais prête à me sacrifier pour ma famille le cas échéant. Mais quand ? Là est toute la question.

Personne n'est à la maison lorsque je rentre. Je m'enferme dans mon salon, d'où je tente une nouvelle fois de joindre Faversham. Il ne répond toujours pas. Je raccroche et m'assois, seule avec mes pensées.

Le tic-tac de la pendule sur le manteau de la cheminée me paraît assourdissant. J'ai l'impression qu'il compte le temps qu'il me reste jusqu'à l'arrivée de la police. C'est ridicule, bien sûr ; il pourrait s'écouler des jours, voire des semaines, avant qu'ils obtiennent des résultats d'analyses susceptibles d'éclairer leurs investigations. N'empêche, ce tic-tac me porte sur les nerfs. Je saisis la clé qui sert à remonter le mécanisme, l'insère dans la pendule et essaie de la tourner dans l'autre sens pour arrêter le mouvement. Je force en vain. Je ne devrais pas. C'est un objet rare, précieux, mais je m'en fiche. Ma main tremble.

— Je peux vous aider ?

La voix d'Anthea me fait sursauter.

— Oh, je croyais que vous étiez partie.

— Vous avez un problème avec la pendule ?

— Oui. Non.

Je repose la clé.

— Il y a une carte pour vous dans le vestibule.

— Merci.

C'est un soulagement d'avoir un prétexte pour échapper à son regard trop perspicace. Parfois, je la sens me juger. Alexander lui en avait touché un mot un jour, malheureusement rien n'a changé.

Je découvre sur la console une carte de déménagement, mais je dois la lire plusieurs fois avant de pouvoir lui donner un sens. Un long frisson me parcourt alors. Quelqu'un a décidé de me faire une farce morbide, c'est évident.

— Anthea !

Je dois m'asseoir.

— Qu'est-ce qui se passe ? Vous ne vous sentez pas bien ?

Ma main tremble tellement que la carte vacille lorsque je la lui montre, et je me sens oppressée, comme si un bras me comprimait la poitrine.

— Qui a déposé ça ?

II

1980

— Alors ? demande lady Holt.

Hannah se penche vers le berceau de la petite Jocelyn. Cette dernière a les traits chiffonnés, un crâne légèrement déformé, une marque sur la tempe sans doute laissée par un forceps et des griffures rouges sur les deux joues. Elle n'a rien d'un premier prix de beauté.

— Je peux ? demande-t-elle.

— Oui, oui, bien sûr.

Elle prend dans ses bras la fillette emmaillotée. Lady Holt couve sa fille du regard. Hannah en a souvent vu, des mères en adoration devant leur bébé. Elles ne remarquent jamais à quel point il est laid ; c'est un des miracles de la nature.

— Elle est magnifique, prétend-elle en scrutant le visage de Jocelyn.

Celui de lady Holt s'illumine.

Ce matin-là, avant de partir, la nanny de nuit a donné ses instructions à Hannah : Virginia Holt a du mal à prendre ses marques et à établir un lien avec le bébé qui, à trois semaines, souffre de coliques et pleure beaucoup. Il faut lui faire avaler une dose d'Infacol en même temps que son biberon toutes les trois heures précisément, pas une minute de plus ou de moins. Lady Holt n'est pas autorisée à dormir avec la petite, même si elle insiste. Si la nanny de nuit n'a pas inspiré à Hannah de sympathie particulière, elle n'a cependant rien trouvé à redire à l'organisation qu'elle suggérait. Il n'est pas souhaitable que la mère s'implique trop, car c'est une source de complications. Mieux vaut instaurer une certaine distance le plus tôt possible.

Lake Hall représente tout ce dont Hannah a toujours rêvé. Elle a l'impression d'évoluer dans un décor de film. Jamais elle n'avait vu de demeure aussi majestueuse. La pensée d'y avoir sa propre chambre et de compter officiellement parmi les membres du personnel est grisante. Les gens du village ne pourront que l'envier quand ils sauront qui est l'enfant dont elle s'occupe. Tout le monde dans la région a entendu parler de Lake Hall et de ses propriétaires si raffinés. Elle a l'impression d'avoir tiré le numéro gagnant à la loterie.

— Eh bien, je vais vous laisser faire connaissance, toutes les deux, déclare lady Holt, visiblement nerveuse.

— Oui, c'est parfait, réplique Hannah.

Elle va s'asseoir dans le rocking-chair disposé près de la fenêtre et murmure au bébé des paroles apaisantes quand il ouvre les yeux et dirige son regard vers la lumière, l'air fasciné même s'il ne distingue pas encore grand-chose.

— C'est une vraie petite poupée, ajoute Hannah, afin d'encourager la mère, toujours postée sur le seuil, où elle tripote d'une main son rang de perles comme s'il s'agissait d'un rosaire, à se détendre et à s'en aller enfin.

Quand les pas de lady Holt se sont éloignés dans le couloir, Hannah change de position pour pouvoir tenir la fillette devant elle.

— Salut, toi, dit-elle. Bon, il n'y a plus que nous, maintenant. Ta maman est partie. Elle en fait des histoires pour rien, mais nous, on va bien s'entendre. Oh oui, toi et moi, on va devenir les meilleures amies du monde.

Hannah frotte le bout de son nez contre celui du bébé, qu'elle allonge ensuite contre elle pour examiner ses ongles. Ils sont trop longs. Elle sait qu'il ne faut pas les couper avec des ciseaux à cet âge, parce qu'ils sont mous et que la peau autour est très fine. Elle incline la tête, prend l'index de Jocelyn dans sa bouche et rogne doucement l'ongle. Puis elle admire le résultat : les bords acérés ont disparu. Quand elle aura répété la manœuvre avec les autres doigts, le bébé ne risquera plus de se griffer les joues et sera déjà plus mignon.

Elle sourit. Elle a l'intention de veiller sur cette enfant comme si c'était un trésor plus précieux que les joyaux de la Couronne. Après tout, Jocelyn est pour elle la clé d'un avenir meilleur. La nuque calée contre le dossier du rocking-chair, auquel elle imprime un rythme de balancement régulier, elle contemple le domaine en chantonnant une berceuse.

Virginia

Anthea me répond qu'elle n'a pas vu la femme qui a déposé la carte de changement d'adresse et que, par conséquent, elle ne peut pas me la décrire.

— Je ne la connaissais pas quand elle travaillait ici, de toute façon, dit-elle, mais j'ai cru que Jo allait tourner de l'œil après sa visite.

Je suis capable de visualiser l'expression de ma fille. Elle considérait Hannah comme une sorte de divinité.

Je l'interroge sitôt qu'elle rentre.

— Oui, c'était bien Hannah, m'affirme-t-elle. Elle est revenue.

Elle semble déterminée à contenir son excitation et même à éviter mon regard, comme si elle ne voulait pas partager la nouvelle avec moi. Il en a toujours été ainsi. Jocelyn se montrait excessivement possessive à l'égard de sa nanny, m'excluant de leur relation chaque fois qu'elle en avait l'occasion. En attendant, il ne peut pas s'agir de Hannah. Hannah est morte.

— Tu l'as reconnue ?

Je me suis efforcée de poser la question d'un ton neutre.

— Oui. Enfin, non, pas tout de suite. Elle a beaucoup changé, évidemment. Mais je me suis vite rendu compte que c'était elle, à sa façon de se tenir, de me parler…

— Elle t'a dit pourquoi elle était revenue ?

— Non. Elle n'est restée que quelques minutes, et je n'avais pas envie de la soumettre à un interrogatoire. Pourquoi me demandes-tu ça ?

— Simple curiosité.

— Je suis surprise que ça t'intéresse, mère.

Je ne mords pas à l'hameçon. Si elle découvre un jour la raison de mon étonnement, j'aurai échoué à la protéger.

Après cet échange, je téléphone à Elizabeth, qui met un point d'honneur à savoir tout ce qui se passe au village, et je lui parle de Hillside Cottage. Elle a entendu dire qu'une femme seule, d'un certain âge, avait repris le bail, mais elle était loin de se douter qu'il s'agissait de Hannah.

— Elle a un sacré culot de débarquer chez vous comme ça, fait-elle remarquer. S'est-elle au moins excusée d'être partie du jour au lendemain ?

— C'est Jocelyn qui l'a vue, pas moi.

— Lui a-t-elle dit pourquoi elle était revenue à Downsley ?

— Si elle l'a fait, Jocelyn ne me l'a pas répété.

— En tout cas, c'est vraiment inattendu.

Elle m'explique que Hillside Cottage appartient à un couple de Londoniens qui ont des projets pour le rénover et le louent en attendant d'obtenir les permis nécessaires. Ces informations me donnent matière à réflexion. Qui prend la peine de faire imprimer des cartes de déménagement quand il ne s'agit que d'une adresse temporaire ? Certainement pas Hannah, que j'ai toujours connue réfléchie et douée d'un grand sens pratique.

D'un autre côté, je me rappelle aussi qu'aucun détail ne lui échappait. Elle doit savoir que je suis du genre à apprécier un papier épais, une belle police d'écriture, des caractères en relief, une bordure dorée… J'ai bien conscience que ça ne peut pas être elle, pourtant j'en arrive à me demander si, à travers la qualité de la carte, elle ne me transmet pas un message – une invitation à engager une nouvelle conversation.

Où a-t-elle pu la faire imprimer ? Je ne vois qu'une possibilité dans la région.

Je prends la voiture pour me rendre à Marlborough, où j'entre chez KwikkestCopy pour me renseigner auprès de l'employé.

— Ce modèle vient-il de chez vous ? Il me plaît beaucoup et je souhaiterais quelque chose de semblable.

Le jeune homme aux cheveux gras en face de moi fait claquer son chewing-gum avant de répondre que la carte n'a pas été imprimée chez eux.

— Je m'en souviendrais, ajoute-t-il.

De retour au manoir, je prends soin d'éviter Jocelyn et Ruby et je vais poser la carte sur mon secrétaire. Il faut que j'essaie d'y voir plus clair. Il ne peut pas s'agir de Hannah. Son crâne vient d'être retiré du lac. Il présente les fractures attendues.

Je déchire le carton et jette les morceaux à la poubelle, sans me sentir soulagée pour autant. Comment pourrais-je m'offrir le luxe de l'ignorer ? Je récupère les fragments et entreprends de les réunir sur ma table de travail.

La lumière du jour décline dehors et la pièce s'assombrit. Je n'éclaire pas. Je veux voir les reliefs du paysage disparaître et l'obscurité engloutir le lac. J'aimerais aussi qu'elle m'absorbe ici même, qu'elle efface ma dimension charnelle pour ne laisser de moi qu'un pur esprit. J'ai besoin de toute ma concentration et de toute ma lucidité, parce que je dois trouver la réponse à une question extraordinaire : comment une morte peut-elle ressusciter ?

Inspecteur Andy Wilton

Avec un sourire, Maxine s'adosse à sa chaise en voyant Andy traverser le bureau.

— Alors ? Comment tu te sens, ce matin ? lance-t-elle.

La veille au soir, quand elle l'a quitté au pub, à une heure encore raisonnable, lui ne paraissait pas décidé à partir.

— À ton avis ?

Il n'a pas souffert d'une telle gueule de bois depuis des années, et la violente dispute qu'il a eue avec sa petite amie en rentrant du pub n'a pas arrangé les choses.

— Je peux avoir un café ?

Maxine éclate de rire.

— Va le chercher toi-même. Au fait, j'ai une bonne nouvelle pour toi. Tu veux l'entendre tout de suite ?

Il parvient à esquisser un léger hochement de tête.

— Le labo a procédé à une datation au radiocarbone de l'émail dentaire et obtenu une année de naissance. Un intervalle, plus précisément, mais assez restreint. Notre inconnue serait née en 1958, à dix-huit mois près.

— Autrement dit, en 1957, 1958 ou 1959.

— Tout juste.

— Est-ce que ça pourrait correspondre au profil de notre témoin de l'accident de chasse ?

— Eh bien, ça lui faisait vingt-sept ou vingt-huit ans en 1984.

— Donc, c'est possible.

— Exact.

Quand ils sonnent chez Marion Harris, c'est une amie de l'ancienne femme de ménage des Holt qui leur ouvre et les fait entrer.

— Marion est adorable, leur dit-elle, mais je vous préviens, elle perd un peu la tête et a tendance à se montrer trop bavarde et à utiliser des gros mots. Ne vous formalisez pas. Je dois la faire manger dans quelques minutes.

La perspective de rencontrer une personne bavarde réjouit Andy. Ce sera un changement bienvenu après tous les entretiens qu'il a pu avoir jusque-là avec des interlocuteurs pour le moins taciturnes, et il a hâte de la questionner. En tant qu'ancienne employée des Holt, elle doit en savoir long sur leur compte.

Clouée dans un fauteuil roulant, c'est une petite femme d'apparence fragile mais d'humeur enjouée. Une couverture à carreaux est étalée sur ses jambes, et elle porte des pantoufles en velours ornées de pompons. Sur la table devant elle sont disséminées les pièces d'un puzzle.

— C'est la maison de ma fille, Anthea, explique-t-elle. Je vis ici avec elle et son mari. Ils n'ont pas d'enfants. Alan tirait à blanc, voyez-vous.

— Euh oui, dit Andy. Écoutez, nous sommes venus vous parler de Lake Hall. Et de lord et lady Holt.

— Oh, il n'y a pas grand-chose que j'ignore à leur sujet ! Mais ça fait belle lurette maintenant que je ne travaille plus chez eux. Il vaudrait mieux que vous interrogiez Anthea.

— La période qui nous intéresse remonte au début des années 1980, madame Harris. Plus précisément à 1984, quand les Holt ont organisé une partie de chasse au cours de laquelle un jeune garçon du village a été blessé.

— Ah, je ne pourrai pas vous répondre. J'ai dû subir une opération à l'époque. Un problème de femme.

Andy ne peut masquer sa déception.

— Mais j'en ai vu de belles chez eux, reprend-elle. Si vous saviez ! Avec toutes ces fêtes qu'ils donnaient… Je n'étais pas invitée, évidemment, mais quand on fait le ménage, on n'ignore pas grand-chose de ce qui se passe dans une maison.

— Racontez-nous, l'encourage Maxine.

— Eh bien, ils ne sont pas comme nous, ces gens-là. Lui, il adorait sa femme, il lui était complètement dévoué, ça sautait aux yeux, mais ce n'étaient pas les tentations qui manquaient, là-bas. Et il devait y en avoir encore plus à Londres, j'imagine. Les hommes comme lui ne se gênent pas pour avoir des aventures. Dans leurs cercles, c'est même probablement mal vu de ne pas répondre aux avances d'une fille.

— Quelle fille au juste ? demande Andy. La jeune femme à la partie de chasse ?

Maxine secoue la tête.

— Vous parlez du comportement de lord Holt en général, n'est-ce pas, Marion ?

Celle-ci ne réagit pas. Replongée dans son monde, elle poursuit sur sa lancée :

— Attention, je n'ai jamais eu la preuve que lord Holt trompait son épouse, mais ça aurait été facile, pour lui. Il attirait les femmes comme un aimant. Cet homme-là était si séduisant qu'elles auraient laissé tomber leur mari sur-le-champ si elles avaient pensé avoir une chance avec lui. Hannah, la nanny, le dévorait des yeux comme s'il rayonnait plus que le soleil.

— Lady Holt en avait-elle conscience ? s'enquiert Andy.

— Oh, c'était une beauté elle aussi, mais il y avait quelque chose en elle qui incitait les autres à garder leurs distances. Si elle avait remarqué que Hannah Burgess faisait les yeux doux à lord Holt, elle n'en a jamais rien montré. Ce n'était pas son genre. Elle aurait réglé le problème en privé.

— Est-ce que les employés engagés le jour de la partie de chasse vous ont raconté après coup ce qui s'était passé ?

— Oh que oui ! Tout le monde avait sa version des faits. Exactement comme après le départ de Hannah.

— Et quand est-elle partie exactement ?

— Un an ou deux ans après l'accident de chasse, je crois. Quelque chose comme ça. La petite Jocelyn n'avait que sept ans. Au fait, elle est revenue à Lake Hall aujourd'hui, et ce n'est pas facile pour Anthea, parce qu'elle n'a pas l'aide que j'avais à l'époque. Ils l'épuisent, tous. Sans compter qu'elle doit aussi s'occuper de moi et de son mari. Ils n'ont jamais eu d'enfants, vous savez. Ce pauvre Alan tirait à blanc.

Andy jette un coup d'œil entendu à Maxine, qui referme son calepin.

— Merci beaucoup de nous avoir accordé du temps, madame, dit-elle. Je crois que nous n'avons plus de questions.

— Vous débarrassez le plancher, les casse-pieds, c'est ça ? Je vais enfin pouvoir manger ?

— Oui.

Andy ne peut s'empêcher de rire.

— Ravi de vous avoir rencontrée, Marion.

— Je suis sûre que vous aussi, vous auriez baissé culotte devant Alexander Holt ! s'exclame-t-elle en lui adressant un clin d'œil.

— Marion !

Son amie pose un plateau-repas sur la table.

— On ne dit pas ce genre de chose, voyons.

Jo

Je me rends à Londres pour faire ma journée d'essai dans la galerie de Faversham. Apparemment, le poste sera à moi si le travail me plaît. Étrangement, je me sens moins nerveuse que je ne le craignais.

Dans le train, toutes mes pensées tournent autour de Hannah, comme souvent depuis qu'elle est réapparue. C'était tellement extraordinaire de la revoir, de me tenir là, juste devant elle… Mais elle, qu'éprouve-t-elle à mon égard aujourd'hui ? Serons-nous capables d'établir une nouvelle relation ? Par où commencer après tant d'années, alors que c'est mon comportement qui l'a poussée à partir du jour au lendemain ? Je regarde la campagne défiler derrière la vitre tandis que je cherche en vain une réponse à toutes les questions qui se bousculent dans ma tête.

Dès mon arrivée à la galerie, Jacob me présente la directrice, Clemency. Je suis immédiatement fascinée par son style et son maintien : elle a des cheveux bruns coupés à la garçonne, des yeux verts, des lèvres mises en valeur par un rouge ardent et, vêtue de noir de la tête aux pieds, elle dégage une impression de sophistication décontractée. Je regrette de ne pas avoir opté pour une tenue plus recherchée, malheureusement je n'ai plus de garde-robe professionnelle depuis des années.

Elle se montre polie avec moi, mais peu loquace. Je ressens de sa part surtout de la curiosité. Son sourire de bienvenue ne réchauffe pas ses yeux.

Les heures que je passe à la galerie se succèdent à toute vitesse et me demandent une grande concentration. Il y a tant à apprendre que, hormis pour leur envoyer un SMS de temps à autre, je n'ai pas le temps de trop songer à ma mère et à Ruby.

— Ça vous dirait de faire une sortie avec Clemency et moi cet après-midi ? me demande Faversham après le déjeuner. Nous allons dans un endroit qui, à mon avis, devrait vous plaire.

Nous prenons un taxi pour nous rendre au Burlington Club, situé sur une place à St James's autour de laquelle se trouvent de nombreuses ambassades. Tous les bâtiments s'ornent de colonnes en façade et d'une élégante imposte au-dessus de l'entrée. La plupart emploient des portiers.

— Les femmes ne sont en général pas admises, précise Faversham quand nous gravissons les marches du perron. Mais j'ai tiré quelques ficelles, alors tâchez de vous conduire comme si vous étiez de vénérables expertes.

— Je suis sûre qu'ils autorisent les femmes à servir le thé et à faire le ménage, bougonne Clemency lorsque nous pénétrons dans le club à la suite de Faversham.

À l'intérieur, les proportions et le décor se révèlent plus imposants qu'à Lake Hall, tout en dégageant une même impression d'opulence et de raffinement. Il y règne l'atmosphère calme et feutrée d'un siège du pouvoir. J'imagine sans peine qu'on puisse éblouir ses invités ici, ou comploter et échanger des secrets dans un coin discret.

Faversham salue de la tête le portier au moment où nous nous engageons dans l'escalier, puis me prend soudain par le coude sur le palier du premier étage pour m'attirer à lui.

— Regardez le vestibule, me dit-il. C'est d'ici qu'on a le meilleur angle de vue.

J'admire la courbe majestueuse de la volée de marches en contrebas et le dessin complexe de la mosaïque sur le sol à l'entrée de l'atrium.

— Votre père était membre du Burlington, ajoute-t-il. Tout comme votre grand-père et votre arrière-grand-père avant lui.

— Ah bon ? Je l'ignorais.

Je me demande si c'est ce qui lui a permis de nous amener ici, Clemency et moi. Le nom des Holt ouvre des portes dans certains cercles.

La toile que nous sommes venus expertiser est exposée dans une salle à manger intime, où de longs rideaux sont joliment drapés autour des grandes fenêtres, tandis que la lumière des appliques murales se reflète sur la table cirée. Elle a été décrochée et installée sur un chevalet pour mieux se prêter à notre examen. C'est une œuvre à la fois lumineuse, complexe et mystérieuse.

— Alors, qu'en pensez-vous ? s'enquiert Faversham en me couvant d'un regard intense.

— C'est une vraie merveille. Ce doit être un crève-cœur pour le club de s'en séparer, non ?

— Il a besoin d'argent, ma chère. On en revient toujours là. Et je crois qu'une reproduction a été commandée pour remplacer l'originale.

— À mon avis, rares seront les membres qui remarqueront quelque chose, observe Clemency.

— Très juste.

J'inspecte le tableau de plus près. Il appartient à un type de représentation qu'on appelle les vanités. Le sujet est caractéristique : une composition de nature morte, incluant des crânes humains, des fruits grouillants d'insectes, des fleurs fanées et autres éléments évocateurs de la fragilité de la vie.

— « Alors que les ombres guettent le soleil », récite Faversham. N'est-ce pas à la fois magnifique et glaçant ?

— Qui en est l'auteur ?

Il m'indique la signature dissimulée dans un coin. Je la déchiffre.

— Rachel Ruysch.

— Elle vivait au dix-huitième siècle et n'a peint pratiquement que des natures mortes florales, m'explique Faversham. Ce qui rend cette œuvre d'autant plus spéciale.

— Quelle est sa provenance ?

Je suis curieuse de savoir comment elle est arrivée jusque-là.

Il me dévisage, une lueur taquine dans le regard.

— Vous ne vous en souvenez pas ? Ce tableau était accroché chez vos parents à Chester Square. Dans la salle à manger.

Si je n'en garde aucun souvenir, je ne pourrais nier qu'il éveille un écho en moi. J'avais tout d'abord attribué ma réaction à son étrange beauté, mais il est possible que son caractère familier y soit pour quelque chose.

Lorsque Clemency sort de la pièce, Faversham s'adresse de nouveau à moi :

— Aidez-moi à le vendre, Jocelyn. Je vois bien que vous êtes sous le charme.

— Comment s'est-il retrouvé ici ?

— Votre père l'a utilisé pour rembourser une dette, je crois.

— Mais il doit valoir une petite fortune, non ?

— Alexander ne jouait pas pour des clopinettes, surtout dans les cercles où il évoluait. Cela dit, j'imagine que je ne vous apprends rien...

Je ne sais pas quoi dire. Je commence à comprendre qu'il y a sans doute beaucoup de choses que j'ignore au sujet de mon père.

— Bon, réfléchissez, poursuit Faversham. Je ne peux pas rendre cette toile aux Holt, à moins que vous ne souhaitiez la racheter au club. En attendant, si vous la vendez pour mon compte, vous permettrez à votre famille de reprendre sa place, aussi modeste soit-elle, dans son histoire. Sans compter que vous toucherez une bonne commission.

— Combien ?

Il me chuchote à l'oreille un pourcentage qui me paraît plus que généreux.

Et vous acceptez que je travaille pour vous seulement quatre jours par semaine ?

— Vous êtes dure en affaires, ma chère.

— Ma fille a besoin de moi.

Il me tend la main.

— Marché conclu.
Je n'aurais jamais cru que ce serait si facile.

En quittant Londres, je songe à mon père. Ça m'a fait une drôle d'impression d'entendre un de ses amis me parler de lui, alors que, pour moi, il n'existait que dans le contexte familial. Je n'avais jamais vraiment pensé jusque-là à l'opinion que le monde extérieur pouvait avoir de lui. Je ne m'étais même jamais demandé qui, en dehors de ma mère, le connaissait.

L'autre point qui me préoccupe, c'est comment annoncer à ma mère et à Ruby que j'ai accepté le poste. Ma mère devrait en principe s'en réjouir. Il va falloir aussi que je voie avec ma fille qui va la prendre en charge, parce que la confier à sa grand-mère et à Anthea ne peut être qu'une solution temporaire. Ce sera la première fois de ma vie que je serai obligée de déléguer à d'autres le soin de veiller sur mon enfant. Si cette perspective m'inquiète, je me rappelle néanmoins avoir eu la meilleure baby-sitter du monde quand j'étais petite, en la personne de ma nanny.

Je ne peux retenir un bâillement lorsque le train s'arrête à Downsley, même si la soirée ne fait que débuter. Je rentre plus tôt que je ne l'avais prévu, et une idée me vient soudain, qui accélère les battements de mon cœur. J'envoie un SMS à Ruby :

Serai à la maison dans une demi-heure xxx

Cool Mamie me montre ses tableaux préférés, et après, elle m'apprendra à marcher avec un livre sur la tête pour que je puisse trouver un bon mari

Je me rappelle parfaitement l'adresse figurant sur la carte que m'a donnée Hannah.

Je m'arrête au Co-op, à Downsley, pour acheter des bonbons à Ruby. Je choisis de faire la queue devant la caisse d'Eileen, parce qu'elle est en général morose et taciturne. Or, ce jour-là, elle tente un sourire en me tendant mon ticket de caisse.

— J'ai entendu dire que la police s'était rendue à Lake Hall…

Incapable de déterminer s'il s'agit d'une question ou d'une affirmation, je jette un coup d'œil au client derrière moi. C'est un des jeunes qui travaillent au pub.

— Hello ! lance-t-il, sans même faire semblant de ne pas avoir écouté.

J'opte pour la franchise :

— Les enquêteurs ont découvert un crâne humain dans le lac. Ils poursuivent leurs recherches, au cas où il y aurait d'autres ossements.

Ils sont déjà au courant, de toute évidence, alors il me paraît inutile d'essayer de noyer le poisson.

Eileen semble satisfaite d'avoir obtenu une confirmation de ma part. De son côté, le jeune a l'air impressionné.

— On sait s'il est ancien, ce crâne ? demande-t-il.

— Non, pas encore.

— C'est sûrement une trouvaille archéologique, déclare Eileen. Peut-être qu'ils vont inviter le type de *Time Team*, l'émission de télé, pour faire des fouilles ? Je lui proposerais bien une tasse de thé, à celui-là. Il est charmant, pas vrai ?

— Doit y avoir plein de squelettes, dans ce lac, intervient une autre caissière.

— Peut-être que c'est un des bourges invités à leurs fêtes chicos qui est tombé à l'eau après avoir trop bu ? suggère un homme de derrière un présentoir. Bon débarras. En attendant, ça me surprendrait pas que les Holt aient un meurtrier dans leurs rangs…

Je me fige. Connaît-il mon identité ? Dans le doute, je préfère m'esquiver au plus vite. Je n'ai aucune envie d'alimenter les ragots sur ma famille en lui répondant. Les confrontations avec les gens du village n'ont jamais rien donné de bon.

— Au revoir, dis-je à Eileen, qui paraît gênée pour moi.

Le jeune sort du magasin sur mes talons, et j'en profite pour lui demander s'il sait où se trouve Hillside Cottage.

— Tournez à droite après le pub, et ensuite à gauche en face du club de cricket. Attention, c'est une petite route étroite.

Au premier passage, je rate la bifurcation et je suis obligée de rebrousser chemin. Les haies n'ont pas été taillées sur le bas-côté, et des branches feuillues fouettent les vitres de la voiture quand je fais demi-tour. La route que j'emprunte, à une seule voie, est si peu fréquentée qu'une bande d'herbe pousse au milieu. La voiture cahote sur la surface irrégulière.

Je découvre le cottage environ cinq cents mètres plus loin. Ce n'est pas la maisonnette de carte postale que j'avais imaginée, mais un bungalow moderne, hideux, qui aurait bien besoin d'un coup de neuf. Je crois néanmoins comprendre pourquoi Hannah s'y est installée :

une pente boisée s'élève derrière le logement et un joli verger s'étend devant. Je repère des pommiers, des poiriers et des pruniers, dont certains sont chargés de fruits. Au pied des arbres, les pommes, poires et prunes tombées forment des amas de pulpe.

Hannah adorait mettre les choses en ordre, et elle aimait tout particulièrement les arbres fruitiers dans le jardin clos de Lake Hall. « Tiens, me répétait-elle souvent en me tendant un fruit cueilli sur une branche. Goûte, et dis-moi si tu as jamais mangé quelque chose d'aussi délicieux. » Elle va prendre en main ce verger et cette maison, j'en suis sûre. Elle les rendra attrayants.

Je m'arrête derrière sa petite voiture. Sur le trajet, j'ai anticipé le moment où je frapperais chez elle et engagerais la conversation, mais à présent mes nerfs me trahissent. Je ne sais toujours pas quoi dire. Comment renouer avec une personne dont j'étais proche jusqu'à mes sept ans, et qui a coupé les ponts à cause de mon comportement ? Les doutes me submergent. *Qu'est-ce que je fabrique ici ? Et si elle me surprend, risque-t-elle de penser que je l'espionne ?*

Pour finir, j'enclenche la première et redémarre. Je n'ai remarqué aucun signe de vie dans la maison ; avec un peu de chance, Hannah ne s'est pas rendu compte de ma présence. Bientôt, le chemin se rétrécit tellement que je crains de me retrouver coincée au milieu de nulle part. Je parviens à faire un demi-tour laborieux devant la barrière d'un champ et manque de peu verser dans un fossé au cours de la manœuvre. J'ai chaud, je me sens fébrile et je regrette à présent de ne pas être rentrée directement chez moi.

Alors que je me rapproche de Hillside Cottage, j'aperçois Hannah qui se tient devant la porte d'entrée. Je ne ralentis pas et, les yeux fixés sur un point droit devant moi, je fais semblant de ne pas la voir – même si c'est ridicule – en espérant qu'elle ne me reconnaîtra pas. Je reste assise toute raide sur mon siège jusqu'au virage après lequel la maison disparaîtra. À ce moment seulement, je jette un coup d'œil dans le rétroviseur.

Hannah agite la main dans ma direction.

Virginia

Je ne suis qu'une idiote. J'avais oublié à quel point le relief était accidenté dans cette partie de la forêt. Elle paraît si paisible au printemps, quand elle est tapissée de jacinthes… Or elle est à présent envahie de fougères et d'orties qui m'arrivent aux genoux. Je ne distingue même pas le sol dessous.

Je gravis la pente derrière Hillside Cottage, où la femme qui se fait appeler Hannah Burgess est censée habiter. Je veux essayer de la voir par moi-même.

J'écarte la végétation devant moi à l'aide de mon bâton de marche et j'avance à pas prudents, tandis que la chienne furète à la recherche de terriers de lapins. J'espère qu'elle ne va pas se mettre à aboyer. Mon souffle est devenu laborieux et sonore. J'envisage brièvement de retourner vers la voiture, mais je suis trop près du but pour abandonner maintenant.

Parvenue au sommet de la pente, je suis soulagée de découvrir une grosse branche morte sur laquelle je peux m'asseoir. De mon poste d'observation, protégé des regards par les arbres, j'ai une bonne vue sur l'arrière du cottage, qui se révèle terriblement petit et laid. Je ne supporterais pas de vivre dans un tel endroit. La voiture garée à côté me révèle que son occupante, quelle que soit sa véritable identité, est là.

Je demeure assise sur cette branche si longtemps que je commence à avoir des fourmis dans les jambes quand, enfin, elle sort, fait le tour de la maison et déverrouille les portières de son véhicule. Je ne distingue pas bien son visage, parce qu'elle se tient de biais mais, comme par une intervention divine, un lapin décampe soudain dans le champ à côté de nous. Boudicca, qui s'était couchée à mes pieds, se redresse d'un bond en jappant et s'élance à sa poursuite.

La femme tourne vivement la tête dans notre direction. Je me fige. La lumière du soleil pénètre à l'oblique dans le sous-bois, et je croise les doigts pour qu'elle n'aperçoive que des ombres. Elle scrute la forêt sans paraître me remarquer.

Je suis comme hypnotisée. Sa taille et sa corpulence me rappellent celles de Hannah, et son maintien me semble familier. Au moment où elle place une main en visière au-dessus de ses yeux, un souvenir me revient : Hannah, sur la pelouse de Lake Hall, dans la même position, appelant Jocelyn. Ses traits sont difficiles à discerner à cette distance, et si ma raison m'affirme que ça ne peut pas être elle, mon instinct me souffle que c'est possible. J'éprouve brusquement le désir irrépressible de fuir.

Je me lève. Le mouvement attire son attention, et elle regarde droit vers moi. Je tente d'escalader la branche sur laquelle j'étais assise, mais elle est trop haute et je perds l'équilibre. Je tombe sur le dos et une vive douleur fuse dans mon crâne.

Son visage m'apparaît d'abord flou.

— Ah, vous êtes revenue à vous ! s'exclame-t-elle. Vous n'avez perdu connaissance que quelques secondes. Vous avez une vilaine entaille sur la tempe.

Elle parle comme Hannah parlait autrefois à Jocelyn, d'un ton rassurant du genre : « Tout va bien, maman est là. » Assise sur la branche que j'occupais un peu plus tôt, elle me regarde d'un air à la fois bienveillant et préoccupé, comme si j'étais une enfant qui se serait écorché le genou. Je cherche à retrouver sur son visage les traits dont je me souviens, mais le temps a passé, ma vision est toujours brouillée et je ne suis sûre de rien, sinon qu'elle a de grands yeux bruns semblables à ceux de notre ancienne nanny. J'essaie de remuer – en vain. Il me semble avoir la tête et la nuque comprimées dans un étau. La douleur me paralyse.

— Aidez-moi, dis-je. Il faut appeler ma fille, Jocelyn.

Elle éclate de rire.

Je sombre de nouveau dans l'inconscience.

Quand je rouvre les yeux, je suis toujours allongée à l'endroit où je suis tombée, mais une couverture a été étalée sur moi. J'entends une voix féminine crier : « Par là ! » Est-ce celle de Hannah ? Cette femme a fait preuve de gentillesse envers moi avant que je m'évanouisse ; est-ce le signe que c'est bien elle ou au contraire la preuve qu'il s'agit d'une usurpatrice ?

Deux urgentistes s'approchent puis me palpent comme si j'étais un vulgaire bout de viande.

— Elle… elle n'est peut-être pas celle qu'elle prétend être, dis-je, alors que l'un d'eux se penche vers moi.

Je peine à articuler.

— Ne vous inquiétez pas, madame, ça va aller. N'essayez pas de parler. Respirez profondément. Oui, c'est ça.

Ils me mettent sous oxygène, ce qui n'atténue en rien mes souffrances lorsqu'ils m'étendent sur une civière et me transportent jusqu'au bas de la pente.

— Ses proches ne sont pas encore arrivés, déclare la femme qui se fait appeler Hannah, au moment où ils me chargent dans l'ambulance. Je peux l'accompagner ?

Je tente de protester, mais le masque sur ma bouche étouffe mes paroles. L'un des urgentistes me caresse le bras en me parlant fort, comme si j'étais sourde.

— Restez calme, madame Holt. Tâchez de vous détendre. On va vous injecter des antalgiques par intraveineuse pour soulager la douleur, d'accord ? Prête pour une petite piqûre ?

J'essaie une nouvelle fois de formuler des objections.

— Elle est un peu agitée, dit-il. Vous pourriez lui tenir l'autre main, madame ? Ça l'apaisera peut-être.

— Bien sûr, répond Hannah, ou quelle que soit son identité.

Je sens ses doigts se refermer sur les miens. Avez-vous jamais voulu échapper à quelqu'un sans en avoir la capacité physique ? Le sentiment d'impuissance qui vous envahit alors est absolument terrifiant. Elle me colle comme de la glu jusqu'à l'hôpital. Une fois qu'on m'a transférée sur un lit, elle s'installe sur une chaise à mon chevet. Je suis vaseuse, nauséeuse, et j'ai l'impression de la voir à travers du verre soufflé.

— Comment pouvez-vous être vivante ? dis-je. Qui êtes-vous ?

Elle se contente de sourire et de me tapoter la main.

— Ne parlez pas. Reposez-vous.

Mes paupières se ferment. On m'a donné des sédatifs puissants.

Je me réveille en tremblant. On me soulève pour m'enrouler dans quelque chose.

— Alexander !

Un visage apparaît dans mon champ de vision.

— Doucement, madame Holt. Votre température a chuté, alors nous avons dû vous envelopper dans des couvertures chauffantes. Souhaitez-vous que nous téléphonions à Alexander pour vous ? Votre fille est dans le couloir. Vous pouvez l'apercevoir d'ici. Tenez, je vais relever un peu le lit, ce sera plus facile.

Jocelyn et la femme qui se fait appeler Hannah se tiennent dans le couloir, face à face. Elles se parlent, mais je n'entends pas ce qu'elles disent. Quand elles tombent dans les bras l'une de l'autre, je voudrais hurler à ma fille de ne surtout pas la toucher. Puis la femme s'éloigne et Jocelyn la suit des yeux.

Lorsqu'elle entre dans la chambre avec Ruby, c'est plus fort que moi, je fonds en larmes.

Ma petite-fille me console. Alors que sa mère se borne à m'observer du fond de la pièce, comme si j'étais une source d'embarras, Ruby s'approche et me passe autour du cou ses bras menus et bronzés. J'ai l'impression de revenir à la vie.

Mais à quel genre de vie dois-je m'attendre désormais ? Je l'ignore.

Je n'ai pas l'esprit assez embrumé par les antalgiques pour ne pas me rendre compte que je me suis mise en danger toute seule aujourd'hui. Cette femme qui se fait appeler Hannah cherche à obtenir quelque chose de moi, c'est certain, et je ne dois pas lui révéler ma vulnérabilité.

Pis, s'il s'agit réellement de Hannah Burgess – et c'est bien possible, même si c'est inexplicable –, alors je pense qu'aucune de nous n'est en sécurité.

A-t-elle l'intention de se venger des violences qu'elle a subies ?

Jo

Quand j'étais petite, je rêvais parfois que Hannah m'adoptait et que nous passions ensemble tout le reste de notre existence. Je n'imaginais jamais qu'elle puisse être ma génitrice – il m'aurait fallu pour cela une capacité de déni hors du commun, vu les caractéristiques physiques que j'avais héritées de mes deux parents –, mais j'aurais voulu qu'elle soit ma nouvelle mère.

Je n'avais qu'un problème avec ce scénario : je ne voyais pas comment Hannah aurait pu vivre avec mon père. Ils n'étaient pas aussi bien assortis que ma mère et lui. Alors j'avais réfléchi à une solution : Hannah et moi irions vivre dans une autre maison, juste pour nous. Nous rendrions visite à mes parents, ou du moins à mon père. J'avais tout planifié dans ma tête.

J'ai reçu de mauvaises nouvelles ce matin, sous la forme d'un mail envoyé par le notaire chargé de la succession de Chris :

L'associé de votre mari nous a fourni des documents confirmant ce qu'il vous a expliqué de manière informelle. L'argent que votre époux a investi dans sa société a été utilisé comme garantie d'un emprunt contracté par ladite société. Par conséquent, il ne pourra vous être reversé que si une autre personne se porte garante. J'ai reçu l'assurance que tout était mis en œuvre pour trouver une nouvelle caution, mais, en attendant, il est impossible de débloquer des fonds.

Jusque-là, je me disais que tout n'était peut-être pas perdu, que j'avais mal appréhendé la situation ou qu'il y avait encore quelque chose à faire. Je me trompais, et à cet égard la proposition de Faversham est une véritable aubaine.

Bêtement, je me suis plainte devant ma mère de mon manque de tenues pour aller travailler. Elle m'a proposé de me servir dans sa garde-robe et s'est vexée quand je lui ai répondu que ce serait ridicule de me présenter à la galerie en clone de lady Holt. Ruby aussi a paru déçue. En ce moment même, elles sont allongées toutes les deux dans le lit de ma mère, m'offrant un spectacle pour le moins incongru : ma mère en chemise de nuit bordée de dentelle blanche, avec un gros pansement sur la tempe, et sa petite-fille en T-shirt sur un pantalon de survêtement, arborant sur la tête un des foulards en soie de sa grand-mère noué en turban.

— Tu veux venir à Marlborough avec moi, Rubes ? dis-je.

— Non, merci.

Je me résous à laisser ma fille lire *Harry Potter* à ma mère en m'efforçant de dissimuler ma contrariété. Auparavant, néanmoins, je récupère la pile de thrillers que ma mère a posée sur sa table de chevet.

— Ils ne sont pas adaptés à des enfants de l'âge de Ruby.

— Ce sont d'excellents romans ! proteste-t-elle. Pourquoi voudrais-tu limiter ses lectures ? Son imagination a besoin de se développer. Et moi, je n'ai pas fini celui-là.

Je lui rends l'ouvrage qu'elle m'indique mais je garde les autres.

— Elle les lira quand elle sera plus grande.

Elles se ressemblent furieusement quand elles sont mécontentes.

Dans le couloir, je croise Anthea occupée à épousseter les meubles. Je m'avance vers elle.

— Ça ne vous ennuie pas si je m'absente un moment ? Ma mère et Ruby sont toutes les deux tranquillement installées dans la chambre de ma mère.

— Vous faites bien ce que vous voulez.

Elle a raison, pourtant son intonation me hérisse, parce que j'essayais seulement d'être polie. Nous en veut-elle de lui imposer un surcroît de travail ?

— Anthea ?

— Oui ?

— Vous êtes sûre que ça ne vous dérange pas d'aider ma mère à garder Ruby quand je prendrai mon poste à Londres ? Ça ne devrait pas vous poser trop de problèmes et, bien entendu, nous veillerons à vous régler vos heures supplémentaires.

— Je n'ai pas le choix, si c'est ce que souhaite lady Holt.

— Mais…

— Nous nous débrouillerons, même si ce n'est pas l'idéal.

— Je…

— Les magasins seront fermés si vous ne vous dépêchez pas.

Message reçu. Je m'éclipse. Arrivée à Marlborough, je m'autorise à entrer dans une boutique qui fait des promotions. Si je n'ai pas les moyens de m'acheter une tenue complète, je ne tarde pas à repérer un magnifique chemisier disponible dans ma taille. La tentation est grande.

— Souhaitez-vous l'essayer ? demande la vendeuse, qui m'observe de derrière sa caisse.

— Volontiers.

— Il y a déjà une cliente dans la cabine mais elle ne devrait plus en avoir pour longtemps.

Le rideau de la cabine en question s'écarte, et une femme sort, vêtue d'une longue robe de soirée. Elle se campe devant le miroir en pied, avant de se tourner légèrement de côté pour mieux s'admirer. Le modèle est superbe : près du corps, flatteur et décolleté juste ce qu'il faut. La cliente tend une jambe et pointe son pied nu. Mes yeux remontent le long de sa silhouette jusqu'à son visage, et nous avons toutes les deux un mouvement de surprise. C'est Hannah, telle que je ne l'ai jamais vue ni imaginée. Dans le monde de mon enfance, c'était moi la princesse et elle la courtisane, jamais la reine.

— Oh ! s'exclame-t-elle.

— Vous êtes superbe.

C'est tout ce que j'ai trouvé à dire.

— Merci. J'ai besoin d'une tenue pour un mariage. Mais c'est peut-être un peu trop habillé.

— Non, elle est parfaite. Est-ce que ma mère n'en avait pas une dans le même genre ?

Cette robe me paraît familière.

— Je ne crois pas, répond-elle. Pas que je m'en souvienne, en tout cas. Comment va-t-elle, à propos ?

— Mieux, merci. Et elle est bien déterminée à profiter au maximum de sa convalescence. Ruby a découvert que les clochettes qui servaient autrefois à appeler les domestiques fonctionnent encore, et ma mère a tendance à abuser de celle qui est dans sa chambre.

— Je suis ravie d'apprendre qu'elle se remet. Une chute pareille, à cet âge, ce n'est pas rien…

Hannah est si gentille. Elle aurait été en droit de demander ce que ma mère fabriquait à fureter autour de son cottage. Enhardie par sa bienveillance, je propose :

— Et si je vous invitais à prendre le thé quelque part, pour vous remercier de l'aide que vous lui avez apportée ? Je suis libre, si vous l'êtes aussi. Je comptais vous offrir un petit cadeau, mais ce serait plus agréable de partager un moment avec vous. Si vous êtes d'accord, bien sûr.

— Avec grand plaisir, déclare-t-elle.

Je ne peux m'empêcher de sourire quand elle referme le rideau pour se changer. Je mourais d'envie qu'elle dise oui.

— Vous prenez la robe ? lui lance la vendeuse.

— Je vais y réfléchir, répond Hannah.

— Souhaitez-vous toujours essayer le chemisier ? me demande la vendeuse.

Je le montre à Hannah, qui vient de sortir de la cabine.

— Qu'en pensez-vous ?

— Il est magnifique.

J'effleure l'étiquette. Je ne devrais pas dépenser autant en vêtements même s'ils sont en promotion.

— Je reviendrai l'essayer plus tard.

— Je ne peux pas vous garantir qu'il sera encore là, me prévient la vendeuse. Les articles soldés partent vite.

— De toute façon, il est un peu cher pour moi.

Hannah et moi nous engageons sur le chemin qui longe la rivière. Un bambin se tient au bord de l'eau avec sa mère – ou sa nanny, peut-être. Ils donnent à manger aux canards. J'ai la bouche sèche et mon cœur bat trop vite. J'ai désespérément envie de lui réclamer des explications au sujet de la nuit où elle est partie, mais je me sens aussi nerveuse que le jour où je suis passée en voiture devant son cottage. Je m'éclaircis la gorge en espérant qu'elle ne remarquera pas le tremblement de ma voix.

— J'adorais leur donner à manger, moi aussi, dis-je en indiquant l'enfant.

— Exact, confirme-t-elle. Mais tu avais peur des cygnes.

— Ah bon ? C'est drôle, je me rappelle surtout qu'ils me fascinaient.

— Tu avais raison d'avoir peur. Et je m'en félicitais, parce que tu gardais tes distances. Ces oiseaux-là sont capables de te casser le bras, tu sais.

Je pensais jusque-là que cette mise en garde émanait de ma mère. Je devais me tromper.

— Si on allait au Polly Tea Rooms, comme autrefois ?

— Excellente idée, approuve-t-elle.

Le salon de thé n'a pas beaucoup changé depuis notre dernière visite. Des paniers de fleurs suspendus ornent les poutres devant le bâtiment. À l'intérieur, les salles sont pittoresques, basses de plafond, et les serveuses portent toutes une robe noire agrémentée d'un tablier blanc à volants.

— Notre ancienne table est libre, dis-je. On s'installe ?

— Après toi.

La table est disposée à côté d'une fenêtre donnant sur la rue animée. Nous nous asseyons l'une en face de l'autre, et les années semblent soudain s'effacer, mais je n'ai toujours pas le courage de lui demander ce qui s'est passé.

— On se racontait souvent des histoires sur les gens qu'on voyait dehors, vous vous rappelez ?

— Oh oui ! s'exclame-t-elle. Tu avais une imagination débordante. Et tu adorais les histoires. Quand tu ne les inventais pas, tu les lisais. Je me souviens encore de tous ces livres sur les poneys que tu collectionnais…

— Avez-vous fait votre choix ? nous interrompt la serveuse qui s'est approchée de notre table.

— Comme d'habitude ?

J'interroge Hannah du regard. Nous commandions invariablement la même chose chaque fois que nous venions ici.

— Volontiers, répond-elle.

— Deux thés Earl Grey, une part de cake au citron et des scones.

J'éprouve une étrange impression en prononçant ces mots, qui sonnent comme un écho d'une autre époque. Hannah déplie sa serviette amidonnée et l'étale sur ses genoux. La question que je voudrais lui poser me brûle les lèvres, pourtant je ne parviens pas à la formuler.

— Je vous suis très reconnaissante de ce que vous avez fait pour ma mère, Hannah.

Je me sens pitoyable. Lâche. Pourquoi ai-je tant de mal à évoquer le passé ? Comment sa réponse pourrait-elle me blesser davantage que son départ brutal autrefois ?

— N'importe qui aurait agi de la même manière.

— Rien n'est moins sûr. Vous n'étiez pas forcée de l'accompagner à l'hôpital. Merci encore.

— Je ne voulais pas la laisser tant que sa famille n'était pas arrivée.

J'ai du mal à me concentrer sur notre échange. Je prends une profonde inspiration. *Allez, ressaisis-toi et interroge-la, sinon tu risques de ne jamais savoir.*

— Hannah ?

— Oui ?

J'ai l'impression de me perdre dans les profondeurs de son regard. Quand les yeux verts de ma mère brillent d'un éclat pénétrant, ceux de Hannah sont empreints de chaleur et de compassion.

— Vous n'êtes pas obligée de répondre, mais…

Je m'interromps et relâche mon souffle. Qu'est-ce qui m'arrive, bon sang ? *Vas-y, pose-lui la question.*

— Je t'écoute.

— Pourquoi avez-vous quitté Lake Hall si brusquement quand j'étais petite ? C'était à cause de moi ? J'avais fait quelque chose de mal ?

— Oh, ma pauvre. D'où te vient une telle idée ?

— Ma mère m'a dit que vous étiez partie parce que je n'avais pas été sage.

— Non, c'est faux. Ta mère et moi nous sommes disputées ce soir-là, parce qu'elle s'était montrée terriblement dure avec toi après que tu avais sali ta belle robe, celle qu'elle avait choisie pour toi et rapportée de Londres.

— Elle était bleue. Vous l'aviez suspendue sur un cintre accroché à la porte de la penderie. Je n'en avais jamais eu d'aussi jolie.

— C'est vrai. Tout le monde admirait ta mère pour ses goûts raffinés. Malheureusement, la robe a été abîmée. Ça arrive, avec de jeunes enfants, sauf qu'elle en a fait une montagne. Elle était hors d'elle. Pour le coup, je n'ai pas pu m'empêcher d'intervenir, même si, en général, je me mordais la langue quand elle te grondait, parce que je n'avais pas à m'interposer entre elle et toi. Je lui ai dit qu'elle avait franchi une limite. Grave erreur… Elle l'a très mal pris. Elle m'a ordonné de partir sur-le-champ, sans même me laisser la possibilité de te dire au revoir. Je suis allée trouver ton père, je me suis excusée auprès de lui en le suppliant de ne pas me renvoyer, mais il l'a soutenue et je n'ai pas eu le choix. Si tu savais comme j'ai souffert de t'abandonner ainsi… D'autant qu'ils m'ont interdit de t'écrire ou de te téléphoner. Ils m'ont même menacée de porter plainte contre moi si je m'avisais de passer outre.

J'ai l'impression d'avoir reçu un coup de poing au creux de l'estomac.

— Ils m'ont menti…

— Je suis navrée.

— Et ils vous ont traitée si durement !

— Ne te mets pas en colère, s'il te plaît. J'ai moi-même été bouleversée et furieuse pendant des années, mais aujourd'hui, l'eau a coulé sous les ponts. Toi et moi, nous nous sommes retrouvées et nous avons tant de choses à nous raconter… Si tu demandes des comptes à ta mère, elle risque de me fermer la porte de Lake Hall ou de rendre nos relations difficiles, et ce serait tellement dommage, puisque nous avons aujourd'hui la chance de nous redécouvrir…

— C'est vraiment ce que vous voulez ?

Elle prend ma main entre les siennes. Sa peau est incroyablement douce.

— Oh oui, Jocelyn. Nous avons tous assez souffert comme ça, tu ne crois pas ? Alors, laissons le passé où il est. Et, après tout, il est peut-être même possible que ta mère et moi parvenions à nous réconcilier…

Respecter sa volonté est sans doute le moins que je puisse faire après ce qu'elle a subi de la part de mes parents. Dieu sait pourtant que j'aimerais exiger de ma mère qu'elle m'avoue tout au sujet de cette soirée et présente des excuses à Hannah. En rampant, même. Ce ne serait que justice.

— Vous en êtes bien certaine, Hannah ?

— Oui. Je dormirai mieux ce soir si tu me promets que tout ça restera entre nous.

— Entendu, je ne lui dirai rien.

— Merci. J'étais sûre que tu comprendrais. Bon, je fais le service ? Ce serait bête de laisser le thé refroidir, et ces gâteaux ont l'air délicieux. Maintenant, j'aimerais que tu me parles de toi et de Ruby, d'accord ? Et j'exige que tu me tutoies, comme avant…

Elle sert le thé, puis étale une épaisse couche de confiture de fraises sur son scone, avant d'y ajouter une grosse cuillerée de crème caillée. Le plus grand tumulte règne dans mon esprit tandis que je tente d'assimiler tout ce que je viens d'apprendre, et je n'arrête pas de me répéter *pauvre Hannah*, mais je me force à adopter un ton léger pour relancer la conversation :

— Vous… Tu ne m'avais pas appris à étaler d'abord la crème, et ensuite la confiture ?

— C'est étrange, je ne m'en souviens pas. Je suis surprise que ça te soit resté.

Je laisse échapper un petit rire.

— Quel bonheur de revoir ton joli sourire ! ajoute-t-elle.

Plus tard, au moment où nous débouchons toutes les deux dans la rue, elle déclare soudain :

— Au fait, cette robe… Celle que tu portais ce soir-là. Elle n'était pas bleue, mais verte.

— Ah bon ?

Je n'en reviens pas. Pour moi, elle a toujours été bleue.

— Je me rappelle avoir choisi un fil vert assorti quand l'ourlet s'est décousu, ajoute-t-elle. C'est drôle comme on n'oublie pas ce genre de détail, n'est-ce pas ?

— J'ai dû me tromper, alors.

— La mémoire nous joue des tours.

— Exact.

Les pensées se bousculent dans ma tête lorsque nous nous séparons, mais cette remarque à propos de la couleur de la robe me perturbe.

J'aurais pourtant juré qu'elle était bleue. En même temps, quelle importance ?

Virginia

Je suis obligée de garder le lit. Ma blessure à la tête cicatrise bien, mais je souffre de migraines et les muscles de mon dos se contractent douloureusement chaque fois que j'essaie de bouger. Le trajet jusqu'à la salle de bains est une véritable expédition, lente et laborieuse, pourtant je ne veux pas qu'on m'accompagne. Ce serait trop humiliant.

Les antalgiques qu'on m'a prescrits à l'hôpital s'entassent sur ma table de chevet. Jocelyn, qui a endossé le rôle d'infirmière en chef tyrannique, veille à ce que je prenne ces satanés comprimés trois ou quatre fois par jour. Ils me rendent vaseuse, et cette faiblesse me fait peur, parce qu'elle m'empêche de garder un œil sur ce qui se passe sous mon propre toit.

Si je pensais que l'exaspération de Jocelyn vis-à-vis de moi était à son comble avant ma chute, je me trompais. Elle est constamment furieuse contre moi ; elle m'en veut d'être allée chez Hannah, de m'être mise moi-même dans cette situation invalidante et de créer des complications. Elle s'agite dans ma chambre, les sourcils froncés, et me parle comme si j'étais une gamine, me jetant à la figure des bribes d'informations qui semblent n'avoir d'autre but que de me tourmenter.

— Faversham est chargé de vendre un tableau qui nous appartenait, apparemment, mais dont je ne me souviens pas, déclare-t-elle. C'est une vanité. Magnifique. Je ne peux pas croire que notre famille s'en soit séparée.

Je me demande ce qu'il a bien pu lui raconter. Je feins de dormir, mais je récapitule dans ma tête tout ce que je compte lui dire quand je l'aurai enfin au téléphone. Il ne va pas s'en tirer aussi facilement.

Elle me lance aussi, peut-être à un autre moment :

— Je t'ai raconté que j'avais vu Hannah à Marlborough, l'autre jour ? Mère ? Tu m'entends ?

Je m'efforce d'adopter un ton neutre, comme si ça m'était égal.

— Oui. Et alors ?

— Je l'ai invitée au salon de thé pour la remercier de s'être occupée de toi après ta chute. À propos, je ne te l'ai pas encore demandé, mais qu'est-ce que tu fabriquais là-bas ?

— Tu voudrais me faire croire que tu ne te poses pas autant de questions que moi à son sujet ?

L'attaque est parfois la meilleure défense. Jocelyn rougit.

— Eh bien, elle te transmet ses amitiés et tous ses vœux de rétablissement, réplique-t-elle.

Elle s'exprime d'un ton guindé. Je me doute que ses sentiments envers cette femme qu'elle pense être Hannah sont complexes.

— Quand tu iras mieux, je pense que nous devrions l'inviter à déjeuner, pour que tu puisses la remercier toi aussi, ajoute-t-elle.

Non, cette femme ne doit pas mettre les pieds ici. Je ne permettrai pas que Lake Hall redevienne le théâtre de ses agissements. Je ferme les yeux comme si j'étais gagnée par la somnolence, parce que je veux que Jocelyn s'en aille. Mes mains tremblent sous l'effet de la peur et de la conscience de ma propre stupidité. Je les fourre entre mes cuisses pour que ma fille ne s'aperçoive de rien et me tourne sur le côté en m'efforçant d'ignorer la douleur causée par mon mouvement.

— Le Dr Howard est là, mère. Tu es présentable ?

Jocelyn ouvre les rideaux, révélant la grisaille lugubre au-dehors. Un vent violent secoue la cime des chênes et fait vibrer les vitres dans leurs encadrements. Ma fille éclaire ma chambre puis, quand je me redresse prudemment en position assise, s'approche pour caler les oreillers dans mon dos, avec plus de brusquerie que je ne l'aurais souhaité.

— Tu peux me passer mon miroir de poche et mon rouge à lèvres, Jocelyn ? Le rose ?

— Franchement, tu n'en as pas besoin pour recevoir le médecin, réplique-t-elle. Bon, je vais le chercher.

Je ne peux réprimer une grimace de frustration. On se retrouve tellement vite à la merci des autres quand on est souffrant…

— Laisse-nous, s'il te plaît, dis-je à Jocelyn lorsqu'elle reparaît.

Moins elle en saura, mieux ce sera. Il faut que je parvienne à reprendre le contrôle de la situation.

Eric Howard pose sa sacoche par terre, avant de placer soigneusement sa veste par-dessus, comme il le fait chaque fois qu'il vient. Il nous a suivis, Alexander et moi, depuis notre mariage et notre installation au manoir. De quelques années mon cadet, c'est un homme à l'allure soignée. Il me regarde avec bienveillance.

— Ils se sont bien occupés de vous, à l'hôpital ? Je serais venu vous voir plus tôt, si j'avais su.

— Ne vous inquiétez pas, j'ai été parfaitement prise en charge, mais on m'a prescrit tous ces maudits comprimés qui me mettent sur le flanc. Je me sens tout le temps groggy.

Il m'examine, puis jette un coup d'œil à l'ordonnance.

— Du naproxen et de l'amitriptyline. L'association des deux n'est pas anodine, loin de là. Elle peut avoir des effets indésirables tels que les états confusionnels, la dépression, la fatigue, le sentiment de fonctionner au ralenti… Ça correspond ?

— Tout à fait.

— À quel niveau situez-vous la douleur ?

— À peine supportable. N'existe-t-il pas d'autres médicaments que vous pourriez me donner à la place, qui n'auraient pas tous ces effets ?

— Eh bien, vous avez toujours la possibilité de prendre des antalgiques courants, en vente libre. C'est en principe l'étape suivante, mais j'ai peur qu'il ne soit un peu tôt. Même si votre blessure à la tête paraît en bonne voie de cicatrisation, vous avez toujours des ecchymoses et des gonflements importants.

— Je préfère souffrir que d'avoir l'esprit embrumé.

— Il va falloir vous sevrer progressivement de votre traitement actuel. Un arrêt brutal pourrait provoquer un état de manque.

— Je comprends.

— Soyez patiente, Ginny. Je serais plus tranquille si vous respectiez la prescription encore quelques jours.

Il s'attarde, et le silence entre nous se prolonge. J'ai toujours pensé qu'il était un peu amoureux de moi, sans toutefois en avoir la preuve. C'était juste une impression, qu'Alexander partageait.

— J'ai été heureux de revoir Jocelyn, déclare-t-il enfin. Elle semble en forme. Je me rappelle encore toutes ces angines qu'elle avait, petite…

Ma fille ne me laissait jamais l'approcher quand elle était malade. Je devais rester à la porte, d'où je regardais Hannah lui tenir la main tandis que le médecin l'examinait. Je me demande s'il s'en souvient.

— Elle n'en a plus, aujourd'hui, dis-je.

— En général, ça passe en grandissant.

Ruby se glisse dans ma chambre pendant que Jocelyn raccompagne Eric Howard à la porte.

— Maman a dit que tu devais prendre tes médicaments.

— Le docteur m'en a conseillé d'autres. Tu veux bien me rendre un service, ma chérie ? Regarde dans mon armoire à pharmacie, il y a une boîte marquée « ibuprofène », et une autre « paracétamol ». Tu peux me les apporter ?

Elle s'exécute docilement.

— Parfait. Je peux aussi te demander de me sortir deux comprimés d'ibuprofène ?

Elle les dépose dans ma paume.

— Un, deux, compte-t-elle à voix haute.

Je repense à Hannah chantonnant à Jocelyn : « Un, deux, attache ma chaussure ; trois, quatre, toque à la porte. » Elle possédait une connaissance encyclopédique des comptines. Plus tard, j'en viendrais à considérer ces chansons comme autant de leurres dont elle se servait pour séduire ma fille et l'éloigner de moi. J'étais impatiente d'enseigner à Jocelyn la lecture et le calcul mais, quand elle a été en âge d'apprendre, elle ne supportait plus ma présence. Elle se bouchait les oreilles si j'essayais de lui faire la lecture et fermait les yeux lorsque je lui montrais les illustrations dans les livres. Elle ne tolérait que Hannah.

— Merci, ma chérie, dis-je à Ruby, qui me tend un verre d'eau.

J'avale les antalgiques. Je dois absolument parvenir à me passer des plus forts car, ne sachant toujours pas ce que cette femme qui se fait appeler Hannah a en tête, il est crucial que je garde les idées claires. J'espère seulement que je pourrai supporter la douleur.

— Ne raconte pas à ta maman que je prends d'autres cachets, mon trésor. D'accord ? Le docteur veut que ce soit mon secret.

— Pourquoi ?

— Parce que c'est personnel. Il y a certaines choses qui ne regardent pas ta mère.

— OK.

Elle semble sceptique, mais mon mensonge ne paraît pas la perturber outre mesure. Quoi qu'il en soit, son attention se fixe désormais sur le contenu du tiroir de ma table de chevet, qu'elle vient d'ouvrir. Elle est attirée par les reliques de mon ancien faste comme un papillon de nuit par une flamme.

— Maman aussi, elle a un secret, déclare-t-elle.

Elle a prononcé ces mots d'un ton léger, pourtant je sens les battements de mon cœur s'accélérer.

— Hannah lui a envoyé un nouveau chemisier, poursuit-elle. Maman l'avait vu dans un magasin, sauf qu'il coûtait trop cher, alors Hannah l'a acheté pour elle. Comme ça, elle pourra le mettre pour aller travailler. Il est joli, mais moi je préfère ça.

Elle se tourne vers moi en brandissant un de mes peignes à cheveux ornés de perles.

— Et si je te proposais qu'on fasse un échange, Ruby ?

— Entre quoi et quoi ?

Elle adore négocier, un trait de caractère qu'elle tient de son grand-père.

— Eh bien, je dirai à ta maman que tu as travaillé sur tes problèmes de maths ici, avec moi, si tu me prêtes ton iPad pendant une demi-heure.

— Et je pourrai aussi mettre ton peigne ?

— Oui, à une condition : que tu le ranges où tu l'as pris quand tu auras fini de jouer avec.

— D'accord.

Elle va me chercher sa tablette, avant de s'asseoir devant ma coiffeuse pour essayer l'accessoire dans ses cheveux. Une fois satisfaite du résultat, elle lance une offensive sur ma boîte à bijoux. Elle enfile trois bagues et admire les pierres sous tous les angles dans le miroir.

De mon côté, j'ouvre le navigateur sur l'iPad, puis affiche la page Google.

Cette histoire de chemisier offert me trouble. C'est tout à fait le genre de manœuvre dont Hannah aurait été capable à l'époque, et cette constatation déclenche un signal d'alarme dans ma tête. Je sens le danger se rapprocher, même si je ne suis pas encore en mesure de l'identifier.

Je tente de me concentrer malgré la douleur et l'effet relaxant des antalgiques. Une hypothèse m'est venue au sujet de Hannah : il est possible que sa blessure à la tête ne lui ait pas été fatale ce soir-là, même si elle paraissait grave, et que, dans le chaos ambiant, nous l'ayons cru morte alors qu'elle était seulement inconsciente. Reste qu'elle avait un autre défi de taille à surmonter.

Je tape ma question dans la barre de recherche : « Peut-on survivre à une noyade ? »

Jo

— Je veux rentrer chez nous, gémit Ruby.

Il est 3 heures du matin. Dans quatre heures, je prendrai le train pour Londres, où je passerai ma première journée à la galerie, et Ruby se préparera pour faire sa rentrée dans sa nouvelle école. Le timing est malvenu, et j'aurais aimé l'accompagner moi-même, mais c'est la mère de Stan qui s'est engagée à l'emmener à ma place.

Ma fille se tient près de mon lit. Elle porte un pantalon de pyjama et le T-shirt blanc que tous ses camarades de classe ont signé le jour où elle a quitté son école en Californie. Je pense savoir ce qu'elle entend par « chez nous ». Ce n'est pas Lake Hall. C'est la maison située sur un autre continent que nous avons été obligées d'abandonner.

— Viens là, ma puce.

À peine ai-je repoussé les couvertures qu'elle grimpe sur mon lit et se blottit contre moi. Son corps est chaud mais ses pieds sont deux blocs de glace. Depuis combien de temps est-elle debout ? J'effleure sa tempe, où la peau était toute douce quand elle était bébé, et si fine que je distinguais le réseau de veines en dessous. La conscience de sa fragilité m'arrachait parfois des frissons. En l'occurrence, son front et ses joues sont mouillés de sueur.

— Qu'est-ce qui ne va pas ? Raconte-moi.

— Mes copains me manquent, avoue-t-elle.

— Je suis désolée.

— Et je regrette notre maison en Amérique.

— Je comprends. Moi aussi.

— Et je voudrais tellement que papa soit encore là !

— Oh, ma chérie…

Je la laisse pleurer. J'ai souvent entendu dire qu'il ne faut pas empêcher un enfant d'exprimer ses émotions. Ma mère, elle, n'a sans doute jamais reçu l'information. Il est possible que j'en fasse son épitaphe, de façon à avoir le dernier mot.

Les larmes de Ruby coulent sans discontinuer, me révélant un immense chagrin, qu'une petite fille de cet âge ne devrait pas avoir à porter et devant lequel je me sens complètement impuissante, parce que je ne peux pas faire revenir son père.

Le vieux réveil numérique sur la table de nuit indique 4 h 07 lorsque Ruby s'endort enfin. La tête calée sur mon oreiller humide, je sais que je vais passer les dernières heures de la nuit à m'inquiéter pour elle, pour nous et pour ma mère.

Le Dr Howard m'a prise en aparté après l'avoir examinée. C'est un homme dégingandé, toujours rasé de près, à l'épaisse chevelure neigeuse. Il sent l'after-shave et les antiseptiques – un mélange que j'associe aux médecins de sa génération.

« Comment va-t-elle ? lui ai-je demandé.

— Pas mal, tout bien considéré. Mais il va falloir veiller à ce qu'elle ne veuille pas en faire trop, et trop tôt. Elle a besoin de se reposer pour avoir toutes les chances de recouvrer ses forces.

— Est-ce qu'elle se rétablira complètement ?

— Je ne vois pas ce qui pourrait l'en empêcher. Elle est solide, pour son âge. Je vous conseille néanmoins de garder un œil sur elle. »

Il a ouvert la porte. Dehors, des rafales agitaient les branches des hêtres et faisaient voltiger les feuilles mortes.

« Je suis très attaché à votre mère, vous savez, a-t-il ajouté. Elle a dû relever de nombreux défis au fil des ans. Aujourd'hui, elle a besoin de votre soutien. » Il m'a saluée d'un hochement de tête, puis a coiffé son chapeau avant de tirer la porte derrière lui.

« Eh ben ! » me suis-je exclamée à haute voix, après son départ. J'avais bien senti un lien particulier entre ma mère et lui quand j'étais petite, mais sans me poser vraiment de questions ; c'était d'ailleurs l'un de ses visiteurs les plus assidus. Elizabeth était sans doute la seule personne à venir au manoir plus souvent que lui.

Elle va se remettre, ai-je pensé. *Elle est indestructible*.

À 5 heures, je me glisse hors de mon lit en faisant attention à ne pas réveiller Ruby. Lorsqu'elle roule sur le dos, je me fige en retenant mon souffle. Je demeure immobile jusqu'à ce que je sois certaine qu'elle dort profondément.

Je m'engage à pas de loup dans le couloir pour rejoindre la salle de bains. J'en ressors quelques minutes plus tard.

— C'est toi, Jocelyn ? appelle ma mère de sa chambre.

— Oui.

— Viens ici.

— Je pars bientôt.

— Rien qu'une minute.

J'entre dans la pièce. Les rideaux sont ouverts, et ma mère se tient devant la fenêtre, d'où elle regarde le jour se lever.

— Tu entends ? demande-t-elle.

Je fais non de la tête.

— C'est une chouette hulotte. Son cri est tellement plaintif… Je n'ai pas pu dormir.

— Écoute, mon train est à…

— Je sais. Je voulais juste te souhaiter bonne chance. Dis à Faversham de me téléphoner, d'accord ? N'oublie pas. Il ne m'a pas rappelée.

— Recouche-toi, mère. Tu vas attraper froid.

Elle repousse ma main quand je lui effleure le bras, et j'ai du mal à contenir mon impatience le temps qu'elle retourne dans son lit.

— Anthea sera là à 7 heures pour préparer le petit déjeuner et s'occuper de Ruby, dis-je. Tâche de te reposer jusque-là. La mère de Stan passera à 9 heures moins le quart la chercher. Tu te souviens ?

— Évidemment.

Les couvertures remontées jusque sous son menton, elle me paraît étrangement diminuée et fragile.

— Tu as un nouveau chemisier ?

Je ne veux pas lui révéler que c'est un cadeau de Hannah. Pas maintenant. Elle ne manquerait pas de faire une réflexion cinglante.

— Oh, non, il est vieux. Je l'avais déjà en Californie.

— Je croyais que tu n'avais rien à te mettre pour aller travailler…

— Bon, il faut que je me prépare.

— Tu es ravissante, ajoute-t-elle.

Le compliment me prend de court.

— À plus tard.

Au moment où je referme la porte, elle lance :

— Tu pourras poser une question à Hannah de ma part ?

— Laquelle ?

— Demande-lui si elle se rappelle comment nous nous sommes rencontrées.

— Pourquoi ?

— Je suis curieuse de savoir si elle se souvient de ce que je portais ce jour-là.

— Tu n'as qu'à la lui poser toi-même ! Tu ne crois pas que j'ai d'autres préoccupations plus importantes en tête ?

Je tire fermement la porte. Je ne me sens pas d'humeur à supporter ses états d'âme pour le moment.

J'ai du mal à me détendre sur le trajet jusqu'à Londres, en sachant que la perspective de la rentrée rend Ruby nerveuse. Je lui écris un SMS dans le train.

> Comment vas-tu ce matin ? Je te fais plein de bises et de câlins pour te donner du courage et je te souhaite bonne chance pour aujourd'hui.

Sa première réponse, laconique, ne me tranquillise pas :

> Ça va

Je suis soulagée de recevoir un autre texto quelques minutes plus tard :

> Stan voudrait que j'aille chez lui après l'école pour voir son nouveau cochon d'Inde.

> Pas de problème, à condition que la maman de Stan soit d'accord. Je vais lui envoyer un message.

La mère de Stan confirme qu'elle ira les chercher tous les deux à la sortie de l'école. Je ne prends pas la peine d'avertir ma mère de ce changement de programme ; dans son état, elle risque d'oublier. Je préfère en informer directement Anthea. Elle a bien un portable, mais c'est une antiquité dont la batterie se décharge souvent, d'après elle. Alors j'appelle Lake Hall en sortant de la station de métro. Or, c'est ma mère qui répond.

— Tu peux me passer Anthea ?

— Elle est sortie.

— Elle rentrera quand ?

— Pourquoi ? Tu as besoin de quelque chose ?

— J'aimerais mieux en parler à Anthea.

— Tu m'estimes incapable de lui transmettre un message ? Le rôle de secrétaire est trop complexe pour moi ?

— Bon, dis-lui que Ruby ira chez Stan après l'école. Donc, elle ne prendra pas le car scolaire. J'irai la récupérer chez son copain en rentrant de la gare.

— D'accord, je lui ferai la commission.

— Pourquoi ne l'écrirais-tu pas ?

— Oh, je n'ai plus de mémoire, en plus d'avoir perdu la tête ?

— OK, fais comme tu veux, mais préviens Anthea.

De mon côté, j'envoie un texto à la femme de ménage. Ne sachant pas si elle l'a reçu, je me promets de lui téléphoner plus tard. Ma mère a décidément le don de tout compliquer.

Inspecteur Andy Wilton

Andy et Maxine descendent de voiture.

— Prêt ? demande-t-elle à son coéquipier.

Les yeux plissés, il contemple Lake Hall.

— Je ne peux pas l'être plus.

Ils sonnent à la porte et entendent le bruit résonner à l'intérieur du manoir.

— On aurait peut-être dû téléphoner avant, fait remarquer Maxine, quand personne ne répond.

Andy garde le silence. Elle a raison, évidemment, mais il n'avait pas envie d'avertir lady Holt, qui traite les autres comme si elle s'estimait supérieure à eux. Ils sonnent de nouveau et, au moment où ils s'apprêtent à tourner les talons, la porte s'ouvre enfin.

— Oui ? Je peux vous aider ?

La femme en face d'eux, qui doit friser la soixantaine, est légèrement essoufflée. Elle arbore une blouse par-dessus un pantalon noir et des chaussures confortables.

Les deux policiers lui montrent leurs badges.

— Nous souhaiterions nous entretenir avec lady Holt, si elle est disponible.

— Impossible. Elle a fait une mauvaise chute et elle est obligée de garder le lit.

— Quand je te disais qu'on aurait dû téléphoner... marmonne Maxine.

Leur interlocutrice plisse le nez et remonte ses lunettes.

— Vous travaillez ici ? lui demande Andy.

— Oui. Je suis la femme de ménage.

Elle se redresse et leur tend tour à tour sa main gantée de caoutchouc.

— Anthea Marshall.

— Nous avons rencontré votre mère, il y a plusieurs jours, précise Andy. Pourriez-vous nous accorder quelques minutes ?

— C'est à propos du crâne ?

Elle a posé la question d'un ton résigné.

— En fait, nous aimerions des informations d'ordre général sur le lac, le manoir et les différentes personnes qui y ont séjourné au fil des ans. J'imagine que vous n'ignorez pas grand-chose de ce qui se passe ici... Et, pour tout vous dire, je donnerais cher pour une bonne tasse de thé.

Elle écarte plus largement le battant.

— Il me reste peut-être aussi une part de cake aux fruits à vous offrir.

— Vous êtes un ange.

Le cake est desséché et le thé épouvantablement fort, mais Anthea Marshall ne se fait pas prier pour parler, comme si elle attendait depuis longtemps l'occasion d'avoir une oreille attentive.

— Autrefois, c'était agréable de travailler à Lake Hall, parce qu'il y avait de nombreux employés et que tout le monde avait une tâche bien précise. Aujourd'hui, malheureusement, il ne reste plus que Geoff et moi. Lui il s'occupe du jardin, et moi du manoir – du moins, comme je peux. Rien que pour épousseter les cadres des tableaux, il faut compter une journée entière. Ma mère était femme de ménage ici avant moi, et elle ne se rendait pas compte de la chance qu'elle avait à l'époque. Elle en faisait moitié moins que moi. Bon, c'est vrai, la maison était plus animée, avec toutes ces fêtes et ces réceptions… C'est plus tranquille maintenant, surtout depuis la mort de lord Holt, paix à son âme. Sa propre fille n'est pas venue à l'enterrement, vous savez, ce qui ne l'a pas empêchée de se précipiter ici dès qu'elle s'est retrouvée dans le besoin, et en amenant son enfant, qui plus est. Si vous voulez mon avis, ce n'est pas sain pour la petite de vivre en vase clos, entre sa mère, sa grand-mère et moi. Elle va finir par devenir folle ou par prendre des grands airs comme lady Holt. Je me demande ce qui serait le pire ! Et comme si je n'avais pas assez de pain sur la planche, il va falloir maintenant que je surveille Ruby, pendant que madame, là-haut, m'appelle toutes les cinq minutes.

De la tête, Anthea indique une rangée de clochettes qui pendent sur un mur. Chacune est reliée à un ancien système de cordes et de poulies, et correspond à une pièce dont le nom est inscrit dessous. Quand la femme de ménage porte sa tasse à ses lèvres, Andy en profite pour lui glisser une question :

— Vous souvenez-vous d'une partie de chasse organisée ici en 1984, au début de l'année ? Elle vous a peut-être marquée, parce qu'un jeune garçon du village a été blessé ce jour-là.

— Oh, oui, c'était du temps de ma mère. Tout le monde en a parlé.

— Que savez-vous au sujet de cet événement ?

— Pas grand-chose, car j'étais à Londres à ce moment-là dans une école de secrétariat. Je pensais m'établir en ville, vous voyez ? Mais cette vie-là, ce n'était pas pour moi. Je me languissais trop de mon village… Bref, je n'étais pas à Lake Hall, et maman non plus – elle a dû vous le dire, d'ailleurs, si elle ne divaguait pas trop –, parce qu'elle venait de subir une opération. En attendant, je me souviens que la presse en a parlé et que maman m'a dit que des journalistes étaient venus à Downsley. Sauf que personne n'a répondu à leurs questions. Les gens d'ici se serrent les coudes.

— Même quand il s'agit des Holt ? s'étonne Andy.

— Ils étaient nombreux dans le village à travailler pour eux, à l'époque. Nos familles étaient indissociables de la leur.

— Mais que disaient les gens entre eux, en privé ?

— J'ai entendu des rumeurs, selon lesquelles l'un des hommes dans le groupe était ivre et avait fait quelque chose d'idiot, mais ce n'était que ça, des rumeurs. Si les Holt avaient de drôles d'idées, parfois, ils organisaient toujours parfaitement bien les parties de chasse.

— Vous n'y avez pas cru ?

— Je ne prête pas attention aux ragots, surtout quand ils naissent après quelques pintes. Les commérages, c'est dans la nature humaine, inspecteur. Je sais que vous le savez.

— Exact.

L'une des clochettes sur le mur se met à tinter.

— Et voilà ! s'exclame Anthea. Madame veut encore quelque chose. Bon, si vous le permettez, il vaudrait mieux que j'aille voir. Elle ne serait pas contente si elle apprenait que je vous ai parlé ; alors, au cas où vous reviendriez, ne lui dites rien, s'il vous plaît.

— D'accord, intervient Maxine. Juste une dernière question : une nanny était employée ici, autrefois. Une certaine Hannah. Elle a disparu assez brutalement, non ?

— Oh, inutile d'être dans la police pour savoir que ce crâne n'est pas celui de Hannah Burgess ! réplique Anthea.

Elle éclate d'un rire étonnamment sonore.

— C'est vrai, je dois bien admettre que ça m'a traversé l'esprit quand Jocelyn et sa fille l'ont trouvé, parce que c'est la seule personne de la région à s'être brusquement volatilisée, mais je ne me suis pas posé la question longtemps, puisque j'ai appris que Hannah était revenue s'installer à Downsley. Elle est même passée à Lake Hall, apparemment. Moi, en tout cas, je ne l'ai pas vue. Remarquez, ce n'est pas une bonne nouvelle pour tout le monde… Au village, pas mal de gens disaient que c'était une vraie pimbêche. Quand même, c'est une drôle de coïncidence qu'elle reparaisse maintenant, non ? Je me demande si elle a lu l'article sur le crâne. Le jour de sa publication, les journaux se sont vendus comme des petits pains.

La clochette tinte désormais frénétiquement.

— Bon, eh bien, nous allons vous libérer, déclare Andy. Merci pour le cake, il était délicieux.

Dans la voiture, Maxine dit :

— La prochaine fois, on appellera d'abord, pour être sûrs de rencontrer lady Holt.

— OK.

Andy fait craquer ses doigts.

— N'empêche, c'était une conversation intéressante. Cette brave Anthea n'est pas contente de son sort, hein ? Cela dit, ça ne me surprend pas. Quoi qu'il en soit, on ne perdra pas notre temps à suivre la piste de la nanny.

Il se rappelle la photo d'elle qu'il a vue dans le journal. Elle semblait si différente des Holt…

— On devrait peut-être aller l'interroger ? suggère Maxine.

— Bonne idée. Je parie qu'elle connaît tous leurs petits secrets, surtout si elle avait le béguin pour lord Holt.

— Il est possible que cette histoire n'ait aucun rapport avec eux, lui rappelle Maxine. Si ça se trouve, c'est ce fichu jardinier qui a balancé le corps dans le lac.

— Non, je suis sûr qu'ils sont derrière tout ça, affirme Andy. Il fallait une telle audace pour abandonner le cadavre si près de la maison que ça ne peut être qu'eux.

— Justement, ça paraît trop énorme. Tu supporterais de voir ce lac tous les jours en sachant ce qu'il y a dedans ?

— Ces gens-là ne sont pas comme nous.

Il tourne la clé de contact et démarre, faisant crisser les gravillons sous les pneus.

Jo

Arrivée au travail, j'aide Clemency à déballer la vanité dans un salon privé, niché au fond de la galerie. Puis nous passons un long moment à ajuster l'éclairage afin de la mettre en valeur. Pendant que nous nous activons, je tente d'engager la conversation avec la directrice, mais elle m'oppose systématiquement un silence poli, au point que je commence à me demander si ma présence la dérange.

Une fois l'installation prête, nous prenons toutes les deux le temps de l'admirer.

— *Carpe diem*, dis-je.

— Comment ?

J'indique la toile.

— « Cueille le jour présent. » Le message est clair, quand on y pense.

— Je ne sais pas, je ne suis pas payée pour penser, réplique-t-elle.

J'en déduis que j'aurais mieux fait de me taire.

Faversham insiste pour m'emmener déjeuner afin de fêter mon premier jour de collaboration. Au restaurant, nous sommes accueillis chaleureusement par le maître d’hôtel qui, à l’évidence, le connaît bien. Le décor est rococo. Une moquette ornée de motifs ouvragés et des banquettes tendues de velours saturent la salle de tons or et pourpre qui me rappellent les riches tenues papales sur les portraits d’antan. Les nappes blanches, parfaitement amidonnées, retombent des tables en longs plis extravagants.

C’est Faversham qui commande pour nous deux : des huîtres en entrée, suivies d’un plat de grouse.

— Il faut en profiter tant que c’est la saison, précise-t-il.

Une question me brûle les lèvres.

— Vous connaissiez bien mon père ?

— Oui, très bien. Nous avons fait nos études ensemble à Eton et ensuite à Oxford. Il était à Queen’s College et moi à Balliol, mais nous appartenions à certaines des mêmes confréries, alors nous sommes toujours restés proches. Après l’obtention de notre diplôme, nous nous retrouvions souvent en ville.

« En ville », dans sa bouche, doit vouloir dire Londres. Et sans doute plus précisément Mayfair, pour des représentants de leurs cercles.

— Non, merci, vous pouvez servir tout de suite, répond-il au garçon qui lui demande s’il veut goûter le vin. Évidemment, nos relations se sont un peu espacées quand il s’est marié, même si votre mère lui lâchait la bride de temps à autre, poursuit-il à mon adresse.

— Que faisait-il au juste ?

— Vous ne le savez pas ?

— Je sais qu’il travaillait à la City et qu’il était secrétaire au Burlington Club, mais j’ignore quelles étaient précisément ses fonctions.

Quand j'avais finalement cédé à la curiosité et lu la nécrologie de mon père sur Internet, j'avais été étonnée de découvrir à son sujet des choses que j'ignorais, dont son emploi au Burlington Club. Interrogée à ce sujet, ma mère avait refusé de m'en dévoiler plus. « C'était un acharné du travail et du jeu », s'était-elle contentée de dire.

Faversham hausse élégamment un sourcil en se grattant le dessous du menton avec deux doigts. Puis il déplie sa serviette et l'étale sur ses genoux.

— Alors ? Vous aimez cette vanité ? demande-t-il.

— Elle est sublime.

— Vous souvenez-vous de ce qu'il y a dans le coin inférieur droit ?

Je m'efforce de visualiser la toile. Je vois le crâne, dont les dents évoquent les ruines d'un ouvrage de maçonnerie, et une petite grappe de raisins recouverts d'une légère moisissure. Il y a des pétales tombés, racornis sur les bords et – oui, bien sûr ! – un jeu de cartes formant une pile branlante, avec le cinq de cœur sur le dessus.

— Des cartes à jouer ? dis-je à Faversham.

Peut-être essaie-t-il de me faire comprendre que mon père occupait des fonctions importantes dans le secteur boursier à la City, où la part de risque et de hasard est grande, comme au jeu. Alexander Holt n'était certainement pas du genre à se morfondre dans un bureau. C'était le héros, le chouchou. Il avait forcément un travail à la hauteur de son statut. « Ton père est ma priorité », m'avait affirmé ma mère un jour. Je voulais bien l'admettre, même si c'était douloureux à entendre. Cela n'avait fait que renforcer mon admiration pour lui.

Faversham s'essuie la bouche avec sa serviette. La lueur taquine a disparu de son regard, qui me semble maintenant exprimer une émotion que j'aurais préféré ne pas y voir : la compassion.

— Ma chère petite, votre père était un joueur professionnel.

— Pardon ?

— C'est à Oxford qu'il a découvert qu'il était doué.

— Je sais qu'il jouait. Ses amis et lui organisaient parfois des parties de cartes à la maison, mais je ne me doutais pas qu'il pratiquait cette activité à un niveau professionnel…

Je me représente la table carrée recouverte de feutrine au fond du salon bleu. Après le dîner, mon père et ses amis allaient s'asseoir sur les chaises disposées autour, et le tapis vert accueillait jeux de cartes, lourds cendriers et verres en cristal taillé. Ma mère ne participait jamais. Elle s'installait sur l'ottomane, devant le feu, pour les regarder en enchaînant les cigarettes.

De grosses sommes d'argent changeaient-elles de mains pendant ces soirées ? Je ne me suis jamais posé la question, parce que je n'en voyais jamais. Je me souviens d'un invité faisant rugir le moteur de sa voiture un soir après une violente dispute, sans que je comprenne la raison de sa colère. Je pensais alors que les adultes jouaient aux cartes pour les mêmes raisons que Hannah et moi jouions aux 7 familles ou à la bataille : uniquement pour le plaisir.

— Voyez-vous, reprend Faversham, votre père avait été engagé par un club de jeu chic à Mayfair pour aider ses dirigeants à attirer un certain type de clientèle. Les clubs comme le Burlington connaissaient de gros soucis financiers au milieu des années 1970. De nombreux aristocrates qui les fréquentaient se retrouvaient sur la paille à l'époque, même s'ils refusaient de l'admettre, et ces établissements avaient par conséquent autant besoin que le gouvernement des riches Arabes et de l'argent du pétrole qu'ils investissaient dans la City. Votre père était chargé d'accueillir ces nouveaux clients, ou de les convaincre de venir dépenser sans compter dans son club. Ce n'était pas le seul de sa génération à le faire, mais c'était le meilleur. Les hommes comme lui, à savoir les vrais lords, avaient pour mission d'entretenir l'illusion que l'ancien monde existait toujours.

— Mon père faisait de la retape ?

Je suis cruellement déçue.

— Non, il valait beaucoup mieux que ça. Comme je vous l'ai dit, il était très doué dans sa partie. Oh, ma chère Jocelyn, vous êtes bouleversée… Je vous en prie, veuillez me pardonner. Je n'avais pas l'intention de dénigrer Alexander. J'étais sûr que vous étiez déjà au courant.

— Désolée. Non, ne vous en inquiétez pas, je ne suis pas bouleversée.

Faux. Mon cerveau s'active pour tenter de réécrire l'histoire familiale, que je pensais connaître jusque-là, et je suis tentée de demander à Faversham de m'en raconter plus, mais je m'y refuse.

— Peu m'importe ce qu'il a fait, dis-je. Je regrette seulement qu'il y ait eu une si grande distance entre nous au moment de sa mort.

— Il le regrettait aussi, ma chère petite. Profondément, même.

Nos plats arrivent et j'en profite pour changer de sujet :

— Pourquoi le Burlington n'a-t-il pas mis la vanité aux enchères ? Y a-t-il une raison particulière pour que ses dirigeants nous en aient confié la vente ?

— Je leur ai laissé entendre que j'avais déjà un acquéreur potentiel fortuné.

Son explication ne répond pas tout à fait à ma question, dans la mesure où, justement, une vente aux enchères aurait permis au club de rassembler plusieurs d'acquéreurs potentiels fortunés. Il remarque mon froncement de sourcils.

— Une vente privée discrète présente d'autres avantages, m'explique-t-il. Le club ne tient pas à donner l'impression qu'il se sépare de ses actifs parce qu'il a désespérément besoin de fonds. Ce ne serait pas une bonne publicité.

Faversham n'a manifestement pas perdu de temps pour passer en revue ses contacts, et j'ai toutes les raisons de me réjouir que la transaction soit déjà bien engagée, puisque ma commission en dépend. Le plus tôt sera le mieux. Je lève mon verre de vin pour porter un toast.

— Au succès de cette entreprise. J'ai hâte de rencontrer l'acquéreur.

— Lui aussi a hâte de vous rencontrer, Jocelyn. Tchin-tchin.

Si je m'efforce de plaquer un sourire sur mon visage et de parler d'un ton léger, je me sens néanmoins embarrassée par notre conversation sur mes parents et oppressée par l'opulence du décor. Les appliques en cuivre poli, les miroirs soigneusement disposés dans la salle qui renvoient les reflets et les fresques en trompe-l'œil m'apparaissent comme autant d'ornements conçus pour offrir une image déformée de la réalité.

Nous avons commencé à déjeuner tard et Faversham a insisté pour commander trois plats, si bien que je ne consulte pas mon téléphone avant 16 heures, alors que nous sortons du restaurant.

C'est la panique. Mon écran déborde de notifications d'appels manqués et de SMS affolés de la mère de Stan. Dans le premier, elle a écrit :

> Les enfants n'étaient pas à l'école quand je suis arrivée. Ils ne répondent pas au téléphone. Rappelez-moi.

Elle l'a envoyée à 15 h 07.

La peur me saisit, imprégnant ma bouche d'un goût âcre. Je fais défiler la liste des messages en cherchant celui qui m'annoncera qu'ils vont bien.

1978-1979

Avec l'aide de Jean, Linda prend vite l'habitude de se faire appeler Hannah. Elle adore sa nouvelle identité : « Hannah Burgess » lui semble être un nom tellement plus sophistiqué que « Linda Taylor »... Il n'y a jamais eu de Hannah dans sa classe quand elle était à l'école, mais elle connaissait au moins deux autres Linda.

Jean et elle louent une chambre dans un hôtel miteux de Montpelier, à Bristol. De son côté, Jean se fait embaucher dans un salon de coiffure situé parmi des bâtisses déclinant toutes les couleurs de l'arc-en-ciel. Elle y passe son temps à balayer les cheveux tombés sur le sol. Un samedi, elle se rend au Woolworths, où elle fauche deux bagues de pacotille en laiton, que les mères célibataires portent parfois en guise d'alliance. « Comme ça, on n'aura qu'à raconter qu'on est mariées quand on sortira », dit-elle à Hannah. Si cette dernière prend plaisir au pub à jouer son rôle et à brandir son annulaire pour décourager les regards masculins concupiscents, Jean se lasse vite et retire sa fausse alliance.

Hannah envisage un moment de se présenter comme une nanny de Norland pour augmenter ses chances de trouver du travail, mais elle décide finalement que c'est trop risqué. Elle passe une annonce dans le journal local :

NANNY EXPÉRIMENTÉE NOUVELLEMENT
ARRIVÉE DANS LA RÉGION
CHERCHE PLACE À TEMPS PLEIN
RÉFÉRENCES SUR DEMANDE

Ce même soir, le téléphone sonne dans le hall de l'hôtel. C'est pour elle.

— J'ai vu votre annonce, dit l'homme à l'autre bout de la ligne. Ma femme et moi sommes artistes, et nous avons deux fils plutôt turbulents. Votre aide serait la bienvenue.

Hannah est ravie quand elle se présente à l'adresse indiquée. C'est celle d'une grosse demeure sise à la lisière de Clifton Down, avec des vitraux dans le vestibule. Les deux garçons de la famille ont les cheveux trop longs, ils ont tendance à répondre et sont indisciplinés, mais la chambre proposée est coquette et la paie intéressante. Sans compter que Hannah commence à en avoir assez de cohabiter avec Jean.

Celle-ci est particulièrement difficile à vivre depuis qu'elles sont parties. Hannah méprise le manque de motivation de son amie, ses jérémiades et ses crises de jalousie mesquines. La chambre qu'elles partagent est trop petite, l'atmosphère y est étouffante. Hannah a de plus en plus de mal à ne pas brusquer Jean, mais elle sait qu'elle doit être prudente : c'est la seule personne qui connaisse sa véritable identité, et elle n'a aucune envie que son secret soit divulgué.

Son nouveau travail lui fournira l'échappatoire dont elle a besoin.

Par chance, les parents lui paraissent beaucoup trop désinvoltes pour prendre la peine de vérifier les références qu'elle leur a indiquées. Hannah en déduit que sa lettre de motivation suffira.

— Je serais très heureuse d'accepter cette place, leur dit-elle.

— Dieu soit loué ! s'exclame la mère.

Quand elle incline la tête en feignant le soulagement, les extrémités soyeuses de son foulard balaient les miettes sur la table de la cuisine.

— Dans ce cas, on oublie le thé, décrète le père.

Il repousse leurs mugs, puis va chercher une bouteille de vin. Hannah est aussitôt conquise. L'initiative est pour elle tellement inattendue, tellement stylée... Lorsqu'il se hausse sur la pointe des pieds pour attraper des verres dans le placard, sa chemise se relève, dévoilant un estomac plat et une ligne de poils noirs qui part de son nombril et disparaît derrière la ceinture de son jean. Hannah essaie de ne pas regarder. Il les sert généreusement.

La femme se montre loquace et amicale, mais Hannah n'approuve pas la façon dont le décolleté de son chemisier révèle le creux entre ses seins, d'autant qu'elle ne porte pas de soutien-gorge. Elle ne semble nullement gênée de s'exhiber ainsi devant ses fils.

— Vous ne me verrez pas beaucoup dans la journée, explique-t-elle. Mon atelier est au fond du jardin. Je l'adore. Vous comprenez, c'est important pour moi

d'avoir un endroit à moi en dehors de la maison, où je peux échapper aux tâches domestiques et me concentrer sur ma peinture...

Parfait, *songe Hannah.* C'est là qu'est ta place, ma grande : avec le compost.

— C'est moi que vous aurez dans les jambes, déclare le mari. Je travaille ici, à l'étage. Mais ça me convient. Je deviendrais fou si je restais enfermé tout seul du matin au soir. Et puis, j'aime trop entendre les garçons. Pas vrai, les petits monstres ?

Il se lève d'un bond et fait mine d'attaquer ses fils, qui s'élancent hors de la pièce.

— Bienvenue dans la famille, dit la femme, qui lève son verre.

Hannah approche le sien pour trinquer, mais son interlocutrice ne remarque pas son geste et avale son vin d'un trait.

— Bien, reprend-elle en se servant de nouveau. Il est temps de se remettre au boulot. À demain, Hannah.

Restée seule, celle-ci se redresse. Elle n'avait encore jamais bu de vin, et elle se sent un peu éméchée. Au même instant, le plus jeune des enfants revient dans la pièce.

— Ma maman, elle est célèbre, affirme-t-il.

— Ah oui ? Eh bien, j'imagine qu'elle est très occupée, alors...

Il hoche la tête. Il a l'air épuisé. Il devrait déjà être au lit, pense-t-elle. Les parents sont manifestement dépassés. Nanny Hughes aurait été atterrée.

— Tu veux que je te lise une histoire ? lui propose-t-elle.

Il se blottit contre elle sur le canapé et suce son pouce. Il a les pieds sales, remarque-t-elle, et les ongles de ses orteils ont besoin d'être coupés. Elle lui donnera un bain demain avant de le mettre au lit. Tout en lisant, elle perçoit l'odeur caractéristique du cannabis, venue de l'étage. Ni le père ni la mère ne réapparaissent de la soirée. Le petit garçon s'endort avant qu'elle atteigne la dernière page.

Durant l'année qui suit l'embauche de Hannah, Jean et elle s'éloignent de plus en plus l'une de l'autre, surtout quand Jean tombe follement amoureuse d'Arthur Wagoner. C'est un homme intelligent, toujours tendu, qui a travaillé chez Rolls-Royce à Filton. Il affirme qu'il va réussir dans la vie. Jean confie à Hannah qu'elle rêve d'emménager avec lui dans une belle maison neuve à Stoke Bishop. Elle tient à lui, c'est évident, mais quand Hannah le rencontre, elle n'apprécie pas sa façon de laisser Jean payer pour lui au pub ; ce n'est pas le comportement d'un gentleman. Elle assiste néanmoins à leur mariage et trouve Jean amaigrie dans sa robe Chloé renversante. Plus tard, lorsqu'elles se revoient au salon de thé, c'est Hannah qui doit régler la note, parce que Jean a dépensé l'argent alloué par son époux. Elle ne parle que de leurs efforts pour avoir un bébé, et Hannah remarque la trace jaune d'un coquart sous l'anticernes qu'elle a appliqué.

C'est une entrevue malaisée. Peu après, Hannah reçoit une lettre de Jean disant qu'Arthur a enfin décroché un nouvel emploi et qu'ils vont s'installer dans le Surrey en espérant reconstruire leur vie là-bas. Tant mieux pour toi, *songe Hannah. Elle se rend compte que son amie ne lui manque pas.*

D'autant qu'elle a elle-même des défis à relever en tant que nanny. Elle doit en effet gérer les deux garçons de manière différente.

Le plus jeune, qui a maintenant cinq ans, se laisse facilement faire. Il réclame sans arrêt des marques de tendresse. Après un an passé dans la famille, Hannah lui a déjà ébouriffé les cheveux des centaines de fois, et la sensation de sa menotte dans sa main lui est devenue aussi familière que celle de son propre petit frère autrefois. Elle a un faible pour lui : il est tellement malléable... L'aîné, Hugh, est plus méfiant et beaucoup moins spontané que son frère.

Hugh l'a prise en grippe dès le départ. Il lui complique la vie. Au début, Hannah a tenté d'appliquer toutes les méthodes apprises auprès de Nanny Hughes pour le conquérir. Sans succès. Comme elle a toujours vu Nanny Hughes s'occuper d'enfants plus jeunes, elle finit par se dire qu'elle ferait mieux d'élaborer ses propres stratégies. Elle décide de combattre le feu par le feu et se plaint de lui à ses parents, en lui inventant quelques bêtises, avant d'ajouter qu'elle l'a surpris plus d'une fois en flagrant délit de mensonge. Ils la croient, parce qu'elle leur est devenue indispensable. Et ils la laissent déterminer le meilleur moyen de le punir. Dans un premier temps, le confiner dans sa chambre semble fonctionner mais, au bout d'un moment, la mesure le rend encore plus hostile envers elle. Hannah cherche d'autres idées : elle lui confisque certains de ses jouets préférés et lui interdit de regarder la télévision.

Et puis, comme il lui résiste toujours, elle finit par faire ce qui la démange depuis des mois : elle le pince. C'était ainsi qu'elle agissait avec ses propres cadets. Elle connaît les endroits où la peau est la plus sensible et sait comment s'y prendre pour ne pas laisser de marques trop évidentes. Dans le foyer où elle-même a grandi, il fallait être capable de nier avec la dernière énergie, et son expérience va lui servir ici aussi. L'expression choquée de Hugh la réjouit au plus haut point.

Il veut la dénoncer, bien sûr. Comme son père est au pub, il s'élance dans le jardin jusqu'à l'atelier de sa mère. Hannah, qui le regarde de la maison, voit ses petits pieds blancs frapper les dalles de l'allée juste avant qu'il ouvre la porte à la volée. Sa mère demande à tout le monde de frapper avant d'entrer, et de ne la déranger qu'en cas d'urgence. Hannah imagine le garçonnet à l'intérieur, rouge de colère, lui racontant que sa nanny l'a pincé. Il a déjà une conception tellement développée du bien et du mal... Il est révolté par l'injustice. Elle imagine aussi la réaction de la mère. Elle se la représente vautrée sur sa méridienne, les yeux larmoyants, l'esprit embrumé par le vin et la contemplation de ses toiles hideuses. Elle ne manquera pas de se redresser en disant : « N'importe quoi, trésor. Hannah ne ferait jamais ça. »

Hannah est postée devant l'évier quand Hugh rentre. Il a une mine de chien battu.

— Viens ici, s'il te plaît, dit-elle.

Il s'approche, la tête basse.

— Regarde-moi, ordonne-t-elle.

Elle lui glisse un doigt sous le menton et l'oblige à relever haut la tête, jusqu'à faire saillir les tendons sur sa gorge. Il détourne les yeux.

— Regarde-moi, répète-t-elle en détachant chaque syllabe.

De son autre main, elle pince la peau tendre sous son aisselle. Il lui oppose un regard brûlant de haine.

— C'est très simple, Hugh, commence-t-elle. Les vilains garçons récoltent ce qu'ils ont semé. Si tu es sage, je ne te toucherai pas. Tu dois comprendre que ta mère est incapable de s'occuper de toi correctement et que c'est mon autorité qui compte. Maintenant, monte dans ta chambre. C'est l'heure d'aller au lit.

Plus tard ce soir-là, au moment où elle gravit l'escalier pour aller se coucher, une tasse de thé à la main, le mari revient du pub. Elle ne porte qu'une chemise d'homme trop large, qu'elle a prise dans un tiroir de la maison à Leeds avant de partir. Le tiroir où il rangeait ses affaires. C'est un souvenir, tout comme les deux chatons en porcelaine qu'elle a dérobés dans la chambre des bébés.

L'expression du mari est affamée, carnassière. Il reluque d'abord ses jambes, puis laisse ses yeux remonter lentement, et elle se rend bien compte qu'il prend plaisir à imaginer ce qu'il y a sous la chemise. Le tiraillement qu'elle ressent dans son bas-ventre est exaltant.

— Hannah ? Je ne vous ai pas montré sur quoi je travaille en ce moment, n'est-ce pas ?

Il s'efforce d'adopter un ton paternaliste, mais le désir ralentit son élocution et confère à sa voix des inflexions presque menaçantes. Elle ne répond pas.

Au lieu de quoi elle continue de monter les marches. Parvenue au sommet, elle l'entend lui emboîter le pas. Doit-elle passer devant l'atelier et se réfugier dans sa chambre, où elle pourra s'enfermer avant qu'il puisse la rejoindre ?

Pour finir, elle se dirige vers la porte de l'atelier. Pose la main sur la poignée tachée de peinture. La tourne. La pièce est plongée dans l'obscurité. Par la verrière, Hannah aperçoit la femme étendue sur sa méridienne, dans son propre studio au fond du jardin. Assommée par le vin. Le mari n'éclaire pas. Il se rapproche. Sans la toucher. Hésite-t-il, à présent ? Elle se retourne et l'embrasse – un baiser aussi léger qu'un souffle, à peine plus qu'une caresse sur ses lèvres.

— Oh, bon sang, il y a tellement longtemps que j'avais envie de faire ça ! lâche-t-il.

L'atmosphère entre eux est électrique, et Hannah se dit – espère – qu'il est trop ivre pour remarquer qu'elle est vierge.

Jo

Les messages envoyés par la mère de Stan tandis qu'elle cherchait Ruby et Stan me font vivre en temps réel quarante-cinq minutes de panique absolue. Mon cœur cogne à grands coups sourds pendant que je les lis, même si j'ai déjà vu celui qui indique simplement :

Je les ai retrouvés. Ils vont bien.

Il est suivi d'un autre :

Rappelez-moi.

Et d'un autre encore :

Vous devriez savoir que Stan et Ruby ont pris le car scolaire pour rentrer ensemble à Lake Hall. Ils ont réussi je ne sais pas comment à convaincre le chauffeur de les laisser monter – Dieu sait ce qu'ils ont inventé –, et lorsqu'ils sont arrivés au manoir, PERSONNE NE M'A PRÉVENUE. Quand j'ai enfin compris où ils étaient, et décidé d'aller récupérer Stan, je les ai découverts tout seuls, sans surveillance, en train de TIRER UN KAYAK VERS LE LAC D'OÙ UN CADAVRE A ÉTÉ REMONTÉ IL N'Y A PAS LONGTEMPS.

Le SMS d'après est lapidaire :

On ne fixe donc aucune limite dans votre famille ?

J'ai tellement honte… Je lui téléphone. Elle semble à peine plus calme. J'opte pour une approche directe : je lui dis que je suis sur le chemin du retour, que je lui présente toutes mes excuses pour l'incident et que je la rappellerai quand je saurai le fin mot de l'histoire. Sa réponse est glaciale.

Arrivée à la gare de Paddington, je tente de joindre Ruby, Anthea et ma mère. D'une oreille, j'entends les annonces diffusées par haut-parleur, tandis que, de l'autre, j'écoute Ruby sangloter et tenter de se justifier :

— Mais non, on n'allait pas faire du kayak sur le lac, on voulait juste s'asseoir dedans au bord de l'eau. Je suis pas débile !

Je lui demande de me passer Anthea qui, d'une voix assourdie par la colère, me fait le récit laborieux d'une succession d'événements regrettables, dont elle accuse ma mère d'être responsable. Quand je l'ai enfin en ligne, celle-ci déclare :

— Ce n'est qu'un malentendu. La mère du jeune Stanley a eu une réaction excessive et assez grossière, je dois dire. Elle s'en est prise à la pauvre Anthea, qui n'y était pour rien, vu que je ne lui avais pas transmis le message. Quoi qu'il en soit, les enfants ne couraient pas le moindre danger.

Le numéro de quai pour mon train est annoncé, et je vois une foule de passagers se précipiter dans cette direction. Je décrète :

— Je réglerai ça en rentrant. Tâche de veiller sur Ruby jusque-là.

Lorsque j'arrive au manoir, je trouve Anthea assise dans le vestibule. Elle a enfilé son manteau et posé son sac à côté d'elle.

— Vous n'auriez pas dû m'attendre…

— Je tiens absolument à vous donner ma version des faits. Je ne veux pas qu'on m'accuse d'avoir commis une faute.

— Personne ne vous a accusée, dis-je en la voyant essuyer une larme. Bon, je vous écoute. Que s'est-il passé ?

— J'ignorais que Ruby n'était pas censée rentrer directement. Je suis allée l'attendre à l'arrêt du car comme vous me l'aviez demandé. J'ai été surprise de voir aussi descendre Stan, mais Ruby m'a affirmé en me regardant droit dans les yeux qu'il avait envoyé un texto à sa mère, qui était d'accord, et comme le petit approuvait à côté d'elle, je les ai crus. Bien sûr, je vous aurais téléphoné si j'avais pensé qu'il y avait un problème, mais votre mère ne m'avait pas avertie qu'ils viendraient tous les deux au manoir. Et Ruby n'aurait pas dû me mentir ! Comme si ça ne suffisait pas de devoir assumer cette responsabilité supplémentaire… Vous savez à quel point c'est difficile de défendre votre famille au village ? Les gens me posent tout le temps des questions au sujet de ce crâne, et j'en ai plus qu'assez. Je ne suis pas payée pour réparer les pots cassés à votre place…

— Vous avez raison. Je suis désolée.

Je sens mon cœur se serrer, parce que c'est en partie ma faute : j'ai oublié d'appeler pour vérifier qu'Anthea avait bien eu le message ce matin.

— C'est trop lourd pour moi de m'occuper de votre mère et aussi des enfants, poursuit-elle. Sans parler des allées et venues de la police… Je n'ai même plus le temps de faire mon travail.

— Je comprends. Et je peux vous assurer que ça ne se reproduira pas.

J'aperçois Ruby qui rôde en haut de l'escalier.

— Viens ici, dis-je.

Elle dévale les marches, se jette dans mes bras et enfouit son visage dans mon cou.

— Qu'est-ce qui s'est passé, Ruby ? Pourquoi n'es-tu pas allée chez Stan ? Et comment se fait-il que le chauffeur vous ait laissés monter dans le car ?

Les mots se bousculent dans sa bouche. Son débit est si rapide que j'ai du mal à la suivre.

— Mon nom était inscrit sur la liste, mais pas celui de Stan, alors Stan a dit au chauffeur qu'il venait avec moi, et le chauffeur, qui était nouveau, a pensé que c'était bon. Il a vérifié que Stan descendait bien avec moi, et puis Anthea nous attendait, et la mère de Stan était en retard de toute façon, elle était même pas là, du coup il lui a envoyé un message pour dire où on était mais elle l'a pas reçu.

Encore une négligence de ma part : j'aurais dû prévenir l'école du changement d'organisation pour que le nom de ma fille ne figure pas sur la liste.

— Et pour le kayak, Ruby ? Je veux la vérité.

— On voulait juste s'asseoir dedans, je te jure ! Mais la maman de Stan s'est mise en colère contre moi. Elle criait super fort.

Elle commence à pleurer et Anthea renifle bruyamment elle aussi. Je ne sais pas laquelle des deux consoler en premier.

— Anthea ? J'ai entendu vos explications et je suis navrée qu'on ait pu vous blâmer. Ce n'était pas juste. Alors, voilà ce que je vous propose : rentrez chez vous, et nous en reparlerons demain quand tout le monde aura pris du recul.

— Je ne peux pas continuer comme ça, réplique-t-elle. Je vous le répète, c'est trop lourd pour moi. Même quand elle va bien, votre mère a besoin de plus d'aide dans cette maison que je ne peux lui en apporter.

— Je comprends. Dans ce cas, peut-être vaudrait-il mieux que nous en discutions plus longuement vendredi, puisque c'est mon jour de congé. D'accord ? Et si je vous invitais à déjeuner ? Vous nous rendez de précieux services. Je ne veux pas que vous soyez malheureuse.

— Ce n'est pas possible pour moi vendredi. Je dois m'occuper de ma propre mère, et ce n'est pas facile. Il serait sans doute préférable que je vous donne mon congé.

— Je vous en prie, Anthea, ne prenez pas de décision ce soir. La nuit porte conseil.

Elle est trop bouleversée pour ajouter quoi que ce soit. Quand elle se lève pour sortir, je l'accompagne et lui tiens la porte ouverte. Elle me remercie d'un hochement de tête plein de tristesse, qui me fait l'effet d'un adieu.

— J'écrirai à lady Holt pour m'expliquer, déclare-t-elle. J'aurais préféré ne pas la laisser dans ces moments difficiles, mais je suis à bout.

Après avoir refermé derrière elle, je m'adresse à ma fille :

— Écoute, Ruby, tout est allé de travers cet après-midi. C'est la faute de tout le monde et de personne, d'accord ? En attendant, tu ne dois pas changer ce qui est prévu sans me demander la permission. Et tu ne dois pas mentir. Jamais. Promis ?

— Oui, promis. La maman de Stan a dit qu'il viendrait plus ici.

— Parce qu'elle était furieuse. Je suis sûre qu'elle changera d'avis lorsqu'elle se sera calmée.

— Ça m'étonnerait. Elle criait vraiment fort.

— Elle était sous le choc, c'est tout.

— Et les autres à l'école, ils racontent que je suis un zombie sorti du lac, et aussi qu'on assassine les gens et qu'on jette les corps dans l'eau.

— Oh, ma puce… C'est méchant, mais ce ne sont que des bêtises, tu le sais bien. À mon avis, dès demain, ils auront oublié cette histoire. Bon, maintenant, j'ai besoin de parler à mamie, alors j'aimerais que tu restes en bas. Tu peux regarder la télé, si tu veux.

À l'étage, j'ouvre doucement la porte de la chambre de ma mère. Il fait sombre à l'intérieur. Elle est endormie, apparemment. Ou feint de l'être. Je recule dans le couloir à pas de loup, et sursaute en découvrant Ruby.

— Je déteste habiter ici, maman.

Je l'attire contre moi.

— On se sentira tous mieux demain matin, tu verras. Et je te promets qu'on déménagera dès que ce sera possible. Dans l'intervalle, il faut qu'on soit fortes et courageuses, pour que tout se passe au mieux.

— D'accord, mais si on déménage, je veux que mamie vienne avec nous, sinon elle sera toute seule.

Je la serre plus fort, en espérant qu'elle ressentira cette étreinte comme un geste d'amour, quand j'ai moi-même l'impression qu'un bras m'enserre la poitrine jusqu'à m'étouffer.

Plus tard ce soir-là, incapable de dormir tant les pensées se télescopent dans ma tête, je consulte la page Facebook créée par les mamans des élèves de la classe de Ruby.

Un post de la mère de Stan me consterne.

> URGENT. Il est nécessaire d'instaurer une supervision plus rigoureuse des activités des enfants après la classe. Un système pour informer l'école de tout changement de programme doit être mis en place, afin qu'on n'ait pas la peur de notre vie si d'autres parents et/ou le chauffeur du car scolaire font preuve d'un comportement irresponsable.

Ça aurait pu être pire, et au moins elle ne nous nomme pas, mais je préfère ne pas penser au nombre de messages privés qu'elle a dû recevoir en réponse, lui demandant des explications sur ce qui est arrivé.

Quoi qu'il en soit, je vais être obligée de prendre d'autres dispositions concernant la garde de Ruby. Et la seule chose qui m'empêche de sombrer dans le désespoir, c'est l'idée que, si je trouve le courage de solliciter l'aide de Hannah, elle acceptera peut-être.

Virginia

J'attends pour ouvrir les yeux d'être sûre que Jocelyn a quitté la pièce. Je ne me sens pas capable d'endurer les récriminations qu'elle comptait certainement me jeter à la figure.

Il n'est rien arrivé de grave aujourd'hui, finalement. Ruby ne se serait jamais aventurée sur le lac ; elle est trop intelligente et trop raisonnable pour faire ce genre de bêtise. Et elle adore son ami. Toute cette histoire avec le car scolaire n'est au fond qu'un malentendu. Les parents sont tellement angoissés, de nos jours…

Ma tête m'élance, et j'ai l'impression que des doigts osseux me compriment la nuque et la colonne chaque fois que je bouge. Il était peut-être trop tôt pour arrêter les antalgiques puissants, mais je suis déterminée à ne pas les reprendre. Je me tourne sur le côté avec difficulté. Alexander me regarde de la photo encadrée en noir et blanc posée sur la table de chevet. Comme j'aimerais qu'il soit là… Chacune de mes cellules fatiguées et mal en point aspire à sa présence. La responsabilité d'avoir à garder seule tous nos secrets m'est aussi pénible et douloureuse que mes blessures.

Je me laisse flotter dans un état intermédiaire entre veille et sommeil. Les souvenirs heureux se succèdent dans mon esprit : fêtes, vacances, parenthèses paisibles, instants d'intimité… Ils m'offrent un répit bienvenu avant le moment où, inévitablement, les nuages s'amonceleront dans ma mémoire, projetant leur ombre sinistre sur mes réminiscences.

Quand elle était petite, notre fille appartenait à une autre femme, et cette situation insupportable m'a brisée.

C'était un samedi soir. Nous avions six invités pour le dîner. Ils étaient arrivés dans l'après-midi pour regarder le steeple-chase du Grand National, si bien que les verres avaient commencé à circuler tôt, suivis de peu par les rails de coke. Pour ma part, je ne consommais ni drogue ni alcool. Je n'aimais pas perdre le contrôle de moi-même – le résultat d'années passées à observer Alexander aux tables de jeu. L'un de nous deux devait rester vigilant, même si ça n'a pas servi à grand-chose, en fin de compte : il trouvait toujours le moyen de jouer dans mon dos.

Ce week-end-là, j'avais tout de même exigé que les drogues soient prises derrière des portes closes ; nous avions une enfant à la maison, après tout. J'avais laissé partir le personnel avant le dîner. Ça ne me dérangeait pas de faire le service, dans la mesure où c'était un moyen de protéger notre vie privée. Les murs ont des oreilles, c'est bien connu.

Hannah était là, évidemment. Elle était à la maison presque tout le temps, y compris durant ses jours de congé. Son travail consistait à divertir Jocelyn. En fin d'après-midi, alors que nos invités avaient déjà les joues rouges et l'humeur gaie, je lui avais demandé d'habiller ma fille et de nous l'amener un peu plus tôt que prévu, afin de rencontrer tout le monde avant que la soirée se poursuive.

En prévision, j'avais choisi une robe pour Jocelyn. « Elle ne restera pas longtemps, avais-je dit à Hannah. Un rapide "bonjour", et vous pourrez ensuite monter la coucher. » Je voulais que ma fille profite elle aussi de ce moment. Dans mon enfance, j'adorais être présentée aux amis de mes parents. C'était pour moi une fête, l'occasion de parader et de virevolter dans une jolie robe, et de tremper mes lèvres dans une coupe de champagne.

Sans compter que je ne savais plus comment faire plaisir à Jocelyn – Dieu sait que j'avais tout essayé au fil des ans, en vain –, et que cette initiative m'apparaissait un peu comme la tentative de la dernière chance.

« Bien sûr, lady Holt », avait déclaré Hannah.

Je me demande aujourd'hui ce qu'elle ressentait réellement chaque fois qu'elle formulait cette réponse neutre. Si elle atteignait des sommets de frustration, elle n'en montrait rien. Pas encore, du moins.

J'entends un téléphone sonner à l'extérieur de ma chambre. Ce n'est pas la ligne fixe. Ce doit être le portable de Jocelyn. Je distingue son « Allô ? » quand elle prend la communication. Elle est sûrement en haut de l'escalier. J'essaie de m'asseoir. Il est 22 h 30. Qui peut essayer de la joindre à une heure pareille ? Sans doute quelqu'un en Californie.

Soudain, elle s'exclame :

— Hannah ! Je suis si contente que tu me rappelles... J'ai bien conscience qu'il est tard, mais j'ai un problème, parce que je pense qu'Anthea va partir et que je ne sais pas à qui d'autre m'adresser…

La porte de sa chambre qui se referme m'empêche d'entendre la suite.

J'ai l'impression d'avoir reçu un coup de poing dans l'estomac. Anthea s'en va, et Jocelyn veut faire revenir Hannah chez nous ? *Évidemment*… Elle va vouloir lui confier Ruby.

Je jette un coup d'œil aux sachets de médicaments posés sur ma table de chevet, à côté de la photo d'Alexander. Je pourrais les avaler tous d'un coup et le rejoindre, où qu'il soit. C'est tentant, mais je protège ma fille depuis si longtemps que je ne peux pas baisser les bras maintenant.

Nous lui avions donné un de mes somnifères le soir de la fête. Aucune autre idée ne nous était venue, et nous l'avions fait en espérant ainsi la préserver.

« Elle dort », avait dit Alexander en sortant de sa chambre. Il paraissait au bord de la folie.

« Qu'est-ce qu'elle a vu ? »

Il n'avait pas pu répondre. Il tremblait comme un chien qu'on emmène chez le vétérinaire. J'avais pris sa tête entre mes mains en cherchant son regard, mais ses yeux s'obstinaient à me fuir. Pour finir, je l'avais giflé. « Qu'est-ce qu'elle a vu ? » avais-je crié, au mépris de toute prudence. Ce moment d'égarement de ma part aurait pu nous perdre. Alexander avait placé sa paume sur ma bouche.

« Chut, avait-il murmuré. Tout va bien, elle dort. » Ses pupilles se réduisaient à deux têtes d'épingle. Des gouttes de sueur brillaient sur ses tempes. Les murs du couloir semblaient se resserrer autour de nous.

Pendant que nous parlions, Hannah gisait dans l'escalier de service, bras et jambes bizarrement pliés, telle une poupée désarticulée. Le sang s'accumulait sous sa tête et collait ses cheveux soyeux. Elle avait les yeux fermés, à mon grand soulagement.

« Va chercher une couverture », avais-je ordonné.

Nous l'en avions enveloppée, avant d'enrouler autour d'elle la corde qui servait de rampe, et qu'elle avait arrachée du mur quand elle l'avait saisie pour tenter de prévenir sa chute. Nous l'avions ensuite portée jusqu'au rez-de-chaussée. Je la tenais par les pieds. Elle avait perdu une chaussure, qui avait dévalé les marches, et sa tête ballottait de façon horrible contre la poitrine d'Alexander. Une fois dehors, nous avions traversé la cour derrière la cuisine jusqu'à la remise à charbon.

« On ne peut pas la laisser là, avait protesté Alexander.

— Pour l'instant, on n'a pas d'autre solution. On verra plus tard. Rentre, maintenant. Change de chemise, elle est maculée de poussière de charbon et de... » Je ne voulais pas prononcer le mot « sang », mais il y en avait partout sur le tissu. « Après, va retrouver les invités. Dis-leur que Jocelyn n'est pas bien, qu'elle a vomi sur toi, et que la nanny et moi nous occupons d'elle. Je te rejoindrai dès que je pourrai.

— Il faut nettoyer l'escalier...

— C'est ce que je compte faire. »

J'étais remontée au grenier, où j'avais examiné mes vêtements. Heureusement, ils n'étaient pas tachés. J'avais néanmoins ôté ma robe et mes bas, avant d'aller chercher dans la salle de bains des serviettes et du shampooing. La tenue souillée de Jocelyn traînait par terre. J'avais récuré l'escalier en sous-vêtements, le plus rapidement et silencieusement possible. En même temps, je gardais un œil sur la porte de la chambre de notre fille. Il ne fallait surtout pas qu'elle se réveille… Ma tâche achevée, j'avais fourré les serviettes ensanglantées et la robe de ma fille dans le sac de linge sale, puis j'étais entrée dans la baignoire, où je m'étais rincée avec la douche, en faisant couler de l'eau froide, à la fois pour me punir, apaiser mes nerfs et m'éclaircir les idées.

Je me sentais plus calme quand je m'étais rhabillée. Je m'étais regardée dans le miroir fendillé en prenant une profonde inspiration. Alexander et moi avions choisi un plan d'action, et il n'y avait aucun retour en arrière possible.

La porte de Jocelyn était toujours fermée lorsque j'étais sortie de la salle de bains. Je l'avais entrouverte afin de jeter un coup d'œil à l'intérieur. Ma fille, si petite, si vulnérable et innocente, était parfaitement immobile dans son lit. J'avais pris peur à l'idée de ce qu'elle pouvait avoir dans la tête, de ce qu'elle avait peut-être vu et ne parviendrait pas à effacer de sa mémoire.

J'étais redescendue à pas de loup. L'escalier était impeccable, mais il faudrait remplacer la corde faisant office de rampe. J'avais déposé le sac contenant les serviettes et la robe dans un coin sombre près de la remise à charbon, en essayant de ne pas penser au corps à l'intérieur du local.

La nuit, chaude pour la saison, était cependant rafraîchie par la brise venue du lac. La lumière des fenêtres se déversait dans l'obscurité. Je n'avais plus le choix : il fallait que j'aille rejoindre les invités.

« Ginny ? Comment va notre pauvre petit bout de chou ? » Milla avait débouché dans le couloir en titubant au moment où je retouchais mon rouge à lèvres. Une cigarette entre les doigts, elle avait tendu les bras comme pour m'enlacer, alors qu'elle se trouvait encore à quelques mètres de moi.

« Ça va mieux, avais-je répondu. Je pense qu'elle a dû manger quelque chose qui n'est pas passé. Mais Hannah et moi sommes d'avis qu'elle a surtout besoin de se reposer.

— Giles me plaît beaucoup, je dois dire. Tu as mis en plein dans le mille. Comment as-tu deviné que je tomberais sous le charme ?

— Voyons voir… Ah oui, ça me revient, avais-je plaisanté. Un homme riche, célibataire depuis peu, qui est tout à fait ton genre physiquement… Ce n'était pas si difficile !

— Je suis déjà amoureuse », avait-elle conclu. J'avais dû la soutenir quand nous étions retournées dans le salon bleu mais, pour être honnête, c'était un soulagement. Ça me permettait de dissimuler le sentiment de faiblesse qui menaçait de me submerger.

Alexander, installé dans sa bergère, contemplait la nuit par la fenêtre. J'avais adressé une courte prière au Ciel pour qu'il tienne le coup.

« On passe à table ? avais-je lancé à la cantonade. Désolée pour le retard. »

Georgie s'était redressée. « Ah ! Je commençais à me demander si on dînerait. J'ai trop bu sur un estomac vide. »

Bien, avais-je pensé. *Plus ils seront ivres, mieux ce sera.*

Alexander s'était levé quand Milla m'avait enfin relâchée pour saisir Giles par le bras.

J'avais regardé mon mari approcher, avec l'impression qu'il n'y avait plus que nous deux dans la pièce. Il y avait tant de choses dans ses yeux que je ne voulais pas que les autres voient… *Allez*, avais-je songé. *Ressaisis-toi. On n'a pas le choix, il est trop tard.*

J'avais porté une main au médaillon à mon cou, comme chaque fois qu'Alexander allait trop loin aux tables de jeu. Il avait remarqué mon geste. C'était notre signal secret, qu'il lui arrivait néanmoins quelquefois d'ignorer. Je l'avais gratifié d'un discret hochement de tête en signe d'encouragement.

« Me ferez-vous l'honneur, chère madame ? » avait-il lancé. Et brusquement, un sourire avait éclairé son visage. L'avait illuminé, même. Dieu merci.

J'avais glissé mon bras sous le sien. « J'en serais ravie. »

Il avait posé sa main sur la mienne. En sentant sa paume moite, je m'étais dit : *Si on continue comme ça, il est possible qu'on puisse survivre à cette nuit.*

Ce souvenir s'accompagne d'un frisson si violent qu'il ravive mes douleurs et m'arrache un gémissement. Lorsque ma souffrance s'apaise enfin, une pensée s'insinue dans ma tête :

Autrefois, Hannah savait si bien cacher son jeu que Jocelyn ne voyait en elle qu'une nanny adorée, douce, gentille, rassurante. Si ma fille l'invite aujourd'hui dans nos vies, que se passera-t-il ? Je n'ai aucun moyen de répondre à cette question, car j'ignore toujours s'il s'agit réellement de Hannah ou si c'est une usurpatrice. Ma seule certitude, c'est la peur que m'inspire cette perspective.

Inspecteur Andy Wilton

Comme Andy conduit quand son téléphone sonne, c'est Maxine qui décroche.

— C'est le labo, déclare-t-elle.

— Tu peux activer le haut-parleur ?

Elle presse la touche.

— Il y a du nouveau ou c'est juste un appel de courtoisie ? demande Andy à leur correspondant.

— J'ai quelque chose à vous annoncer, mais à mon avis, ça ne va pas vous plaire.

Maxine grimace.

— Tu nous expliques ?

— L'échantillon d'ADN prélevé sur notre morte ne correspond à rien dans notre système.

Andy ne peut cacher sa déception.

— Ah. Et pour la cause du décès ?

— Il est possible que la fracture lui ait été fatale. Pour autant, on ne peut pas affirmer que ce soit la cause de la mort. Il y a une marge d'incertitude.

— Alors, quelle est l'étape suivante ? interroge Maxine après avoir raccroché.

— Reconstruction faciale, répond Andy. La technologie le permet.

— Comment vas-tu convaincre le patron de débloquer des fonds pour ça ?

Andy récupère dans le compartiment de la portière un exemplaire du journal local et le lui tend.

— Regarde en page quatre, il y a un nouvel article à propos du crâne. Je te rappelle que le boss est particulièrement sensible à la pression de l'opinion publique.

Sa coéquipière parcourt le texte.

— OK. Bien vu. Il n'y a qu'un petit paragraphe, mais la tactique pourrait fonctionner.

— Surtout que, si on divulgue nos informations, l'histoire va encore prendre de l'ampleur…

— En révélant les premières conclusions du labo, tu veux dire ?

— Tout juste. Ça vaut la peine d'essayer, parce que, crois-moi, je n'ai pas l'intention de laisser tomber cette affaire.

Jo

Anthea ne revient pas à Lake Hall, et c'est Hannah qui nous sauve. Sa réapparition dans ma vie me fait l'effet d'être le premier coup de chance que j'aie eu depuis bien longtemps. Quand je lui demande si elle pourrait m'apporter son aide à court terme pour s'occuper de ma fille, elle me répond qu'elle avait prévu de profiter pleinement de sa retraite, mais qu'elle commence à s'ennuyer et qu'elle serait prête à nous épauler. Prendre en charge Ruby avant et après l'école, quatre jours par semaine, lui offrira la stimulation dont elle a besoin, sans pour autant trop empiéter sur son temps libre. À condition, bien sûr, que ma fille l'apprécie, ajoute-t-elle. Et qu'elle-même puisse la garder à Lake Hall, « afin de lui garantir une plus grande stabilité ».

Elle m'annonce un tarif horaire élevé, que j'accepte toutefois sans discuter. Je n'ai pas le choix, et je ne veux surtout pas prendre le risque de la vexer en négociant. Je trouverai une solution.

Le lendemain du départ d'Anthea, nous nous débrouillons comme nous pouvons : c'est Geoff qui accepte d'attendre le car scolaire avec Ruby. Hannah le remplace le jour suivant.

Je reçois un SMS d'elle au moment où je descends du train :

> Ruby bien montée dans le car. Pas enchantée mais pas malheureuse non plus. J'ai signé son compte rendu de lecture parce que je crois que tu as oublié. J'espère que ça ne te dérange pas. Je vais rester encore un peu au manoir afin de m'assurer que ta mère se lève sans problème. Veux-tu que je prépare le texte d'une petite annonce à afficher dans l'épicerie du village pour une nouvelle femme de ménage ? H

J'éprouve un immense sentiment de gratitude mêlé de soulagement. Tout partait à vau-l'eau, mais maintenant Hannah prend les choses en main.

> Merci mille fois ! Oui, ce serait formidable. J xx

> Bonne chance pour aujourd'hui. H xx
> ☺

Je relâche mon souffle et m'autorise enfin à penser que cet arrangement me permettra de concilier mon travail et ma vie familiale.

Dans la journée, Faversham m'invite à prendre le thé chez lui en compagnie de l'acquéreur potentiel de la vanité.

— Il aimerait voir ma collection personnelle, m'explique-t-il. Nous avons apparemment des goûts en commun.

Nous quittons tous les deux la galerie en milieu d'après-midi. Faversham habite un appartement au premier étage d'un bel immeuble situé à dix minutes de Cork Street. Quand nous entrons, j'ai l'impression de remonter le cours du temps. L'intérieur sent le tabac et l'after-shave.

Le salon, qui donne sur la rue, est éclairé par trois hautes fenêtres et dominé au fond par une imposante cheminée en marbre noir. Mais la caractéristique la plus frappante de la pièce, ce sont les innombrables tableaux et dessins qui couvrent les murs du sol au plafond, et dont les cadres ouvragés sont séparés de deux ou trois centimètres seulement. Chacun représente une femme nue ou à moitié dénudée, allongée lascivement sur ou drapée dans des tissus somptueux. Toutes ont le regard coquet ou franchement aguicheur. J'en conçois un certain embarras.

Faversham me prie de m'asseoir, s'installe dans un fauteuil en face de moi puis croise ses longues jambes, dévoilant des chaussettes rouges.

— Votre père détestait mes toiles, dit-il.

— C'est une collection extraordinaire, pourtant.

— Je trouve aussi, mais Alexander était plutôt porté sur les scènes militaires : vaisseaux de guerre à l'aube, mitraille et gloire…

— Ou il aurait collectionné les portraits de ses chiens.

— Exact. Vous avez raison : à la réflexion, c'était plus son style. Il ne possédait pas vraiment le gène artistique des Holt, contrairement à vous, me semble-t-il.

— Merci.

Je me sens flattée.

— Bon, écoutez, Jocelyn, je voulais vous parler en privé, parce que l'acquéreur de la vanité est nerveux.

— Ah bon ? Pourquoi ?

— Il se pose des questions sur la provenance du tableau. Il aimerait savoir à qui il a appartenu.

— Eh bien, si ma famille en a été propriétaire pendant un temps, il est forcément estampillé. Il doit y avoir un « H » gravé quelque part à l'arrière du cadre.

— Il y est, me confirme-t-il. Mais notre client se montre exagérément tatillon. Il souhaiterait en particulier connaître la date à laquelle votre grand-père l'a acheté pour l'ajouter à la collection de votre famille, et l'identité de son précédent propriétaire.

L'Interphone bourdonne et Faversham lâche une exclamation contrariée :

— Ah ! Il est en avance.

Il accueille néanmoins le visiteur avec moult cérémonie, avant de le faire entrer dans le salon. Paul Mercier porte des petites lunettes sans monture, une chemise au col ouvert, ornée du logo d'une grande marque, un jean noir et des mocassins élégants. Quand nous échangeons une poignée de main, il garde la mienne un peu plus longtemps que nécessaire, jusqu'au moment où son attention cst attirée par les toiles.

— Exceptionnel ! s'exclame-t-il.

Faversham sourit comme un gamin dans un magasin de bonbons. Je me tiens à quelques pas derrière lui tandis que Paul Mercier examine les œuvres sur les murs. Je m'efforce d'adopter une attitude professionnelle malgré la gêne que j'éprouve.

— Puis-je vous demander ce qui vous plaît dans la vanité, monsieur Mercier ? dis-je au bout de quelques minutes. Elle est très différente de ce qui constitue le gros de votre collection, si j'ai bien compris.

J'ai l'impression qu'il me déshabille sur place tant le regard qu'il pose sur moi est intense.

— Quelles sont les seules certitudes qu'on a dans la vie ? réplique-t-il.

— La mort et les impôts, à ce qu'on raconte.

— Il n'y a rien de plus assommant que les impôts, mais vous avez raison pour la mort. En attendant, je suis surpris que vous n'ayez pas mentionné l'amour.

— C'est loin d'être une certitude.

— On n'est jamais sûr de le trouver, d'accord. Pour autant, il est certain qu'on le cherche tous, n'est-ce pas ?

— Très juste.

— Je possède déjà de nombreux tableaux qui représentent l'amour, plus ou moins semblables à ceux-ci. Alors, j'ai pensé qu'il serait intéressant de considérer un autre aspect de l'existence et d'enrichir ma collection sur le thème de la mort.

L'amour ne se réduit pas à la sensualité, ai-je envie de rétorquer. *Et le désir sexuel n'est pas non plus la seule forme d'amour*. Néanmoins, je m'abstiens. Mon rôle est de faciliter une transaction commerciale.

— C'est fascinant. Ce sera votre première vanité ?

— Non, la seconde. J'en ai acheté une d'Edward Collier il y a plusieurs mois.

— Excellent choix.

J'en déduis qu'il a les moyens.

— J'ai cru comprendre que celle-ci avait appartenu à votre famille ? reprend-il.

— En effet. Elle était choyée comme un trésor.

Je le suppose, en tout cas. Et ça ne peut pas faire de mal qu'il le croie.

— J'ai entendu dire que toutes les œuvres de la collection Holt étaient référencées dans un catalogue ?

— Ah ! intervient Faversham. J'ai bien peur qu'il n'existe plus.

— Comment ça ?

— Il y a quelques années, mon père l'a entreposé dans un garde-meubles pendant les travaux de rénovation de son bureau, dis-je. Malheureusement, le local a été inondé et le catalogue détruit. Je pensais que vous le saviez.

— Oh… Je suis terriblement déçu.

— J'en suis navrée. Sa disparition a été une grande perte pour notre famille.

— Mais vous avez tout de même conservé la photo, j'imagine ?

Je ne vois pas de quoi il parle. Faversham s'éclaircit la gorge.

— J'ai confié à Paul que votre père m'avait parlé un jour d'une photo de vous devant la vanité, prise quand vous étiez petite. Vous rappelez-vous ce portrait ? Si nous pouvions mettre la main dessus, nous aurions la possibilité de déterminer au moins une date à laquelle cette toile appartenait à la collection Holt.

— Non, je ne m'en souviens pas.

— Pourriez-vous poser la question à votre mère ?

— Bien sûr. Si cette photo existe, nous la dénicherons.

Sur le trajet du retour, je lis le flot de SMS envoyés par Hannah. Leur tonalité contraste avec ceux que j'ai reçus de la mère de Stan.

Ruby bien rentrée. Elle est tombée tout à l'heure (elle a encore voulu grimper sur le mur du verger) et s'est écorché les genoux. Rien de grave. Quand elle aura fini ses devoirs, nous ferons des brownies.

J'ai entendu dire au village que Lottie Roberts, de Mill Cottage, cherchait du travail. Elle pourrait venir faire un essai ? Ce serait une bonne solution, au moins temporairement, en attendant de trouver une employée qui te convienne mieux. Ça risque de prendre du temps, parce que les gens sont un peu refroidis par ce qui se passe au manoir avec la police.

Nous avons dîné mais ta mère était fatiguée alors je vais rester avec Ruby jusqu'à ton retour. Il vaut mieux la surveiller.

Je la remercie de m'avoir tenue au courant, puis j'envoie un message à Ruby.

Comment ça va, ma puce ? La journée s'est bien passée ?

Oui.

Tu t'es écorché les genoux ?

C'est rien. Hannah m'a grondée. Elle a dit que j'étais trop petite pour grimper sur le mur.

Si tu es tombée, c'est qu'elle avait raison. C'est dangereux.

J'ai juste glissé quand je suis descendue. Mais je suis capable de marcher tout le long. Je l'ai déjà escaladé plein de fois.

Tu dois être prudente ! C'est trop haut. Ne t'en approche pas, s'il te plaît.

J'attends une réponse qui ne vient pas, et je me représente son expression butée. Mieux vaut changer de sujet. J'opte pour une autre tactique.

Qu'est-ce que tu as fait à l'école ?

Pas grand-chose, mais j'ai eu une bonne note en rédaction.

Félicitations ! Ça mérite un pingouin, tu crois ?

Oui !

🐧 Je suis dans le train mais j'arrive bientôt xx

Je m'adosse à mon siège et ferme les yeux. Une question m'obsède : pendant combien de temps encore pourrai-je m'offrir les services de Hannah si je ne touche pas ma commission au plus vite ? Elle prend cher, à juste titre, et je dois absolument réfléchir au moyen de continuer à la payer, parce que je ne sais pas ce que je ferais sans elle.

Virginia

Ma vie avec Alexander a réellement commencé le jour où il a demandé ma main. Pour autant, la proposition n'avait rien de romantique.

« Alors, qu'est-ce que tu en penses, Ginny ?

— De ? »

Nous étions dans son appartement à Londres, occupés à préparer nos bagages en prévision de ma première visite à Lake Hall. J'avais fourré trop de vêtements dans ma valise, mais je tenais absolument à faire bonne impression.

Il s'était laissé tomber de son côté du lit. Nous nous fréquentions depuis quelques mois et je ne me lassais pas de lui. Nous étions fous l'un de l'autre, autant qu'on puisse l'être.

« Épouse-moi, avait-il dit. Tu veux bien ?

— Pourquoi ? »

Je feignais la désinvolture, parce que je n'étais pas sûre qu'il soit sérieux.

Il avait parcouru à quatre pattes la distance qui nous séparait sur le lit, puis avait repoussé ma valise, qui était tombée par terre, répandant son contenu sur le sol.

Il arborait un large sourire. Il mettait une telle détermination dans tout ce qu'il entreprenait… *Il blague, c'est évident*, avais-je pensé. J'en avais conçu autant de soulagement que de dépit.

Un instant plus tard, il avait retiré un petit écrin de la poche arrière de son pantalon. Il l'avait ouvert devant moi, me révélant une bague en platine sertie d'un gros diamant, nichée dans de la soie vert foncé.

« Elle était à ma grand-mère, m'avait-il appris. Elle m'a recommandé de ne l'offrir qu'à la femme dont je serais véritablement amoureux. »

Le moment me semblait si solennel, si intense, que je n'osai même pas toucher la bague. Alexander l'avait sortie de l'écrin pour me la passer au doigt. Elle m'allait parfaitement.

« Veux-tu m'épouser ? avait-il répété, et cette fois, je n'avais pu me méprendre sur son expression : il était on ne peut plus sérieux.

— Oui », avais-je répondu, tout en me disant : *S'il te plaît, ne me fais pas de mal*. Je l'en savais capable.

Il avait attentivement scruté mes traits.

« Tu sais pourquoi je veux vivre avec toi, Ginny ? Parce que tu as du caractère. »

Nous roulions vers le Wiltshire, et nous avions déjà effectué une bonne partie du trajet, quand il avait déclaré d'un ton insouciant :

« J'espère que ma mère nous laissera dormir dans la même chambre, puisqu'on est fiancés, maintenant.

— C'est la seule raison qui t'a poussé à faire ta demande ?

— Bien sûr. »

Ainsi, la première fois où j'avais mis les pieds à Lake Hall, j'étais la future épouse de lord Alexander Holt, et je savais que la maison me reviendrait un jour.

Qu'avais-je ressenti en découvrant le manoir derrière le pare-brise balayé par les essuie-glaces ? C'était une bâtisse tellement différente de la maison dans laquelle j'avais moi-même grandi... J'avais passé toute mon enfance dans un charmant petit cottage, entouré de dépendances aux murs blanchis à la chaux, situé sur une terre sauvage proche du Dartmoor. À l'extérieur, la bruyère violette s'étendait jusqu'à l'horizon ; à l'intérieur, les pièces étaient encombrées de livres et d'une joyeuse pagaille. Lake Hall m'avait intimidée. La propriété m'avait d'emblée inspiré un sentiment d'obligation envers elle, et son corollaire : la privation de toutes sortes de libertés. Je n'étais plus si sûre, soudain, d'être à la hauteur de la tâche qui m'attendait.

Alexander m'avait rassurée :

« Ne t'inquiète pas, tu t'y habitueras. Tu seras bientôt dans ton élément, ici. »

Il avait raison, je suppose. Aujourd'hui, seule la mort me séparera de ce manoir.

La femme qui se fait appeler Hannah est chez moi, et sa voix est telle que dans mon souvenir. Chacune de ses inflexions m'est familière tandis qu'elle s'active auprès de Ruby, l'incitant à enfiler son uniforme scolaire avant de lui servir son petit déjeuner et de vérifier que toutes ses affaires sont bien dans son sac à dos. Son attitude me remet en mémoire l'époque où elle s'occupait de Jocelyn, à une différence près : la façon dont ma petite-fille réagit.

Lorsque Hannah lui demande : « Tu préfères des œufs ou du muesli pour ton petit déjeuner ? », Ruby répond : « Du porridge. » Pas de « s'il vous plaît », pas de « merci ». Juste « du porridge », trois syllabes articulées d'un ton morose. À aucun moment ma petite-fille ne change de comportement durant toute l'heure que Hannah passe avec elle. D'après ce que j'entends – et on en entend bien plus qu'on ne pourrait le croire du haut de l'escalier, parce que le son se propage de façon inattendue, à Lake Hall –, pas une seule parole joyeuse ne sort de la bouche de Ruby.

Je me poste à la fenêtre, dans la chambre de Jocelyn, pour les regarder partir. Ruby traîne son sac à dos sur le gravier jusqu'au moment où Hannah lui demande de le ramasser. Quand cette dernière monte dans la voiture, ma petite-fille lâche son sac et court vers le mur du verger. Elle l'escalade avec toute l'agilité d'une chèvre des montagnes, puis commence à marcher au sommet, les bras écartés. Le visage de Hannah est convulsé par la fureur tandis qu'elle sort du véhicule pour la sermonner. En retour, Ruby la gratifie d'un regard noir et continue d'avancer en direction de l'endroit où le mur est un peu moins haut. Elle prend appui sur une pierre en saillie et, de là, saute à terre. Elle atterrit souplement, avant de se frotter les mains pour en faire tomber la poussière. Le temps de récupérer son sac, et elle s'engouffre dans l'habitacle d'un air triomphant.

Bravo, ma puce, me dis-je. *Ne te laisse pas faire*. J'ai l'impression que Ruby n'aime pas cette femme. Serait-il possible que, contrairement à sa mère, elle la sente animée de mauvaises intentions ? Certains enfants sont particulièrement perspicaces.

Environ une heure après leur départ, j'entends une voiture s'arrêter, puis une portière s'ouvrir et se refermer. Je m'approche de nouveau de la fenêtre pour voir de qui il s'agit et découvre la petite voiture que nous avons prêtée à Hannah garée devant le manoir. Cette femme ne devrait pas venir ici quand Ruby est absente. Ce n'est pas ce dont Jocelyn est convenue avec elle. Je descends l'escalier en prenant mes précautions, parce que je suis encore sujette aux étourdissements.

Je la trouve dans le bureau d'Alexander, et me réjouis lorsqu'elle sursaute à mon entrée.

— Lady Holt ! s'exclame-t-elle. Vous devriez vous reposer. Vous semblez frigorifiée.

C'est la première fois que je la vois de près. Je lui trouve un indéniable air de ressemblance avec Hannah, surtout au niveau des yeux et de la forme du visage, mais est-ce vraiment elle ? Je ne saurais le dire. Nous changeons tous beaucoup, en trente ans.

— Que faites-vous là ? Et qu'est-ce que vous avez à la main ?

— Ça ? réplique-t-elle d'un ton innocent. C'était par terre.

Elle tient un coupe-papier en argent à la pointe effilée – un cadeau que j'avais offert à Alexander.

— C'est à mon mari. Reposez-le.

— *C'était* à votre mari, rectifie-t-elle. Je sais, mais quelqu'un l'a laissé traîner sur le sol. Ruby, peut-être ? Cette enfant n'est pas soigneuse, je m'en suis déjà rendu compte. Et on pourrait se blesser en marchant dessus.

Elle replace le coupe-papier sur la table de travail avec un soin exagéré.

— Vous ne devez pas entrer dans ce bureau sans mon autorisation, dis-je. Et, de toute façon, vous n'avez pas à venir au manoir quand Ruby est à l'école.

— Et vous, vous n'avez pas à me parler sur ce ton.

— Pardon ?

— Vous m'avez parfaitement entendue.

Elle fait exprès de me bousculer en sortant de la pièce, si brutalement que je suis obligée de me raccrocher à l'encadrement de la porte pour ne pas vaciller. Je m'appuie ensuite sur les meubles pour me diriger vers la bergère d'Alexander, dans laquelle je me laisse choir.

La guerre est déclarée, et les hostilités ont été déclenchées plus vite que je ne l'imaginais. Je n'ai pas l'avantage. Cette femme est chez moi, elle me prend de haut, n'hésite pas à insinuer qu'elle pourrait être dangereuse, et de mon côté, je ne sais toujours pas si elle est réellement qui elle prétend être.

Je repense à ce que j'ai découvert sur Internet l'autre soir : oui, il est possible de survivre à une chute dans l'eau alors qu'on a perdu connaissance, car le choc causé par le froid peut vous ranimer. La probabilité est infime, mais personne n'est à l'abri d'un coup de chance. Après tout, c'est cette certitude qui motive les passionnés des tables de jeu et de la roulette.

Me suis-je trompée en lui prenant le pouls quand elle était inconsciente dans l'escalier ? Dans ma précipitation, ai-je commis une erreur d'appréciation ? Était-elle vivante lorsque j'ai jeté son corps par-dessus bord ?

Le soir où Hannah est morte – où, du moins, je l'ai cru morte –, je suis remontée au grenier une fois nos invités rentrés chez eux ou partis se coucher, et j'ai emballé tous ses effets personnels afin qu'il ne reste plus aucune trace d'elle dans sa chambre. J'ai ensuite refait son lit au carré, comme elle en avait l'habitude. Je me suis activée pendant qu'Alexander s'effondrait de nouveau, tremblant et secoué de sanglots, que ma fille dormait d'un sommeil artificiel dans la chambre voisine, et que Giles et Milla, ivres morts, s'envoyaient joyeusement en l'air dans la salle de bains des invités à l'étage du dessous.

Encore plus tard, dans le silence de la nuit, Alexander et moi sommes allés sortir le corps de Hannah de la remise à charbon pour le transporter jusqu'au hangar à bateaux.

« Fais attention ! ai-je chuchoté d'un ton pressant, quand il a failli la lâcher.

— Je crois qu'elle a bougé.

— Impossible. Comment veux-tu qu'elle bouge ? »

Mais peut-être avait-il raison. Peut-être était-elle encore en vie.

Et ensuite ? A-t-elle réussi à s'extraire de la couverture et à nager vers l'île ? C'était tout près, certes, mais nous l'avions bien enveloppée et je l'avais immergée à l'endroit où l'eau est la plus profonde. A-t-elle refait surface parmi les racines noueuses des arbres et attendu, grelottante et silencieuse, que nous nous soyons éloignés ? Auquel cas, elle était bien plus coriace que je ne l'imaginais.

S'il s'agit bien d'elle. Et c'est un « si » de taille.

Je reste dans le bureau d'Alexander jusqu'à ce que je l'entende partir. Je ne sais pas ce qu'elle a fabriqué dans l'intervalle.

Après son départ, je remonte dans ma chambre. L'escalier ne m'a jamais paru aussi intimidant, ni mon lit aussi accueillant. J'avale deux autres comprimés de paracétamol, en résistant à l'envie de prendre quelque chose de plus fort. Les médicaments prescrits par le médecin de l'hôpital restent sur ma table de chevet.

Je finis néanmoins par me dire que ça m'aiderait peut-être si Jocelyn et Hannah me croyaient désorientée et sujette à des troubles de la mémoire à cause de ces puissants antalgiques, justement. Je saisis les boîtes et ôte le nombre requis de cachets, afin de leur laisser supposer que je les prends toujours, au cas où elles vérifieraient. Je tente de les écraser pour les réduire en poudre, ce qui me permettrait de m'en débarrasser plus facilement, mais ils sont trop petits et mes doigts arthritiques me rendent la tâche impossible. J'ai déjà eu bien du mal à les extraire de leur emballage en aluminium. Pour finir, j'attrape la boîte de mouchoirs en papier posée sur ma table de nuit, et je glisse les comprimés tout au fond.

Je ferai sans doute un adversaire plus redoutable si personne ne me juge capable de me battre. Et c'est bien un combat que je dois mener.

Ce soir, j'ai les idées plus claires. Je téléphone à Anthea pour essayer de la persuader de revenir. Si elle accepte, elle pourrait non seulement jouer le rôle de rempart entre Hannah et moi, mais aussi de témoin au cas où il se produirait un événement regrettable.

— Vous avez toujours votre place à Lake Hall, si vous le souhaitez, dis-je. Nous vous apprécions beaucoup et j'ai moi-même une grande affection pour vous. J'espère que vous le savez.

— Merci, lady Holt, mais j'ai pris ma décision. Je pense que c'est la meilleure chose à faire, compte tenu de tout ce qui se passe au manoir. De toute façon, tôt ou tard, j'aurais fini par vous donner mon congé, alors autant que ce soit maintenant, finalement. Je suis désolée si mon départ vous met dans une situation difficile.

— Ne me dites pas que vous vous êtes laissé influencer par toutes les bêtises qu'on raconte sur ces ossements…

— Non, non. Pas du tout.

— N'y a-t-il rien que je puisse faire pour vous convaincre ?

— Non, je regrette.

— D'accord, je comprends. Transmettez mes amitiés à votre mari et à votre mère. Vous serez toujours la bienvenue ici.

Je raccroche, le cœur lourd. Ce n'est pas facile de trouver du personnel de confiance, et Anthea était une vraie perle. Malheureusement, la découverte du crâne l'a bouleversée, c'est évident, tout comme elle a terni notre réputation dans le village.

— Jocelyn !

J'ai beau crier, je n'obtiens pas de réponse. Depuis qu'Anthea n'est plus là, j'ai toutes les peines du monde à obtenir l'attention de quelqu'un. Personne ne vient quand je tire le cordon de la sonnette. Qu'arriverait-il si je tombais pendant que je suis seule à l'étage ? M'entendrait-on seulement ? Et même si elle percevait un bruit suspect, la prétendue Hannah monterait-elle ? J'en doute.

Je me résigne à entreprendre une autre expédition jusqu'au rez-de-chaussée, où je découvre Jocelyn dans le salon bleu, devant son ordinateur portable.

— Ne fronce pas les sourcils comme ça, tu vas avoir des rides, dis-je.

Elle ne lève pas les yeux. Je préfère ne pas m'asseoir, parce que ce sera douloureux et que je ne suis pas sûre de pouvoir ensuite me redresser sans devoir fournir des efforts humiliants.

— Tu pourrais me rendre un service, Jocelyn ? J'aimerais qu'on envoie à Anthea un panier garni de chez Fortnum. Tu veux bien le commander sur Internet ? Choisis un bon assortiment. Il me semble que son mari aime la tourte au gibier, alors pense à en prendre, mais ne mets pas trop de confitures, parce qu'elle fait les siennes.

— C'est assez dérisoire et ça vient un peu tard, tu ne crois pas ?

Jocelyn a des poches sous les yeux. Elle referme l'ordinateur et bâille. Je déclare :

— Très bien, je m'en occuperai moi-même. Si je t'en ai parlé, c'est parce que je me disais que tu voudrais peut-être ajouter ton nom au mien.

Elle pousse un profond soupir.

— Oui. Bon, OK, je vais m'en charger. Mais j'ai besoin de ta carte bancaire. Je ne peux pas me permettre d'acheter un panier chez Fortnum avec la mienne.

— D'accord, va la chercher. Tu sais où elle est rangée.

J'ai des lancées dans le dos. Je suis restée debout trop longtemps.

— Au fait, tout s'est bien passé avec Ruby aujourd'hui ?

— Très bien, oui, répond-elle. Hannah est un cadeau du Ciel.

— Ta fille est contente qu'elle s'occupe d'elle ?

— Évidemment ! Pourquoi cette question ?

— Hannah est revenue à la maison aujourd'hui après l'avoir déposée à l'école.

— Elle me l'a dit. Elle voulait préparer le goûter.

— J'aimerais qu'on me tienne au courant de ses allées et venues, dis-je. Je ne veux pas d'elle au manoir quand ma petite-fille n'y est pas. Et, à propos, je ne crois pas que Ruby l'apprécie beaucoup.

— Tu te trompes, mère. Quoi qu'il en soit, ce n'est pas ton problème. Ah, j'allais oublier : Hannah s'est débrouillée pour qu'une nouvelle femme de ménage vienne faire un essai. Comme je ne travaille pas ce jour-là, je pourrai garder un œil sur elle.

— Pardon ? Ce n'est pas à Hannah de recruter du personnel. Elle prend des libertés intolérables !

— Pas du tout. Elle m'a proposé quelqu'un, et j'ai accepté. Et puis, on n'a pas vraiment le choix. Tu es encore obligée de rester couchée une bonne partie de la journée et, très franchement, je pense qu'on devrait s'estimer heureuses que quelqu'un veuille travailler au manoir en ce moment.

— Et aucune de vous n'a pensé à me consulter ? Je suis chez moi, me semble-t-il.

— Tu étais trop faible.

— Je suis suffisamment remise pour discuter du recrutement d'une femme de ménage !

— Mais pas suffisamment pour passer une commande chez Fortnum…

— Ne sois pas sarcastique.

— Je constate, c'est tout.

— Ah oui ? Eh bien, puisqu'on me considère comme une bonne à rien dans ma propre maison, je retourne me coucher. J'imagine que, sous peu, je vais devenir un fardeau pour toi…

— Ne dis pas n'importe quoi.

— Oh, je sais parfaitement ce que je dis, Jocelyn. Je trouve inconcevable que Hannah engage des employés pour nous.

— Je ne peux pas revenir en arrière, mais je ne la laisserai plus prendre ce genre de décision sans te demander ton avis au préalable. OK ?

Je hoche la tête. Bon, c'est déjà ça. Je sors néanmoins de la pièce, parce que je ne supporte plus cette tension avec Jocelyn. J'ai l'impression que l'histoire se répète, que Hannah et ma fille sont de nouveau liguées contre moi.

— Mère ? Attends ! Est-ce que tu te rappelles une photo de moi prise dans la maison de Belgravia, qui montre la vanité en arrière-fond ?

— Non.

— Où sont les albums ?

Je ne veux pas qu'elle les regarde ; ils pourraient lui permettre de combler certains blancs dans sa mémoire. Je les ai remisés sur la plus haute étagère du salon bleu quand elle est arrivée avec Ruby, mais j'aurais dû aller plus loin : j'aurais dû m'en séparer au moment où le crâne a été découvert. J'aimerais mentir, raconter qu'ils ont été détruits en même temps que le catalogue Holt lors de cette fameuse « inondation », mais je préfère m'abstenir, parce que je suis trop affaiblie pour aller les récupérer dans leur cachette et m'en débarrasser une bonne fois pour toutes.

— J'ai oublié.

— Tu ne sais plus où sont les albums de famille ? s'indigne-t-elle.

Elle est si prompte à interpréter chacun de mes propos comme la preuve que je ne me suis jamais souciée d'elle…

— Non.

Elle pousse un profond soupir et se frotte les yeux.

— Je peux te demander quelque chose, mère ?

— J'aimerais retourner me coucher.

— C'est important. Je ne te poserais pas la question si ça ne l'était pas, crois-moi. J'ai besoin de l'assistance de Hannah, mais je n'aurai pas les moyens de la payer encore bien longtemps. Pourrais-tu me prêter de l'argent pour la rémunérer ? Je te rembourserai dès que je gagnerai suffisamment. Je ne devrais pas tarder à toucher ma commission.

— Je peux m'occuper de Ruby, Jocelyn.

— Non, tu ne peux pas. On en a déjà parlé.

— Encore quelques jours, et j'aurai recouvré mes forces. Tu n'auras qu'à congédier Hannah. Je suis bien déterminée à veiller moi-même sur Ruby.

— Il n'en est pas question.

— Pourquoi ?

— Oh, ce ne sont pas les raisons qui manquent ! Veux-tu que je te rappelle ce qui est arrivé l'autre jour ?

Tu sais que les gosses de l'école se moquent d'elle à cause de cette histoire de crâne ? Et qu'ils la traitent de snobinarde ?

— Elle n'aurait pas été en butte à ces railleries si tu l'avais envoyée dans l'établissement que je t'avais conseillé. Et dont, soit dit en passant, je ne serais que trop heureuse d'assumer les frais.

— Ne recommence pas.

— Il faut que je m'allonge, Jocelyn.

— Pourquoi refuses-tu toujours de m'aider ?

Avec elle, je sens parfois que j'atteins la limite de ma patience. Pour autant, je ne flancherai pas. Je préfère encore la contrarier, quitte à affronter son hostilité, plutôt que de lui révéler la vérité. Depuis ce soir funeste, il en a toujours été ainsi.

— Je ne te prêterai pas d'argent pour payer Hannah et je n'aborderai plus la question avec toi si tu le prends sur ce ton. Ça me donne une migraine épouvantable. Maintenant, je vais me coucher. Non, ne te lève pas, je me débrouillerai.

J'espère malgré tout qu'elle ignorera ma recommandation et me suivra pour voir si je gravis l'escalier sans encombre. Or, elle ne bouge pas.

À mon réveil le lendemain, j'ai un peu moins mal. Je descends dans l'après-midi, sachant toutefois qu'il me sera difficile de ne pas croiser Hannah. Je demande à Ruby de s'asseoir à côté de moi quand elle rentre de l'école et propose de lui faire la lecture, mais Hannah nous l'interdit. Ma petite-fille la foudroie du regard.

Je me rends dans le bureau d'Alexander, où j'allume son lecteur de CD. Mon doigt tremble lorsque j'appuie sur Play. Je n'ai pas touché cet appareil depuis la mort de mon mari ; autrement dit, je m'apprête à entendre le dernier disque qu'il a choisi. Je m'installe dans son fauteuil, encore marqué par les creux que son corps y a laissés. Par son empreinte.

Lorsque j'entends la musique des violons et des instruments à vent, j'ai immédiatement en tête l'image d'une vague qui enfle par une belle journée ensoleillée, puis déferle en une cascade de notes cristallines telle de l'eau sur des galets. Je sais ce qui va suivre : sa voix. « Une voix d'ange, disait Alexander.

— Qui ? répliquais-je. Moi ou ta petite amie ? »

Par « petite amie », j'entendais la chanteuse. C'était une plaisanterie entre nous.

Alexander collectionnait ses enregistrements. Je ne saurais dire combien de fois je l'ai trouvé assis dans cette pièce, en train de l'écouter ; cette habitude s'était accentuée au fil des années. C'était un de ses petits plaisirs personnels – comme tant d'autres, qui n'appartenaient qu'à lui –, et pourtant, quelques semaines avant sa mort, il m'avait demandé de le partager avec lui. Dans le silence qui avait suivi les dernières notes d'une aria, il m'avait soudain posé une question : « Est-ce que le corps était lourd ? »

J'avais retenu mon souffle. Un tressaillement avait parcouru mes doigts, que les siens avaient pressés plus fermement, et les larmes m'étaient montées aux yeux tant il y avait de tendresse dans son geste.

« Tu le sais aussi bien que moi », avais-je déclaré. Je ne supportais pas de repenser à l'intimité de ces quelques instants, quand la tête de Hannah avait reposé contre le torse d'Alexander dans l'escalier. J'aurais préféré que son crâne rebondisse sur chaque marche.

« Non, je voulais dire, est-ce que tu as eu du mal à le faire passer par-dessus bord ? »

Est-ce la question qui te hante chaque fois que tu t'enfermes dans ton bureau ? m'étais-je demandé. *J'espère que non.* « Oui », avais-je répondu, laconique. Je n'étais pas prête à lui décrire mes efforts pour tirer la dépouille, la traîner, la soulever, tandis que je pestais, hors d'haleine et en nage. Pas après toutes ces années durant lesquelles j'avais gardé le secret. À l'époque, j'avais immergé Hannah le plus lentement possible pour éviter les bruits d'éclaboussure. J'y étais parvenue, parce que j'étais beaucoup plus forte dans ma jeunesse. Je n'en serais plus capable aujourd'hui. Je regarde mes mains tavelées, plie et déplie mes doigts. Autant ils étaient fuselés et agiles autrefois, autant ils sont à présent tordus et sans force.

« J'aurais dû t'aider », avait encore chuchoté Alexander en baissant les yeux.

S'il m'avait attirée dans sa vie en me couvant sans cesse d'un regard intense, chargé de promesses, son empressement s'était atténué avec le temps. Son affection se détournait de moi chaque fois que je devais sauver notre couple du désastre – un rôle que, je m'empresse de le souligner, je n'assumais pas de gaieté de cœur.

Je n'avais cependant pas le choix, dans la mesure où Alexander ne prenait pas les choses en main, mais une telle implication féminine atteint forcément un homme, et surtout un Holt, dans sa fierté. En même temps que leur première bouillie, on nourrit les pairs du royaume de l'idée qu'ils ne devraient jamais avoir à dépendre d'une femme, qu'il leur faut se fier avant tout à leur propre pouvoir. Résultat, le regard d'Alexander me délaissait pour scruter un entourage plus large, cherchant des cibles plus faciles, des corps plus doux, des créatures plus accommodantes et promptes à battre des cils. Quand un mari veut que son épouse soit le miroir de sa réussite, il risque d'aller voir ailleurs si elle lui renvoie une image qui le diminue.

Je comprends mieux maintenant pourquoi Alexander aimait tant la voix de cette chanteuse. Elle est éthérée et d'une pureté propre à vous vider l'esprit pour vous transporter dans une autre dimension. Je prends de profondes inspirations en regardant la surface du lac ridée par un brusque coup de vent.

La musique s'arrête brusquement. La « petite amie » d'Alexander se retrouve garrottée juste au moment où sa voix allait s'envoler. Quelqu'un l'a réduite au silence.

La femme qui se fait appeler Hannah s'installe en face de moi. Je m'efforce de ne rien montrer de mes émotions, ni de mes pensées, et fixe du regard les accessoires sur le serviteur de la cheminée. Si j'en avais la force, et si j'étais sûre qu'il s'agisse bien de Hannah, je serais peut-être tentée de saisir le tisonnier pour mettre définitivement fin à cette histoire.

— La situation est simple, déclare-t-elle. Depuis que j'ai – ah, comment formuler ça ? – depuis que j'ai « quitté mon emploi chez vous », Alexander me versait tous les mois une certaine somme d'argent.

Je ne bouge pas, de crainte de trahir ma stupeur et de lui donner ainsi l'avantage. Je ne peux pas croire qu'Alexander ait su qu'elle était vivante et ne m'en ait jamais parlé. Pourquoi a-t-il gardé le secret ? Dans mon intérêt ? Dans celui de Jocelyn ? Peut-être lui avait-on planté plus de couteaux dans le dos que je ne le pensais.

La femme en face de moi poursuit d'un ton léger, comme si nous discutions des caprices de la météo :

— Je souhaiterais que ces dispositions soient maintenues, mais je dois vous avertir que mon silence est devenu beaucoup plus onéreux aujourd'hui. Or, le salaire de misère que m'offre votre fille pour travailler ici ne compense pas la différence. Il faudra en outre prévoir un dédommagement pour tous ces mois où je n'ai rien touché depuis la mort d'Alexander.

Elle cite deux chiffres : un montant à lui régler en une fois et la somme mensuelle qu'elle envisage. Les deux sont exorbitants, bien entendu. Je dois résister à l'envie de l'attraper par le poignet et d'enfoncer mes ongles dans sa chair. Nous sommes si proches que je pourrais le faire.

Au lieu de quoi je me contente de placer mes mains l'une sur l'autre comme si je posais pour un portrait et de hocher la tête à plusieurs reprises, espérant ainsi lui signifier que je l'écoute et que je ne suis pas hostile à sa proposition. Mieux vaut acquiescer maintenant et réfléchir plus tard à une contre-attaque.

Une grimace de contrariété tord ses lèvres.

— Je ne crois pas avoir entendu votre réponse, lady Holt.

Quand elle se penche vers moi, je réprime un mouvement de recul.

— Très bien, dis-je.

— Parfait.

Elle s'adosse de nouveau à son siège.

— Mais vous ne pensez pas que vous avez déjà touché plus que votre dû ?

Après tout, ça ne coûte rien de demander.

Elle sourit.

— Le silence a-t-il un prix ?

— Vous partirez dès que vous aurez obtenu satisfaction ?

Près du lac, une nuée d'étourneaux s'envole d'un chêne, piquetant de minuscules taches noires le ciel bleu-gris. Les oiseaux forment une sorte de nappe mouvante, qui vire et se replie sur elle-même. Un motif à la géométrie lunatique. Cette vision m'évoque une créature surgie d'un autre monde. Revenue d'entre les morts, peut-être. Malveillante. Tout comme Hannah. Pourquoi ne répond-elle pas ?

Elle se lève et époussette machinalement le devant de son pantalon, dont je note la coupe impeccable et la qualité du tissu. L'argent des Holt a-t-il servi à lui payer sa garde-robe ? Certainement.

— Je ne démissionnerai pas tout de suite, affirme-t-elle. Je me plais trop, ici. C'est tellement formidable de pouvoir renouer avec Jocelyn, surtout après la façon brutale dont nous avons été arrachées l'une à l'autre autrefois. Nous avons tant à nous raconter…

— Je doublerai la somme si vous quittez le manoir au plus vite.

Je suis prête à tout.

— Je garde votre proposition en tête. Tenez, ce sont les coordonnées de mon compte bancaire. Je préfère vous les transmettre directement, pour éviter tout risque d'erreur, même si Alexander les avait déjà.

Elle place un morceau de papier sur le bureau et remet la musique en sortant de la pièce. Je n'en tire cependant plus aucun réconfort.

Au moins, je sais maintenant quelles cartes elle cachait dans sa manche. Peut-être en dissimule-t-elle d'autres, mais, quoi qu'il en soit, c'est un début. Un point de départ pour élaborer un plan.

Je considère de nouveau les accessoires de cheminée. S'il s'agit bien de Hannah, il est possible que l'argent ne suffise pas à la convaincre de s'en aller, et qu'elle projette de se venger de la violence que nous lui avons fait subir.

Je dois me préparer à cette éventualité.

1979

Hannah découvre des traces de peinture aux endroits les plus intimes. Quand elle prend son bain, elle voit les taches de couleur à l'intérieur de sa cuisse se diluer peu à peu dans l'eau. Le mari n'a de cesse de poser les mains sur elle. Il voudrait faire l'amour tout le temps.

— Bon sang, dit-il chaque fois qu'il la trouve seule dans une pièce. Je ne peux pas te résister.

Lorsqu'il souffle par le nez, le son évoque à Hannah un petit jet de vapeur.

Elle aime l'attention dont elle est l'objet, mais le sexe avec lui la déçoit. À force de lire les romans sentimentaux alignés sur les étagères au rez-de-chaussée, elle s'est prise à rêver de moments plus doux, plus romantiques. Or, leurs ébats la laissent souvent meurtrie, avec l'impression d'avoir été si violemment secouée que tout ne s'est pas bien remis en place dans son corps. Mais elle a beau savoir qu'il se sert d'elle pour satisfaire un plaisir égoïste, elle estime que le jeu en vaut la chandelle, parce qu'elle l'a pris à sa femme.

Le comportement des garçons à son égard n'a pas changé. Le cadet lui est peut-être même encore plus dévoué. Un vrai petit ange. Mais la lueur sinistre, menaçante, dans les yeux de l'aîné est toujours là. A-t-il deviné ce qui se passait entre son père et elle ? Il est trop intelligent pour son bien. Elle éprouve une joie mauvaise à le rabaisser, à l'humilier. Parfois, quand il est au lit, elle va chercher dans son cartable les devoirs qu'il a faits et apporte de petites modifications aux résultats dans son cahier de maths, parce qu'elle sait qu'il veut toujours avoir la meilleure note. Il en pleure de frustration, lui qui rêve d'être le premier de sa classe. Elle est dépitée lorsqu'il change ses habitudes et emporte son cartable dans sa chambre, mais elle considère aussi cette réaction comme un défi. On va bien voir lequel de nous deux est le plus malin, *pense-t-elle.*

La femme est désormais sous traitement. « Les pilules du bonheur ! » dit-elle d'un ton aussi nerveux qu'enjoué, avant de les avaler devant ses fils. Les comprimés sont bleus. Il est rare que Hannah se rende dans son atelier mais, quand elle y entre, elle remarque que l'artiste néglige son travail et que les toiles inachevées s'empilent contre les murs. Les médicaments la détendent, c'est évident. Hannah songe qu'elle pourrait en réduire un en poudre, ou ne serait-ce qu'un demi, pour le mélanger au dîner de l'aîné. Ça lui ferait peut-être du bien. S'enfermer en permanence dans une attitude hostile n'est certainement pas sain pour lui.

— Comment peux-tu la supporter ? demande-t-elle au mari un soir, des semaines après avoir eu l'idée d'utiliser les comprimés et quelques jours après l'avoir mise en œuvre.

Leur liaison dure maintenant depuis des mois, et Hannah a désormais assez de cran pour discuter de sa femme avec lui.

— C'est simple, répond-il. Tout est à elle. Pour continuer à profiter de tout ça, et des réserves à la banque, je suis obligé de rester avec elle, même si elle ressemble à un putain de zombie.

Il englobe la pièce d'un geste circulaire, et Hannah note ce qu'il lui indique : le plafond haut, les moulures ouvragées, le lustre italien récemment installé, les tapis, les jetés de canapé, les tableaux, le meuble à liqueurs bien approvisionné, le téléviseur.

La cendre de son joint tombe sur la jambe du mari. Il la frotte, l'incrustant dans son jean, puis propose à Hannah de tirer une bouffée, mais elle décline l'offre d'un mouvement de tête. Elle ignorait jusque-là que la femme était propriétaire de tout. Ça change les choses.

— Allez, l'encourage-t-il. Ça ne peut pas te faire de mal. Au contraire, tu te sentiras encore plus sexy.

— Je dois aller voir si les garçons vont bien, réplique-t-elle.

Comme la femme est sortie pour la soirée, ils en ont profité pour s'envoyer en l'air dans le salon. Néanmoins, par prudence, Hannah a verrouillé les chambres des garçons. S'ils dorment beaucoup mieux depuis qu'elle s'occupe d'eux, elle préfère toutefois s'assurer qu'il n'y a pas de problème. Le cadet a tendance à faire des cauchemars, et ce soir elle a donné les trois quarts d'un comprimé à l'aîné. Un demi s'est déjà révélé efficace – l'enfant s'est décontracté, apparemment sans souffrir d'effets secondaires –, mais elle s'est dit que ce serait peut-être une bonne idée d'augmenter la dose. Il a eu une poussée de croissance, dernièrement.

Elle gravit rapidement les marches. Le mari s'est montré plus gentil avec elle, ce soir. Il est moins brutal, depuis quelque temps, plus prévenant. Parvenue à mi-hauteur de l'escalier, elle jette un coup d'œil par la fenêtre à l'atelier de la femme. Il est plongé dans le noir, ce qui lui donne à réfléchir. Et si, un matin, l'épouse ne se réveillait pas ? Si elle n'entrait pas dans la cuisine, apportant avec elle des odeurs d'encens et d'essence de térébenthine, après avoir traversé le jardin d'un pas traînant ? Si elle mourait, et qu'on retrouvait son corps froid et rigide ? À qui reviendraient alors la maison et l'argent ? Et qui l'aurait lui ?

VIRGINIA

Je tends l'oreille avant d'ouvrir la porte de ma chambre. Je dois m'assurer que l'horizon est dégagé. Les allées et venues de Hannah sont imprévisibles, et je ne sais jamais si elle est là ou pas, ce qui est insupportable. Comme aucun bruit ne me parvient, je sors dans le couloir d'un pas décidé – si elle est bien là, je ne veux pas lui donner l'impression que je rôde furtivement dans ma propre maison –, mais soudain je marche sur quelque chose et mon pied dérape. Je pars à la renverse et mon épaule heurte l'encadrement de la porte. Alors que je glisse vers le sol, je réussis à rétablir mon équilibre de justesse en agrippant le coin de la table pliante près de l'ouverture. Le souffle court, je reste immobile un moment, jusqu'à recouvrer mon calme.

Je finis par me pencher, tout doucement pour éviter un étourdissement, afin de ramasser l'objet du délit. C'est un de mes livres : *La Nuit du chasseur*. Je l'ai prêté à Ruby. L'a-t-elle fait tomber par mégarde ou se trouvait-il dans la pile d'ouvrages que Jocelyn m'a confisquée ? À moins que, et cette pensée me fait l'effet d'une piqûre de guêpe, Hannah ne l'ait placé délibérément devant ma chambre, en espérant que je trébucherais ?

Après avoir laissé le roman sur la table, je descends l'escalier en veillant à ne pas poser les pieds n'importe où. Je me dirige ensuite vers mon salon – tant pis pour le petit déjeuner –, une pièce devenue mon refuge, d'où je peux en outre entendre les uns et les autres entrer ou sortir.

Une fois assise, je contemple le lac derrière la fenêtre. *J'ai triomphé de presque toutes les épreuves*, me dis-je, *jusqu'à la naissance de Jocelyn.*

Auparavant, la perspective de la maternité éveillait en moi un désir ardent, m'emplissait d'un délicieux sentiment d'impatience… Or, ce fut mon plus grand échec. Avez-vous la moindre idée de ce qu'on peut ressentir en croisant le regard haineux de son enfant ? J'avais l'impression qu'on m'arrachait l'âme. J'avais tant d'amour à lui donner… Mais elle n'en voulait pas.

Quand Alexander m'avait proposé d'aller consulter un psychiatre pour en parler, j'avais refusé. C'était déjà assez terrible comme ça de vivre une telle situation, sans devoir en plus m'humilier en la décrivant à un inconnu. Il avait aussi suggéré de renvoyer Hannah. « Est-ce qu'elle s'interpose entre Jocelyn et toi ? » m'avait-il demandé un jour. Cette question-là me troublait aussi, et j'avais été tentée de me séparer d'elle, mais j'y avais finalement renoncé, craignant que ma relation avec ma fille ne se détériore encore plus, compte tenu de l'attachement qu'elle portait à sa nanny.

Avec le recul, comme je regrette aujourd'hui de ne pas l'avoir congédiée !

Il faut que je transfère de l'argent à Hannah. J'essaie de le faire depuis l'ordinateur portable d'Alexander, mais il faut en passer par tout un circuit kafkaïen pour accéder à nos comptes sur Internet et je finis par abandonner. Me renseigner par téléphone auprès de mon agence se révèle tout aussi laborieux : je me retrouve confrontée à une succession interminable d'annonces préenregistrées. De guerre lasse, je décide de m'y rendre en personne. C'est Elizabeth qui me conduit à Marlborough.

— Lady Holt ?

— Oui ?

— Vous êtes à Marlborough. À la banque.

— Je sais.

— Eh bien, c'est juste que vous venez de dire…

Je regarde la jeune femme en face de moi, sanglée dans un uniforme trop étroit. Ai-je pensé à voix haute ?

— J'ai dit quoi exactement ?

— Que vous aviez besoin de faire un virement, répond-elle.

— En effet. C'est pour cette raison que je suis là.

Elle est plus avenante quand elle sourit, même s'il me semble détecter un brin de suffisance dans son expression.

— Qu'est-ce qui vous amuse ?

— Rien, M. Parfrey vous attend, élude-t-elle.

Le directeur de l'agence est quelqu'un de bien. Nous nous connaissons depuis des années. Anthea m'a raconté qu'il avait eu recours aux implants capillaires. J'examine son crâne quand il baisse la tête, et j'en conclus que c'est vrai.

— Je n'ai trouvé aucune trace récente, sur le compte que votre mari détenait dans notre agence, de virements réguliers faits à une dénommée Hannah Burgess, me dit-il. Les opérations enregistrées sont normales. Quoi qu'il en soit, je suis heureux de vous voir aujourd'hui, parce qu'il y a un point délicat dont je souhaiterais discuter avec vous, si vous êtes d'accord. Je n'ai pas voulu vous en parler avant, par respect pour votre situation, mais il va falloir s'en occuper assez vite, j'en ai bien peur.

— De quoi s'agit-il ?

— Avant que votre mari nous quitte, nous avions évoqué la nécessité d'effectuer un versement conséquent sur ce compte. Il est à découvert depuis plus longtemps que d'habitude.

— De combien ?

Parfrey oriente vers moi l'écran de son ordinateur, me révélant un solde négatif à six chiffres. C'est un immense choc pour moi. Alexander et moi avions souvent des problèmes financiers, et dans les mauvaises passes, je l'aidais toujours à échafauder un plan pour nous remettre à flot. Pour autant, je lui laissais la responsabilité de gérer nos comptes au quotidien. Il avait trop d'orgueil pour me la confier. Je m'aperçois à présent que c'était une erreur.

— Je suis navré de devoir insister, reprend Parfrey. Comme vous le savez, nous avions un accord particulier, lord Holt et moi, mais malheureusement le monde bancaire a évolué et je n'ai plus autant d'autonomie qu'autrefois vis-à-vis de mes clients. Le siège nous surveille de près, aujourd'hui.

Il a la bonne grâce de paraître embarrassé. Ce n'est pourtant pas à lui que j'en veux.

— Je comprends.

— Alors ? me demande Elizabeth quand je la rejoins après mon entretien.

Elle est chargée d'un sac rempli d'articles achetés au magasin de fournitures de dessin.

— Il faut que j'aille à Londres.

Jo

C'est mon jour de congé. La voix de ma mère, criarde, geignarde, flotte jusqu'au bas de l'escalier. Je l'imagine comme une présence tangible : la vrille d'une plante grimpante envahissant un espace où elle n'est pas la bienvenue.

Je lance :

— Quoi ?

— Je ne veux pas que la nouvelle femme de ménage fasse ma chambre.

— Ah oui ? Tu as l'intention de la nettoyer toi-même, peut-être ?

— Je ne laisse entrer que des personnes de confiance.

Elle apparaît en haut des marches, vêtue d'une jupe en tweed et d'un twin-set bleu clair. Son collier de perles et son serre-tête en velours noir complètent sa tenue. Le blush sur ses pommettes ne parvient cependant pas à masquer sa pâleur. Elle semble épuisée mais tient absolument à se rendre à Londres aujourd'hui.

— Tu es sûre que ça va aller ?

— Certaine, merci, répond-elle. De toute façon, Elizabeth sera là si j'ai besoin d'aide.

À ce moment-là seulement, je remarque la grosse boîte qu'elle tient.

— C'est quoi ?

— Un chapeau. Certaines plumes sont abîmées, il faut les remplacer. Je vais le déposer chez Lock & Co.

— Tu crois que c'est nécessaire ? À quelle occasion comptes-tu le mettre ?

— C'est à moi d'en décider.

— Tu tiens à peine debout. Pourquoi t'encombrer d'un chargement pareil ?

— Elizabeth le portera pour moi.

Ma mère passe un certain temps devant le miroir du vestibule, fait boucler l'extrémité de ses cheveux, lisse sa coque… Puis elle enfile une paire de gants en cuir rouge en disant, si doucement que c'est tout juste si je l'entends :

— Je l'aime beaucoup, tu sais. Ruby.

Sur le coup, je suis tellement surprise que je me demande si j'ai bien compris. Je ne l'avais encore jamais entendue exprimer son amour pour personne à part pour mon père. Les biens matériels, les œuvres d'art, le théâtre et les vêtements, oui, elle les aime. Elle les adore, même. Mais pas les humains. Elle ne m'a jamais dit qu'elle m'aimait, pas une seule fois. J'en reste sans voix.

Elle pose une main gantée de rouge sur mon avant-bras et ajoute :

— Écoute-moi, Jocelyn, c'est important : Hannah ne devrait pas s'occuper de Ruby.

— Tu m'as appelée, mamie ? nous interrompt ma fille.

À voir la tenue dont elle est affublée, on la croirait sur le point de partir à l'opéra, pas d'aller à l'école.

— Oui, ma chérie.

Ma mère l'attire à elle et Ruby l'enlace avec une fougue égale à celle dont elle fait preuve avec moi.

— Rubes ? dis-je, agacée. Va te changer. Et enlève les bagues de mamie.

— Sois sage, ma puce, lui recommande ma mère. Et fais bien attention à toi.

Elle embrasse sa petite-fille sur la tête.

— Tout de suite, Rubes !

Dans la voiture, je tente d'engager la conversation avec Ruby.

— Tout va bien entre Hannah et toi ?

Pas de réponse. Je change de sujet.

— Tu t'es fait de nouveaux amis à l'école ?

Elle secoue la tête.

— Mon seul copain, c'est Stan.

— Et les autres filles, alors ?

— Elles m'aiment pas.

— Hein ? Pourquoi ?

— Parce que je voudrais jouer au football avec les garçons.

« Football. » Il y a encore quelques mois, elle aurait employé le mot « soccer », plus courant aux États-Unis. Elle se transforme en vraie petite Anglaise, et je suis heureuse qu'elle parvienne si bien à s'intégrer. Mais c'est aussi un signe supplémentaire que notre vie en Californie s'éloigne inexorablement de nous.

— Ça s'arrangera avec le temps, j'en suis sûre, dis-je. Elles ne sont pas méchantes avec toi, au moins ?

Elle hausse les épaules.

— Ruby ?

— Non. Elles sont pas méchantes.

— Alors, c'est quoi, le problème ?

— Rien. Ça va, je te dis ! Tu vois toujours des problèmes où y en a pas.

Je ne tirerai plus rien d'elle, c'est évident. Quand je la dépose, elle me demande instamment de ne pas l'accompagner plus loin que l'entrée de la cour de récréation. Je m'y attarde quelques instants, jusqu'au moment où elle se retourne pour me faire signe de partir.

En retournant vers la voiture, je me retrouve derrière un groupe de femmes, parmi lesquelles je reconnais la mère de Stan. Je l'appelle :

— Clare ? Bonjour, c'est Jo.

Elle s'arrête, imitée par les autres. Elle ne me sourit pas et, comme elle ne fait pas non plus les présentations, je m'en charge moi-même en serrant la main de chacune des mamans.

— Ruby aimerait beaucoup que Stan revienne jouer chez nous. Elle a une nanny pour veiller sur elle, maintenant – vous l'avez peut-être déjà croisée –, alors je peux vous assurer que l'incident de la dernière fois ne se reproduira pas.

Quand les femmes échangent entre elles des regards entendus, je m'étonne :

— Oui ? Qu'y a-t-il ?

— Rien, répond la mère de Stan. C'est juste qu'on a remarqué que votre nanny était un peu… spéciale. Vieux jeu, si vous voyez ce que je veux dire.

Dans sa bouche, l'expression résonne comme une insulte, et elle lève les yeux au ciel pour mieux faire son petit effet. L'une de ses compagnes pouffe. Ne sachant pas trop comment réagir, je poursuis sur ma lancée :

— Dans ce cas, Stan pourrait peut-être venir un vendredi ? C'est mon jour de congé, j'irai les chercher à l'école.

— Écoutez, je suis désolée, mais je n'ai pas envie que Stan traîne à Lake Hall. C'est un environnement trop dangereux pour des enfants livrés à eux-mêmes.

Ces propos ne paraissent gêner personne, ni elle ni les autres. Je préfère ne pas penser à ce qu'elles ont pu se raconter derrière mon dos.

— Je comprends. Et s'il venait un week-end, alors, quand nous sommes tous là ?

— Pourquoi pas, répond-elle sans conviction.

— D'accord, je vous enverrai un SMS.

Elle hoche la tête, et toutes les mamans se remettent en marche, mais je ne me sens pas la bienvenue parmi elles. Par conséquent, je garde mes distances jusqu'à la voiture.

J'envisage d'aller lire plus tard leurs éventuels commentaires sur Facebook, avant de finalement y renoncer. Je n'en ai pas le courage.

À peine rentrée à Lake Hall, j'ai la surprise de voir arriver Hannah avec la femme de ménage, Lottie, qui doit faire un essai ce jour-là. Je pensais que cette dernière se présenterait seule.

— Tu n'as pas besoin de venir quand Ruby est à l'école, dis-je à Hannah.

— Oh, ne t'inquiète pas. Je m'étais engagée à régler ce problème pour toi, de toute façon. Tu as assez de choses à faire de ton côté.

Je ne discute pas. C'est un soulagement de pouvoir déléguer certaines responsabilités.

— Entendu. Mais il faudra prendre des jours de congé en compensation.

— Ou alors, si ça t'arrange, tu peux ajouter des heures à mon quota hebdomadaire.

Discuter de cet aspect de notre relation me met mal à l'aise. J'ai beau savoir que Hannah était payée pour s'occuper de moi quand j'étais petite, je n'avais pas cette impression à l'époque ; j'ai grandi dans l'ignorance des arrangements financiers qu'elle avait avec mes parents. Aujourd'hui, néanmoins, je ne peux éluder le sujet.

— Je dois te dire que je ne roule pas sur l'or, Hannah. Je ne peux pas me permettre de te rétribuer pour des heures supplémentaires. Désolée.

— Bien sûr. Je comprends. Je pensais que ta mère participait aux frais, mais bon, ce ne sont pas mes affaires. En attendant, c'est dommage pour toi, parce que tu as besoin de toute l'aide possible pour prendre un nouveau départ.

— Et celle que tu m'apportes vaut de l'or, Hannah.

— C'est un plaisir pour moi. Qui aurait pu deviner qu'on se retrouverait un jour ici ? Et Ruby est une petite fille tellement adorable…

— Merci.

— Vous avez traversé de rudes épreuves, toutes les deux.

Le regard intense dont elle me couve me fait fondre aussi sûrement qu'un seul mot de ma mère suffit à me hérisser et, embarrassée, je sens les larmes me monter aux yeux. Je change de sujet.

— Et toi ? Qu'es-tu devenue pendant toutes ces années ? Est-ce que tu as été heureuse, au moins ?

Il m'est déjà venu à l'esprit que la vie n'avait peut-être pas été tendre avec elle, dans la mesure où elle n'a pas mentionné d'enfants ni de partenaire. Mais il est possible que ce soit le résultat d'un choix personnel.

— Eh bien, il s'est passé pas mal de choses. J'ai travaillé pour d'autres familles, ce qui a été très enrichissant, puis j'ai dû m'occuper de ma mère pendant quelques années. J'ai vécu une existence plutôt tranquille, en vérité. Pendant longtemps, une part de moi a regretté de ne pas être ici, avec toi…

De nouveau, ses paroles me bouleversent.

— Oh, ma chérie ! s'exclame-t-elle. Je ne voulais pas te faire pleurer. Mais ce sont des larmes de joie, j'espère, puisque nous sommes maintenant réunies…

Je hoche la tête, et elle me serre dans ses bras.

— Ah non, ça ne va pas du tout, marmonne-t-elle en me relâchant.

Elle observe Lottie qui, au bout du couloir où elle est censée passer la serpillière, se concentre sur son téléphone.

— Dites donc, jeune fille ! l'appelle-t-elle en se dirigeant vers elle.

Moi qui ne me sentais plus capable de me confier à un autre adulte depuis la mort de Chris, j'ai l'impression que les choses sont en train de changer. La bienveillance de Hannah me fait l'effet d'une première caresse après une série de coups du sort particulièrement brutaux.

Virginia

Victor Ellison est toujours le gestionnaire de nos comptes à la banque de Londres. Il a vieilli, bien sûr ; il ne doit plus être loin de la retraite. C'est dommage, parce que c'est un homme charmant. Il porte toujours des costumes impeccables et il a de belles dents blanches. En général, c'était avec Alexander qu'il traitait, mais je l'ai rencontré à plusieurs reprises au fil des ans.

Après avoir servi le thé, il me propose un gâteau sec, que je décline. Le biscuit est trop gros pour moi. Je trouve regrettable que, dans un établissement bancaire aussi renommé que Coutts, on n'offre pas aux clients des friandises de taille convenable.

— J'ai besoin de voir les virements mensuels que faisait Alexander, dis-je.

— J'ai pris la liberté de vous imprimer une liste.

Je cherche mes lunettes de lecture dans mon sac, avant de me rappeler que je les ai accrochées à une chaîne autour de mon cou. Victor, imperturbable, ne se départ pas de son sourire. J'espère ne pas passer pour une idiote à ses yeux. Je suis ici pour affaires, et ce n'est pas quelque chose que je prends à la légère.

Je parcours la liste et repère rapidement les versements effectués sur le compte de Hannah. C'est une grosse somme qui sort chaque mois, et voir ce montant figurer sur le papier, noir sur blanc, me cause un choc. Je montre la ligne à Victor :

— Depuis combien de temps ces paiements sont-ils en place ?

Il consulte son écran.

— Au moins depuis le début de l'informatisation du système. Pour remonter plus loin, il faudrait que je me plonge dans les archives papier.

— Non, c'est inutile. Bon, je souhaiterais augmenter le montant de ces versements, et aussi accéder à la salle des coffres.

— Bien sûr, lady Holt. Mais auparavant, pourrions-nous envisager la possibilité que vous fassiez un dépôt ? Vous avez dépassé depuis des mois le débit maximum autorisé. Alors, si vous avez l'intention de renouveler des virements aussi conséquents, il vaudrait mieux renflouer ce compte.

— J'attends une importante rentrée d'argent.

— Auriez-vous une date à m'indiquer ?

— Dans un mois, je dirais. Peut-être deux.

— Vous ne pouvez pas être plus précise ?

— Hélas, non. Mais vous avez ma parole. Elle vaut bien celle d'Alexander, n'est-ce pas ?

Son sourire me fait penser à celui du chat du Cheshire. Je ne serais pas autrement surprise s'il s'effaçait brusquement pour révéler la vue des tours de Londres encadrée par la baie vitrée derrière lui.

— Naturellement, répond-il. Néanmoins, si un changement de situation devait se produire, pourriez-vous avoir l'obligeance de m'en avertir ?

Je me demande s'il aurait osé parler ainsi à Alexander. Je ne m'abaisse pas à lui répondre.

— J'aimerais maintenant voir mon coffre, s'il vous plaît.

Il tape son stylo sur le bureau, comme s'il réfléchissait à une réponse.

— Bien sûr. Allons-y.

Dans la salle des coffres, Victor pose mes boîtes sur une table, me donne une clé pour chacune, puis me laisse seule.

J'ouvre la première, puis enfile une paire de gants en coton blanc prise dans mon sac avant de toucher quoi que ce soit. Je me suis renseignée au moment de mettre les dessins au coffre, et j'ai acheté un papier de conservation spécial, qui ne contient aucun acide susceptible de les altérer. Les gants les protégeront de mes fluides corporels.

En ôtant la dernière couche de papier protecteur, je sens les battements de mon cœur s'accélérer, comme toujours. J'ai beau les avoir souvent vues, j'éprouve invariablement un frisson d'excitation à l'idée de manipuler des œuvres d'art aussi remarquables et importantes. Ce ne sont pas simplement des vieux dessins ; ils feraient pâlir d'envie n'importe quel commissaire-priseur ou marchand d'art.

Il y en a quarante au total, dont certains sont signés par des artistes aussi prestigieux que Mantegna, Léonard de Vinci, Titien ou Rembrandt. Ils représentent notre sécurité financière – du moins, la mienne, depuis la mort d'Alexander.

Personne en dehors de la famille ne connaît la composition exacte de la collection Holt. Je sélectionne un des dessins italiens. Il est attribué à « l'école de Léonard de Vinci ». Une représentation de ce genre ne se vendra pas une fortune, mais je pense pouvoir en tirer quand même un bon prix. Je la place dans la boîte à chapeau que j'ai apportée. Si une vieille dame dans les rues de la capitale risque de se faire voler son sac à main, il y a peu de chances pour qu'on cherche à lui dérober sa boîte à chapeau… Le dessin trouve sa place au fond, entre les couches de papier de conservation que j'y ai insérées plus tôt. Je range le couvre-chef par-dessus.

Je consulte ma montre. Je ne dois pas oublier Elizabeth, partie à la National Gallery toute proche. Elle prévoyait d'aller voir l'exposition Mantegna et Bellini, et avait également pris un rendez-vous aux archives. En ce moment même, elle est sans doute attablée au bar de la National Gallery, devant un café et une part de gâteau.

Je déverrouille l'autre boîte et jette un coup d'œil à l'intérieur. Elle contient quelques bijoux ainsi qu'un registre : le catalogue Holt, cette merveille datant de plusieurs siècles où sont soigneusement consignés à la main tous les détails des œuvres constituant la collection Holt. Certaine qu'Elizabeth voudra le consulter, je le sors et l'insère au fond de la boîte à chapeau, sous le dessin.

Après avoir refermé les deux boîtes, je prends une profonde inspiration. Je suis maintenant en mesure de payer Hannah, ce qui, à mon sens, me confère un certain pouvoir sur elle. Je récupère mon sac à main, prête à affronter de nouveau le monde extérieur.

Alors que je m'éloigne de la salle des coffres, une jeune assistante me rattrape.

— Lady Holt !

Elle tient ma boîte à chapeau.

— Ceci vous appartient, je crois…

— Merci, ma chère. Je ne sais pas ce que j'aurais fait sans elle.

Inspecteur Andy Wilton

L'artiste médico-légal invite les deux inspecteurs à entrer dans l'atelier où il reconstitue le visage des morts à partir de leur crâne. Trois moulages de ces ossements, fixés sur des supports, sont alignés sur une vaste paillasse. Chacun en est à un stade différent du processus de reconstruction. Andy et Maxine les considèrent l'un après l'autre en se demandant lequel est celui de leur victime anonyme.

Le plus proche est hérissé de nombreuses petites chevilles blanches, toutes soigneusement numérotées.

— Elles servent à indiquer l'épaisseur des tissus, précise l'artiste.

Les deux inspecteurs se dirigent vers le deuxième moulage.

— On commence par reconstituer les muscles faciaux, explique leur interlocuteur en les voyant étudier un crâne auquel des couches d'argile blanche ont redonné un semblant de vie.

Sur le dernier moulage, recouvert d'une couche d'argile brun-rouge luisante, ont été insérés des yeux en plastique.

— On dirait qu'il ou elle est resté(e) trop longtemps au soleil, fait remarquer Andy.

— C'est votre inconnue, déclare l'artiste. Elle est presque prête. Il n'y a plus qu'à travailler la texture de la peau.

Il saisit un carré de cuir souple, le presse sur l'une des joues en argile puis le détache doucement.

— C'est du daim, dit-il. Les empreintes qu'il laisse créent un rendu plus naturel, moins lisse. Vous voyez ? Tenez, à votre tour. Je me dis toujours que c'est le moment où mes morts reviennent à la vie.

Maxine fait un essai. Andy préfère s'abstenir, mais examine de près le réseau de fines lignes imprimé sur la glaise. Leur inconnue paraît à la fois sévère et vulnérable. Si ses sourcils sont représentés, elle n'a cependant ni cils ni cheveux.

— Elle a de grands yeux et des traits plutôt fins, mais pas de signe distinctif évident, déclare le technicien. Je suis assez satisfait du résultat, à vrai dire. Vous savez, à force de travailler sur ces crânes, on finit par s'y attacher…

— Dans ce cas, pourriez-vous lui demander ce qu'il lui est arrivé ?

— Ah ! J'aimerais bien qu'ils nous parlent, ça nous simplifierait la vie ! Bon, je scannerai son portrait quand j'en aurai terminé avec elle. En attendant, je vais vous montrer sur mon ordinateur un autre visage que nous avons reconstitué. Vous aurez ainsi une idée de ce qu'on pourra vous envoyer.

Une tête apparaît sur l'écran, en trois dimensions, à laquelle l'expert imprime un mouvement de rotation.

— On peut facilement ajouter des cheveux, dit-il.

En quelques clics, il transforme le portrait en lui attribuant des cheveux bruns mi-longs. Il les change ensuite en longs cheveux blonds, puis en une coiffure plus courte.

Andy lui demande de leur faire parvenir plusieurs plans de l'inconnue, de face et de profil, avec des coiffures et des couleurs de cheveux différentes.

— Je prendrai des clichés sous divers angles, déclare l'artiste. Vous les aurez en début de semaine prochaine.

— Merci, réplique Maxine. Ça nous permettra de diffuser sa photo et de voir si on peut retrouver certains de ses vieux amis.

— Ou ennemis… souligne Andy.

Virginia

J'ai l'impression qu'il y a beaucoup plus de monde qu'avant sur le Strand. Elizabeth et moi, bras dessus bras dessous, avons bien du mal à progresser au milieu des nuées de touristes armés de perches à selfies. C'est pénible.

— Je ne tiendrai pas jusqu'au Courtauld, dis-je à mon amie. Je vais t'attendre au Savoy pendant que tu vas à l'institut.

Une idée me traverse l'esprit.

— Pourrais-tu téléphoner à Faversham ? Invite-le à te retrouver à l'American Bar pour prendre un verre, mais ne mentionne pas ma présence.

— Tu es sûre ?

— Il s'obstine à ne pas me rappeler.

— À mon avis, tu ne réussiras pas à le convaincre de laisser partir Jocelyn.

— Je peux toujours essayer.

Le Savoy me fait l'effet d'un sanctuaire. Aucun des membres du personnel ne me reconnaît plus aujourd'hui. C'est triste, mais il fallait s'y attendre.

J'ai tant de souvenirs de soirées passées ici… Celui d'un dîner d'anniversaire m'est particulièrement cher. Je portais une robe rouge griffée Ossie Clark : longue, à manches bouffantes, avec un décolleté plongeant, coupée dans un type de crêpe soyeux, propre à sublimer la silhouette. Bien sûr, j'avais dû scotcher mes seins pour parfaire l'ensemble, mais la robe et moi étions les seules à le savoir.

« Tu es belle à damner un saint ! s'était exclamé Alexander lorsque j'étais sortie de la salle de bains. Absolument diabolique.

— Qui se ressemble s'assemble », avais-je rétorqué.

Il avait laissé courir ses doigts le long de mon décolleté. « Tu es éblouissante. »

Il m'avait offert son bras pour descendre l'escalier, et toutes les têtes s'étaient retournées à notre arrivée au bar. Nous avions vécu un rêve éveillé ce soir-là, d'autant plus mémorable que, si nos soirées commençaient souvent le mieux du monde, elles ne se terminaient pas toutes bien.

Après m'être installée dans un fauteuil confortable, je commande un White Lady, mon cocktail favori. Pourquoi pas ? Quelques minutes plus tard, je vois la serveuse louvoyer entre les tables en tenant ma boisson sur un plateau. Robe noire moulante, au décolleté bordé de strass, sur un corps parfait. Une magnifique créature. Féline.

Alors qu'elle se livre à un véritable cérémonial pour disposer la serviette en papier sur la table devant moi et chercher la meilleure orientation du verre, je demande :

— Jack Brabbage travaille-t-il toujours ici ?

— Je ne crois pas, non.

— Vous l'avez rencontré ?

Elle secoue sa tête gracieuse.

— C'était une institution… dis-je.

Jack… Cher Jack. Combien de fois m'a-t-il prêté main-forte quand mon mari avait trop bu ? « Aurez-vous besoin d'une chambre, lady Holt ? Ce n'est pas un problème. Souhaitez-vous que j'escorte lord Holt ? Aimerait-il que son pantalon soit nettoyé d'ici à demain matin ? Appelez-moi à la réception lorsqu'il se sera changé, et j'enverrai quelqu'un chercher le vêtement. »

Je nous revois allonger sur un lit, Alexander ivre mort, le devant de son pantalon assombri par une trace d'urine. Comment trouver les mots pour louer la discrétion de Jack et de cet hôtel ? Elle me permettait de garder la tête haute – du moment, évidemment, que nous pouvions payer plus tard.

Elizabeth vient d'arriver. Trop tôt, me semble-t-il.

— Un problème ?

— Les fichues archives du Courtauld sont fermées, répond-elle.

— Tu as précisé que tu avais demandé un rendez-vous ?

— Je ne peux pas me permettre de faire un scandale.

— Non, bien sûr que non.

— Qu'est-ce que tu bois ? Je vais prendre la même chose.

Je commande, et elle commence à se détendre. On dirait une poule dont les plumes gonflées par la colère retombent peu à peu. Elle jette un coup d'œil alentour.

— J'ai l'impression de faire tache, avec ma tenue, murmure-t-elle.

— Ne dis pas de bêtises.

De fait, elle détonne dans ce cadre raffiné. Il en a toujours été ainsi, malheureusement. Je change de sujet :

— Est-ce que les archives seront ouvertes demain ?

— Apparemment, oui.

— On pourrait passer la nuit dans mon club, si tu veux.

Je n'ai pas renoncé à ma carte de membre même après la vente de notre maison de Belgravia. J'avais choisi à dessein un club de femmes, parce que je voulais m'y sentir à l'aise ; à l'époque, j'étais lasse de jouer les Bonnie pour Alexander/Clyde. Je n'y ai pas remis les pieds depuis des années, mais je suis sûre qu'Elizabeth se fondra dans le décor. Je me rappelle y avoir croisé une foule d'intellectuelles et d'artistes appartenant à la Royal Academy of Arts.

— Dans ce cas, rien ne nous empêche de nous offrir un deuxième cocktail, déclare-t-elle.

Elle lève son verre, et nous trinquons.

— Et peut-être aussi de dîner dans un endroit amusant, dis-je.

— Marché conclu.

Elle pouffe.

— Tu veux que je te dise ? J'ai l'impression de vivre une grande aventure.

Faversham arrive sur ces entrefaites, vêtu d'un élégant pardessus long et coiffé d'un feutre de marque. Il empeste la fumée de cigarette et, lorsque nous nous embrassons, je sens sous mes lèvres ses joues refroidies par l'air du dehors.

— Virginia ! Quelle bonne surprise.

— Tu ne peux pas m'éviter éternellement, Jacob.

— Il semblerait que non. Tu vas me gronder ?

— Tu le mériterais.

— Jocelyn est une excellente recrue, déclare-t-il. Elle est naturellement douée, comme son père.

— Je t'interdis de l'impliquer dans la vente de nos tableaux. Tu dois te séparer d'elle, et elle ne doit jamais apprendre que nous nous sommes parlé, toi et moi.

Il se penche pour me glisser à l'oreille :

— Elle ignore que la vanité est un faux.

— Je sais, sinon elle se serait déjà enfuie à toutes jambes. Quoi qu'il en soit, je ne veux pas la mêler à nos transactions, même si elle ignore qu'elles sont illégales. Elle reste en dehors de ça.

— L'aspect illégal de nos opérations ne t'avait jamais gênée jusque-là.

— Parce que ma fille n'y participait pas !

— Je ne peux pas la laisser partir avant la conclusion de cette vente, affirme-t-il. Elle a rencontré l'acquéreur, et s'est montrée brillante lors de l'entretien, alors elle ne comprendrait certainement pas que je veuille me passer de ses services maintenant. Elle pourrait même avoir des soupçons. Oh, merci, mademoiselle.

Il attend que la serveuse se soit éloignée, puis tente une offensive de charme :

— Réfléchis, Ginny, ma chérie : Jocelyn pourrait devenir un de nos meilleurs atouts.

— Il a raison, intervient Elizabeth. Ce serait forcément bon pour nos affaires

— Vous me parlez affaires alors qu'il s'agit de ma fille ? Tu n'avais pas le droit de l'embaucher sans me consulter, Jacob. Quant à toi, Elizabeth, je ne te remercie pas de lui avoir facilité les choses.

Mon verre m'échappe des mains, tombe sur la moquette et rebondit, créant une flaque et projetant une myriade d'éclaboussures sur nous. Elizabeth déplace le carton à chapeau juste à temps et nous poussons tous les trois un soupir de soulagement.

— Jocelyn est adulte, souligne Faversham. Tu ne devrais pas lui cacher autant de choses, Ginny. Après tout, elle serait peut-être ravie de collaborer avec nous… Tu y as déjà pensé ?

— Ça suffit, Jacob. Ce que je décide de révéler ou pas à ma fille ne concerne que moi. Ce que je te reproche, c'est de l'avoir engagée à mon insu, et d'abuser de sa confiance. Elle est comme un agneau qu'on mène à l'abattoir.

— Non, sauf si on se fait prendre.

— Aucun risque, décrète Elizabeth.

Son assurance frise l'arrogance. Elle est persuadée que ses copies sont indétectables, mais personne n'est à l'abri d'une erreur de jugement.

En attendant, je n'en ai pas fini avec Faversham.

— Tu as mal agi, et tu le sais parfaitement, sinon tu m'aurais rappelée. S'il était encore de ce monde, Alexander aurait été fou de rage. Non, en fait, il aurait été anéanti.

— Bon, dit-il. Calme-toi. Je la laisserai partir après cette vente, d'accord ?

— Merci.

Nous gardons le silence pendant que la serveuse répare les dégâts que j'ai causés.

Il n'y a plus qu'une chambre de disponible dans mon club, avec des lits jumeaux. Elizabeth et moi la prenons sans hésiter. Nous nous sommes expliquées après le départ de Faversham, et je veux bien la croire quand elle me jure qu'elle lui a présenté Jocelyn sans se douter un seul instant qu'il l'engagerait.

Nous nous asseyons chacune sur un lit.

— Si je m'allonge, je ne me relèverai pas, déclare-t-elle. Bon, où allons-nous dîner ?

— Aucune idée. Il y a si longtemps que je ne suis pas revenue à Londres…

Vingt ans plus tôt, et même encore dix, j'aurais tout de suite su dans quel restaurant aller et quels arguments utiliser pour nous obtenir une table, mais je ne suis plus à la page.

— Au fait, tu me montres ce que tu as rapporté ? demande-t-elle.

Le carton à chapeau est posé à côté de moi. Je repousse le couvercle, retire le couvre-chef puis le papier de conservation. De son côté, Elizabeth prend dans son sac des gants blancs en coton et les enfile avant de saisir le dessin.

— Oh, c'est sublime, commente-t-elle.

C'est bon signe.

— Tu te sens capable de le copier ?

— Bien sûr, mais est-ce que Faversham acceptera de le vendre si peu de temps après avoir mis la vanité sur le marché ?

— Il le fera. Il a une dette envers moi.

Nous sommes devenus tellement dépendants les uns des autres, tous les trois.

— Le catalogue est là aussi, si tu veux y jeter un coup d'œil.

Elle le sort et tourne les pages avec précaution.

— Ça y est, je l'ai trouvé, déclare-t-elle. Quelle merveille… C'est toujours utile pour moi d'avoir une vue d'ensemble.

Brusquement rattrapée par la fatigue, je m'étends.

— Elizabeth ? Est-ce que ça t'ennuierait si on commandait à manger au *room service* plutôt que de ressortir ? On pourrait regarder la télé et ne pas se coucher trop tard…

— Tu ne te sens pas bien ?

L'espace d'un instant, j'envisage de tout lui raconter, mais je me ravise : il y a des secrets qu'il vaut mieux ne jamais dévoiler à personne, même à sa meilleure amie.

— Si, ça va, je suis juste un peu lasse. Désolée d'être aussi rabat-joie.

— Ne t'inquiète pas. La journée a été longue pour moi aussi.

Elle soupire en se penchant pour ôter ses chaussures.

— On n'est plus aussi en forme qu'avant, hein ?

Nous nous faisons monter des macaronis au fromage, du pudding aux fruits rouges et une bonne bouteille de vin.

— Ça nous rappelle la fac, tu ne trouves pas ? lance Elizabeth tandis que nous dînons installées sur nos lits parallèles, un plateau sur les genoux, pieds nus sous la couette.

— Oui, c'est vrai.

Je remue mes orteils, consciente d'une sensation plaisante qui s'apparente à du soulagement car, pour une fois, j'ai la possibilité de baisser ma garde pendant quelques heures. Les moments où je peux cesser d'incarner lady Holt pour me contenter d'être moi-même sont particulièrement rares, et d'autant plus précieux.

Pour agréable qu'elle soit, cette soirée n'a cependant rien à voir avec celles d'autrefois au Savoy. Mais cette époque-là est bel et bien révolue, j'ai de moins en moins d'énergie aujourd'hui et je dois prendre soin de moi. Surtout, j'ai une fille et une petite-fille à protéger. Cette seule pensée suffit à donner à la nourriture un goût de cendres, et plus tard, à infester mon sommeil de rêves perturbants.

Jo

Ruby est manifestement rattrapée par la fatigue de fin de semaine lorsque je vais la chercher à l'école. Pour autant, elle est toute contente, parce que c'est elle qui a été choisie pour s'occuper du hamster de la classe durant le week-end. Nous calons la cage sur la banquette arrière, avant de ranger dans le coffre la nourriture et les divers accessoires.

Une fois rentrées, nous emmenons l'animal à l'étage. J'ai autorisé Ruby à le garder dans sa chambre, parce que Boudicca n'a pas le droit de monter. Et, ainsi, ma mère ne l'aura pas sous les yeux. « Les animaux ne sont pas faits pour être mis en cage » est un mantra que je l'entends répéter depuis toujours.

Hannah est encore au manoir.

— Merci d'être venue aujourd'hui, dis-je. Alors, est-ce que Lottie fait l'affaire, finalement ?

— À mon avis, elle sera plus un fardeau qu'autre chose. Il vaudrait mieux continuer à chercher. On pourrait passer une annonce dans l'*Evening Advertiser*, tu ne crois pas ?

— Je ne sais pas trop. Le journal a publié des articles à propos du corps. J'ai peur qu'une annonce n'attire les curieux.

— Tu as peut-être raison. Bon, on va y réfléchir toutes les deux.

Elle récupère son sac. Je n'ai pas envie qu'elle parte.

— Est-ce que je peux au moins te garder à dîner pour te remercier, Hannah ? Si tu n'as rien de prévu, bien sûr. Ma mère va rester à Londres ce soir.

Un sourire éclaire son visage.

— J'en serais ravie.

— Je pensais qu'il y aurait que nous trois, se plaint Ruby. Toi, moi et mamie.

Elle se tient sur le seuil et racle les dalles de la pointe de sa chaussure.

— Ne sois pas impolie ! Désolée, Hannah. Elle est fatiguée.

J'adresse un regard sévère à ma fille, qui se détourne et s'éloigne. Je me sens obligée de répéter :

— Désolée.

— Ne t'inquiète pas, je connais les enfants, déclare Hannah.

— Oui, mais tout de même.

— C'est une période compliquée pour Ruby : elle doit faire son deuil, apprendre à connaître ta mère – ce qui n'est sans doute pas facile – et trouver sa place dans un nouveau noyau familial. On peut comprendre qu'elle ait parfois du mal à gérer la situation. D'autant que ma présence constitue un changement de plus auquel elle doit s'habituer, après tous les bouleversements qu'elle a subis. C'est encore une petite fille, obligée de se reconstruire dans un endroit étrange. Et dans la mesure où elle aspire à la stabilité, la façon dont ta mère te rabaisse devant elle ne l'aide certainement pas.

Elle n'a pas tort. Je n'y avais pas songé. Hannah possède un recul sur cette famille que personne d'autre ne peut avoir.

— Merci pour ton indulgence.

— De rien. J'ai bien l'intention de te seconder de mon mieux, pour que Ruby sache qu'elle peut compter sur moi. Avec un peu de chance, elle ne tardera pas à s'apaiser.

— Je l'espère.

À l'entendre, il ne nous sera pas difficile d'émerger du maelstrom dans lequel nous avons été plongées. Elle a une façon si rassurante de présenter les choses…

— Je n'en doute pas, affirme-t-elle. À propos, puis-je te poser une question ?

— Bien sûr.

— Ne le prends pas mal, mais es-tu au courant de tout ce que Ruby fait sur Internet ?

— Je pense, oui. Pourquoi ?

— Eh bien, ce n'est qu'une partie d'un problème plus général, me semble-t-il. Il y a quelque chose de furtif dans son comportement. Elle rôde souvent autour de la maison, ce que tu as dû remarquer. Je l'ai déjà mise en garde contre certaines activités dangereuses : grimper trop haut dans les arbres ou essayer de marcher le long du mur du verger, pour ne citer que les exemples les plus récents. Sans parler de cette fois où Stan et elle sont montés dans le kayak. L'utilisation du téléphone n'est pas différente. Elle comporte des risques. Je n'ai pas de preuves, et je ne lui ai rien dit, parce que je tenais d'abord à t'en parler.

— Je n'ai rien remarqué de spécial…

Pourtant, tout en prononçant ces mots, je me demande : *Mais est-ce que je le saurais si elle me dissimulait ses activités ?* Je suis parfois soulagée quand Ruby est sur son écran – ce que je n'avouerais pas à Hannah –, parce que je dispose ainsi de quelques précieux moments durant lesquels je n'ai pas à m'occuper d'elle. Et, bien sûr, j'ignore ce qu'elle fait au juste sur Internet. Quel parent peut se targuer d'exercer un contrôle total sur cet outil ?

— Tu crois qu'elle cache quelque chose ?

— Je ne pourrais pas me prononcer, répond Hannah. C'est peut-être anodin. En attendant je voulais te mettre au courant, afin qu'on puisse toutes les deux garder un œil sur elle.

— Merci.

Elle bâille.

— Excuse-moi, dit-elle. Je n'ai pas bien dormi la nuit dernière.

— Un problème ?

— Quelques petits soucis, plutôt. Rien de bien grave, ne t'inquiète pas.

— Pourquoi ne pas t'asseoir et te détendre un peu pendant que je te prépare une tasse de thé ?

— Dans cinq minutes, avec plaisir.

Elle ouvre le frigo et en sort une salade en sachet.

— Je vais d'abord porter ça à Ruby. Le hamster se régalera.

Le *pop* du bouchon résonne agréablement à mes oreilles quand je le retire de la bouteille. C'est un vin rouge que j'ai remonté de la cave de mon père.

En l'absence de ma mère, l'atmosphère du manoir me paraît moins étouffante. J'ai l'impression de pouvoir enfin respirer librement après être restée longtemps dans une pièce suffocante.

— Pas trop pour moi, me prévient Hannah. Je conduis.

Je lui sers un petit verre et un plus grand pour moi. Le vin a une belle couleur cassis, et l'étiquette sur la bouteille est poussiéreuse. J'ai fait manger Ruby plus tôt, de sorte que nous ne sommes que toutes les deux, Hannah et moi.

— J'espère qu'on n'a pas ouvert une cuvée spéciale, dit-elle.

— Et moi, j'espère bien que si !

Elle lève son verre.

— Santé. Alors, raconte-moi : comment se passe ton travail ?

— Au mieux. Ça me plaît beaucoup. Oh, à propos, est-ce que tu te souviens d'une photo de moi prise dans le salon à Belgravia ? Je devais être toute gosse.

— Aïe ! Ça remonte à loin… Je me rappelle un après-midi particulièrement pénible, quand tu n'avais pas pu aller au zoo avec ton école parce que ta mère voulait faire faire ton portrait par un photographe. Tu devais avoir cinq ou six ans.

— Et elle m'avait forcée à porter une robe à volants que je détestais.

— Ah non, ma chérie. Tu te trompes, j'en ai peur. Tu adorais cette robe. Tu disais qu'elle ressemblait à celles des danseuses espagnoles. En revanche, tu ne supportais pas le serre-tête qu'elle t'avait mis. Il te laissait toujours des marques rouges derrière les oreilles.

— C'est bien possible.

Pourtant, je n'en suis pas sûre. Mes souvenirs sont tellement flous… Il me semble me revoir dans une pièce remplie d'adultes, parmi lesquels je me sentais toute petite, et aussi réentendre le crépitement du flash de l'appareil photo, suivi d'un bourdonnement tandis qu'il se rechargeait, puis l'ordre : « NE BOUGE PAS ! » – des mots qui peuvent paraître bien intimidants quand on vous les crache à la figure. Qui sont capables de paralyser un enfant, de lui inspirer une peur pareille à celle du noir.

— Si cette photo est quelque part, c'est probablement dans l'un des albums, reprend Hannah. Je ne sais pas où ils sont aujourd'hui, mais ton père les gardait dans son bureau. Tu veux que je t'aide à les chercher ?

— Ça ne t'ennuie pas ?

— Pas du tout. Je vais regarder de mon côté.

Je finis par trouver les albums sur la plus haute étagère dans le salon bleu. Le feu est déjà allumé dans la pièce. Hannah a dû s'en charger. Je suis touchée par sa prévenance.

Postée au pied de l'escalier, j'appelle :

— Rubes ? Tu veux venir regarder de vieilles photos avec Hannah et moi ?

Elle apparaît en haut des marches.

— Je peux jouer avec mon iPad, plutôt ? Stan m'a dit qu'il aurait peut-être la permission d'aller sur Skype.

Si elle n'avait pas mentionné Stan, j'aurais insisté pour qu'elle descende. En l'occurrence, je la laisse faire ; je tiens trop à ce que cette amitié entre eux puisse être sauvée.

— Bien sûr. Dis-lui bonjour de ma part. Je te montrerai les photos un autre jour.

Lorsque Hannah me rejoint dans le salon bleu, je demande :

— Encore un peu de vin ? Je vais me resservir. Tu m'accompagnes ? Après tout, rien ne t'empêche de dormir ici. Je te prêterai des affaires.

— Eh bien, je ne voudrais pas…

— S'il te plaît, dis oui.

— D'accord, alors. Avec plaisir.

— Super ! Je vais chercher la bouteille. Non, reste assise. Je m'en occupe.

Quand je reviens, elle a tisonné le feu, et les flammes crépitent, baignant la pièce de leurs lueurs ambrées. Elle feuillette déjà un des albums.

— Ça me rappelle tellement de souvenirs… Tiens, regarde ton père, là.

Il se tient dans le jardin, en tenue de tennis. Il a l'air très jeune et fume une cigarette en bavardant avec des amis près du filet. Ma mère est avec lui, vêtue d'une robe blanche particulièrement seyante.

Je pose le doigt sur l'image en noir et blanc.

— C'est son étui à cigarettes, non ?

Je reconnais le motif gravé sur le couvercle qui dépasse de sa poche de poitrine.

— Il l'avait toujours sur lui, n'est-ce pas ? fait remarquer Hannah.

— Toujours. Tout semble plus élégant à cette époque, tu ne trouves pas ? Même les tenues de tennis.

— Ils étaient dans leur monde, c'est sûr.

Nous tournons les pages. Certains clichés me sont familiers, d'autres moins. Si mes parents y figurent souvent après ma naissance, Hannah et moi apparaissons surtout lors des goûters d'anniversaire ou sur les instantanés du jour de la rentrée scolaire. Elle m'indique une photo nous montrant assises sur une couverture lors d'un pique-nique. Les deux bougies plantées dans le gâteau devant moi semblent me captiver. Un autre bambin est assis à côté de moi, près d'une femme trop âgée pour être sa mère, et les jambes potelées d'un troisième sont visibles dans un coin.

— Ce petit garçon s'appelait Simon, précise Hannah. C'est sa nanny, là, mais j'ai oublié son nom.

Des chaises de jardin ont été disposées à proximité. Ma mère, qui occupe l'une d'elles, affiche une mine de conspiratrice en bavardant avec deux amies. Toutes trois ont un verre et une cigarette à la main. Aucune ne regarde dans notre direction ; elles sont à mille lieues de ce qui se passe sur la couverture.

— Hannah ? Qui l'a prise, celle-là ? Mon père ?

— Oh non. Il ne venait jamais à tes goûters d'anniversaire. C'est sûrement Marion. Et le gâteau, c'est moi qui l'avais fait. Elle m'en voulait, parce que c'est elle qui régnait sur la cuisine, mais j'avais insisté.

— C'est tellement gentil…

Suivent d'innombrables portraits de mes parents qui, toujours aussi élégants, posent dans divers cadres exotiques. Ils ressemblent à des vedettes de cinéma, et pourtant, à mesure que nous feuilletons l'album, je ne peux m'empêcher de repenser à Faversham, à ce qu'il m'a dit sur mon père et à l'atmosphère de laxisme moral qui imprégnait son appartement, pareille à un vernis qu'on aurait appliqué sur toutes les surfaces, brillant par endroits, mais desséché à d'autres et transformé en une poussière cristalline. C'est aussi, me semble-t-il, ce qui se dégage de l'existence de mes parents à l'époque.

Les images plus récentes, qui me montrent adolescente, quand je revenais de la pension pour les vacances, me confortent dans cette impression. Elles me remettent en mémoire des choses qui me mettaient mal à l'aise : le regard d'un ami de mes parents qui s'attardait sur moi trop longtemps ; un valet de cœur retrouvé sur la table recouverte de feutrine dans ce même salon, le lendemain d'une fête, froissé et encore humide aux endroits où quelqu'un avait léché les dernières traces de cocaïne ; une mère qui, souvent, ne se levait pas avant midi ; un père qui arborait de profonds cernes sous ses beaux yeux, et avait pris l'habitude de repousser ses cheveux en arrière, encore et encore, comme un tic.

— Tu as la tête ailleurs, observe Hannah.

— Oh, désolée, je réfléchissais.

Il y a certains souvenirs dont je ne suis pas encore prête à parler. Ils ne font que renforcer ma détermination à éloigner Ruby de Lake Hall. Même si cette période-là remonte à des années, certains comportements et attitudes n'ont pas disparu, et je les vois toujours chez ma mère, à travers son arrogance et les jugements qu'elle porte sur les autres.

La photo de moi devant la vanité est difficile à trouver, parce qu'elle n'est pas à sa place dans la chronologie. Nous avons presque renoncé quand nous ouvrons le dernier album, essentiellement consacré aux années 1990. Or, elle est là, entre deux pages, détachée de ses coins autocollants.

Je me découvre assise sur une chaise tapissée de velours vert foncé, installée devant la cheminée à Belgravia. Je porte cette robe à volants dont j'ai gardé le souvenir et le serre-tête mentionné par Hannah, et je fixe l'objectif d'un œil éteint. C'est étrange de se sentir déconcertée par sa propre expression, et pourtant c'est bien ce qui m'arrive.

— Miss Grognon, plaisante Hannah.

— C'est vrai. Ce tableau te dit quelque chose ?

Je lui indique la vanité accrochée au-dessus de la cheminée derrière moi, ainsi que l'avait décrite Faversham.

— Oui, même s'il ne me plaisait pas tellement. Il était un peu trop morbide à mon goût.

— Il est à vendre. C'est nous qui nous en occupons à la galerie.

— Ah oui ? Quel dommage.

— Papa l'avait cédé il y a des années, apparemment, mais l'acquéreur tient à avoir une preuve qu'il était bien dans notre famille avant.

— Ah bon ? Pourquoi ?

— C'est un moyen de s'assurer de son authenticité.

— Oh. Je vois.

Nous examinons de nouveau le cliché.

— Bien, dit Hannah au bout d'un moment. Je crois qu'il est temps d'aller se coucher.

— C'était formidable de pouvoir replonger dans le passé avec toi.

— Nous étions heureuses à l'époque, n'est-ce pas ? Je n'enviais pas la vie mondaine de tes parents, tu sais. Toi et moi, nous avions tout ce qu'il fallait à notre bonheur ici, à Lake Hall.

— Tout à fait d'accord. Et c'était encore mieux quand ils s'absentaient.

— Mais tu adorais ton papa. Tu étais très possessive avec lui, tu te rappelles ?

— Je me rappelle surtout que j'avais toujours hâte de le voir.

— Tu avais le chic pour t'interposer entre ta mère et lui, et pour la repousser s'ils essayaient de s'embrasser.

— Vraiment ? Pour le coup, je ne m'en souviens pas.

Alors que nous débarrassons la table du dîner, je songe que ces albums ont une fois de plus semé le trouble dans mon esprit. J'ai eu sous les yeux des choses qui n'étaient pas exactement telles que je me les remémorais et d'autres que j'avais complètement oubliées. Me revoir ainsi engagée dans des activités dont je n'ai gardé aucun souvenir me procure une drôle de sensation.

— Hannah ? Est-ce que j'ai toujours eu une mémoire défaillante ?

— Eh bien, il me paraît normal que tu ne te rappelles plus trop de ta petite enfance, mais oui, je pense que tu avais quelques problèmes de mémoire. Concrètement, tu égarais tout le temps tes affaires. Tiens, par exemple, un jour, tu n'as pas pu donner ton autorisation de sortie pour aller assister à un ballet avec ta classe, parce que tu l'avais perdue. Tu étais un peu plus vieille, tu devais avoir six ans. Tu m'as téléphoné du bureau de la directrice. Tu sanglotais si fort que j'ai eu bien du mal à comprendre quel était le problème, et ensuite je me suis précipitée pour t'en signer une autre afin que tu puisses monter dans le car. Je te répétais souvent qu'un jour, tu finirais par oublier ta tête.

Elle éclate de rire, et moi aussi, même si j'éprouve un certain malaise. Peut-être parce que je suis un peu éméchée. La bouteille de vin est presque vide, et j'ai bu plus que Hannah.

Après la fébrilité engendrée par cette conversation, la fatigue de la semaine écoulée me rattrape et me tombe dessus d'un coup. Je n'aspire plus qu'à aller me coucher.

Avant de m'endormir, j'ouvre le navigateur Internet sur mon téléphone. Je suis curieuse de voir si Hannah est présente sur les réseaux sociaux. Elle ne m'a pas raconté grand-chose de ce qu'il lui était arrivé durant toutes ces années, et j'aimerais en savoir un peu plus sur sa vie privée.

Mais je fais chou blanc. Il n'y a strictement rien sur elle. Pour autant que je puisse en juger avant que les effets du vin me plongent dans un profond sommeil, Hannah Burgess n'existe pas sur Internet.

Virginia

Le week-end a été calme et d'autant plus agréable pour moi que Hannah était absente. Fatiguée après mon expédition à Londres, je me suis reposée et j'ai joué à des jeux de société avec Ruby. Je l'ai bien observée et, comme elle ne paraissait pas perturbée, je ne l'ai pas interrogée sur ses relations avec sa « nanny ». Je ne veux pas que Jocelyn m'accuse d'essayer de monter ma petite-fille contre elle. À un certain moment, elle m'a demandé où étaient les gargouilles de Lake Hall, alors nous sommes sorties les traquer, et elle les a toutes photographiées. Elle sait d'instinct repérer le bon angle pour une prise de vue. Elle m'a aussi montré comment faire un « selfie ».

Après, je l'ai encouragée quand elle a escaladé le mur du verger.

« Bravo, ma chérie ! Non, avance encore, ne saute pas de l'endroit habituel. Va plus loin, voir si tu peux grimper dans le poirier. Chiche ! »

Je sais que Jocelyn et Hannah seraient furieuses si elles l'apprenaient, mais Ruby a l'esprit aventureux, et c'est à mes yeux un trait de caractère qu'il faut développer, et non réprimer. La vie requiert du courage.

Ce matin, Hannah est revenue à Lake Hall après avoir déposé Ruby à l'école, et j'ai une nouvelle fois ressenti sa présence comme une intrusion insupportable. N'y tenant plus, je descends l'affronter :

— Vous êtes encore là ? Je vous avais pourtant bien dit de ne pas mettre les pieds dans cette maison quand Ruby est en classe.

— La fille qui a fait un essai vendredi ne convient pas, et j'essaie toujours de vous trouver une nouvelle femme de ménage. Je comptais passer une annonce sur Internet, mais je n'ai pas le wifi chez moi.

Elle m'a répondu d'un ton ferme, assuré. Elle s'est toujours comportée comme un modèle d'efficacité. Je m'en souviens parfaitement.

J'ai beau être tentée d'exiger qu'elle parte sur-le-champ, je m'abstiens de toute remarque. Je dois choisir mes combats. Quand elle aura touché son argent, elle n'aura plus aucune raison de rester ; d'ici là, autant lui laisser croire qu'elle a sa place dans cette famille. De toute façon, si elle engage quelqu'un, il ne me sera pas difficile de m'en débarrasser après son départ.

— L'argent sera sur votre compte à la fin de la semaine, dis-je. J'ai pris toutes les dispositions nécessaires.

— Parfait. Je vérifierai.

— J'espère que ça vous pèsera sur la conscience.

— Et qu'en est-il de la vôtre, à propos ? riposte-t elle. Je me demande comment vous avez réagi lorsque Jocelyn et Ruby ont découvert ce crâne. En lisant les journaux, j'ai pensé : « Lady Holt doit être drôlement nerveuse… » Avez-vous été soulagée de me voir réapparaître, quand vous avez compris que ce corps n'était pas le mien ? En même temps, j'imagine que vous avez été choquée. Et plongée dans l'incompréhension la plus totale…

J'ai beaucoup de mal à me raccrocher à l'idée qu'il ne s'agit peut-être pas de Hannah. La plupart du temps, je me surprends à l'évoquer ou à lui parler comme si c'était réellement elle.

— Épargnez-moi vos sarcasmes, dis-je. Nous savons toutes les deux que vous auriez bien du mal à prouver ce qui s'est passé.

— Vous croyez ?

— Ce serait votre parole contre la mienne.

— Non, lady Holt. Ce serait la mienne et celle d'Alexander contre la vôtre.

— Comment ça ?

— Le jour où j'ai pris contact avec Alexander pour lui annoncer que j'avais survécu, j'ai enregistré notre conversation téléphonique, durant laquelle il a fait un récit détaillé des événements. Tout était resté gravé si précisément dans sa mémoire… J'ai eu l'impression qu'il n'attendait que le moment de se libérer enfin d'un fardeau.

— Vous mentez.

Néanmoins, elle semble si calme et sûre d'elle qu'une part de moi lui accorde du crédit. En même temps, je m'interroge : *Si ce n'est pas Hannah, comment peut-elle être au courant de cette histoire ? Et si ce n'est pas elle, cette femme l'a forcément connue, pour en savoir autant…* Les doutes s'accumulent dans mon esprit, accentuant ma confusion.

— Vous vous engagez à partir dès que vous aurez la somme convenue ?

J'ai posé la question d'un ton que j'aurais voulu plus ferme.

— Vous verrez bien.

— Je veux que vous disparaissiez à la fin de la semaine. À l'instant où le virement sera effectué.

Elle me gratifie d'un sourire à la fois cruel et amer. Elle est le vilain petit canard qui n'est jamais devenu un cygne – l'adversaire le plus dangereux qui soit.

— Vous m'excuserez, j'ai encore des choses à faire avant d'aller chercher Ruby, élude-t-elle.

Incapable de rester dans la maison alors qu'elle s'active, je sors. Geoff est occupé à pailler les rosiers, et je lui propose mon aide, même si je me sens encore faible.

Il se charge de pelleter le paillis, avec lequel je façonne un monticule autour de chaque pied.

— Vous allez vous faire mouiller, me prévient-il au bout d'un moment.

Il tombe à présent une fine bruine glaciale. Geoff m'offre son bras, et nous longeons la rive glissante pour aller nous abriter sous un chêne. Sa frondaison, qui forme un cercle presque parfait au-dessus de nous, révèle un entrelacs de branches aussi complexe que dense.

— Un chêne céleste, dis-je.

— Exact. Une cigarette ?

Des années plus tôt, quand j'étais enceinte de Jocelyn, je sortais parfois dans le jardin pour aller fumer discrètement en sa compagnie. J'aimais bien parler avec lui, parce qu'il me rappelait mon père, qui adorait la terre et la cultivait pour vivre. Je n'en ai pas grillé une avec Geoff depuis plus de trente-cinq ans, mais là, je crois que j'en ai envie.

— Pourquoi pas ?

Je le regarde sortir deux fines feuilles de papier à rouler, puis disposer soigneusement le tabac à l'intérieur. Il se tient penché en avant pour les protéger de la pluie.

Nous venons de les allumer quand nous voyons Hannah ouvrir la porte de derrière et secouer vigoureusement un petit tapis.

— Elle ne voulait jamais s'occuper du ménage, avant, commente Geoff. Elle en faisait, des manières.

— Vous avez raison. J'avais oublié.

Elle s'était mise dans une colère noire quand je lui avais demandé une fois de remplacer notre femme de ménage absente, décrétant que ce genre de tâches subalternes n'entrait pas dans ses attributions. Geoff et moi la regardons s'attarder sur le seuil, le tapis à la main, et contempler le lac avant de rentrer. Elle ne nous a pas aperçus, manifestement.

— Je peux vous demander quelque chose, Geoff ?

— Je vous écoute.

— Trouvez-vous Hannah différente, aujourd'hui ? Je veux dire, elle a vieilli, bien sûr, mais avez-vous constaté d'autres changements ?

Il ôte un fragment de tabac collé sur sa langue.

— Pas spécialement. Mais bon, on ne se fréquentait guère. Elle ne m'aimait pas, à l'époque, et je ne pense pas qu'elle m'apprécie plus maintenant. Je ne devrais sans doute pas vous dire ça, mais j'ai toujours pensé qu'elle avait un faible pour lord Holt.

Je ne confirme pas, même s'il a raison. Ce n'est pas une conversation que j'ai envie d'avoir. En attendant, je me demande ce qu'il a pu remarquer d'autre.

— Ma petite-fille aimerait bien planter un rosier, dis-je pour changer de sujet.

— C'est le bon moment.

— Quelle variété lui plairait, à votre avis ?

— Il vaudrait peut-être mieux la laisser choisir elle-même, non ?

— Sûrement, oui.

Je n'ai plus l'habitude de fumer, et j'ai un peu la tête qui tourne. Je lâche le mégot puis l'écrase sous ma chaussure. Je ne me suis pas encore baissée que Geoff l'a déjà ramassé. Nous rebroussons chemin le long de la rive, mon bras de nouveau appuyé sur le sien. J'ai les pieds trempés. Il va falloir que je change de collants en rentrant. Je lève les yeux vers le manoir. La pluie a noirci la pierre à l'extrémité des parapets et sur les côtés des cheminées. On pourrait croire qu'il a plu du goudron.

— Lady Holt ?

— Oui ?

— Des histoires circulent au village au sujet de ce crâne.

— Je m'en doute.

— Les gens ont d'abord raconté que c'était Hannah, et ensuite il y a eu d'autres rumeurs, mais ça va finir par se tasser. Je préfère que vous le sachiez, au cas où elles remonteraient jusqu'à vous.

— Merci, Geoff.

Je me sens ridiculement reconnaissante envers lui. Je ne m'étais pas rendu compte à quel point j'avais désespérément besoin d'un allié.

Je prends congé, et il retourne s'occuper des rosiers. Le bruit de ses pelletées régulières diminue quand j'atteins la cour. J'essaie de pénétrer dans la maison par la buanderie, mais la porte est verrouillée. Je fais le tour jusqu'à l'entrée, pour la découvrir fermée à clé elle aussi. La voiture dont se sert Hannah n'est plus là. Elle est sans doute partie chercher Ruby. Le froid et la pluie me transpercent à présent, et je frissonne. Je presse la sonnette en vain, jusqu'au moment où je décide d'aller demander l'aide de Geoff. Il n'y a cependant plus personne dans la roseraie ; il a dû s'en aller lui aussi.

Je n'ai plus d'autre solution que d'attendre sur le perron de ma propre maison comme un chien puni par son maître.

Inspecteur Andy Wilton

Andy est obligé de baisser la tête pour éviter les tiges de glycine quand il frappe à la porte du cottage, une bâtisse pittoresque de proportions généreuses. Une végétation exubérante pousse dans le jardin devant, et les fleurs de l'automne se disputent l'espace avec les plantes fanées de l'été.

— Elizabeth Fuller ? demande-t-il lorsqu'une femme lui ouvre.

Sachant que c'est une vieille amie de lady Holt, il s'attendait à rencontrer une personne tout aussi guindée et cassante. Or, si Elizabeth Fuller possède le même accent raffiné que Virginia Holt, elle ne pourrait être plus différente. Chaleureuse, joviale, elle porte un pull ample sur un pantalon à motifs, un foulard de couleur vive noué autour du cou et un autre sur la tête.

Elle précède Andy et Maxine dans un couloir étroit jusqu'à une pièce lumineuse, accueillante, qui fait office de cuisine et de salon. Les murs sont couverts de reproductions et d'aquarelles – autant d'explosions de couleurs.

De la fenêtre, Andy aperçoit un autre bâtiment au fond du jardin.

— Mon atelier, précise Elizabeth en suivant la direction de son regard. C'est là que je gribouille. Je vous en prie, asseyez-vous. Désolée pour le désordre.

Sur la table encombrée, un panier de légumes qui semblent tout juste récoltés dans le potager voisin, avec des revues d'art, les restes d'un petit déjeuner et une main articulée en bois. Andy la saisit.

— C'est un modèle conçu pour les artistes, explique Elizabeth. Je m'en sers pour dessiner. Je l'appelle le « gant de Max Klinger ». Vous pouvez faire bouger les doigts, si vous voulez.

— Max Klinger ? répète Andy sans comprendre.

Il manipule la main pour lui faire dresser un pouce triomphant.

— Peu importe. C'était un maître graveur, qui s'est inspiré d'un gant pour réaliser une série d'eaux-fortes. Et la plaisanterie ne fait sans doute rire que moi.

Elle écarte le bric-à-brac sur la table, où elle pose une théière et des mugs.

— Pourriez-vous nous parler de vos relations avec lady Holt ?

— Oh, je la connais depuis des années ! Depuis sa rencontre avec Alexander, en fait. Lui, c'était un ami d'enfance. Elle et moi nous sommes tout de suite bien entendues. Nous avons beaucoup d'affinités.

— Êtes-vous restée proche d'eux après leur mariage ?

— Bien sûr !

Andy sort son téléphone.

— Je n'ai malheureusement pas encore de tirage de bonne qualité à vous montrer, mais pourriez-vous regarder la photo de ce visage reconstitué à partir du crâne découvert à Lake Hall ?

Les yeux plissés, Elizabeth étudie l'image sur l'écran, puis l'agrandit.

— Ce n'est pas évident, même quand on zoome. En tout cas, c'est du beau travail. Quel talent ! Mais je ne pense pas reconnaître cette personne… Non, désolée.

La petite lueur d'espoir à laquelle s'accrochait Andy s'éteint d'un coup.

— Nous aimerions également vous parler d'un incident qui s'est produit lors d'une partie de chasse chez les Holt pendant l'hiver 1984, intervient Maxine.

— Oh, je ne vous serai d'aucune utilité sur ce point, je ne chasse pas. J'aime trop les animaux pour ça.

Elizabeth Fuller jette un coup d'œil au canapé élimé sur lequel un chat, blotti entre les coussins, profite d'un rayon de soleil. Comme s'il se sentait observé, il s'étire, puis sort et rentre les griffes. Maxine s'avance vers lui pour le caresser.

— Je me méfierais, à votre place, la prévient Elizabeth. C'est une vraie tigresse sous ses allures d'animal en peluche.

Elle chausse ses lunettes, avant de se pencher de nouveau sur la photo.

— Si je devais me prononcer, je dirais qu'il y a une certaine ressemblance avec Hannah, l'ancienne nanny des Holt, mais, comme vous le savez certainement, elle est bien vivante et travaille de nouveau à Lake Hall.

Dans la voiture, Maxine demande :

— Alors ? Elle t'a fait quelle impression ?

— Une petite dame inoffensive. Charmante et amicale, contrairement à Virginia Holt.

— Ça ne t'étonne pas que quelqu'un qui « gribouille » puisse s'offrir un aussi beau cottage ?

— Ces gens-là ne savent pas la chance qu'ils ont.

Jo

Paul Mercier, le client intéressé par la vanité, est venu l'admirer à la galerie. Il a l'air heureux de voir la photo que j'ai trouvée et m'en demande une copie. Puis, posté à quelques pas de la toile, il laisse ses yeux en parcourir toute la surface. À aucun moment il ne s'en rapproche, même si les détails méritent d'être examinés de plus près, et il demeure silencieux lorsque Clemency lui demande dans un chuchotement assourdi, comme une bibliothécaire :

— Alors, qu'en pensez-vous ?

— Exquis. Oui. Je suis très satisfait. C'est exactement ce qu'il me faut.

J'ai du mal à dissimuler mon étonnement quand il enfile son manteau. Cette visite me semble bien trop superficielle.

— Tout va bien ? s'enquiert Faversham.

— Oui, mais je ne peux pas m'attarder, j'ai un rendez-vous. Puis-je vous appeler plus tard afin de convenir d'une date pour finaliser la transaction ?

Je me raidis légèrement. Je dois absolument être impliquée dans les négociations. J'ai fait des recherches : ces dernières années, les natures mortes de Rachel Ruysch ont atteint des sommes à six chiffres. Or ma commission est de quinze pour cent. Cet argent-là serait le bienvenu.

— Naturellement, mon cher, répond Faversham. Téléphonez-moi quand vous voudrez.

J'ai le sentiment que Clemency et lui sont aussi surpris que moi par le brusque départ de Paul Mercier. À mon avis, nous pensions tous qu'il prendrait le temps d'inspecter sa future acquisition sous toutes les coutures. Faversham le raccompagne néanmoins aimablement jusqu'à la porte.

Clemency et moi le regardons s'éloigner dans la rue.

— Comment ça s'est passé, d'après vous ? me demande-t-elle.

— Plutôt bien, sauf que je ne suis pas sûre qu'il apprécie réellement ce tableau. Il a paru fasciné quelques instants, mais je ne l'ai pas senti tomber amoureux. Il n'a même pas souri.

— Il cherche peut-être seulement à faire un placement ?

— Possible. Pourtant, j'ai cru comprendre que ce n'était pas dans ce but qu'il avait constitué le reste de sa collection. D'ailleurs, Faversham m'a raconté qu'il en parlait avec passion. En l'occurrence, il n'a pratiquement pas dit un mot sur la vanité. C'est bizarre, non ?

— Ce n'est pas notre rôle d'essayer de cerner les raisons qui peuvent le pousser à acheter cette toile. J'espère que vous ne comptiez pas le soumettre à un interrogatoire.

— Bien sûr que non !

— Tant mieux. N'allez pas vous imaginer que les clients ressentent la même chose que vous. Nous sommes dans le commerce, je vous rappelle.

Elle se détourne brusquement. J'ai l'impression d'avoir été réprimandée. Je suis nouvelle dans le métier, j'en ai bien conscience, et je suis sans doute trop idéaliste pour avoir une approche objective de la situation, pourtant quelque chose me dérange à propos de la façon dont se déroule cette vente.

Faversham me congédie de bonne heure cet après-midi-là.

— Rentrez chez vous, ma belle. Nous n'avons pas besoin d'être trois jusqu'à la fermeture.

Sur le trajet du retour, je m'absorbe dans ma rêverie habituelle, alimentée par des « si ». Si seulement je pouvais revenir en arrière et me retrouver chez moi. Chez nous. Dans la maison que je partageais avec Chris. Je voudrais l'entendre me dire quelque chose de drôle et partager des moments de pure tendresse avec Ruby.

Quand j'arrive à Lake Hall, je trouve ma mère assise sur le perron, grelottante et trempée comme une soupe.

— Je suis enfermée dehors, dit-elle.

— Depuis combien de temps ?

— Des siècles.

— Que s'est-il passé ?

Cette femme, ta chère Hannah, est partie en verrouillant toutes les portes. Elle savait que j'étais dans le jardin. Oh oui, elle le savait pertinemment.

— Je suis sûre que tu te trompes. Tu ne nous mets jamais au courant de ce que tu fais. Elle a dû penser que tu étais dans la maison. Et Geoff ?

— Il était parti lui aussi quand j'ai voulu aller le chercher. À cette heure-ci, Ruby et Hannah devraient déjà être rentrées. Où sont-elles ? Où Hannah l'a-t-elle emmenée ?

— Calme-toi, bon sang ! Rappelle-toi, Ruby a son cours de natation le lundi. Tu as fumé ?

— Ne me parle pas comme si j'étais une gamine.

— Alors arrête de te comporter comme telle.

Ses vêtements ruissellent, pourtant elle monte les marches le dos droit et la tête haute. Elle voudrait rester digne, mais sa jupe lui colle à l'arrière des jambes et souligne la forme de ses fesses. Quand elle se retourne devant la porte, je distingue son soutien-gorge sous son chemisier mouillé.

Hannah est mortifiée lorsqu'elle ramène Ruby.

— Oh, Seigneur ! Je pensais vraiment que ta mère était à l'intérieur. Elle m'a dit qu'elle allait se reposer, alors j'ai fermé toutes les portes à clé. Je n'aurais pas pris le risque de laisser ouvert, alors qu'elle dormait seule là-haut…

— Ne te fais pas trop de reproches. Ça ne serait pas arrivé si elle communiquait avec toi.

— Elle vieillit, et elle n'est pas bien. J'espère qu'elle n'a pas attrapé froid.

Elle s'affaire dans la cuisine, met de la soupe à réchauffer et beurre des tranches de pain.

— Je vais lui apporter ça et lui présenter mes excuses, déclare-t-elle. Je m'assurerai aussi que le feu est allumé.

Après son départ, Ruby chuchote :

— Je l'aime pas.

— Qui ?

— Hannah.

— Pourquoi ?

— Est-ce que mamie pourrait me garder ?

— Mais enfin, pourquoi ? Qu'est-ce qui ne va pas avec Hannah ?

Elle hésite, comme si elle ne savait pas trop comment présenter les choses, puis répond :

— Elle m'interdit de me servir de mon iPad.

— Oh, tu veux dire qu'elle a posé des limites et qu'elle tient à ce qu'on les respecte ?

Je laisse échapper un petit rire.

— C'est dans ton intérêt, même si tu penses le contraire. Tu verras, avec le temps, ma puce, tu t'habitueras à elle. C'est important pour moi que tu y mettes du tien.

Elle pose sur moi un regard empreint d'une gravité qui n'est pas de son âge, et finit par hocher la tête.

— J'ai eu mal au ventre aujourd'hui à l'école.

— Ah bon ? Et ça va mieux ?

— Oui. Je pourrai avoir de la crème glacée, tout à l'heure ?

— J'en déduis que ton mal de ventre n'était pas trop grave…

Elle ne relève pas.

— Oui, d'accord, dis-je.

— Tant mieux. Parce que, elle, elle m'a dit non.

— Écoute, si on regardait *Bob l'éponge* toutes les deux en mangeant une bonne glace avant d'aller au lit ? Ça te tente ?

Elle acquiesce, sans y mettre cependant trop d'enthousiasme. Elle sort ses cahiers pour faire ses devoirs et les étale sur la table. Quand je m'assois près d'elle,

elle se penche vers moi, et j'ai peu à peu l'impression que nous ne formons plus qu'une seule personne.

Nous sommes toujours aussi proches l'une de l'autre lorsque Hannah reparaît et s'arrête sur le seuil.

— Vous êtes adorables comme ça, toutes les deux, commente-t-elle. Ta mère va bien, Jocelyn. Elle est dans son salon, au chaud.

— Merci encore.

Je ne sais pas ce que je deviendrais sans elle. Ce n'est pas seulement une baby-sitter ; c'est une personne fiable, sur laquelle je peux m'appuyer, qui me connaît – nous connaît – depuis longtemps. Une telle relation de confiance est inestimable.

— Ce genre d'incident ne se serait pas produit si ta mère daignait m'informer de ses allées et venues, ajoute-t-elle. Il faut que chacun fasse un effort pour que notre organisation fonctionne au mieux.

Elle enfile son manteau et saisit son sac. Je devrais me lever pour la raccompagner, mais je ne supporte pas l'idée de m'écarter de Ruby. Je vais même jusqu'à lui déposer un baiser sur la tête, puisqu'elle semble disposée à me laisser faire. Ce n'est pas toujours le cas, en ce moment.

— Bonne nuit, dit Hannah.

— Bonne nuit…

Mais le vent repousse la porte derrière elle, projetant des feuilles détrempées sur le paillasson, et noie ma réponse. Je me demande si Hannah n'est pas plus contrariée par l'attitude de ma mère que je ne le croyais.

Je regarde le stylo de Ruby se déplacer sur son cahier d'exercices.

Et si ma mère n'était plus là, à quoi ressemblerait notre existence ? Si je pouvais organiser les choses à ma manière, en son absence et avec le soutien de quelqu'un comme Hannah, serais-je tentée de rester ici avec Ruby et de nous construire une nouvelle vie à Lake Hall ?

Ma fille cesse soudain d'écrire et lève les yeux vers moi comme si une pensée venait de lui traverser l'esprit.

— C'est la maison de mamie, non ? lance-t-elle. Alors, elle a le droit de faire tout ce qu'elle veut chez elle. C'est pas à Hannah de décider à sa place.

— Tu ne crois pas que ce serait mieux si on essayait de s'entendre, toutes les quatre ?

— C'est mamie qu'on devrait écouter, insiste-t-elle. Pas Hannah.

— Mais je te demande de lui obéir, ma puce.

Elle garde le silence et se concentre de nouveau sur ses devoirs pendant quelques minutes, avant de reprendre la parole :

— On a oublié le hamster, ce matin.

— Tu l'as laissé ici ?

— T'avais pas dit à Hannah qu'il fallait le rapporter à l'école.

— Tu aurais pu le lui dire toi-même, Rubes. Il est temps que tu développes ton sens des responsabilités. C'est d'ailleurs pour ça qu'on vous confie le soin de vous occuper de ce hamster le week-end.

En guise de réponse, elle m'adresse une moue exagérée, et je laisse tomber le sujet parce que je ne veux pas gâcher notre soirée. Conciliante, je déclare :

— Bon, je vais aller le chercher. Comme ça, tu ne l'oublieras pas demain matin.

Il y a de petites flaques d'eau et des empreintes humides dans l'escalier et sur le tapis en haut. Je constate avec surprise qu'elles ne s'arrêtent pas devant la chambre de ma mère et je les suis jusqu'à celle de Ruby. Elles me mènent devant la cage du hamster. La porte est ouverte et Twiglet n'est nulle part en vue. Après quelques minutes de recherches frénétiques, je le découvre blotti sous une commode ventrue dans le couloir. Je distingue son œil brillant, mais je ne peux pas l'atteindre ni déplacer le meuble.

Ruby et moi tentons de l'appâter en disposant de la nourriture sur le tapis. Nous avons beau patienter, le stratagème ne fonctionne pas. Ruby finit par aller chercher un balai au rez-de-chaussée pendant que je monte la garde. Lorsque nous le glissons sous la commode afin de déloger Twiglet, celui-ci s'élance dans le couloir. Ma fille essaie en vain de le rattraper ; il est trop rapide. Il file vers l'escalier, quand Boudicca apparaît au sommet, intriguée par notre agitation et les petits bruits que nous avons faits pour attirer le hamster hors de sa cachette. Les oreilles dressées, la chienne se jette sur Twiglet et l'attrape par la tête. Je hurle :

— Boudicca ! Non !

Elle s'enfuit aussitôt, le hamster toujours dans la gueule, et dévale les marches aussi vite que ses pattes arthritiques le lui permettent. Ruby et moi nous lançons à sa poursuite. Ma mère, en bas, nous crie :

— Qu'est-ce qui se passe ?

— Boudicca a attrapé Twiglet, mamie !

Les yeux étrécis, ma mère saisit la chienne par le collier au moment où elle déboule au pied de l'escalier. La vivacité de son geste me surprend.

— Lâche ! ordonne-t-elle.

Dans ses mains, le hamster ne bouge plus. Elle le considère un instant et secoue la tête.

— Je suis navrée, ma chérie, dit-elle à ma fille.

Elle se détourne et, d'un mouvement déterminé, brise la nuque de l'animal.

— C'était la seule chose à faire, déclare-t-elle.

Ruby lui prend le petit corps sans vie. Je la laisse lui caresser la tête. Il y a du sang sur le cou de Twiglet à l'endroit où les crocs de Boudicca se sont enfoncés.

— Maintenant, donne-le-moi, Rubes, dis-je au bout d'un moment. Je suis tellement désolée…

— Non, pas tout de suite.

— Si, ma puce.

Le devant de son chemisier est souillé de rouge.

— Tu vas l'emporter où ? demande-t-elle, les larmes aux yeux.

— Elle peut le tenir encore un peu, intervient ma mère. Ce ne sont que des taches.

Cette fois, la colère me submerge. S'ensuit une terrible dispute. Ma mère nie farouchement s'être approchée de la cage, malgré les empreintes de pas humides encore visibles devant. Je la force à monter avec moi et lui montre les traces.

— Arrête de mentir ! La preuve est là, sous tes yeux.

— C'est Hannah qui a ouvert, rétorque-t-elle.

À ces mots, je sens ma fureur redoubler.

— Tu me parles de cette même Hannah qui m'a appris autrefois à m'occuper de mes animaux domestiques ? Qui, encore tout à l'heure, t'a apporté de la soupe chaude, parce que tu avais été assez bête pour t'enfermer dehors ? Et qui me sauve la mise en ce moment ? Bon sang ! Pour une fois dans ta vie, descends de ton piédestal et reconnais que tu n'es ni parfaite ni meilleure que les autres !

— Tu ne sais pas de quoi tu parles.

— Non, en effet. Pour le savoir, il faudrait que je sois aussi superficielle et égoïste que toi !

Pendant cet échange, Ruby, assise sur la première marche de l'escalier, berce Twiglet sous le regard gourmand de Boudicca et, après coup, je m'en veux de ne pas lui avoir épargné notre querelle.

Ruby et moi enterrons le hamster dans la roseraie, éclairées par l'application lampe sur mon téléphone et par un rai de lumière provenant d'une fenêtre à l'étage.

Alors que nous nous tenons devant la minuscule tombe, sur laquelle elle a placé une petite croix de sa fabrication, je murmure :

— Écoute, Rubes, je pense qu'il vaudrait mieux ne pas parler de Boudicca à ta maîtresse. Elle n'a pas besoin de connaître tous les détails. On n'aura qu'à dire qu'on a trouvé Twiglet mort dans sa cage.

— Pourquoi ?

Je lui passe un bras autour des épaules et l'attire contre moi.

— Parce que, parfois, il est préférable que les gens ne sachent pas toute la vérité.

— C'est mamie qui l'a laissé sortir de sa cage, tu penses ?

— Je n'en suis pas sûre, ma puce, mais si c'est le cas, elle l'a fait par erreur et elle a oublié. Elle n'est pas dans son état normal en ce moment. C'est pour ça que toi, moi et Hannah, on doit veiller sur elle.

— Le docteur pourrait peut-être lui donner quelque chose pour qu'elle aille mieux, non ?

— Possible. Je vais lui téléphoner pour lui demander ce qu'il en pense.

— Maman ? Je veux qu'elle aille mieux.

Moi aussi.

Du moins, je crois.

1979

Hannah écrit à Jean une lettre, dans laquelle elle lui révèle sa liaison avec le mari. Elle a du mal à contenir son enthousiasme et raconte qu'ils ne se contentent plus de faire l'amour : ils prennent parfois un verre de vin tous les deux ou un café pendant la journée. Un jour, ils sont allés ensemble à la fête de l'école du cadet, et quelqu'un les a pris pour un couple marié, ce qui l'a amusée. En rentrant, ils se sont arrêtés pour manger un curry. L'épouse était en voyage, et les deux garçons dormaient chez un copain. Elle confie à Jean qu'elle a l'impression de vraiment apprendre à le connaître.

La lettre lui revient accompagnée d'un message laconique d'Arthur Wagoner. Jean l'a plaqué, dit-il. Il n'a aucune idée de l'endroit où elle est partie. C'est une menteuse, une bonne à rien pitoyable doublée d'un monstre, dont il ne veut plus jamais entendre parler. Il demande par conséquent à Hannah de ne plus envoyer de courrier. Celle-ci tombe des nues mais se réjouit pour son amie et espère qu'elle lui donnera des nouvelles.

Un jour, le mari lui confie que sa femme envisage de mettre leur fils aîné en pension.

— Il n'est pas heureux, ajoute-t-il, l'air bouleversé, comme si c'était sa faute.

— La pension fera du bien à Hugh, déclare Hannah en pensant : Bon débarras.

— Ce sont des endroits horribles. Moi, j'en garde un souvenir épouvantable.

— Je suis certaine qu'elles ne sont pas toutes comme ça, le rassure-t-elle.

Elle ne se tient plus de joie quand, au début du trimestre, Hugh quitte le foyer familial, emportant une malle énorme, un uniforme scolaire payé un prix exorbitant et son attitude maussade. Il a une mine de chien battu lorsqu'il monte dans la voiture. Hannah agite frénétiquement la main, tout comme le cadet et leur mère à côté d'elle, tandis qu'il les regarde par la lunette arrière, le visage pareil à une petite lune pâle.

Le plus jeune des deux garçons se montre toujours aussi affectueux et loyal qu'un chiot envers elle, et la femme passe tellement de temps dans son atelier, à se lancer dans des séances frénétiques de création artistique ou à se complaire dans sa dépression, qu'elle en arrive à négliger sa famille.

Hannah redouble de prévenance envers le mari : elle lui confectionne des gâteaux, glisse des sachets de lavande cousus main entre ses vêtements rangés dans la commode, se déguise en soubrette française pour lui servir du Cinzano... « Oh, la coquine », dit-il. C'est à peine s'il trempe les lèvres dans son verre avant de se jeter sur elle.

De même, elle a toutes sortes d'attentions pour la femme : un petit bouquet de fleurs coupées dans les bordures que personne ne taille, une tasse de thé, une part de gâteau des anges. Elle a bon appétit et adore les pâtisseries.

— Il faut que je fasse attention, sinon je vais devenir énorme ! dit-elle chaque fois que Hannah lui apporte des douceurs.

Ce qui ne l'empêche pas de tout engloutir.

Elle ne remarque rien quand Hannah commence à écraser des comprimés dans sa nourriture. Au début, cette dernière se montre particulièrement prudente, traitant l'opération comme une expérience. Après tout, elle a bien réussi à rendre Hugh plus docile, alors pourquoi n'obtiendrait-elle pas le même résultat avec sa mère ? Le problème, c'est qu'elle ne sait pas trop combien de cachets avale l'épouse de son côté.

Un soir, ne la voyant pas rentrer, Hannah jette un coup d'œil par la fenêtre à l'atelier au fond du jardin. Aucune lumière ne brille à l'intérieur. Ça ne lui paraît pas normal, parce que la femme n'est pas sortie ce jour-là. Cette pensée suscite en elle un début de panique qu'elle parvient à refouler.

Elle consulte sa montre. Il est tard. Le mari, qui dînait dehors, va rentrer d'une minute à l'autre. Le petit garçon est endormi à l'étage.

Elle entend la clé tourner dans la serrure et se prépare à aller confier ses inquiétudes au mari quand soudain elle entend une exclamation.

— Elle est immense, cette maison !

C'est une voix féminine, jeune. Hannah se fige.

— Chuuut, dit le mari.

Sa compagne glousse. Il a dû lui recommander d'être discrète, *pense Hannah.*

— Je t'offre un verre dans mon atelier, d'accord ? propose-t-il. Comme ça, je pourrai te montrer sur quoi je travaille.

— Avec plaisir.

Les marches grincent sous leurs pas. Hannah s'avance vers le vestibule, où elle se dissimule dans l'ombre. L'inconnue gravit l'escalier en balançant les hanches. Elle a des cheveux si longs que les pointes lui effleurent les fesses. Le mari, derrière elle, semble hypnotisé. Quel salaud ! Pétrifiée, une main sur la bouche, Hannah les entend entrer dans l'atelier. Quand la porte se referme derrière eux, elle monte à son tour.

Dans le couloir, elle reste là, aussi immobile qu'une statue, à guetter des bruits qui s'élèvent derrière le battant plus tôt qu'elle ne s'y attendait : le grincement régulier des ressorts de la chaise longue du mari, de plus en plus rapide, ponctué par les gémissements assourdis de ceux qui font l'amour furtivement. Elle attend que le rythme s'accélère puis, au moment où elle visualise la petite veine saillante sur la tempe du mari, elle ouvre la porte à la volée.

— Seb ? appelle-t-elle, les yeux lançant des éclairs. Je crois que ta femme ne va pas bien.

Pendant que le couple est à l'hôpital, Hannah fait ses bagages. Elle pénètre ensuite dans la chambre du plus jeune des deux garçons. Il ne s'est pas réveillé, et elle l'embrasse sur le front.

— Tu me manqueras, murmure-t-elle.

Elle descend l'escalier à pas de loup, ses bagages à la main. Les parents de la femme sont assis dans la cuisine, blêmes et hagards. Elle leur a préparé du thé, mais aucun d'eux n'a touché à sa tasse.

Ils ne remarquent pas son départ.

À bord du car qui l'emmène à Londres, elle distingue son reflet dans la vitre, déformé et coloré par l'éclairage extérieur. La vue des larmes qui roulent sur ses joues la fascine.

Un cahier est posé sur ses genoux. Elle s'en sert en général pour noter des listes de courses et de choses à ne pas oublier. Après l'avoir ouvert à une page vierge, elle inscrit quelques mots, d'une écriture aussi soignée que le lui permettent les cahots du véhicule : Il faut qu'il me soit fidèle. Je dois être la seule femme de sa vie. *Elle souligne deux fois chaque phrase et les entoure d'un cœur.* Mais qui ? *se demande-t-elle, bercée et apaisée par le ronronnement du moteur.* Qui sera mon grand amour ?

Elle n'a qu'une certitude à son sujet : il sera riche. Des images surgissent dans sa tête, d'hommes qu'elle connaît, qu'elle a observés dans la réalité ou vus à la télé et dans des films. Peu à peu, ils s'assemblent pour former un kaléidoscope d'élus potentiels, dont chacun lui conviendrait parfaitement. Un sourire lui vient quand elle sombre dans le sommeil. C'est seulement le lendemain, alors qu'elle s'installe dans son nouveau logement, qu'elle se souvient de Jean et déplore que les ponts soient définitivement coupés entre elles.

Jo

Je commence à reconnaître certains visages à la gare. Chaque jour, j'ai l'impression de retrouver une bande d'amis qui attendent le train de 7 h 12 pour Londres. Nous sommes tous en tenue de ville, ce qui nous donne une allure quelque peu déplacée dans cette modeste gare de campagne, laquelle n'est rien d'autre qu'une petite salle d'attente qui sent le renfermé, nichée entre deux quais exposés aux quatre vents.

Au départ, un canal court le long de la voie ferrée sur une faible distance et attire le regard de plus d'un banlieusard encore à moitié endormi. Il offre en général une vision pittoresque mais, un matin, nous assistons au triste spectacle d'une poule d'eau qui s'acharne à coups de bec sur la tête du plus malingre de ses poussins, tandis que les autres nagent tranquillement autour d'elle.

Ce jour-là, un SMS de Hannah s'affiche sur mon écran au moment où le train entre en gare de Paddington.

> Juste une question : as-tu parlé à Ruby de l'utilisation d'Internet ?

Oups ! Je me suis contentée de jeter un œil à ce qu'elle postait sur Instagram et de l'interroger sur ses discussions, sans plus. Ça m'était complètement sorti de la tête.

Je le ferai ce week-end.

N'oublie pas !

Promis.

Tu veux que je te le rappelle ?

Ce n'est pas la peine, me dis-je avec une pointe d'agacement. Néanmoins, par politesse, je réponds :

Oui, s'il te plaît. C'est plus prudent.

Tu as une vraie cervelle de moineau ! Mais ne t'inquiète pas, je veille.

— Vous avez l'air d'excellente humeur, ma chère, me lance Faversham à mon arrivée.

Il est assis à la place de Clemency dans le bureau du fond. Il semble trop massif pour la table de travail.

— Parce que je le suis.

— Tant mieux !

— Clemency n'est pas là ?

— Non, elle a la migraine.

Alors que je commence à enlever mon manteau, il m'arrête.

— Non, gardez-le. M. Mercier voudrait des informations complémentaires sur la vanité. C'est lassant, à la fin. Pourriez-vous me rendre un service et faire un saut à la Witt, pour essayer de dénicher quelque chose ?

— La photo que je lui ai montrée ne lui suffit pas ? Je croyais qu'on en était au stade des négociations.

Il soupire.

— Oui et non. Il aimerait savoir où était l'œuvre avant que votre grand-père l'achète. Je veux bien lui donner satisfaction encore une fois, parce qu'il n'ergote pas sur le prix, mais bon… S'il continue comme ça, je lui dirai que nous avons un autre acquéreur qui salive déjà à l'idée de posséder cette toile.

— Je n'ai pas mis les pieds à la Witt depuis des années.

— Eh bien, je suis sûr que vous allez la retrouver avec plaisir dans toute sa gloire vieillotte et poussiéreuse.

S'il a un côté malsain, il arrive néanmoins qu'il me fasse rire.

La bibliothèque Witt se situe au sous-sol du Courtauld Institute of Art. Je fais le trajet de mémoire, nostalgique des moments passés dans ce lieu.

— Quel domaine ? me demande la bibliothécaire en me tendant une carte de lecteur.

— Natures mortes hollandaises du dix-huitième siècle.

— Décidément, elles ont la cote, cette semaine, fait-elle remarquer.

Humour de bibliothécaire, me dis-je en lui souriant. Elle me jette un coup d'œil par-dessus ses lunettes à la monture criarde.

— Troisième rangée, tout au bout à gauche. Nous fermons à 16 heures.

Les rayonnages croulent sous les boîtes d'archives vertes, toutes de taille identique mais différenciées par des nuances de couleur. Celle consacrée à Rachel Ruysch contient environ quarante photos de ses œuvres, en noir et blanc pour la plupart. Je commence à les examiner. Elles sont classées par ordre chronologique et je ne tarde pas à repérer notre vanité au milieu de la pile. Cette découverte précipite mes battements de cœur. L'image est accompagnée d'un petit article extrait d'une revue d'art. Il s'agit de la critique d'une exposition qui s'est tenue en 1964 à la National Gallery, et qui incluait notre tableau : « Une remarquable vanité de Rachel Ruysch, prêtée par la collection Paul König. »

Je photographie le document avant de le ranger dans le dossier. Étape suivante : la National Gallery. Je cherche « Paul König » sur Google en traversant Trafalgar Square. Wikipédia m'apprend qu'il a constitué sa collection quand un de ses amis, un marchand d'art nommé Michael Roth, lui a vendu ses œuvres d'art avant de fuir l'Allemagne et de disparaître à tout jamais. Apparemment, König aurait acquis l'ensemble pour un bon prix.

Aux archives de la National Gallery, je suis refoulée poliment mais fermement, parce que je n'ai pas de rendez-vous. Je prends date pour le lundi suivant.

— Ce n'est pas grave, déclare Faversham lorsque je lui raconte mon expédition, avant de lui montrer la photo de l'article. Ce petit texte est à lui seul une découverte fabuleuse. Pourquoi ne viendriez-vous pas boire un verre avec Mercier et moi, un peu plus tard ? Vous aurez ainsi la possibilité de lui expliquer en personne vos recherches.

— J'en serais ravie.

Je me sens plus détendue en l'absence de Clemency. Je n'ai pas à dissimuler mon impatience à l'idée de cette vente.

— Vous vous frottez déjà les mains, Jocelyn ? Faut-il y voir un geste d'enthousiasme à la perspective de toucher de l'argent ?

Ses sourcils relevés forment deux arcs parfaits.

— Non, non…

— Menteuse !

Je feins l'indignation.

— Comment osez-vous ? Sachez que je ne mens jamais, Jacob. C'est juste que j'oublie certaines choses, parfois.

En rentrant, je me gare devant le Co-op à Pewsey. Hannah m'a demandé si on pouvait se retrouver au pub pour boire un verre. Elle veut me parler de quelque chose. Le supermarché est fermé à cette heure, et il ne reste qu'une poignée de voitures sur le parking où quelques trop rares réverbères diffusent une lumière insuffisante, qui paraît blafarde par contraste avec l'obscurité de la nuit campagnarde. Elle éclaire à peine les hautes herbes en bordure, dont les racines soulèvent le bitume.

En débouchant dans la rue principale, j'aperçois Hannah qui retire de l'argent au distributeur sur le trottoir d'en face.

Je m'apprête à l'interpeller quand quelque chose dans son expression m'arrête. Elle contemple fixement le ticket dans sa main. Je recule lorsqu'elle ôte sa carte de la machine, puis l'y insère une nouvelle fois. Elle presse quelques touches, la récupère et s'éloigne. Je sais que je ne devrais pas regarder quand je passe devant le distributeur, mais c'est plus fort que moi. Un autre ticket émerge de la fente. Je le saisis et lis : « Retrait impossible sur ce compte. »

Je laisse s'écouler quelques minutes avant de la rejoindre au pub.

— Je t'offre un verre ? demande-t-elle.

— Non. C'est pour moi. J'insiste.

Même s'il ne me reste pas grand-chose sur mon compte, je suis de toute évidence plus en fonds qu'elle.

— Alors, qu'est-ce qui se passe ?

— En fait, je voulais revenir sur l'incident du hamster, déclare-t-elle. Ruby et toi, vous pensez que c'est la faute de ta mère, mais je tenais à te signaler que ta fille avait laissé la porte de la cage ouverte la veille au soir. C'était un simple oubli de sa part, qui n'a pas eu de conséquence, parce que Twiglet ne s'est pas échappé. Et je lui ai bien expliqué qu'il fallait faire attention. Je ne dis pas qu'elle a de nouveau oublié de la fermer, ou qu'elle a menti, en attendant il faut que tu saches qu'elle avait déjà été négligente.

— Elle m'a assuré qu'elle n'y était pour rien, et il y avait des traces de pas humides partout. C'était ma mère, forcément.

— Je ne peux pas me prononcer sur ce point. Quoi qu'il en soit, il arrive à Ruby de raconter des histoires, ce qui n'a rien d'étonnant chez une enfant, mais je pense que toi et moi devrions être plus vigilantes, afin que ça ne devienne pas une habitude. D'autant qu'elle a tendance à prendre des risques inconsidérés, comme quand elle grimpe sur le mur du verger. Elle est déjà tombée une fois – et heureusement, elle s'est juste écorchée –, ce qui ne l'empêche pas d'être attirée par ce mur comme un papillon de nuit par une flamme. J'ai beau l'avoir déjà avertie, à son âge elle n'a pas conscience du danger. Or, personne n'est à l'abri d'un accident.

— Tu as raison. Chris, son père, la poussait toujours à se dépasser, et ça mettait parfois mes nerfs à rude épreuve.

— Il suffirait d'une mauvaise chute…

Cette pensée me donne la nausée. Hannah pose une main sur mon bras.

— Ne fais pas cette tête, ma chérie. Nous sommes là, toi et moi, pour lui apporter la stabilité dont elle a besoin et pour lui poser des limites. À nous deux, nous l'aiderons à surmonter son chagrin et à dompter son impétuosité. Je pense que l'un nourrit l'autre. Ensuite, elle s'épanouira comme une fleur, tu verras. Bon, si tu veux bien m'excuser, je dois passer aux toilettes.

Mon verre à la main, je songe toujours à Ruby quand je sens une tape sur mon épaule.

— Oh, bonjour, Anthea ! Comment allez-vous ?

Je ne crois pas l'avoir jamais vue aussi détendue.

— Bien, merci, Jocelyn. Je vous présente mon mari, Alan.

Je serre la main d'un homme à l'expression bienveillante.

Elle fouille dans son sac.

— J'avais l'intention de vous rapporter ça, dit-elle en me tendant un gros trousseau de clés. Il y en a une pour chaque pièce du manoir. Désolée, j'ai oublié de vous les laisser en partant.

— Pas de problème. Merci.

Je les range dans mon propre sac.

— Au fait, la police a identifié le corps ? demande-t-elle.

— Pas que je sache.

— Ce lac est souillé, aujourd'hui, déclare son mari. Il vaut mieux ne pas s'en approcher. Moi, je n'y tremperais pas un pied pour tout l'or du monde.

Un homme assis au comptoir, qui de toute évidence nous a écoutés, intervient dans la conversation :

— Bah, c'est sûrement pas le premier quidam à avoir fini là-dedans. Les Holt sont pas des gens bien. Ils l'ont jamais été et le seront jamais. C'est pour ça que t'es partie, Anthea, pas vrai ? T'avais peur pour ta vie. Mouais, ben ils sont pas près de retrouver une femme de ménage, au manoir…

Anthea secoue la tête. Au même moment, Hannah, qui revient des toilettes, se campe devant le client.

— Je vous demande pardon ? lance-t-elle. Qu'est-ce que vous insinuez au juste ? Je vous prie de manifester un peu plus de respect à cette jeune femme charmante dont la famille a tant fait pour les gens d'ici. Et tant que vous y êtes, montrez-vous plus respectueux aussi à l'égard de cette pauvre âme dont on a découvert les restes. Quelle grossièreté de dire du mal des autres comme ça. De quoi êtes-vous si fier, pour vous permettre de juger ?

Sans un mot, l'homme se détourne et se plonge dans la contemplation de sa pinte. Anthea et son mari, manifestement embarrassés, prennent congé. Anthea et Hannah se saluent d'un léger hochement de tête.

Je m'éclaircis la gorge.

— Merci, Hannah.

— De rien. Les mauvaises langues me hérissent. Il n'y a rien de plus odieux que les calomnies.

— C'est vrai. Et c'est difficile de les ignorer. Bref, comment vont les choses à Hillside Cottage ?

— Je m'y plais beaucoup, sauf que j'ai reçu une mauvaise nouvelle aujourd'hui. Mais bon, je ne voudrais pas t'embêter avec ça.

— Non, pas du tout. Dis-moi.

— Les propriétaires veulent commencer les travaux de rénovation plus tôt que prévu, alors il va falloir que je parte. Le problème, c'est que je ne suis pas sûre de pouvoir trouver une autre location aussi proche de Lake Hall, et que l'entretien de ma voiture me coûte une fortune.

— Tu ne travaillerais plus pour nous, alors ?

— C'est un souci. Je ne sais pas encore où je vais aller habiter.

Une idée me vient. Une idée lumineuse. Je crains néanmoins de la formuler – c'est peut-être trop tôt –, en même temps, qu'est-ce que j'ai à perdre ?

— Et si tu t'installais au manoir ? Tu serais logée gratuitement, je continuerais à te verser ce que je te donne aujourd'hui et tu ferais quelques heures supplémentaires, en compensation. Ce serait un immense soulagement pour moi de pouvoir me fier à une adulte responsable.

— Mais je ne m'occuperais pas du ménage.

— Non. Je comprends. Ma mère embauchera quelqu'un d'autre. Toi, tu veillerais sur Ruby, et tu aurais à ta disposition la seconde voiture. Qu'en dis-tu ? Réfléchis à ma proposition, d'accord ? Tu n'aurais qu'à t'installer dans ton ancienne chambre en haut. Ou en choisir une autre au premier, si tu préfères.

— C'est une offre beaucoup trop généreuse. Il faudrait que j'apporte au moins une petite contribution financière, malheureusement je ne suis pas sûre de pouvoir.

J'ai du mal à contenir mon enthousiasme. Ce serait la solution idéale pour nous deux.

— Non, je te l'interdis. Tu m'aiderais à élever ma fille, et rien n'est plus important pour moi.

— Encore une question : qu'en pense ta mère ?

— Elle n'en sait encore rien, mais elle sera bien obligée d'accepter.

— Je ne voudrais pas provoquer de conflit entre vous…

— Au contraire, je compte sur toi pour m'empêcher de la tuer. Des fois, je me dis que ça me simplifierait la vie si elle n'était plus là.

Hannah esquisse un sourire. J'espère être parvenue à la convaincre.

— Tu me sauverais la vie, Hannah. Comme tu l'as toujours fait.

— Dans ce cas, j'accepte. Reprendre ma place au cœur de la famille, participer à l'éducation de la génération suivante… je ne pourrais pas rêver mieux.

— Formidable ! Je te demande juste de ne pas en parler à ma mère pour l'instant. Je la mettrai au courant le moment venu.

Virginia

Elizabeth m'appelle pour me raconter que deux policiers sont venus la voir chez elle.

— J'ai cru que j'allais avoir une attaque quand j'ai ouvert, m'avoue-t-elle. Mais ils voulaient juste me poser des questions sur ce crâne découvert chez toi. Je ne leur ai rien dit, évidemment, parce que je n'ai rien à dire. Le problème, c'est que j'avais commencé à faire des esquisses pour notre petit projet, et que j'ai dû les cacher rapidement, sous un panier de légumes. Et cet inspecteur qui tripotait la maquette de main dont je m'étais servie… Tu imagines ? Quelle situation insensée ! J'avais l'impression de me retrouver dans une histoire de Roald Dahl. Ah, encore une chose : ils m'ont montré une photo du visage reconstitué à partir du crâne. Tu l'as vue aussi ?

— Non.

— Le résultat ressemblait vaguement à Hannah. Du moins, pour autant que je me souvienne d'elle. Incroyable, non ?

— Tu es sûre ?

— Pas à cent pour cent, ni même à soixante. Mais il y avait quelque chose, dans les traits, peut-être, ou la forme de la tête… De toute façon, c'est idiot, puisque ça ne peut pas être elle, n'est-ce pas ?

— Non.

Après avoir raccroché, je m'interroge. Est-ce qu'Elizabeth se trompe ? Il faudrait que je voie moi-même cette photo, mais je ne peux pas appeler les deux policiers pour leur demander de me l'apporter. Ma démarche paraîtrait suspecte. Je vais devoir attendre qu'ils se manifestent.

Je suis d'humeur sombre aujourd'hui, et cet appel n'a rien arrangé. Je me sens toujours humiliée après l'histoire du hamster. Comment Jocelyn ose-t-elle m'accuser d'avoir ouvert la cage, alors que je n'y suis pour rien ?

Je reste persuadée que c'est Hannah la coupable. Je me cantonne dans ma chambre et dans mon salon quand elle est là. Je ne sais pas ce qu'elle m'inspire exactement : dois-je espérer qu'il s'agit bien de Hannah ou croiser les doigts pour que ce ne soit pas elle ? En vérité, je voudrais juste qu'elle s'en aille. Lorsque je téléphone à ma banque pour demander si l'argent a été viré sur son compte, on me répond qu'en principe, c'est fait. Elle ne m'a rien dit, pourtant. Elle est venue au manoir comme d'habitude et n'a pas cherché à me parler.

Je pense beaucoup au passé.

Et à la nuit où Hannah est morte. Ou pas. Le lendemain matin, Alexander et moi avions eu du mal à décider si nous devions tirer Jocelyn du sommeil ou la laisser se réveiller toute seule. J'insistais pour aller la chercher, parce que je voulais être la première à savoir si elle avait gardé des souvenirs de la soirée précédente, mais Alexander m'en avait empêchée. D'après lui, cette intervention inhabituelle de ma part risquait de lui paraître étrange, avant même qu'elle découvre la disparition de sa nanny. Et Marion se poserait sans doute des questions. Mieux valait essayer d'avoir un comportement le plus normal possible.

Je m'étais finalement rangée à son avis, tout en redoutant le moment où notre fille allait apparaître. Nous ne pouvions pas faire autrement que de passer du temps avec nos invités qui, par chance, avaient mis le tremblement de nos mains et nos propos décousus sur le compte de la gueule de bois. Eux-mêmes en souffraient aussi.

Au bout du compte, c'est Alexander qui avait eu raison. Jocelyn s'était réveillée seule et sa stupeur en constatant l'absence soudaine de sa nanny était celle de quelqu'un qui ne se rappelait rien des événements de la veille. Elle avait interrogé Marion avant de venir nous trouver et n'avait fait aucune allusion au drame. C'était miraculeux.

Je n'ai qu'un regret : la brutalité avec laquelle je lui ai annoncé que Hannah était partie. J'ai prétendu que, si sa nanny avait décidé de s'en aller, c'était parce qu'elle avait été odieuse. J'improvisais, et je n'aurais pas dû dire ça. Ces propos l'ont profondément blessée. Ils ont cependant contribué à rendre définitif le départ de Hannah.

J'aurais voulu ne pas voir la joie s'éteindre dans les yeux de ma fille en cet instant. On n'oublie pas ce genre de chose. C'est une image qui vous hante à jamais.

Une fois nos invités rentrés chez eux, nous avions quitté Lake Hall pour retourner à Londres et nous avions emmené Jocelyn. J'avais trop peur que la mémoire lui revienne si nous restions au manoir.

Dès notre arrivée dans notre maison de Belgravia, elle avait commencé à piquer des colères terribles, parce que Hannah lui manquait. Elle avait un million de questions à me poser, auxquelles j'étais trop lasse pour essayer de répondre. Alors je m'étais réfugiée dans ma chambre. J'avais fermé la porte, tiré les rideaux et débranché le téléphone, avant de me mettre au lit.

J'avais besoin de réfléchir.

J'étais bien décidée à ne pas laisser la mort de Hannah me détruire. Nous détruire. Dans la pénombre de ma chambre, je m'étais longuement interrogée sur ce qui s'était passé, et pourquoi, ainsi que sur les sentiments que la situation m'inspirait. Je m'étais dit que je ne m'autoriserais jamais à nier ni à minimiser la gravité de l'événement. J'aurais au contraire le courage d'en affronter le caractère terrible, mais je le ferais en silence, stoïquement, pour pouvoir aller de l'avant. Car, si nous avions agi ainsi, c'était parce que *nous n'avions pas eu le choix*.

On doit protéger sa famille.

J'étais alitée depuis plusieurs jours quand, en désespoir de cause, Alexander m'avait annoncé que, si je ne me levais pas pour l'aider à s'occuper de Jocelyn, il s'allongerait à côté de moi et ne bougerait plus. Il avait tenu parole et m'avait serrée contre lui quarante-huit heures d'affilée, ne se levant que pour accorder son attention à notre fille.

Durant cette période, je la voyais parfois apparaître sur le seuil, le regard sombre, étrangement muette. Alexander lui avait installé sa maison de poupée dans le couloir juste devant ma chambre, et elle y jouait pendant des heures. J'écoutais les histoires qu'elle inventait. Le bébé dans la maison avait une nanny qu'elle adorait et une maman qui n'était pas gentille. Il n'était cependant jamais question de quelqu'un qui tombait dans l'escalier.

Le téléphone au rez-de-chaussée avait beau sonner sans relâche, et le carillon de la porte d'entrée aussi, Alexander les ignorait pour rester avec moi. Le troisième jour, mes tremblements avaient cessé et mes pensées stagnaient. Je n'irais pas plus loin dans mes réflexions, c'était évident, du moins en restant au lit. Il était temps d'essayer de reprendre le cours de mon existence. J'avais une enfant à élever.

En ouvrant les rideaux, j'avais découvert les rues de Londres inchangées. La ville était indifférente à nos tourments. La vie y poursuivait son cours, et le moment était venu pour nous de nous jeter de nouveau dans la mêlée.

« J'ai envie d'un bon petit déjeuner », avais-je dit. La chambre sentait le renfermé. Mes jambes me portaient à peine. Je n'avais presque rien mangé depuis des jours. Alexander m'avait soutenue dans l'escalier. Il m'avait beurré des toasts et préparé du thé pendant que je contemplais notre jardin, dont les murs peints en blanc étaient recouverts de lierre vert foncé, sans chercher à retenir mes larmes. Alexander m'avait ensuite fait couler un bain chaud et frotté le dos. Nous n'avions pratiquement pas échangé un mot.

La semaine suivante, nous avions entrepris de nous reconstruire du mieux que nous le pouvions, nous obligeant progressivement à reprendre une vie sociale, à voir des amis. Ensemble, nous y étions parvenus. Jocelyn nous observait de loin et il nous fallait déployer des trésors de patience pour qu'elle accepte de nous approcher. En voulant la protéger, nous l'avions coupée de nous. Si, au début, j'avais rêvé que l'absence de Hannah me permettrait de la reconquérir, je commençais à me rendre compte que ce n'était que ça : un simple rêve. Jocelyn s'éloignait toujours plus de moi, sans que je puisse rien faire. Je me répétais que c'était le prix à payer pour la préserver. Piètre consolation.

Ruby et moi préparons des gâteaux. J'ai encore le droit de m'occuper seule d'elle pendant une heure ou deux de temps en temps, même si je soupçonne Jocelyn et Hannah d'échanger des SMS au sujet de mes capacités défaillantes. Je me demande comment j'en suis arrivée à avoir besoin d'une permission pour faire certaines choses sous mon propre toit.

Ma petite-fille sait ce qu'elle veut : des « cookies », comme elle les appelle – un mot américain qui me plaît bien. Je lui trouve un petit côté exotique. Nous n'avons pas de pépites de chocolat, mais peu importe. Ça ira très bien.

Elle bavarde tout en pétrissant la pâte. Je n'en reviens pas du plaisir que je retire de sa compagnie. Je n'ai pas ressenti une telle complicité avec quelqu'un depuis mon enfance, quand je vivais au cœur de ma propre famille.

« Je veux que vous donniez votre démission dans les vingt-quatre heures », ai-je dit à Hannah lorsqu'elle est partie, un peu plus tôt. Je l'avais suivie dans l'allée. Elle arborait un petit sourire suffisant, comme si elle savait quelque chose que j'ignore.

« J'y penserai », a-t-elle répliqué, le regard narquois. Elle a ouvert son parapluie, alors que sa voiture n'était qu'à quelques mètres, m'obligeant à m'écarter vivement pour ne pas en recevoir un coup. J'ai bien failli tomber.

« Je ne peux pas croire que vous conduisiez encore ce vieux Land Rover », a-t-elle ajouté. Il était garé dans l'allée. « Vous vous raccrochez aux souvenirs d'Alexander, c'est ça ? J'espère au moins que vous êtes plus prudente que lui au volant.

— Comment ça ?

— Tout le monde au village se plaignait toujours de la vitesse à laquelle il roulait. J'imagine qu'il en va de même pour vous. Les routes appartiennent aux Holt, pas vrai ?

— Je ne sais pas ce que vous voulez dire. »

Elle a cependant raison. Alexander aimait trop la vitesse.

« Vous devriez faire attention, vous savez, a-t-elle repris. Les véhicules aussi vieux peuvent être dangereux s'ils sont mal entretenus. Ce serait terrible d'en perdre le contrôle, vous ne croyez pas ? Et si les freins lâchaient ? Oh, à propos, il me vient une pensée : qui vous regretterait si vous n'étiez plus parmi nous ? »

C'était une menace à peine voilée. Je me suis aussitôt souvenue du livre sur lequel j'avais trébuché en sortant de ma chambre. Et, peu après, j'ai demandé à Geoff d'aller jeter un coup d'œil à la voiture. Il m'a assuré que tout allait bien, mais cette conversation m'a ébranlée et je ne peux pas l'oublier.

Pour autant, je me suis calmée. Même si j'ai peur, je dois absolument rester rationnelle afin d'exécuter mon plan. Ai-je le choix ?

L'argent est un puissant argument de persuasion, dont je compte user pour me débarrasser de Hannah, dussé-je me ruiner. Mieux vaut tout perdre que de la laisser s'ingérer dans nos vies. J'ai fait le virement, la balle est maintenant dans son camp. Je me demande encore et encore ce qu'elle pourrait réclamer de plus, puisqu'Alexander nous a quittées.

Ruby façonne des petites boules de pâte qu'elle dispose sur la plaque de cuisson, et je surveille que tout se passe bien quand elle l'enfourne dans l'Aga.

— Mamie ?

Dans le saladier placé entre nous, il reste l'équivalent de deux cuillerées de préparation à nous partager.

— Oui, ma chérie ?

— Tu peux m'apprendre « A sailor went to the sea » ? Tout le monde à l'école s'est moqué de moi parce que je ne la connaissais pas.

C'est un jeu on ne peut plus simple, qui consiste à suivre le rythme de la chanson en tapant dans les mains de la personne d'en face et à faire divers gestes. Il ne faut que quelques secondes à Ruby pour le maîtriser. Nous accélérons le rythme, jusqu'au moment où je ne peux plus suivre tant je ris. Une de ses manches est remontée, et je remarque soudain quelque chose.

— C'est quoi, ces vilains bleus, ma puce ? Comment t'es-tu fait ça ?

Elle croise les bras et pince les lèvres, réfléchissant manifestement à ce qu'elle va dire. Je patiente. Je n'ai pas l'intention de la brusquer, sa confiance m'est trop précieuse. Mais, avant qu'elle ait pu répondre, nous entendons Jocelyn crier « Hello ! » dans le vestibule.

Ruby, vive comme l'éclair, pose un doigt sur ses lèvres et baisse sa manche.

Lorsque Jocelyn déboule dans la cuisine et nous découvre, elle fronce les sourcils d'un air furieux.

— Qu'est-ce que vous fabriquez à une heure pareille ? Tu devais la coucher, mère. Et toi, Ruby, tu as fini tes devoirs ?

Toutes ces questions, posées d'un ton cassant, jettent un froid, et la pâte dans le saladier, qui nous paraissait si tentante un instant plus tôt, semble soudain collante et peu appétissante. La mine de Ruby s'allonge. Son expression me rappelle celle de Jocelyn autrefois quand j'entrais dans la pièce où elle se trouvait. Ça me fend le cœur.

Ma petite-fille se déplace sur sa chaise jusqu'à presser sa jambe contre la mienne.

— C'est moi qui ai demandé à mamie si on pouvait préparer des cookies, explique-t-elle. Comme on faisait chez nous, en Amérique.

— Eh bien, mamie ne doit pas se fatiguer et toi non plus.

— Je serai dans mon salon, dis-je.

Ce que ma fille peut être sinistre, parfois.

— Ruby ?

— Oui, mamie ?

Elle paraît ébranlée, mais je dois les laisser régler le problème entre elles.

— Tu viendras m'embrasser avant d'aller te coucher, d'accord ?

Le feu n'a pas été allumé dans mon salon aujourd'hui, alors je mets en marche le radiateur électrique et étale une couverture sur mes genoux. Je dois avoir l'air d'une vraie retraitée. Alexander ne manquerait pas de me taquiner. Ruby me rejoint un peu plus tard, dépose un baiser sur ma joue et glisse sa main sous la mienne.

— C'est un diamant sur ta bague ? demande-t-elle.

— Oui. Tu vois comment il scintille ? C'est à cause de la façon dont il est taillé. Et il tire sur le jaune, ce qui le rend d'autant plus précieux. Cette bague a d'abord appartenu à la maman de ton grand-père. Un jour, elle sera à toi.

Elle sourit et effleure de l'index les facettes de la pierre. Elle semble épuisée.

— Ruby ! Les dents ! Dépêche-toi ! aboie Jocelyn dans le couloir.

— Vas-y, ma chérie, dis-je. Tu ne veux pas avoir de caries, n'est-ce pas ?

— Je les lave tous les soirs.

Faux. J'ai déjà constaté que sa brosse à dents était sèche quand elle devrait être humide. Quoi qu'il en soit, je ne peux pas la laisser partir sans lui avoir posé une question importante. C'est la raison pour laquelle je lui ai demandé de me rejoindre.

— Ruby ? Ces bleus sur tes bras… Comment est-ce arrivé ?

Elle jette un coup d'œil en direction du couloir. Jocelyn a dû entrer dans une autre pièce.

— Ce sera notre secret, ma chérie.

— C'est Hannah, répond-elle.

— Écoute, Ruby, il faut en parler à ta mère.

— Non, je veux pas.

— Pourquoi ?

— T'as promis de rien dire non plus.

— Mais elle doit le savoir.

— C'était pas Hannah, en fait, c'était un accident. Je suis tombée du mur.

— Quoi ? Quand es-tu tombée ?

— Un jour où Hannah me surveillait. Elle a envoyé un texto à maman pour lui raconter.

Jocelyn appelle de nouveau Ruby, qui s'éloigne à reculons sans me quitter des yeux, essayant sans doute de déterminer si cette histoire d'accident m'a convaincue.

Je ne la crois pas.

Jo

Je ne travaille pas ce matin et j'en profite pour emmener Ruby à l'école. Sur le trajet, elle garde le silence. Avant de partir, nous avons eu un accrochage à propos du maillot à manches longues qu'elle mettait dans son sac de sport. « Tu vas avoir trop chaud, non ? Pourquoi ne prends-tu pas un T-shirt ?

— Il fait froid dans le gymnase. »

Choisis tes combats, me suis-je dit.

Il y a un autre sujet que je veux aborder depuis que Hannah m'en a parlé.

— Ruby ? Je peux te poser une question ?

— Quoi ?

— Est-ce que tu as laissé la cage de Twiglet ouverte un jour, sans faire attention ? Pas le soir où il s'est échappé, mais celui d'avant…

— Non.

— Tu en es sûre ?

— Oui ! Je suis pas une menteuse !

— OK, ne t'énerve pas. Ce n'est pas grave si tu as oublié de la fermer une fois. Je suis sûre que c'était un accident. Alors, tu peux me le dire.

— C'était pas un accident parce que j'ai rien fait ! C'est toi qui as menti quand t'as raconté à l'école qu'il était mort dans sa cage, et personne m'a crue, dans la classe. Les autres ont pas arrêté de me demander si je l'avais tué avant de le jeter dans le lac.

J'entre sur le parking de l'école et gare la voiture.

— Ils n'avaient pas à dire ça, c'est cruel. Tu veux que j'aille voir ta maîtresse ?

— Non. Ils l'ont fait qu'un jour.

— D'accord. Écoute, je regrette. Je n'aurais pas dû te parler de la cage et j'ai confiance en toi. Alors, calme-toi, d'accord ?

Sa poitrine se soulève toujours au rythme de sa respiration saccadée.

— J'ai une bonne nouvelle à t'annoncer, si ça peut t'aider.

— Quoi ?

— J'ai demandé à Hannah de venir habiter chez nous. Je pense que ça nous facilitera beaucoup la vie.

— Non ! Je veux pas qu'elle vienne !

— Pourquoi ?

— Je l'aime pas.

— Elle nous apportera son aide et, comme ça, il y aura toujours quelqu'un à la maison pour veiller sur toi.

— J'aime bien mamie. J'ai besoin de personne d'autre.

— Mamie est trop fragile en ce moment pour s'occuper de toi correctement. Je sais qu'elle ne donne pas cette impression et qu'elle paraît forte, mais il n'y a pas si longtemps elle était encore alitée. S'il t'arrivait quelque chose pendant qu'elle est censée te garder, je ne me le pardonnerais jamais. J'ai demandé à Hannah de venir s'installer au manoir, parce que je tiens à ce que tu sois autant entourée que je l'ai été.

Elle se ratatine sur elle-même.

— Toi, t'es toujours au travail.

— Tu sais bien que je n'ai pas le choix. Nous avons besoin d'argent.

Elle a croisé les bras sur son ventre. Elle semble plus en colère que contrariée, à présent. J'aurais probablement dû mieux choisir mon moment pour lui annoncer l'arrivée de Hannah, mais j'espérais qu'elle serait contente. Je ne m'explique pas une telle hostilité de sa part.

— Je me sens pas bien, se plaint-elle.

— Qu'est-ce qu'il y a ?

— Je suis fatiguée.

— Ruby ! Je suis fatiguée moi aussi ! On l'est tous. Ce n'est pas une excuse pour manquer l'école.

Voilà, je l'ai fait pleurer. Consternée, je déboucle ma ceinture et vais ouvrir la portière arrière.

— Pousse-toi, dis-je, avant de m'asseoir à côté d'elle et de l'attirer dans mes bras.

Elle a un mouvement de recul, dont je ne tiens pas compte.

— Désolée d'avoir crié. Écoute, tu veux bien essayer d'aller en classe ? Si tu ne te sens toujours pas bien dans une heure, va voir l'infirmière. Elle me préviendra et je passerai te chercher.

Elle hoche la tête sans lever les yeux. Je lui dépose un baiser sur le crâne.

— Allez, courage, ma puce. Je t'aime.

Je la regarde franchir les grilles. Elle ne se retourne pas.

Dans mes conversations de fin de soirée par mail avec mes amies californiennes, elles aussi mamans, nous comparons nos situations et elles me disent toutes que leurs filles leur posent des problèmes. De l'avis général, elles grandissent trop vite, aujourd'hui, et les changements hormonaux auxquels elles sont confrontées compliquent la relation mère-fille. Sans compter que Ruby est toujours en deuil, comme me l'a rappelé Hannah. Je le sais, bien sûr, mais j'ai parfois du mal à réprimer mes sautes d'humeur.

Je pense à elle toute la matinée. Je me dis qu'il faudrait que nous fassions quelque chose ensemble. Une journée quelque part, peut-être. Il me vient à l'esprit que nous n'avons pas échangé beaucoup de SMS, ces derniers temps, alors je lui en envoie un :

> Hello. Je t'aime fort fort fort. Et pingouin aussi.
> Je voulais juste te le dire 🐧

Elle ne me répond pas, même au moment de la récréation. J'espère que c'est juste parce que le règlement de l'école est strict sur l'utilisation du téléphone.

Hannah m'ayant aussi conseillé de surveiller de plus près son activité sur Internet, je vais jeter un coup d'œil sur son compte Instagram. Son dernier post est une photo d'une des gargouilles de Lake Hall. Je souris, parce que c'est un beau cliché, puis je lis la légende et mon sourire se mue en grimace : « Quand t'as une nanny qui a cette tête-là et qui fait des trucs encore plus moches. #lanannyquicraint. »

Inspecteur Andy Wilton

Andy retourne les photos l'une après l'autre. Lady Holt et sa fille les regardent attentivement, sans manifester la moindre réaction. Des coriaces, toutes les deux, se dit-il. Et il en vient à se demander si c'est du sang bleu ou de l'antigel qui circule dans leurs veines.

Lady Holt finit par saisir l'un des clichés. Elle chausse une paire de lunettes de lecture pour mieux l'étudier. Andy ne la quitte pas des yeux.

— Je ne sais pas qui c'est, mais elle a un visage totalement inexpressif, déclare-t-elle.

— Veuillez excuser ma mère, intervient la fille. Elle n'a aucun tact.

— Pas de problème, réplique Andy. Je n'en ai pas non plus. Donc, vous ne la reconnaissez pas ?

La fille se penche à son tour sur l'image que tient sa mère et secoue la tête.

— Non. Si je l'ai rencontrée, je ne m'en souviens pas.

Virginia

Le visage reconstitué n'était pas celui de Hannah Burgess.

Les traits de l'inconnue présentaient une certaine similitude avec les siens, mais ce n'était pas elle. Le menton n'était pas assez saillant, l'écartement des yeux ne correspondait pas et le nez était trop fin.

Par conséquent, c'est réellement Hannah Burgess qui est revenue chez moi et s'occupe en ce moment même de ma petite-fille. Je n'ai désormais plus le moindre doute.

C'est une intrigante. Ses motivations n'ont jamais été uniquement financières. Elle voulait aussi mon mari.

Alors, que veut-elle aujourd'hui, en plus de l'argent ?

Il y a autre chose, j'en suis sûre. Sinon, pourquoi s'en serait-elle prise à Ruby ?

Pour se venger ? Œil pour œil ?

Dent pour dent ?

Une nouvelle fillette sur laquelle exercer son emprise, pour remplacer celle qu'elle a perdue autrefois ?

Un autre corps à immerger dans les eaux du lac, comme le sien l'a été il y a des années ?

Ma décision d'acheter son silence me paraît bien insuffisante.

1979

Trouver du travail à Londres se révèle plus difficile que Hannah ne l'avait imaginé. Non seulement elle se sent désorientée par la taille et le rythme trépidant de la capitale, mais elle découvre rapidement que les agences de nannies les plus sérieuses ne veulent pas d'elle, parce qu'elle ne possède pas les qualifications adéquates. Ses références et son expérience ne leur suffisent pas. Quand elle voit ses interlocuteurs secouer la tête et la toiser après avoir étudié son CV, elle en viendrait presque à croire que toutes les autres candidates sont des Mary Poppins.

Avec les économies qu'il lui reste de son emploi à Bristol, elle loue une chambre à Vauxhall et, peu après, réussit à se faire embaucher quelques heures par jour au marché aux fleurs de Covent Garden. Ce n'est pas l'idéal, car il faut commencer à 3 heures du matin, pourtant elle prend plaisir à déballer les fleurs avant le réveil des Londoniens. Et elle aime l'animation du marché, les plaisanteries échangées au quotidien, les cafés brûlants trop dilués, les sandwichs au bacon qui lui graissent les doigts. Elle ne s'intègre cependant pas très bien, parce que les camelots lui paraissent rustres ; ils lui rappellent sa propre famille. Elle apprend néanmoins à en connaître quelques-uns parmi les plus anciens, et étudie avec attention la façon dont ils négocient.

Ce qu'elle préfère par-dessus tout, c'est observer les couples sur le point de se marier, que certains fleuristes ayant pignon sur rue amènent au marché pour choisir les compositions qui égayeront leurs noces. Les heureux fiancés ont toujours les paupières lourdes après un réveil particulièrement matinal, et en même temps, ils rayonnent, marchant bras dessus bras dessous, mêlant la vapeur de leur souffle quand ils échangent un baiser. C'est un spectacle dont Hannah ne se lasse pas. Elle adore les entendre rêver à voix haute et affirmer qu'ils veulent que tout soit parfait pour le grand jour. Quand elle les regarde, la jalousie et le désir se disputent en elle. Elle imagine souvent son futur bouquet de mariée. Elle sait exactement quelles variétés sélectionner.

Parfois, elle rapporte chez elle les fleurs qui ne se sont pas vendues et ne peuvent pas être conservées plus longtemps. Elle les dispose devant la fenêtre étroite de sa chambre meublée, afin qu'elles lui masquent la vue sur la rue où circule en permanence une foule de voitures et de piétons. Elle a la nostalgie des paysages de Clifton Downs, à Bristol, et de la vaste étendue du ciel.

Elle ne se décourage pas pour autant, parce que ce travail n'est pas désagréable et lui permet de payer le loyer. De plus, comme elle finit à 11 heures du matin, elle a le temps de chercher une place de nanny.

Dans la journée, elle découvre aussi la ville. Elle sillonne les quartiers les uns après les autres, attentive aux différences de populations et de modes de vie. En particulier, elle gravite autour des zones les plus résidentielles, où elle admire les grandes artères bordées de magnifiques maisons blanches entourées de grilles d'un noir brillant, avec de belles jardinières fleuries et des lauriers encadrant les portes d'entrée majestueuses. Ces demeures lui paraissent si solides, immuables et élégantes...

Quand il fait beau, il lui arrive de se rendre à Hyde Park ou à Holland Park et de regarder les nannies formées à Norland s'occuper de leurs jeunes protégés. Elle s'installe parfois sur la balançoire à côté des enfants dans l'aire de jeux, ravie de sentir le vent soulever ses cheveux tandis qu'elle monte de plus en plus en haut, et en profite pour espionner les conversations des gouvernantes. En général, elles se plaignent de leurs employeurs et des bambins. L'une d'elles, un peu plus âgée que la moyenne, lui rappelle Nanny Hughes, parce qu'elle est toujours en train de donner des conseils aux autres. « On ne devrait jamais cesser d'apprendre », l'entend-elle dire un jour, et elle est saisie d'un petit frisson à l'idée que c'est exactement ce qu'elle fait.

Lorsqu'on lui propose enfin une place de nanny, ses mains sont devenues calleuses à force de manipuler les fleurs. Ce n'est cependant pas un emploi durable : elle remplacera pendant quelque temps la nanny en titre, qui doit subir une intervention chirurgicale.

— Mais c'est un premier pas, déclare Petra, à l'agence (laquelle, tout comme son établissement, a un côté fatigué et démodé, encore marqué par les années

1950 quand Londres s'apprête à entrer dans les années 1980).

L'agence en question est située au-dessus d'une épicerie dans une rue miteuse de Pimlico où le stuc se détache des façades des maisons aux fenêtres crasseuses. Si Hannah s'y est inscrite, c'est avant tout parce que c'était la seule ayant une adresse relativement convenable qui voulait bien l'accepter. De plus, en voyant l'aspect délabré des locaux et du quartier, elle s'était dit que la directrice ne serait pas trop regardante sur ses références. Même si le mari de Bristol lui en a fourni d'excellentes (« Notre plus jeune fils a été anéanti par le départ de Hannah. C'était un véritable roc, une perle qui gérait notre foyer avec une efficacité extraordinaire. »), on n'est jamais trop prudent.

Dès le premier jour, elle prend en grippe le petit garçon dont elle est censée s'occuper. Il s'appelle Caspar, il a cinq ans et semble toujours sur le point d'éclater en sanglots à la moindre contrariété. Quand la crise de larmes dégénère en caprice, ses piaillements la font grincer des dents. Elle sait qu'elle ne changera pas son comportement, dans la mesure où elle n'est pas appelée à rester longtemps ; elle se contentera de le supporter et, au mieux, d'essayer de corriger quelques-uns de ses défauts.

La mère de Caspar ne travaille pas, si bien qu'ils passent leurs journées tous les trois dans le petit appartement familial. Hannah ne rencontre jamais le mari, car il a un poste à l'étranger, lui a expliqué sa femme. Chaque fois qu'elle-même tente d'imposer un semblant de discipline à l'enfant, la mère intervient, disant qu'il peut faire tout ce qu'il veut, parce qu'il faut le laisser libre de s'exprimer. Elle répète souvent qu'il n'aime pas entendre le mot « non ».

— Bien, madame Deacon, acquiesce Hannah.

Elle a une furieuse envie de gifler la mère et l'enfant.

Trois jours avant la fin de son remplacement, ses nerfs lâchent. La mère est sortie, et Hannah s'est assise sur le siège des toilettes dans la salle de bains exiguë pour donner son bain à Caspar. En temps normal, elle s'agenouille à côté de la baignoire et s'efforce d'établir un lien avec l'enfant, de jouer avec lui, de le faire rire, comme elle en avait l'habitude avec le cadet à Bristol. Cette fois, elle se contente de regarder d'un œil morose les frêles épaules du garçonnet, tout en comptant les heures qui la séparent de la fin de son contrat.

À un moment, Caspar récupère au fond de la baignoire un gros pistolet à eau. Il le remplit laborieusement, en soufflant fort sous l'effet de la concentration. Puis il le pointe sur Hannah et expulse un jet d'eau qui trempe le devant de son chemisier.

— Caspar ! Non ! s'écrie-t-elle.

En vain. Il recommence.

— Ça suffit !

Cette fois, le jet l'atteint en plein visage. Quand elle ouvre la bouche pour le gronder plus sévèrement, il lui envoie de l'eau dans la gorge. Elle s'étrangle, tousse et crache, tandis qu'il la mouille de nouveau. Elle se lève d'un bond. Il tente encore de tirer sur elle, mais seules quelques gouttes tombent du canon en plastique. Le réservoir est vide. Hannah sourit. Elle pose sa paume sur la tête de l'enfant, et le pousse sous la surface. Comme il se débat, elle le maîtrise en lui appuyant sur l'épaule de son autre main. Il lui oppose une résistance étonnante. Elle compte jusqu'à cinq avant de le laisser remonter.

— Oh, désolée, mon poussin, dit-elle lorsqu'il a fini de hurler et que sa poitrine ne se soulève plus à un rythme aussi effréné. Tu as du shampooing dans les yeux, c'est ça ? Attends, on va te rincer.

— Non ! Non, non, non, non !

De nouveau, elle sourit. Apparemment, « non » est soudain devenu le mot préféré de Caspar.

— Il ne faut pas raconter à ta maman que tu as glissé sous l'eau, déclare-t-elle. Si tu le fais, la police l'apprendra et dira que c'est une mauvaise mère, et après, elle ira en prison et tu ne la verras plus jamais. Ni ton papa, d'ailleurs. Tu as compris ? Caspar ? Caspar ! Tu dois être poli et répondre quand on te pose une question.

Le garçonnet hoche la tête puis la secoue, avide de lui donner la bonne réponse. Elle se réjouit d'avoir affaire à un benêt, car un gamin plus éveillé aurait pu la défier. Elle va le voir plus tard dans sa chambre, après qu'il s'est endormi. Même dans son sommeil, il a toujours l'air bouleversé.

Caspar demeure sage comme une image durant les quarante-huit heures de travail qu'il reste à Hannah. Elle est tout de même ébranlée par la violence de sa réaction, et par la tentation qu'elle a ressentie de maintenir la tête de l'enfant sous l'eau jusqu'à ce qu'une ultime bulle s'échappe de sa bouche et que la vie déserte ses yeux. Cette pensée l'empêche de dormir pendant une nuit ou deux. Je dois me montrer plus prudente, *se dit-elle.* Ça ne se reproduira pas.

Elle en conclut néanmoins que son expérience avec Caspar lui a donné une bonne leçon. À l'avenir, elle n'acceptera que des offres d'emploi susceptibles de lui apporter une satisfaction autre qu'un chèque en fin de mois. Il faudra au moins qu'elle aime l'enfant ou l'un des parents. Et plus question de travailler dans un cadre aussi étouffant et laid, ni de supporter une mère de famille qui se mêle de tout.

Chez elle, elle a caché sous son lit des magazines qu'elle a volés dans la salle d'attente du médecin. Quand elle ne peut pas dormir la nuit, elle feuillette un exemplaire de Tatler*, l'un de ses préférés. Elle se régale en lisant les potins mondains et en regardant les photos des aristocrates, prises parfois dans leurs propriétés.*

Voilà ce qu'il me faut*, pense-t-elle en tournant les pages pour la énième fois.* Une famille qui a de la classe, des gens qui savent se tenir et connaissent les usages du monde. *La vue de tous ces clichés d'hommes et de femmes aux noms et titres à rallonge, portant des tenues magnifiques, enlacés ou posant avec nonchalance sur de beaux canapés, lui procure un plaisir qui frise la jouissance.*

Comme elle aimerait faire partie de ce monde...

Jo

Mon travail m'offre un répit bienvenu tandis que je compte les jours jusqu'à l'emménagement de Hannah. Quand j'ai annoncé la nouvelle à ma mère, elle a aussi mal réagi que Ruby.

« Moi vivante ? Jamais ! a-t-elle grondé.

— Ce n'est pas juste. Son aide m'est indispensable.

— Je t'ai offert la mienne. »

Ses mains tremblaient, mais je n'éprouvais pas la moindre compassion pour elle. Une fois de plus, elle ramenait tout à sa personne, ce qui me mettait dans une rage folle.

« Tu n'as pas le droit de refuser, mère ! Ruby a besoin de stabilité, et moi d'une personne de confiance sur laquelle m'appuyer. Rappelle-toi, à l'époque, tu n'étais que trop heureuse de laisser Hannah m'élever.

— Je t'interdis de faire ça.

— Tu ne peux pas. J'ai déjà pris toutes les dispositions. De toute façon, tu ne devrais pas être incommodée trop longtemps, parce que Ruby et moi partirons dès que nous en aurons les moyens.

— C'est à un membre de sa famille de s'occuper de cette enfant.

— Alors, ce qui était bon pour moi ne l'est pas pour elle, c'est ça ? Tu es incroyable ! »

Persuadée que la discussion allait s'envenimer, je me suis raidie, me préparant déjà à me défendre. Or, à ma grande surprise, ma mère s'est contentée de prendre une profonde inspiration en me couvant d'un regard pénétrant.

« Il faut absolument que tu m'écoutes, Jocelyn.

— Pourquoi ? Qu'est-ce qu'il y a ? ai-je demandé avec une pointe d'inquiétude, déconcertée par son air grave.

— Ruby m'a dit que Hannah l'avait rudoyée.

— Pardon ? »

Je n'avais jamais rien entendu d'aussi ridicule. Jusqu'où ma mère était-elle prête à s'abaisser pour parvenir à ses fins ?

« Tu racontes n'importe quoi. Hannah ne ferait pas de mal à une mouche. Pas une fois elle n'a levé la main sur moi. Et, s'il y avait eu un problème, Ruby m'en aurait parlé.

— Je te jure que c'est vrai, ma chérie. Je te le jure sur ma vie. Elle la maltraite.

— Tu ne sais plus ce que tu dis.

— Si tu n'agis pas, c'est moi qui le ferai.

— Arrête. Ça suffit. C'est une accusation grotesque. Je ne te croyais pas capable de descendre aussi bas. Je dois partir, maintenant, mais nous en rediscuterons ce soir. Dans l'intervalle, tâche de t'habituer à l'idée que Hannah va revenir vivre ici. »

Assise dans le train, je repense aux propos de ma mère. J'ai beau refuser de leur accorder le moindre crédit, je ne peux pas me les sortir de la tête. C'est le genre d'insinuation qui sème le doute, qu'on le veuille ou non.

Je me sens d'autant plus incrédule que, des deux femmes qui gravitaient autour de moi dans mon enfance, seule l'une d'elles m'a rudoyée, et ce n'était pas ma nanny. Ma mère essaie de salir Hannah. C'est consternant. D'autant que, s'il s'était réellement passé quelque chose, je suis sûre que ma fille m'aurait alertée.

Arrivée à la galerie, je me replonge dans mes recherches pour établir la provenance de la vanité. C'est passionnant, j'ai l'impression d'être à la fois détective et chasseuse de trésor. Je me demande dans combien de salons ce tableau a été accroché au fil des ans et de combien de drames il a été le témoin dans ses différents foyers. Mais j'ai beau rêver de retracer son histoire en détail, je décide de me concentrer sur mon objectif principal et de me rendre aux archives de la National Gallery. Une fois sur place, il ne me faut pas longtemps pour dénicher une pépite.

Le document se trouve dans le catalogue de l'exposition qui incluait notre vanité. Il ne s'agit que d'une mince brochure dressant la liste des œuvres montrées au public, avec une petite photo en noir et blanc de chacune, mais elle me livre d'autres précisions sur la provenance de notre tableau : avant d'appartenir à notre famille et à Paul König, il était apparemment détenu par la fondation Johannes Hofkes. Cette indication constituera un ajout précieux aux informations que je suis en train de réunir. Je photographie le passage concerné puis quitte la National Gallery en souriant. Ma commission se rapproche à grands pas.

En même temps, je m'interroge : ne devrais-je pas aller plus loin ? Peut-être pourrais-je creuser la piste de la fondation Hofkes ? Une rapide recherche sur Internet m'apprend qu'elle existe toujours. Je suis presque sûre qu'elle a conservé des archives.

Je retourne au travail à pied. La ville me paraît attrayante sous le soleil hivernal. Les nuages projettent leur ombre sur Piccadilly, les arbres à côté de St James's Church ont perdu leur feuillage, et une lumière laiteuse filtre à travers leurs branches dénudées, sous lesquelles les vendeurs du marché ont disposé leurs étals. Les magasins ne vont pas tarder à décorer leurs vitrines pour Noël, et je me dis que ce serait peut-être une bonne idée d'offrir quelques jours de vacances à Ruby quand j'aurai touché ma commission. Peut-être pourrions-nous emmener Hannah ? Ce serait formidable d'aller quelque part toutes les trois… J'essaie de ne pas penser aux avertissements de ma mère et à ce que je devrais faire pour en savoir plus.

Clemency est occupée à nettoyer les verres protégeant certains tableaux quand je la rejoins.

— J'ai réussi à mettre la main sur le catalogue de l'exposition, dis-je.

Elle poursuit sa tâche sans même se retourner.

— Parfait.

— Faversham est là ?

— Non.

— Oh.

Je me sens déçue par son manque d'enthousiasme et par l'absence de Faversham. Je tente pourtant de surmonter mon dépit.

— Je pensais prendre contact avec la fondation qui possédait la vanité avant que la collection Paul König l'acquière. Plus on en saura, mieux ce sera, non ?

Cette fois, elle pivote vers moi. Ses mains sont noircies par l'encre des journaux dont elle s'est servie pour nettoyer le verre.

— Je ne crois pas que ce soit nécessaire. Voyons d'abord si le client est satisfait de ce que vous avez découvert jusque-là.

— Pourquoi ? Il y a un problème ?

— Aucun, non.

Elle s'avance vers le tableau suivant, vaporise du liquide à vitres sur un chiffon à poussière et le frotte doucement sur le verre. Je ne me laisse pas démonter par son attitude, car j'estime ma trouvaille de la plus haute importance.

— Bon, je vais tout de même demander son avis à Faversham, parce qu'il me paraît important de fournir à l'acquéreur le plus d'informations possible. Je veux dire, c'est de l'histoire, de l'histoire de l'art. Si je parviens à constituer un dossier sur la provenance de cette vanité, il deviendra un élément clé de son parcours.

Ses épaules s'affaissent.

— Vous rendez-vous compte à quel point votre discours est prétentieux ?

Ma stupeur doit se lire sur mon visage, car elle ajoute aussitôt d'un ton radouci :

— Si on s'asseyait ? Il y a quelque chose que vous devriez savoir, Jo.

Son expression est si grave que j'en viens à craindre pour mon emploi. Je m'installe sur une chaise.

— Si j'ai franchi une limite, j'en suis désolée, dis-je. Je voulais juste bien faire.

Elle prend place en face de moi.

— Écoutez, Jo, je suis navrée d'avoir à vous l'apprendre, vraiment navrée, croyez-moi, mais les choses ici ne sont pas ce qu'elles semblent être. Faversham est impliqué dans la copie d'œuvres d'art depuis plus d'une décennie.

— *Quoi* ?

Je tombe des nues.

— Mais comment… comment s'y prend-il ?

— Eh bien, c'est compliqué, il existe différents moyens, et je pourrais vous les expliquer en détail, mais d'abord, je dois vous avertir que Faversham travaille avec vos parents ainsi qu'avec Elizabeth Fuller, l'amie de votre mère. C'est elle qui se charge des copies. Votre collection familiale leur sert à établir un contexte. La réputation de Faversham en tant que connaisseur averti lui permet de mettre les faux sur le marché en même temps que les œuvres authentiques qu'il vend. Leur méthode de prédilection consiste à produire de nouveaux dessins, censés en général avoir été exécutés pendant la période de la Renaissance italienne, et de prétendre qu'ils proviennent de la collection Holt afin de renforcer la crédibilité de leurs allégations.

Les mots me manquent, et en même temps, les questions affluent dans mon esprit.

— Et vous, alors ? Vous participez aussi à ce trafic ?

— C'est pour cette raison que je voulais vous mettre au courant. Ils m'ont impliquée à mon insu dans leurs malversations. Ils ont fait de moi une criminelle, et ils recommencent avec vous. Les documents que vous avez « découverts » aux archives y ont été placés par Elizabeth. Voyez-vous, ses talents ne se limitent pas aux peintures. Elle est extrêmement douée. C'est peut-être même l'une des meilleures faussaires de tous les temps.

À l'évidence, je me suis trompée de bout en bout. Y compris sur Clemency.

— J'étais persuadée que vous ne m'aimiez pas.

Elle secoue la tête.

— Ce n'est pas vous qui êtes en cause, mais ce qu'ils essaient de vous faire.

— Et cette photo de moi enfant, prise devant la vanité ? Est-elle réelle ou s'agit-il d'un montage ?

L'idée qu'on ait pu délibérément altérer mes souvenirs est perturbante. Ai-je vécu jusque-là dans un château de cartes ?

— Je l'ignore, avoue Clemency. Et j'aurais préféré ne pas avoir à vous révéler la vérité. Je me doute bien que c'est un immense choc pour vous, mais j'estime que vous avez le droit de savoir ce qui se trame.

— Et moi qui pensais avoir fait des découvertes stupéfiantes…

— C'est galvanisant, n'est-ce pas ? J'ai été comme vous, au début, je ressentais la même chose. Ça me rend malade aujourd'hui de me rappeler mon enthousiasme.

— Pourquoi n'êtes-vous pas partie ?

— Lorsque j'ai compris ce qui se passait, et qu'ils s'étaient servis de moi, je me suis retrouvée confrontée à trois options : partir et ne jamais vendre la mèche, partir et les dénoncer à la police, et donc m'incriminer moi aussi, ou m'associer à eux et en tirer profit. Comme j'étais endettée, j'ai choisi la troisième solution. Mais vous, vous n'êtes pas dans la même situation, et je voulais vous mettre en garde pour vous donner une chance de pouvoir vous désengager avant d'être mouillée jusqu'au cou. Moi, je ne l'ai pas eue.

— Qu'est-ce qui vous fait penser que je ne vais pas tout raconter à la police ?

— C'est votre famille.

Elle accompagne ces mots d'un sourire résigné. Elle ne me connaît pas aussi bien qu'elle le suppose. J'ai besoin de temps pour réfléchir.

— Clemency ? Pouvez-vous prévenir Faversham que j'ai été obligée de rentrer chez moi plus tôt ?

— Bien sûr, Jo. Et n'hésitez pas à m'appeler si vous souhaitez parler à quelqu'un.

— Merci. C'était incroyablement courageux de votre part de me dire la vérité.

— Encore une fois, je suis désolée. J'espère avoir pris la bonne décision.

— Je vous le confirme, Clemency.

À peine sortie de la galerie, je m'éloigne rapidement de Cork Street pour m'enfoncer dans Green Park. Je me sens à la fois oppressée, souillée et folle de rage. Je suis furieuse contre Faversham, évidemment, mais surtout contre ma mère et Elizabeth. Comment ont-elles pu me manipuler ainsi ? Je suis revenue à Lake Hall parce que j'avais besoin d'un refuge. J'étais bien décidée à garder mes distances avec ma mère, cependant j'ai toléré ses tentatives pour se rapprocher de Ruby, pensant agir dans leur intérêt à toutes les deux. Apprendre qu'elle m'a délibérément impliquée dans des activités illégales me met hors de moi. Si les choses avaient mal tourné, et si j'avais été démasquée, ma capacité à élever mon enfant aurait pu être contestée. C'est une trahison inconcevable.

Quand je prends la direction de la gare de Paddington, j'ai des envies de meurtre.

1980

Hannah décide que le moment est venu d'aller visiter Buckingham Palace. Elle a mis suffisamment de côté et, quand elle prend le métro ce jour-là, elle a du mal à contenir son excitation. Elle descend à la station Piccadilly pour marcher jusqu'au palais, impatiente de faire les vitrines sur le trajet, mais il lui semble que tous les employés des magasins posent sur elle un regard condescendant. Vous ne valez pas mieux que moi, *pense-t-elle.* Vous n'êtes que des vendeurs. *Pourtant, ils lui donnent l'impression d'être insignifiante.*

En dépit de ses efforts, sa vie n'a pas pris la tournure escomptée. Elle travaille toujours au marché, parce que les propositions d'embauche comme nanny semblent quasiment inexistantes. Elle commence à détester cette ville, qui lui renvoie l'image de richesses et de réussite auxquelles elle n'a pas accès. Il lui paraît nécessaire de reconsidérer ses options.

Alors qu'elle se dirige vers le Mall, une grande affiche de l'autre côté de la rue attire son attention.

Ce doit être une exposition consacrée aux œuvres de la mère de famille à Bristol, se dit-elle, incrédule. Elle traverse la chaussée, puis entre dans la galerie. L'ouverture de la porte déclenche un carillon, mais personne ne se manifeste. Autour d'elle, il n'y a que quelques tableaux sur les murs. D'autres, toujours enveloppés de papier bulle, s'entassent sur le sol. Ceux qui sont accrochés sont aussi laids que dans son souvenir : on dirait que quelqu'un a renversé du shampooing sur la toile.

— Bonjour ! lance-t-elle.

Pas de réponse.

Elle s'approche du bureau à l'entrée, sur lequel sont posées une pile d'enveloppes et une autre de cartons. Elle en saisit un. C'est une invitation au vernissage, dix jours plus tard, avec « champagne et petits-fours ». Elle est adressée à « Lord et Lady Alexander Holt ». Elle en prendrait bien une, mais pas celle-là ; un lord et une lady sont forcément connus. Elle passe en revue les noms sur les cartons, jusqu'à tomber sur celui de « Charlotte Phillipson ». C'est moins chic. Comme elle entend soudain des pas approcher du fond de la galerie, elle glisse le carton dans son sac et s'esquive.

Pendant dix jours, elle ne pense plus qu'à l'événement à venir. Elle se rend compte qu'elle a même envie de revoir le père de famille de Bristol. Elle se replonge dans ses numéros cornés de Tatler, *dont elle étudie plus attentivement que jamais les photos prises lors de mondanités, en particulier les vernissages. Après avoir détaillé les habits des femmes présentes, elle déniche à Camden Market une robe qui lui semble convenir, et à laquelle elle ajoute un foulard volé chez Liberty. Se remémorant l'assurance de la mère de famille à Bristol et ses grands airs d'artiste inspirée, elle revêt sa tenue et s'entraîne devant la glace à paraître sûre d'elle.*

Le soir de l'inauguration, elle s'approche de la galerie le cœur battant, pour s'apercevoir qu'elle n'aurait pas dû s'inquiéter : lorsqu'elle arrive, la fille à la porte n'a d'intérêt que pour un couple séduisant et ne vérifie même pas le nom sur le carton. Elle se contente de l'ajouter à ceux qu'elle tient dans sa main et fait signe à Hannah d'entrer.

Le mari de Bristol est déjà ivre mort, mais il la reconnaît immédiatement.

— Bon sang ! Hannah ! s'écrie-t-il. Ça fait une éternité !

Il ôte les mains qu'il avait posées sur la taille de la femme en face de lui et les plaque bas sur les reins de Hannah quand il l'étreint.

— Tu es mignonne à croquer, déclare-t-il. Quelqu'un t'a envoyé une invitation ? C'est formidable que tu sois là, en tout cas...

Il se colle à elle pour lui donner des nouvelles : son plus jeune fils, durement affecté par la mort de sa mère, a eu quelques problèmes, et l'aîné a été dévasté lui aussi mais il va mieux depuis qu'il est rentré à la maison. Ils ont une nouvelle nanny. Ses propres tableaux remportent un beau succès.

— Et toi, alors ?

— Je vais bientôt quitter une place, prétend-elle.

— Ah oui ? Quelle coïncidence... Ma cousine cherche justement quelqu'un. Son mari et elle ont une résidence à Londres et une autre dans le Wiltshire. Virginia !

Une femme se retourne. Elle est enceinte – sa grossesse est assez avancée –, et ravissante dans sa robe de gaze rehaussée de panneaux de soie, qui adoucit la rondeur de son ventre. Rien à voir avec les robes de maternité classiques. La dénommée Virginia, grande et indéniablement élégante, n'est cependant pas d'une beauté conventionnelle. Ses traits sont trop affirmés et volontaires. Pour autant, elle inspire aussitôt à Hannah une jalousie féroce.

— Pas mal, ma cousine, hein ? lui chuchote le mari de Bristol. Je serais sacrément tenté si elle n'était pas de la famille.

Ladite cousine se révèle plus douce que son apparence ne le laissait supposer.

— Je n'étais pas certaine de vouloir engager une nanny, dit-elle à Hannah, en même temps qu'elle lisse sa robe sur son ventre, s'attirant les regards des hommes. J'avais des réticences, parce que je voulais élever ma fille moi-même, mais Alexander a fini par me convaincre d'engager quelqu'un pour m'aider. Je n'ai encore trouvé personne qui convienne, malheureusement.

— Vous savez déjà que c'est une fille ? interroge Hannah.

— Non, mais je le souhaite si fort que mon vœu sera exaucé, j'en suis sûre.

Comment peut-on imaginer qu'un désir puisse devenir réalité juste parce qu'on en a envie ? se demande Hannah.

— En fait, je vais être libérée de mes engagements plus tôt que prévu, dit-elle. La famille pour laquelle je travaille part s'installer à l'étranger.

C'est un mensonge, bien sûr, mais peu importe. S'il doit avoir des conséquences, elle réglera le problème plus tard. Dans l'immédiat, elle n'aspire plus qu'à cette place. Elle se rend bien compte qu'elle a affaire à des personnes raffinées qui, de plus, possèdent une maison de campagne. Jamais elle n'aurait osé rêver d'une telle éventualité.

— Quel heureux hasard, tout de même, ajoute-t-elle, parce qu'elle pense que Virginia sera sensible à l'idée d'une rencontre providentielle.

Cette dernière laisse échapper un petit rire.

— Peut-être, oui. Seriez-vous disponible pour venir chez nous cette semaine afin d'en discuter plus longuement ? Nous n'habitons pas loin d'ici.

— Bien sûr, répond Hannah. Il me paraît crucial de déterminer si nos caractères sont compatibles et de voir comment nous pouvons collaborer au mieux.

En son for intérieur, elle remercie Nanny Hughes pour ses enseignements.

— En effet, déclare Virginia. Même si je ne doute pas que nous puissions établir de bonnes relations, vous et moi. Mais laissez-moi vous présenter mon mari. Alexander ?

Pourrait-il s'agir de lord et lady Holt ? se demande Hannah. À cette pensée, ses battements de cœur s'accélèrent. En entendant son prénom, un invité engagé dans une conversation se détourne de ses interlocuteurs. C'est tout à fait le genre d'homme que Hannah n'a vu que dans les magazines ou sur les écrans de cinéma. Elle le trouve tellement beau qu'elle a du mal à le regarder dans les yeux quand Virginia fait les présentations.

— Hannah est nanny et pourrait nous aider avec le bébé, ajoute-t-elle. Elle s'est occupée des fils de Seb à Bristol.

Virginia se penche vers son mari lorsqu'elle lui parle, lui effleurant presque la joue de ses lèvres.

— Exact, confirme Seb. Croyez-moi, elle est formidable.

— Vous avez de l'expérience avec les bébés, Hannah ? s'enquiert Alexander Holt.

— J'ai eu la charge de jumeaux, oui.

— Pendant combien de temps ?

En voyant Virginia poser une main sur la poitrine de son époux pour l'interrompre, Hannah éprouve un tiraillement de jalousie.

— Chéri ? Je vais convenir avec Hannah d'une heure pour qu'elle vienne nous voir cette semaine et que nous puissions discuter plus longuement de son expérience. Je ne voudrais pas l'empêcher de profiter de la fête ce soir. Tu veux bien lui donner notre adresse ?

Alexander tire de sa poche intérieure un mince étui à cigarettes bleu et or, puis quelques cartes de visite. Il en garde une, range l'étui, emprunte un stylo à la fille de l'accueil et note l'heure du rendez-vous en dessous de l'adresse.

Pendant tout le reste de la soirée, et même plus tard, alors qu'elle s'envoie en l'air avec un type tellement ivre qu'il a eu du mal à retrouver son appartement après que le taxi les a déposés à King's Road, Hannah ne pense plus qu'à Alexander Holt et aux mots imprimés sur la carte qu'il lui a remise : « Lord Alexander Holt. Secrétaire. Burlington Club. » C'est lui, *pense-t-elle.*

Tout son corps brûle déjà de désir pour lui, et elle sait bien qu'elle ne trouvera jamais mieux.

C'est lui qu'elle veut.

VIRGINIA

Hannah va revenir s'installer à Lake Hall pour s'occuper de Ruby. L'histoire se répète… Je ne sais pas comment prévenir Jocelyn que je crains un dénouement violent – contre qui, je l'ignore encore, mais j'imagine que Hannah le sait déjà. Elle a toujours eu le don de tout planifier.

J'aimerais sortir aujourd'hui, parce que j'étouffe au manoir, en même temps j'appréhende de conduire le Land Rover. Je m'installe tout de même au volant pour faire une manœuvre sur l'allée et tester les freins. S'ils paraissent fonctionner, rien ne prouve toutefois que Hannah n'a pas trafiqué autre chose après que Geoff a inspecté le véhicule. Je ne peux pas lui demander de procéder à de nouvelles vérifications, il me prendrait pour une folle. Vaincue, je rentre dans la maison la queue basse.

Ce soir-là, lorsque Jocelyn revient de Londres, j'essaie encore une fois de lui parler des bleus de Ruby. Elle ne m'en laisse pas le temps. Elle écume littéralement de rage.

— J'interrogerai moi-même Ruby, m'assène-t-elle. Je ne veux plus t'entendre prononcer un mot à ce sujet, OK ? Là, j'ai un problème plus urgent à voir avec toi.

Quand j'apprends que Clemency a vendu la mèche, je tente de me défendre.

— Je ne voulais pas t'impliquer, Jocelyn. Ce n'était pas mon idée.

Je voudrais lui expliquer que c'est son père qui, au départ, nous a entraînés dans cette supercherie et que Faversham l'a recrutée sans mon autorisation, mais elle refuse de m'écouter. Elle se lance dans une tirade enflammée impossible à arrêter, et sa colère est entièrement dirigée contre moi : je suis responsable de toutes les souffrances et de tous les malheurs qu'elle a subis dans sa vie, et cette dernière ignominie n'en est qu'une preuve de plus.

J'en ai la tête qui tourne.

Ce n'était pas ma faute. Je suis devenue complice, je veux bien l'admettre, en attendant, c'est Alexander qui a tout initié.

J'ai appris ce qu'il en était de notre situation financière un soir, alors que nous étions tous les deux assis dans le jardin. Au-dessus de la cime des chênes, le ciel crépusculaire était d'un bleu profond. J'avais distingué la silhouette d'une chouette perchée sur un poteau de clôture, qui semblait contempler le chaume dans les champs. De temps à autre, nous entendions un petit bruit d'éclaboussure venu du lac et des bribes de la berceuse que chantonnait Hannah à Jocelyn dans le grenier.

Alexander avait grimacé. « Jocelyn commence à être un peu grande pour qu'on lui chante une comptine le soir, non ?

— Hannah affirme que ça fait partie du rituel du coucher. Elle me répète souvent (et je n'avais pas pu résister à la tentation d'adopter un ton méprisant pour imiter notre nanny) qu'il n'y a pas mieux qu'une chanson et une histoire pour rendre un enfant heureux d'aller au lit.

— Tu crois qu'on pourrait lui demander de prendre des cours de chant ? »

J'avais ricané. Alexander nous avait préparé des gin tonic corsés et l'alcool le rendait toujours plus drôle.

« Ou au moins de fermer la fenêtre ? avait-il ajouté.

— Il fait trop chaud, mon chéri.

— Je disais ça pour rire.

— Oh, désolée. »

Chaque fois qu'il était question du bien-être de Jocelyn, je ne pouvais résister au désir de réaffirmer mon instinct maternel. C'était d'autant plus pitoyable qu'à ce stade Hannah prenait la plupart des décisions concernant notre fille qui, j'en avais bien conscience, me détestait. Comment aurais-je pu l'ignorer, quand chaque nouvelle journée m'en apportait la preuve ? J'en étais venue à me considérer comme odieuse. Comment expliquer autrement la haine que j'inspirais à mon propre enfant ?

Alexander avait levé les yeux vers la chambre de Jocelyn.

« Si on allait se promener ? avait-il suggéré.

— Maintenant ?

— Oui, maintenant.

— Où va-t-on ? » J'avais ôté mes chaussures et l'avais suivi pieds nus sur la pelouse.

Il avait ouvert la porte du hangar à bateaux. La barque amarrée à l'intérieur oscillait, les rames posées au fond. Alexander avait craqué une allumette pour enflammer la mèche d'une petite lampe à pétrole puis était allé chercher des couvertures dans une malle et les avait secouées, avant de les étaler sur le plancher près du bateau. Un frisson m'avait saisie. Nous n'avions pas fait l'amour depuis des mois et la chaude lumière de la lampe le flattait, dissimulant ses cernes. Ces dernières semaines, les réceptions s'étaient accumulées et il avait eu en outre beaucoup de travail. Nous étions venus à la campagne nous reposer et récupérer.

Nous nous étions assis l'un à côté de l'autre. Je m'étais rapprochée jusqu'à appuyer ma cuisse contre la sienne, j'avais posé ma paume sur sa joue et levé mon visage vers lui en fermant les yeux, mais ses doigts s'étaient refermés sur les miens et il avait écarté ma main. De toute évidence, l'heure n'était pas à l'intimité pour lui. « Ginny, avait-il murmuré. J'ai quelque chose à te dire. »

J'avais rouvert les yeux, dépitée. Qu'aurions-nous pu souhaiter de plus, en tant que couple, que d'éprouver encore l'un pour l'autre autant de désir qu'au premier jour ? Je m'étais néanmoins redonné une contenance. Mieux valait ne pas laisser transparaître ma déception. Les hommes n'aiment pas ça.

De la pointe du pied, Alexander avait repoussé la barque qui, arrêtée par son amarre, était revenue vers nous dans un clapotis. Les vaguelettes créées par le mouvement avaient réfléchi sur les murs et le plafond les lueurs de la lampe.

C'était à ce rythme que j'avais appris que nous étions en danger de tout perdre.

Alexander m'avait parlé d'une spirale infernale de dettes alimentée par des emprunts contractés auprès de jeunes banquiers en costume qui, s'ils avaient dans un premier temps accueilli avec joie la perspective de partager une table avec lord Holt au Burlington Club, n'avaient pas tardé à prendre leurs distances avec lui quand il s'était trouvé dans l'incapacité de les rembourser, même après qu'il leur eut permis de devenir membres.

Tous nos comptes étaient vides, m'avait-il avoué, et toutes ses cartes de crédit avaient atteint leur plafond. Il m'avait raconté avoir vendu aux enchères un des dessins de la collection de son grand-père pour un prix qui, avait-il découvert plus tard, était dérisoire. Quand il en avait été informé, Faversham, son ancien camarade d'université, avait voulu connaître les raisons pour lesquelles il s'en était séparé. Une fois éclairé sur ce point, il avait insisté pour qu'Alexander me mette au courant.

Ce que mon mari venait de faire. À la fin de son récit, il avait été saisi d'une violente quinte de toux, comme s'il cherchait à expulser une boule de honte coincée dans sa gorge. Avais-je été tentée de le quitter ? Pas une seconde. Nous avions parcouru trop de chemin tous les deux et nous avions un enfant ensemble. Même si le petit visage de Jocelyn se plissait de dégoût chaque fois qu'elle me voyait, elle vouait une adoration sans bornes à son père.

Alors je m'étais engagée dans différentes voies pour résoudre nos problèmes. D'abord, j'avais pris rendez-vous chez le médecin.

« "Mother's Little Helper[1]", avait dit Eric Howard en rédigeant l'ordonnance. Le petit coup de pouce dont une maman a parfois besoin…

— Ou une épouse », avais-je répliqué.

Une remarque que j'avais aussitôt regrettée, parce qu'il m'avait jeté un coup d'œil intrigué.

---

1. Titre des Rolling Stones, sorti en 1966.

Je n'en avais pas pris beaucoup, cependant – juste assez pour passer le cap des premières semaines difficiles. J'avais ensuite dit à Alexander que j'avais discuté avec Elizabeth et que nous avions eu une idée.

Faversham, Alexander, Elizabeth et moi avions alors élaboré une stratégie pour écouler des copies de toiles de maître. L'objectif était de préserver l'héritage de Jocelyn, à savoir Lake Hall et la collection familiale d'œuvres d'art, tout en nous assurant des revenus substantiels, susceptibles de contenter tout le monde. Notre plan avait merveilleusement bien fonctionné, jusqu'au moment où Faversham avait franchi une limite et engagé Clemency. Et maintenant, des années plus tard, c'est Jocelyn qu'il cherche à inclure dans nos opérations. Et c'est moi qu'elle blâme.

Elle achève sa diatribe en me disant que j'empoisonne sa fille, que ce n'est pas sain pour Ruby de côtoyer une personne aussi malhonnête que moi. À l'entendre, tous les efforts que j'ai déployés pour me rapprocher de ma petite-fille s'apparentent à des rituels de magie, comme si j'étais une vieille sorcière ayant préparé dans son chaudron de quoi jeter un sort à Ruby. Ses paroles me font si mal qu'elles sapent toutes mes forces. Je baisse la tête sans un mot, guettant le claquement de la porte quand elle sortira de la pièce.

Dans le silence qui suit son départ, je refoule mes larmes. Jocelyn ne manque pas une occasion de me planter un couteau dans le dos, et je me sens de plus en plus faible à chaque coup, pourtant je reste déterminée : je dois continuer à essayer de protéger son passé et son avenir, coûte que coûte.

Jo

Je parle à Ruby au moment de la mettre au lit, lorsque nous sommes à l'écart des oreilles indiscrètes de ma mère. C'est le genre de conversation qu'aucun parent n'a envie d'avoir un jour avec son enfant. Je fais implicitement confiance à Hannah, et je n'ai pas envie d'aborder le sujet, mais je m'y sens obligée, juste au cas où. Après avoir bordé Ruby, qui a ouvert un livre, je m'assois sur le lit à côté d'elle.

— Je peux te poser une question ? Tu as raconté à mamie que Hannah t'avait fait du mal. Elle m'a dit que tu avais des bleus sur le bras.

Elle remonte sa manche, me révélant deux ecchymoses qui datent sans doute de quelques jours. À voir leur taille, elles pourraient avoir été laissées par des doigts.

— Comment c'est arrivé, ma puce ?

— C'était un accident.

— Quel genre d'accident ?

— Je sais pas.

— Tu en as d'autres ?

Elle secoue la tête et remonte la seconde manche, révélant un bras parfait, indemne de marques.

— Il faut que tu me racontes ce qui s'est passé, ma puce. C'est important.

— Pourquoi ?

— Parce que c'est très grave d'accuser Hannah de t'avoir brutalisée.

— Je l'ai pas accusée.

— Ah bon ?

— Je sais pas pourquoi mamie t'a dit ça. Je crois qu'elle a tout mélangé.

— Alors, comment t'es-tu fait ces bleus ?

Elle hausse les épaules.

— Je me rappelle plus. À l'école, peut-être. On a joué à la balle au prisonnier, à la récré, et certains garçons lançaient le ballon vraiment fort. La maîtresse les a grondés.

Je la questionne encore un peu, mais elle maintient sa version. Et, après tout, c'est plausible, alors j'arrête mon interrogatoire pour ne pas la contrarier. Je me sens néanmoins troublée par un détail : les bleus sont à l'intérieur de son bras.

Comme pour tant de choses qui se produisent en ce moment, je ne sais pas trop quoi ou qui croire.

Je décide d'aller me coucher, même s'il est encore tôt, afin de ne pas croiser ma mère qui déambule dans les pièces du rez-de-chaussée. J'essaie de lire, mais impossible de me concentrer sur mon roman. L'image des ecchymoses de Ruby me perturbe, d'autant qu'elles m'en rappellent d'autres, sur un bras différent. Le mien, meurtri lui aussi.

Le souvenir qui me revient ne m'est pas vraiment familier. J'ai l'impression de considérer un vieil objet qu'il faut d'abord épousseter avant de pouvoir le reconnaître. Je sais toutefois qu'il remonte à cette fête donnée par mes parents des années plus tôt, le week-end où ils ont chassé Hannah, parce que je porte cette fameuse robe dont je suis persuadée qu'elle était bleue, alors que Hannah m'a assuré qu'elle était verte. Une fois de plus, j'en viens à douter de la fiabilité de ma mémoire. En attendant, mes réminiscences de cette journée sont nettes.

Je suis dans le jardin avec ma mère, son ami Rory et d'autres personnes. Ils ont tous un verre à la main. Ma mère est encore plus belle que d'habitude. Je suis en nage, parce que Rory me pousse à enchaîner les figures de gymnastique.

— Non ! s'écrie ma mère lorsqu'il me met au défi de faire la roue.

Or, je ne suis pas particulièrement sportive. Ma mère se lève de sa chaise sur la terrasse et vient s'accroupir devant moi.

— On ne montre pas sa culotte aux invités, me glisse-t-elle à l'oreille, m'envoyant la fumée de sa cigarette dans la figure. Arrête de te donner en spectacle.

— Ce que tu peux être rabat-joie, Ginny ! rétorque Rory.

Et d'ajouter à mon adresse :

— Allez, ma jolie, fais la roue. Et après, pourquoi pas un petit saut périlleux ?

Ma mère darde sur moi un œil noir, mais je me sens rebelle. Je sais faire la roue et je suis flattée par l'attention que me porte Rory. Je m'écarte et prends mon élan.

— Jocelyn… m'avertit ma mère.

— Oui, bravo ! s'exclame Rory. Encore une, s'il te plaît !

Il m'applaudit chaleureusement.

J'en fais une autre, puis encore une autre. J'ai de plus en plus chaud et les figures deviennent chaotiques, pourtant je m'obstine. Hors d'haleine à la huitième ou neuvième roue, je m'interromps pour guetter la réaction de mon public, sauf que plus personne ne me regarde. Même pas Rory. Je l'interpelle, et tant pis si ce n'est pas poli.

— Jocelyn ! me tance aussitôt ma mère. Ne crie pas comme ça, veux-tu ? Bon, rentre tout de suite.

Je l'ignore, cours le plus vite possible et fais encore trois roues d'affilée devant Rory et elle. Malheureusement, lors de la dernière figure, je dérape sur l'herbe humide en me redressant et m'étale dans une énorme crotte de chien qui se trouve au bord d'un massif. Ma mère ne remarque le problème qu'au moment où elle m'attrape par le bras pour m'aider à me relever. Elle fronce le nez et se fige, mais il est trop tard : sa belle robe orange et jaune est souillée elle aussi.

Rory rugit de rire. Je devine ma mère contrariée, parce qu'elle prend grand soin de ses robes, pourtant elle aussi laisse échapper un petit rire.

— Oh, eh bien, moi qui hésitais entre celle-ci et ma robe Galliano à carreaux, je vais avoir l'occasion de porter les deux, finalement.

— Non, c'est vrai ? lance une de ses amies. Je suis verte de jalousie ! Comment as-tu réussi à obtenir une création de Galliano ? Je ne sais pas comment tu fais pour avoir toujours une longueur d'avance.

— John est un ami, répond ma mère. Jocelyn ? Viens maintenant, on rentre.

À peine sommes-nous dans la maison qu'elle m'attrape par le bras et m'assène trois claques à l'arrière des jambes. Je me mets à hurler de surprise et de douleur. Un instant plus tard, Hannah apparaît, et ma mère, qui s'apprêtait à me frapper de nouveau, suspend son geste.

— Que se passe-t-il ? demande ma nanny.

Ma mère me pousse vers elle.

— Où étiez-vous, bon sang ?

— Lord Holt avait besoin d'aide pour retrouver quelque chose.

— Eh bien, qu'il vienne plutôt nous rejoindre. Toute seule, je ne m'en sors pas avec cette enfant. En tout cas, assurez-vous qu'elle ne fait plus de bêtises.

Les traces rouges sur l'arrière de mes cuisses avaient disparu rapidement mais pas les bleus laissés par les doigts de ma mère sur mon bras – des bleus pareils à ceux de Ruby.

Je me sens à la fois troublée et perplexe au souvenir de cette scène, que j'avais complètement oubliée jusqu'à maintenant.

Virginia

Jocelyn a pris sa journée. Elle affirme qu'elle ne veut pas revoir Faversham avant d'avoir réfléchi à la situation. De mon côté, je suis déterminée à essayer une nouvelle fois de lui parler. Mon impuissance me tourmente. J'attends ma fille toute la matinée, parce qu'elle ne revient pas après avoir déposé Ruby à l'école. Nous ne prenons même plus la peine de nous tenir au courant de nos déplacements, ne serait-ce que par politesse, et elle ne répond pas au téléphone.

Vers midi, n'y tenant plus, je sors me promener. Boudicca trottine à côté de moi. En remarquant que, pour une fois, Jocelyn a pris le Land Rover, je sens l'appréhension me gagner. Hannah l'a-t-elle trafiqué ? Auquel cas, Jocelyn aurait-elle eu un « accident » dont j'étais censée être victime ? Je vais jusqu'au bout de l'allée, mais le seul véhicule que je vois passer est un tracteur. Je retourne sur mes pas et me dirige vers les dépendances.

Je longe le mur du verger, devenu pour moi le « mur de Ruby » tant elle aime l'escalader. Je laisse courir mes doigts sur les pierres, effleurant les arêtes rocheuses sur lesquelles elle prend appui, jusqu'au moment où j'atteins la saillie d'où elle saute.

C'est une grande dalle dorée, large et solide, située à environ un mètre cinquante du sol. Elle a été insérée dans ce mur au moment de sa construction. Rien ne peut l'ébranler.

Pourtant, alors que je pose ma paume dessus, en souriant au souvenir de ma petite-fille prenant son élan, je la sens bouger. Je la saisis à deux mains et m'aperçois qu'elle est instable ; je peux la déplacer d'un côté et de l'autre. C'est dangereux… Je regarde le sol dessous, recouvert d'une fine couche de poussière de mortier. Est-elle tombée quand j'ai remué la dalle, ou est-ce que quelqu'un a raclé le mortier avant moi ? Difficile à dire, pourtant la peur me gagne. Que Hannah profère des menaces à mon encontre, c'est une chose, mais aurait-elle décidé de s'en prendre à Ruby ?

J'entends soudain le gravier de l'allée crisser sous des pneus, et je me précipite à la rencontre de Jocelyn. Je dois absolument la mettre au courant. Elle a reculé le Land Rover devant l'entrée de la maison et feint de ne pas me voir quand elle descend de voiture. À l'arrière, j'aperçois des sacs et une valise.

— Qu'est-ce qui se passe ?

— Hannah emménage aujourd'hui, répond-elle.

Son regard me met au défi de formuler une objection. Je garde le silence, partagée entre la colère et la frayeur. *Ouvre les yeux !* ai-je envie de crier. *Je t'aime ! Ce n'est pas de moi que vient le danger.*

Mais Hannah sort du côté passager avant que je puisse prendre la parole. Il faut que je garde mon sang-froid jusqu'à ce que je me retrouve seule avec Jocelyn.

— Eh bien, j'imagine que cet arrangement va beaucoup vous simplifier la vie à toutes les deux, dis-je. Je vais t'aider à porter les bagages.

Je tends le bras vers la valise.

— Non ! proteste Jocelyn en m'arrêtant d'un geste. C'est trop lourd pour toi.

— Mais non, pas du tout.

Je refuse de renoncer. Ce serait trop humiliant. Je saisis la poignée et tire de toutes mes forces. Entraîné par son poids, le bagage tombe avant que je puisse ôter mes doigts, et me déséquilibre. Je tends mon autre main pour amortir ma chute.

Je n'entends pas le bruit que fait l'os de mon poignet quand il se brise, mais j'éprouve un bref moment de calme intense avant qu'une douleur fulgurante se propage dans mon bras.

Hannah et Jocelyn me soutiennent jusqu'au banc proche, sur lequel je m'effondre. Elles restent debout devant moi, bloquant la lumière du soleil, et je plaque mon poignet contre ma poitrine. J'ai honte.

Alors que l'expression de Hannah reflète un mélange parfaitement dosé de compassion et d'inquiétude feintes, je ne vois que du mépris dans le regard de ma fille. Je ne suis qu'une vieille imbécile à ses yeux.

Elle se trompe tellement, me dis-je, alors que la douleur s'intensifie, m'amenant à me courber. Si Jocelyn ne surmonte pas la colère qui l'habite depuis son enfance, elle ne sera pas capable de voir la réalité à travers les voiles de fausseté que Hannah tisse autour de nous. Elle doit faire preuve de plus de discernement. C'est notre seul espoir.

III

La petite Jocelyn, deux ans, est debout dans son lit quand Hannah vient la chercher. La fillette est toute contente de voir sa nanny. Les doigts agrippés aux barreaux, elle sautille sur son matelas.

— Attention, l'avertit Hannah. Si tu tombes, tu risques de te faire mal.

Elle soulève l'enfant, puis l'allonge sur la table à langer. Après lui avoir changé sa couche, elle lui tend ses deux index, et Jocelyn en attrape un dans chaque main pour pouvoir s'asseoir et ensuite se lever, avec un peu d'aide.

— Ho ! Hisse ! s'écrient-elles en chœur.

Jocelyn éclate de rire.

Hannah décide alors de jouer avec elle à un petit jeu qu'elle pratique depuis longtemps. Elle lui adresse un grand sourire, et celui de la petite s'élargit jusqu'à lui donner l'air radieux. Hannah change ensuite son expression, abaissant les coins de sa bouche, relâchant les muscles de ses joues et s'efforçant de charger son regard de tristesse. Jocelyn réagit instantanément : son propre sourire s'évanouit et ses traits se figent. Aussi immobile qu'une statue, Hannah la dévisage jusqu'au moment où le menton de la fillette commence à trembler et ses yeux à se remplir de larmes.

— Oh, Jocelyn ! s'exclame-t-elle, recouvrant une mine enjouée. Je suis désolée, ma puce. J'ai eu du chagrin pendant un petit moment, mais tu m'as consolée.

Elle couvre l'enfant de baisers jusqu'à la faire rire à nouveau.

— Alors, qu'en penses-tu ? demande-t-elle. Je te mets ta belle robe pour aller voir les invités ?

En descendant l'escalier un peu plus tard, elle fait rebondir Jocelyn calée sur sa hanche, et qui lui sourit toujours.

— Hop, hop, hop, chantonne-t-elle.

La fillette est vêtue d'une robe-chasuble en velours côtelé rose pâle, et des barrettes retiennent ses cheveux soyeux, qui encadrent sagement son visage. Elle ressemble à une poupée. Tout le monde sera sous le charme. Hannah consulte sa montre. Encore une heure avant que les ballons fassent leur apparition. Elle doit garder l'horaire en tête, parce que Jocelyn déteste les baudruches depuis le jour où l'une d'elles a éclaté devant son visage.

La fête estivale vient de commencer. Les invités arrivent nombreux à Lake Hall, impatients de franchir les grilles anciennes. Lord Holt et le jeune Geoff, l'aide-jardinier, guident tous les deux les voitures jusqu'au champ qui sert de parking. Sur la pelouse, les femmes du village servent du thé et du sirop à l'eau, remplissant de pièces de monnaie des bacs de crème glacée vides. Des objets d'artisanat local, des aquarelles et des gâteaux faits maison sont exposés sur des stands et des tables, et des boutures provenant des plantes cultivées dans les jardins de Lake Hall sont en vente sous un auvent fixé à l'un des murs de la grange.

Hannah surveille Jocelyn de près quand elles font le tour des étals. De même, elle garde un œil attentif sur Virginia Holt. Celle-ci, qui porte une jupe de tweed ceinturée pour mieux souligner la finesse de sa taille, un chemisier blanc au col relevé et un chapeau en tweed agrémenté de plumes, incarne à la perfection la lady du manoir. Son cou s'orne d'une chaîne en platine à laquelle est accroché un pendentif en forme de cœur, incrusté de diamants et d'émeraudes qui scintillent même quand le soleil disparaît derrière les nuages. C'est un bijou de famille que Hannah a repéré sur un portrait d'une précédente lady Holt. Elle sait qu'il doit valoir une fortune. Elle rêve de l'essayer.

À 15 h 30, Hannah et Jocelyn se rangent parmi les spectateurs et applaudissent lady Holt, qui remet le prix du plus beau bâtard à l'issue du concours canin. À 16 heures, Virginia se dirige comme prévu vers l'estrade de fortune, soutenue par des bottes de foin, où un orchestre de cuivres joue une version trop lente de « Jerusalem », dont le vent emporte les notes au-dessus des champs de blé. Après que la dernière a été tenue suffisamment longtemps pour satisfaire les âmes patriotiques, la maîtresse des lieux monte sur la plateforme, où un micro a été installé à son intention. Elle le tapote, lui arrachant un son strident.

— Bonjour à tous, dit-elle. Vous m'entendez bien ?

Sa voix porte loin, attirant aussitôt l'attention de presque tous les visiteurs.

— Tant mieux, poursuit-elle. Je vous en prie, rapprochez-vous, ajoute-t-elle avec un sourire charmant.

— Tu as vu ta mère ? glisse Hannah à Jocelyn.

— Mère.

C'est un constat, rien de plus. La fillette n'est que trop heureuse de rester dans les bras de sa nanny.

Celle-ci joue des coudes pour pouvoir se placer juste devant l'estrade. Il suffirait à Jocelyn de tendre la main pour toucher les bottes maternelles. Dans l'intervalle, plusieurs femmes se sont rassemblées autour de Virginia. Chacune tient un gros sac-poubelle noir et arbore un sweat-shirt sur lequel figure le logo d'un hospice pour enfants.

— Merci à tous d'être venus ici aujourd'hui, déclare Virginia.

Hannah jette un coup d'œil par-dessus son épaule pour voir si Alexander regarde sa femme. Elle ne tarde pas à le repérer dans la foule, les bras croisés, l'air détendu, comme s'il prenait son temps pour admirer l'un de ses biens les plus précieux. Elle regrette alors d'avoir cédé à son impulsion, parce que ses émotions affluent toujours aussi vite qu'elles refluent lentement. L'intensité de sa jalousie envers Virginia et de son désir pour Alexander Holt la met au supplice.

— Nous tenons à exprimer notre profonde gratitude à tous nos bénévoles, sans qui cette fête n'aurait pas été aussi réussie, poursuit Virginia.

Sur la hanche droite de Hannah, l'enfant pèse de plus en plus lourd. Elle la fait passer sur la gauche.

— Aujourd'hui, nous avons un événement spécial à célébrer, enchaîne Virginia. Avant même que nous ouvrions les grilles de Lake Hall cet après-midi, les

membres de notre association avaient obtenu les fonds nécessaires à la construction d'une extension susceptible d'accueillir les parents des enfants hospitalisés à Joseph Cares Hospice. Applaudissons-les chaleureusement pour les féliciter !

Le bruit qui s'ensuit est suffisamment sonore pour faire sursauter Jocelyn. Hannah remarque que les femmes sur l'estrade chargées des sacs-poubelle commencent à s'agiter. Il est temps de passer à l'action.

— Tu veux aller voir ta mère ? demande-t-elle. Et aussi tous les jolis instruments de musique sur la scène ?

Elle donne un petit coup sur le genou de Virginia Holt, qui recule sa jambe. Hannah insiste et attire l'attention de son employeuse. Quand elle lui tend Jocelyn, le sourire de Virginia se fige et elle esquisse un mouvement de dénégation. Dans les bras de Hannah, qui l'a soulevée plus haut, la fillette semble hésitante.

— Allez, fais un effort pour moi, d'accord ? lui dit Hannah. Reste avec ta mère une minute, et après nous irons te chercher une glace.

Cette fois, Virginia Holt n'a plus d'autre solution que de récupérer sa fille.

— Ahhhh ! s'exclame collectivement l'assistance.

La maîtresse des lieux a recouvré le sourire. Elle ressemble à un mannequin posant en couverture de Country Life. *Jocelyn baisse les yeux vers Hannah, qui lui adresse des mimiques encourageantes. Sans succès. L'enfant tend les bras vers elle. En réaction, sa mère la serre contre elle, froissant son chemisier.*

— Et maintenant, le lâcher de ballons ! annonce-t-elle.

De sa main libre, elle fait un geste vers le ciel, et Hannah recule de quelques pas pour se fondre dans l'assistance, tandis que les dames sur l'estrade ouvrent les sacs-poubelle et libèrent les deux dizaines de ballons roses gonflés à l'hélium contenus à l'intérieur.

Le hurlement de Jocelyn exprime la terreur pure. Elle se contorsionne avec la dernière énergie pour échapper à la fois aux baudruches et aux bras de sa mère. Virginia manque de la lâcher. Hannah la voit tenter en vain de calmer l'enfant. Jocelyn est maintenant hystérique et, sur le visage de sa mère, la panique le dispute à un profond embarras.

Hannah compte jusqu'à dix avant d'aller les rejoindre. À ce stade, Virginia est rouge de honte et Jocelyn se débat pour se dégager de son étreinte. Les invités ne perdent rien du spectacle.

Virginia

Jocelyn prend le volant du Land Rover pour me conduire à l'hôpital. Chaque nid-de-poule sur lequel nous passons me fait souffrir, même si elle roule lentement. Mon poignet me lance et j'ai terriblement mal à la tête. Surtout, je redoute une sortie de route avec cette voiture, mais je n'ose pas mentionner les menaces de Hannah à ce sujet. Jocelyn ne voudra jamais me croire.

Et, de toute façon, il y a plus urgent.

— Hannah a descellé la pierre en saillie, dis-je. Sur le mur du verger. C'est toujours de celle-là que Ruby saute, elle risque de se blesser si elle recommence. Il faut que tu demandes à Geoff de remettre du ciment.

— Arrête.

— Mais écoute-moi, bonté divine !

— Pourquoi ? Pour que tu me racontes que tu viens de tomber parce que Hannah t'a poussée, peut-être ? Que tout est sa faute ?

— Va voir cette pierre.

Elle secoue la tête d'un air incrédule.

— Je suis sérieuse, Jocelyn. Promets-moi d'aller y jeter un coup d'œil dès que nous serons rentrées.

— OK, à une condition : que tu promettes en retour de te montrer plus aimable avec Hannah.

Je reste silencieuse.

— Mère !

— Jamais.

J'aperçois un autre nid-de-poule devant nous, mais cette fois Jocelyn ne ralentit pas à son approche. Tout mon corps se raidit dans l'attente du choc. Jocelyn l'a-t-elle vu ou pas ?

Je préfère ne pas penser à la réponse. Tout ce que je sais, c'est que je suis dans l'incapacité de nous protéger.

Inspecteur Andy Wilton

Andy peste quand la porte se referme derrière lui. Il secoue les épaules comme pour se débarrasser d'un vêtement malodorant, puis contemple les alentours.

L'archiviste de la police a enfin envoyé le dossier original relatif à l'accident de chasse, qui s'est révélé décevant. Il contenait pour l'essentiel des informations dont Andy avait déjà connaissance. Le seul élément utile pour lui était une liste partielle des invités à la partie de chasse, et il vient de passer vingt minutes frustrantes à se heurter au mutisme obstiné de l'un d'entre eux. L'entretien n'a été qu'une perte de temps.

Sur sa droite, des ifs géants, artistiquement taillés, dressent leurs silhouettes grises au-dessus d'une nappe de brouillard basse et dense qui a ralenti les deux policiers sur le trajet jusque dans la vallée. Sur sa gauche, il distingue vaguement un court de tennis, avec un filet affaissé. Des corbeaux perchés haut dans les arbres croassent.

— Qu'est-ce qui cloche chez ces gens-là, ma parole ? s'emporte-t-il. Ils vivent dans une putain de faille temporelle ! Ce n'était pas la peine de prendre ce ton condescendant pour nous dire qu'il ne se rappelle pas cette femme… De toute façon, je suis prêt à parier qu'il nous a menti. Bon sang, je donnerais cher pour pouvoir lui rabattre son caquet, à ce snobinard !

— Seulement à lui ou à tous les aristocrates du pays ? ironise Maxine. Eh bien, bonne chance, partenaire. Et ce n'est que mon avis, mais je crois qu'il nous a dit la vérité.

À cet instant, son téléphone sonne. Elle prend la communication, puis s'éloigne de quelques pas.

Impatient de s'en aller, Andy monte dans la voiture et décide de faire demi-tour en attendant sa coéquipière. Mais, en reculant, il heurte quelque chose. Pestant de plus belle, il descend et va jeter un coup d'œil. Il a fait sauter un éclat sur l'une des colonnes basses qui flanquent l'arche à l'entrée de la propriété, cabossant le pare-chocs.

Il coule un regard en direction de Maxine. Manifestement, elle n'a rien remarqué. Il remonte en voiture et achève sa manœuvre. Si personne ne réagit dans la maison dans les deux ou trois prochaines minutes, il ne dira rien. Il pourra toujours prétendre que la voiture a été abîmée alors qu'il l'avait laissée sur un parking. En d'autres circonstances, il assumerait ses responsabilités mais, dans son esprit, ces gens-là ne méritent pas tant de considération, et il n'a pas l'intention de subir de nouveau leur regard méprisant.

Maxine revient en courant. Il se penche pour lui ouvrir la portière. Elle est tout excitée.

— Bonne nouvelle ! annonce-t-elle. Le labo a réussi à établir une correspondance d'ADN avec notre inconnue. Tu vas peut-être pouvoir faire tomber les puissants, en fin de compte.

1985

— *Hé ! Alors ça, pour une surprise !*

Hannah esquisse un mouvement de recul. La femme qui s'avance vers elle fait peur à voir : c'est une sans-abri, selon toute vraisemblance, au visage tanné et rougi par la vie dans la rue, et probablement ivre. Elle sent la main de Jocelyn se crisper dans la sienne et son regard interrogateur se poser sur elle.

— *Tu me reconnais pas ? C'est moi, Jean ! Jean, tu te rappelles ?*

Jean Palmer, donc, *songe Hannah.*

— *Oh. Bonjour, Jean, que deviens-tu ? demande-t-elle.*

Elle tente de dissimuler son dégoût. Son amie d'autrefois pue. Elle a les cheveux gras et porte une parka crasseuse à la doublure orange déchirée. Ses pupilles sont minuscules.

— *Ah, ben, y a eu des hauts et des bas. Surtout des bas, en fait. J'en ai bavé, tu sais. Je me suis retrouvée sans domicile pendant un moment, mais aujourd'hui je suis dans un foyer, grâce à Dave. Dave, c'est mon petit copain.*

Elle indique d'un geste un homme avachi sur un banc, manifestement en train de cuver.

Jean prend le temps de considérer la tenue élégante de Hannah et l'enfant qu'elle tient par la main. Elle fait un effort pour se redresser, puis sourit à Jocelyn.

— Alors, petite, où vas-tu comme ça ? demande-t-elle.

— Chez McIlroy, répond Jocelyn. Il faut qu'on achète des choses au rayon mercerie.

Jean ricane.

— Au rayon mercerie ? T'es rudement chic, toi ! J'imagine que c'est pas ta fille, Hannah, hein ? Tu t'es dégotté une place dans une bonne maison, c'est ça ?

Elle se penche vers Jocelyn, qui s'écarte aussitôt et se réfugie dans les plis du manteau de Hannah.

— Tu t'appelles comment ?

— Jocelyn Lucia Venetia Holt.

— Et où habites-tu, Jocelyn Lucia Venetia Holt ?

— À Lake Hall, près de Downsley.

— C'est vrai ? Oh, t'es rigolote, ma mignonne. Et tu manges avec une petite cuillère en argent, c'est ça ? Et qu'est-ce que tu tiens ?

Jocelyn lui montre la couverture du livre qu'elle plaquait contre elle.

— Je l'ai déjà lu deux fois, révèle-t-elle.

— Mon petit poney, *lit Jean à haute voix. Toi aussi, t'as un poney ? Je parie que oui.*

— Bon, on doit y aller, intervient Hannah.

Elle ne veut pas que Jocelyn raconte à son père que sa nanny connaît des sans-abri. Surtout maintenant, quand les choses commencent à prendre tournure entre eux.

Jean est toujours concentrée sur Jocelyn, et Hannah pousse l'enfant derrière elle.

— Eh bien, j'ai été heureuse de te revoir, Jean, dit-elle. Prends soin de toi.

— T'aurais pas un peu de monnaie ?

— Non, désolée. Je n'ai rien sur moi. Et il faut vraiment qu'on y aille.

Tandis qu'elles s'éloignent, Jocelyn lui demande :

— C'était qui, la dame ?

Hannah ne lui répond pas. Elle presse le pas, la traînant derrière elle, jusqu'au moment où la voix de Jean criant « Oublie pas ta vieille copine, merde ! Oublie pas Jean ! » n'est plus audible. Trois semaines plus tard, elle a complètement oublié l'incident quand Jean se présente à Lake Hall.

Jo

À l'hôpital, le vent souffle si fort sur le parking que je crains qu'il ne renverse ma mère. Je vais lui chercher un fauteuil roulant. Quand je la vois assise sur le siège, frêle et voûtée, j'ai l'impression qu'elle a soudain vieilli de dix ans. Je repense aux accusations qu'elle a portées contre Hannah en me demandant si elle n'est pas en train de perdre la tête.

Elle est examinée par le même médecin qui l'a reçue la dernière fois que nous sommes venues.

— Alors, on a encore fait des siennes, madame Holt ? plaisante la praticienne.

— Lady Holt, je vous prie, rectifie ma mère.

Je tousse pour lui rappeler sa promesse de ne pas se montrer condescendante avec le personnel médical. Elle me jette un rapide coup d'œil et ne pipe plus mot. On l'emmène passer des radios, puis on lui plâtre le poignet avant de lui prescrire d'autres antalgiques. Elle est d'une pâleur spectrale.

Sur le trajet du retour, je lui demande :

— Comment tu te sens ? Tu as un peu moins mal ?

Pas de réponse. J'allume la radio. Elle l'éteint aussitôt, alors que c'est l'heure de *The Archers*, son émission préférée.

— Il faut que tu m'écoutes, déclare-t-elle d'une voix mal assurée. Hannah s'en prend à Ruby. Tu ne dois pas te fier aux apparences.

Je freine brusquement et me gare sur une aire de stationnement. La vallée où réside notre famille depuis des centaines d'années s'étend devant nous, en contrebas.

— Hannah ne lui ferait jamais aucun mal, mère. Ma fille a dix ans. Elle ne dit pas toujours la vérité.

— Mais c'est vrai ! Je le sais.

— Comment peux-tu en être si sûre ? Et pourquoi Hannah la maltraiterait-elle ? Pourquoi ?

— J'ai vu les bleus.

— Moi aussi.

— Et ?

Si j'ai moi-même eu des doutes quant aux explications de Ruby, je ne me rappelle que trop bien les gifles et ecchymoses infligées par ma mère.

— Rien. Je refuse d'en parler avec toi.

Je redémarre.

En fin d'après-midi, j'appelle la Californie, espérant envers et contre tous que la situation financière s'est arrangée et que je pourrai dire à Faversham d'aller se faire pendre ailleurs.

Les nouvelles ne sont pas bonnes. L'associé de Chris me parle d'un ton grave et contrit. Même à des milliers de kilomètres, je perçois son embarras.

— Je suis navré, dit-il. J'aurais dû vous appeler plus tôt. Ce que j'ai à vous apprendre n'est pas gai, et je ne savais pas comment vous l'annoncer.

Postée devant la fenêtre de ma chambre, je sens mes orteils se recroqueviller sur le sol froid et je m'efforce de ne pas me mordre l'intérieur de la joue.

— Je n'ai pas pu sauver l'affaire, poursuit-il. Je regrette. C'était impossible de continuer sans Chris et je n'ai pas eu d'autre solution que la liquidation. Je me suis battu jusqu'au bout, je vous assure. Malheureusement, il n'y avait plus rien à faire et nous avons tout perdu.

— Tout ? dis-je dans un souffle. Le notaire m'avait prévenue que ce ne serait pas facile, c'est vrai, pourtant je n'imaginais pas que nous en arriverions là si vite.

— Je m'en doute. Croyez-moi, j'en suis désolé. Je ne vois pas quoi dire d'autre.

Je voudrais lui exprimer ma sympathie en retour, parce qu'il est ruiné lui aussi, mais les mots ne me viennent pas.

— Tu as une mine de déterrée, me fait remarquer Hannah.

J'ai besoin d'être auprès de ma fille pendant que j'essaie de digérer la nouvelle de la liquidation. Ruby est assise à table devant une part de gâteau au citron et un chocolat chaud. Il y a une trace de feutre vert sur le col de son chemisier qui n'y était pas ce matin et sa vue me rappelle à quel point elle est encore jeune. Je l'embrasse sur la tête, mais elle s'écarte. Les hormones, me dis-je. C'est normal.

— Tu as fait des dessins, aujourd'hui ?

Elle hausse les épaules. J'insiste :

— Oui ou non, Ruby ? La politesse veut que tu me répondes quand je te pose une question.

Ma patience est mise à rude épreuve et j'ai du mal à conserver un ton neutre.

— Oui.

J'attends qu'elle m'en dise plus. En vain. Elle finit par repousser sa tasse de chocolat à moitié pleine.

— Je peux aller aux toilettes, maman ?

— Tu n'as pas besoin de demander la permission, tu n'es pas à l'école, ici.

Ruby jette un coup d'œil furieux à Hannah avant de sortir de la pièce. Sa réaction ne me plaît pas, pourtant je ne la reprends pas. « Choisis tes combats », m'ont conseillé mes amies dans nos discussions par mail.

— Je m'inquiète pour toi, Jocelyn, déclare Hannah.

Quand elle me pose une main sur le front, je ferme les yeux.

— Non, ça va. C'est juste que la journée a été longue.

— Ta mère s'est conduite de manière étrange cet après-midi. Je me fais du souci pour elle. Elle est devenue tellement impulsive…

— Impulsive, paranoïaque, j'en passe et des meilleures… Tu n'imagines même pas. J'espère ne jamais revivre une semaine pareille.

Elle me regarde comme si elle pouvait lire dans mon esprit. Elle en est d'ailleurs probablement capable. Elle l'était autrefois.

— Je suis là si tu as besoin de moi, ma chérie.

Il suffit souvent d'une parole bienveillante pour faire déborder les émotions. J'ai l'impression que, si je ne me libère pas de ce que j'ai sur le cœur, je vais exploser. Alors je lui répète tout ce que Clemency m'a raconté.

Quand j'ai terminé, elle s'éclaircit la gorge.

— Ma pauvre petite… C'est affreux d'apprendre qu'on a été trahi par sa propre mère.

— Par ma mère *et* par mon père.

— Oui.

Le rapide regard qu'elle me jette soudainement suscite en moi une pointe d'appréhension inattendue. Suis-je allée trop loin ? Serait-elle prête à dénoncer ma mère à la police ? Je viens de lui fournir une arme dont elle pourrait se servir au cas où un nouveau différend les opposerait, et j'en viens à regretter mon initiative.

— Hannah… dis-je, poussée par le besoin impérieux de faire machine arrière.

Mais elle prend la parole au même moment :

— Je comprends que ce soit un choc terrible pour toi. C'est une affaire très grave, qui concerne ta famille. Alors, à mon avis, il est important que tu gardes le secret pour l'instant en attendant de savoir ce qu'il convient de faire. Tu as mis quelqu'un d'autre au courant ?

— Non, tu es la seule.

Le soulagement déferle en moi. Évidemment, que Hannah ne nous trahira pas. Elle me soutiendra. Et elle est de bon conseil, comme toujours.

— Ça doit rester entre nous, déclare-t-elle. Tu n'as rien fait de mal.

Elle me presse la main.

— Qui a fait quelque chose de mal ?

La question émane de Ruby, qui se tient sur le seuil de la cuisine.

Embarrassée, je retire doucement ma main de sous celle de Hannah. Je ne voudrais que ma fille me voie comme une enfant ayant besoin de réconfort. Je dois me montrer forte pour elle.

— Personne, ma puce.

— Il y a des oreilles qui traînent, ajoute Hannah.

— C'est mamie, c'est ça ? me demande Ruby.

Depuis combien de temps nous écoute-t-elle ?

— Non, non, ça n'a rien à voir avec mamie. Tu n'as pas à t'inquiéter.

— Je me sens pas bien, maman.

— Encore ?

De fait, elle n'a pas bonne mine. Hannah se redresse, mais je l'ai déjà devancée.

— Ne bouge pas, j'y vais, dis-je.

J'attire Ruby dans mes bras à l'entrée de la cuisine, et je la sens se relâcher un peu. Elle appuie sa tête sur moi quand nous gravissons l'escalier.

— Qu'est-ce qui ne va pas, trésor ? Tu as mal au ventre ? À la tête ?

— Au ventre. Et je suis tellement fatiguée…

Elle se met en pyjama pendant que je repousse les couvertures, puis se glisse dans son lit.

— Maman ?

— Oui, ma chérie ?

— J'ai vu Hannah dans le bureau de papy. Elle regardait dans ses tiroirs.

— Elle cherchait peut-être quelque chose ?

— Je crois qu'elle a pris son étui à cigarettes.

— Oh, Ruby… Tu l'as vue le prendre ?

— Je l'ai vu quand elle l'avait dans les mains.

— Ce n'est pas la même chose.

— Je suis sûre qu'elle l'a volé.

— Il faut faire attention à ce que tu dis, ma puce. Tu l'as vue emporter l'étui hors du bureau ?

Elle fait non de la tête.

— Peut-être qu'elle voulait juste le regarder…

— Je sais pas. J'ai mal au ventre.

Une grimace de douleur déforme ses traits, mais je ne pourrais pas dire si elle souffre réellement ou si elle joue la comédie.

— Tu as besoin de dormir.

Je pense deviner ce qui la perturbe :

— Papa me manque à moi aussi. Tout le temps.

Hannah a certainement raison : c'est forcément le chagrin qui est à l'origine des écarts de conduite de Ruby et de son abattement.

— C'est pas à cause de papa, réplique-t-elle.

— Alors qu'est-ce qu'il y a ? Explique-moi.

Elle remonte l'édredon jusque sous son menton.

— C'est à cause d'elle.

— Qui ?

— Hannah.

— Pourquoi ? Quel est le problème avec Hannah ?

— Je sais pas.

— C'est sa présence dans la maison qui te contrarie ou est-ce qu'il y a autre chose ? Tu peux tout me dire, tu sais. Absolument tout.

Elle lève vers moi des yeux larmoyants, mais dont l'expression est aussi pure et innocente qu'à l'époque où elle était encore bébé et me considérait comme le centre de son univers.

— Non, ça va.

Elle cille, bâille et se blottit plus confortablement sous l'édredon comme une petite souris dans son nid. Ses yeux se ferment. Elle me paraît si petite et vulnérable…

— Tout ira bien, ma chérie, murmuré-je dans ses cheveux. Je te le promets.

Virginia

Je toque à la vitre pour attirer l'attention de Geoff. Nous nous rejoignons sur le seuil de la porte de derrière.

— Pourriez-vous jeter un coup d'œil à la pierre en saillie sur le mur du verger ? J'ai l'impression qu'elle est instable. Après, venez me voir directement. N'en parlez à personne d'autre.

Sa voix me parvient un moment plus tard.

— Lady Holt ?

Je dois faire un effort pour soulever mes paupières. Il se tient en chaussettes sur le seuil de mon salon, l'air gauche. Il n'entre presque jamais dans la maison.

— Elle était branlante, déclare-t-il. J'ai remis du ciment et je peux vous assurer qu'elle ne bougera plus.

— À votre avis, aurait-on pu la desceller délibérément ?

— Difficile à dire.

Je lui suis reconnaissante de ne pas me poser de questions, comme l'aurait certainement fait Jocelyn. Geoff est la discrétion et la loyauté incarnées.

— C'est peut-être Ruby qui l'a ébranlée, à force de monter dessus, ajoute-t-il.

Hannah profite de l'absence de Jocelyn pour venir me voir. Quand je retourne au salon après être passée aux toilettes, elle est là, installée dans mon fauteuil.

— Asseyez-vous, m'ordonne-t-elle.

Je n'ai pas d'autre choix que de lui obéir, me semble-t-il. Je prends place avec précaution sur le siège en face d'elle. Je me sens toujours faible, et une douleur sourde palpite dans mon poignet.

Elle sourit.

— Vous espériez encore que la dépouille dans le lac était la mienne, n'est-ce pas ?

Je garde le silence.

— Jocelyn m'a parlé des copies de tableaux.

J'ai l'impression qu'un poids immense me tombe sur les épaules. En même temps, j'aurais dû me douter que ma fille se confierait à elle.

— Je me disais bien que ce manoir avait un petit air délabré, et je pensais que vous manquiez peut-être de ressources financières, poursuit-elle. En tout cas, vous avez eu une idée de génie. Était-ce la vôtre ou celle d'Alexander ?

— Ne prononcez pas son nom.

— Parlez-moi gentiment, je vous prie, m'avertit-elle.

C'est un mot qu'elle répétait tout le temps à Jocelyn autrefois : « Joue gentiment », « Fais-le gentiment »… J'en ai la chair de poule.

— Quoi qu'il en soit, j'applaudis, reprend-elle. Les coffres ne seront jamais vides si vous veillez au grain, n'est-ce pas ? Vous avez votre faussaire attitrée, votre prétendu expert pour authentifier les œuvres et ensuite les vendre, sans parler de la collection familiale des Holt, qui vous donne la crédibilité nécessaire.

Elle a raison. Toute l'opération a été soigneusement pensée et planifiée.

— Prenez-moi comme associée, déclare-t-elle. Je veux participer à votre combine et toucher ma part des bénéfices, mais je veux aussi une garantie. À ce titre, vous allez me remettre le catalogue Holt. Je suis prête à parier que vous l'avez caché et qu'il n'a pas été détruit par une inondation, même si cette chère Jocelyn, dans sa grande naïveté, y croit dur comme fer. Donnez-moi le catalogue, plus une place dans le circuit, et je vous assure de mon entière discrétion en retour. Je peux vous être utile, vous savez. Supposez qu'une dame respectable, d'un certain âge, « découvre » un tableau dans son grenier et veuille le faire estimer. Vous imaginez la tête de tous ces vieux croûtons chez Sotheby's ou Christie's si je proposais à la vente une ancienne toile de maître toute poussiéreuse ?

Ce n'est pas possible. Il n'est pas envisageable qu'elle s'associe avec nous. Mais Jocelyn lui a permis de s'immiscer de plus en plus profondément dans nos vies et j'en viens à me demander si nous pourrons un jour nous libérer d'elle.

— Je vais en parler aux autres, dis-je.

— Ne me faites pas attendre trop longtemps.

— Je comprends.

Et je suis bien décidée à faire traîner les choses le plus longtemps possible, justement.

— Parfait. Bon, il n'y a pas de repos pour les méchants, n'est-ce pas ? Il faut que j'aille préparer le goûter de Ruby.

Je voudrais l'implorer de ne pas faire de mal à ma petite-fille, mais je ne peux m'y résoudre. J'ai trop peur de l'encourager à s'en prendre à elle si je formule mes craintes. Je ravale mes paroles, cependant une remarque m'échappe :

— Ne gâchez pas la vie de Jocelyn.

— Pourquoi ? rétorque-t-elle. Elle a bien gâché la mienne !

Voilà, c'est dit. Elle m'a enfin dévoilé ses cartes : elle est motivée par l'argent, et elle m'en extorquera autant qu'elle le peut, mais son but ultime, c'est la vengeance.

Au moins, je sais maintenant à quoi m'en tenir, et si cette révélation m'emplit de terreur, elle ranime également ma combativité. Une idée me vient soudain. Après tout, j'ai toujours été douée pour régler les problèmes. Je nous ai sortis, Alexander et moi, d'innombrables bourbiers potentiels. Je ne suis pas encore vaincue.

— Jocelyn n'acceptera jamais de tremper dans des activités illégales, dis-je. Sauf si vous le lui demandez. Elle préférerait encore me voir derrière des barreaux plutôt que de m'aider. Elle me déteste, et vous le savez d'autant mieux que c'est vous qui l'avez manipulée pour qu'il en soit ainsi.

Elle s'absorbe dans ses réflexions.

— Vous avez peut-être raison. D'accord, je m'en charge. Et je sais que je peux compter sur votre soutien.

— Naturellement.

Je parviens à maintenir ma contenance jusqu'à son départ, puis je m'approche de la fenêtre pour contempler le lac. J'ai un plan, dont la principale faille est que je ne peux pas le mettre en œuvre seule. Il me faudra l'aide de Jocelyn, mais pour le moment je suis la dernière personne au monde qu'elle est prête à écouter.

La douleur dans mon poignet se fait plus intense, au point de me donner la nausée. Cette fois, je vais devoir me résoudre à avaler des cachets. Parvenue dans ma chambre, j'essaie d'extirper les comprimés de leur pellicule d'aluminium. Comme mon plâtre rend la manœuvre malaisée, je retourne la boîte de mouchoirs et la secoue pour en faire tomber ceux que j'y avais glissés. Ils dégringolent sur le lit, et j'en prends un de chaque. Quand je les rassemble pour les ranger, j'ai l'impression qu'il en manque. Je secoue de nouveau la boîte. Vide. C'est étrange. Ils sont trop peu nombreux, me semble-t-il.

Je devrais les compter pour en avoir le cœur net. Mais d'abord, il faut que je m'allonge.

Plus tard, quand Ruby vient me voir dans ma chambre et s'assoit près de moi, je murmure :

— Promets-moi que tu ne grimperas plus sur le mur du verger, ma chérie. Et que tu ne feras plus rien de dangereux. Tu veux bien me le jurer, au moins jusqu'à ce que je te dise que tu peux recommencer ? S'il te plaît ?

— D'accord, promis.

Elle m'offre l'image même de l'innocence et de la bonne volonté, mais puis-je la croire ?

1985

Hannah sort les chiens des Holt, Jed et Bijou. Autant elle se montre dure avec Bijou, un cocker aux grands yeux doux qu'Alexander a offert à sa femme, autant elle chouchoute Jed, le dernier en date d'une lignée de labradors noirs qu'Alexander possède depuis son enfance. C'est lui qui a droit à toutes les friandises. En l'occurrence, elle se promène avec eux dans l'allée de Lake Hall, où les jardiniers ratissent les feuilles de hêtres dont ils font de gros tas, puis bifurque vers le sentier qui s'enfonce dans les bois.

Elle aperçoit soudain une femme qui titube dans sa direction, arrivant manifestement du village. Elle remarque d'abord ses vêtements élimés et ses chaussures usées avant de croiser son regard et de reconnaître Jean, qui semble encore plus soûle que lors de leur dernière rencontre.

— Oh, nom de Dieu ! s'exclame-t-elle. Qu'est-ce que t'es chic ! Je croyais que je m'étais perdue. Je suis venue te voir.

— Je travaille, là, réplique Hannah. Ce n'est vraiment pas le moment. Tu aurais dû m'appeler d'abord.

— Qu'est-ce que tu fais ?

— Je balade les chiens, et ensuite il faudra que j'aille en courses.

Ce n'est pas vrai, mais elle ne veut pas que Jean se mette en tête de revenir avec elle à Lake Hall.

Les épaules de cette dernière s'affaissent, et elle pousse un profond soupir.

— Ah, je peux t'accompagner ? Va pas trop vite, s'il te plaît, je suis crevée.

Elles suivent le chemin bordé d'un feuillage dense où s'accrochent encore des gouttes après l'averse qui a éclaté un peu plus tôt. Un faisan traverse brusquement le sentier devant elles, et les chiens s'élancent à sa poursuite.

Jean avance à tout petits pas, comme un bambin qui apprend à marcher, en se plaignant sans cesse. Hannah sent son mépris pour elle grandir à chaque nouvelle lamentation. La liste des malheurs égrenée par son ancienne amie va de ses soucis immédiats (pieds mouillés, envie d'une cigarette, ne sait pas comment elle va rentrer chez elle parce qu'elle a dépensé tout son argent pour acheter le billet de car à l'aller) à des préoccupations à plus long terme (complètement fauchée, plaquée par son petit ami, reniée par sa famille, sans parler de ces salopards de la caisse d'allocations qui menacent de supprimer ses aides). Hannah l'écoute sans l'interrompre, le regard fixé droit devant elle, jusqu'au moment où elle sent une main se refermer sur son bras. Jean s'est arrêtée.

— Je me disais, tu pourrais peut-être m'avoir du boulot, non ? Ce serait l'occasion de bosser ensemble, tu crois pas ?

Hannah est horrifiée. Elle ne peut penser qu'à une chose : Jean va de nouveau la tirer vers le bas, au moment même où elle a enfin réussi à décrocher une place dont elle est fière. Et où elle est sûre d'avoir éveillé l'intérêt d'Alexander Holt.

— Je ne suis pas responsable des embauches, prétend-elle.

— Tu peux pas au moins dire un petit mot en ma faveur ?

— Ça ne changerait rien.

— T'es une garce, Hannah Burgess.

Celle-ci sent sa patience s'éroder à toute vitesse.

— Rentre chez toi, Jean. Tu dépasses les bornes.

— Ça y est, tu t'envoies le mari ?

Malgré elle, Hannah rougit.

— Va-t'en.

— Et si j'allais raconter à tes patrons que tu t'appelles pas Hannah Burgess, hein ? Si je leur disais que ton nom, c'est Linda Taylor, que tu te fais passer pour quelqu'un d'autre et que t'es pas une vraie nanny ?

Jean la saisit par sa manche, mais Hannah dégage vivement son bras. Elle a beaucoup trop à perdre aujourd'hui pour laisser Jean la priver de ce qu'elle a obtenu.

— Va-t'en, répète-t-elle.

— J'ai plus un rond, et je voudrais juste qu'on me donne une chance. Allez, sois charitable.

Les chiens tournent toujours dans le sous-bois. Hannah aperçoit désormais les champs entre les troncs. On est tout près du lac, pense-t-elle.

— Je peux te ramener en voiture, si tu veux, mais il n'est pas question que tu entres dans la maison, déclare-t-elle.

— J'irai nulle part avec toi si tu me promets pas d'abord de dire un mot pour moi à tes patrons. Sinon, *je te jure que je me mettrai sur mon trente et un et que j'irai frapper à leur porte pour tout déballer sur toi.*

— Est-ce que quelqu'un sait que tu es là ? Il n'y a personne pour venir te chercher ?

— Non.

— D'accord, on va retourner sur nos pas, dit Hannah. Je verrai si la femme de ménage est là, auquel cas je te présenterai à elle. Mais ne m'en demande pas plus.

— C'est vrai ? Tu veux bien ?

Hannah hoche la tête.

— Oui.

Quelques mètres plus loin, Hannah lui fait un croche-pied et Jean s'étale de tout son long, trop ivre pour avoir le réflexe de tendre les bras afin d'amortir sa chute. Le choc est brutal, elle en a le souffle coupé, et Hannah ne perd pas une seconde : elle appuie un genou entre les omoplates de son ancienne amie, lui enroule les laisses des chiens autour du cou et tire de toutes ses forces, en retenant sa respiration au début, puis en s'accordant de brèves inspirations. Elle tient le plus longtemps possible, les bras tremblant sous l'effort, jusqu'au moment où Jean cesse de se débattre. Elle relâche alors les laisses et la regarde. Il lui semble qu'un souffle infime l'anime encore. Alors elle va chercher une pierre et l'abat à plusieurs reprises sur le crâne de Jean.

Quand elle s'arrête, tout paraît calme autour d'elle. Les chiens ne sont pas loin, mais pas trop près non plus. Jed pleurniche. Hannah est en nage et l'adrénaline circule toujours dans ses veines. Pour le coup, elle en est sûre, Jean ne s'interposera jamais entre elle et Alexander Holt.

Reste à gérer les problèmes pratiques. Jean est étendue à plat ventre sur le sol boueux couvert de feuilles mortes. Impossible de la laisser là. Après avoir considéré ses options, Hannah décide d'agir.

Ce n'est pas facile de traîner le corps à travers le bois mais, heureusement, elle n'a que cinquante mètres à parcourir. Parvenue à la lisière, elle franchit la clôture de barbelés qui délimite la propriété de Lake Hall. Elle fait passer la dépouille dessous, puis écarte deux fils en grand pour que les chiens puissent sauter sans se blesser.

Les jardiniers sont toujours devant le manoir, où de la fumée s'élève des tas de feuilles mortes qu'ils font brûler. Hannah se débrouille pour aller chercher une brouette dans le verger sans que personne la voie, puis elle y charge le cadavre de Jean – elle a pris soin de lui envelopper la tête de son manteau, afin que le sang ne tache pas les parois du porte-charge – et la pousse ensuite dans la pente. C'est laborieux, parce que la roue avant est voilée, mais elle parvient néanmoins à atteindre le hangar à bateaux. Après avoir récupéré la clé cachée sous une pierre, elle déverrouille la porte, rentre la brouette à l'intérieur et fait tomber la dépouille dans la barque qui y est abritée. Bon débarras, *se dit-elle. Elle reviendra dans la nuit pour l'immerger dans le lac. Les jardiniers et la femme de ménage seront partis. Quant aux Holt, ils sont à Londres. Il n'y aura qu'elle et Jocelyn.*

Pour garantir que le corps coule, *pense-t-elle,* il faudra le lester avec des cailloux.

La disparition de Jean serait une tragédie s'il y avait quelqu'un pour la regretter mais, apparemment, ce n'est pas le cas.

Jo

Je téléphone à Faversham pour lui révéler que je sais tout sur leurs activités de faussaires. Je l'interromps avant qu'il ait pu formuler des excuses ou me donner des explications, et lui annonce que j'ai encore besoin de quelques jours de congé pour m'occuper de ma mère. En vérité, j'ai surtout besoin de temps pour réfléchir à la situation et à la conduite à tenir.

— Bien sûr, déclare-t-il après un court silence. Je comprends.

— Je vous rappellerai.

— N'attendez pas trop longtemps.

— Ce sera à moi d'en juger.

— Oui, évidemment. Vous avez raison. Mais vous devriez savoir que notre vanité n'est pas la seule sur le marché en ce moment et que notre acquéreur n'est pas patient.

Décidément, me dis-je, *il ne manque pas de culot.*

— Il ne s'agit pas d'un crime au sens où vous l'entendez, poursuit-il. Notre client aura son tableau.

— Pas celui qu'il pensait acheter.

— Un tableau en tout point identique, qui de surcroît aura les certificats d'authenticité requis, souligne-t-il. S'il ne se doute de rien, il l'appréciera autant qu'il aurait apprécié l'original.

— Je vous téléphonerai dans deux ou trois jours.

— Bien. Mais, Jocelyn… ?

— Oui ?

— Vous êtes très compétente. Ne l'oubliez pas, s'il vous plaît. J'ai eu beaucoup de plaisir à travailler avec vous, et j'aimerais poursuivre notre collaboration. Croyez-moi, je vous le propose en toute sincérité.

Quand il raccroche, je reste quelques secondes déconcertée. Je suis toujours furieuse, évidemment, mais une part de moi se sent flattée. *Ne te laisse pas démonter par un compliment. Ce ne sont que des mots, et de toute façon quelle valeur accorder à la parole d'un escroc ?*

Au moment de monter en voiture, je me souviens de la remarque de ma mère au sujet de la pierre en saillie sur le mur du verger, qui serait instable, et je décide d'aller voir ce qu'il en est. Je la découvre inébranlable. Je ne sais pas ce qui lui a pris d'inventer une histoire pareille.

À l'école, la cour de récréation grouille d'enfants, et je scrute les groupes à la recherche de Ruby lorsqu'une femme m'aborde :

— Pardon, vous ne seriez pas la maman de Ruby ?

— Oui, c'est moi.

— Je me présente : Claire, la maman de Jacob.

Mon expression doit être éloquente, car elle ajoute aussitôt :

— Jacob est dans la classe de votre fille.

— Ah, d'accord. Ravie de vous rencontrer.

Elle est bien habillée et a installé son bébé dans une poussette luxueuse. *Oh non*, me dis-je, *ne me demande pas de vendre des billets de loterie ou de tenir un stand pour la fête de l'école, parce que je n'ai pas le temps.* Je souhaite m'intégrer, mais pas de cette façon-là. Pas encore. Je ne peux m'empêcher de jeter un coup d'œil par-dessus son épaule pour essayer de repérer Ruby.

Mon interlocutrice perçoit ma nervosité.

— Je ne vais pas vous retenir longtemps. Je voulais seulement m'excuser en personne pour ce que Jacob a fait à votre fille.

Pour le coup, elle a toute mon attention.

— Vous excuser de quoi, au juste ?

— Eh bien, il l'a tapée une ou deux fois. Il est un peu… perturbé en ce moment. Je l'ai emmené chez un psychologue pour… Bref, je n'ai pas l'intention de vous ennuyer avec les détails. Avant tout, je tenais à vous dire que je suis désolée.

Les larmes lui montent aux yeux, et je me rends soudain compte que son épaisse couche de maquillage ne dissimule pas ses cernes ni ses paupières gonflées. Intriguée, je demande :

— Qu'est-ce qui s'est passé ?

— L'école ne vous a pas prévenue ?

— Non.

— On m'a pourtant affirmé que vous aviez reçu un message. Je pensais que vous étiez au courant.

Je consulte mon téléphone. De fait, il y a bel et bien un message que je n'avais pas remarqué. Il m'a été envoyé par l'institutrice de Ruby, qui voudrait me parler.

— Votre fils s'en est pris à ma fille, c'est ça ?

Cette fois, ses larmes débordent.

— Oui, je suis tellement navrée… Il l'a poussée et frappée. La maîtresse lui a parlé, la directrice, son père et moi aussi, et il ne recommencera plus, je vous le promets.

C'est à présent au tour du bébé de pleurer.

— Merci, dis-je. J'apprécie que vous ayez pris la peine de me présenter des excuses. Vraiment. Bon, je ferais mieux d'aller voir l'institutrice, maintenant. Mais je vous en prie, ne vous mettez pas martel en tête.

Elle semble surprise. J'en déduis qu'elle devait s'attendre à une réaction indignée de ma part, mais l'idée d'une bousculade ou d'une bagarre entre écoliers me paraît bien anodine, surtout quand je suis confrontée à la possibilité plus effrayante qu'un adulte – Hannah, ou même, pourquoi pas, ma mère – puisse maltraiter ma fille.

L'institutrice de Ruby se confond elle aussi en excuses, et la directrice de l'école assiste également à l'entretien. Je me détends lorsqu'elles m'assurent qu'elles ont pris les mesures nécessaires pour régler le problème et qu'elles seront à l'avenir ultra-vigilantes.

En retournant vers la voiture, je dis à Ruby :

— Écoute, ma chérie, je suis désolée de ce qui s'est passé. J'imagine que ça n'a pas été facile à vivre. Mais il est important que tu comprennes une chose : quand tu as un problème, tu dois tout de suite en parler à un adulte.

— Je l'ai fait, se défend-elle. Je l'ai dit à Hannah.

— J'en doute. Elle me l'aurait répété.

— Je mens pas !

— Tu es sûre de ne pas chercher à attirer des ennuis à Hannah parce que tu ne l'aimes pas ? Si tu as raconté des histoires, c'est le moment de me l'avouer.

Elle donne un coup de pied sur le sol, délogeant une petite plaque de mousse qui a poussé au pied d'un vieux mur de pierre et qu'elle écrase sous la pointe de sa chaussure.

— Ruby ?

— Je t'ai dit la vérité.

— Tu te rappelles avoir raconté à mamie que c'était Hannah qui t'avait fait des marques ?

— Parce qu'elle m'a pincée. Jacob, lui, il me pousse, c'est tout.

— Ruby ! Tu viens de dire que Jacob t'avait tapée, ce que m'ont confirmé sa mère, ta maîtresse et la directrice. Sans compter qu'il l'a reconnu lui aussi. Alors, pourquoi accuses-tu Hannah ? Ce n'est pas bien.

— Ils m'ont tous les deux fait mal exprès ! Pourquoi tu veux pas me croire ?

Elle semble sur le point d'exploser. Avant que je puisse répondre, elle expédie son sac à dos par terre et s'enfuit en courant.

Je me lance aussitôt à sa poursuite, parce que le trottoir ne se prolonge que sur cinquante mètres, au-delà desquels la route est réservée aux voitures. Je la rattrape par sa capuche au moment où elle s'apprête à descendre sur la chaussée. Une camionnette arrive en sens inverse, le chauffeur klaxonne, et je projette ma fille contre la haie. J'ai eu si peur que je pourrais la gifler. Au lieu de quoi je la serre contre moi de toutes mes forces.

— Oh, Ruby, dis-je, la bouche dans ses cheveux. Tout va bien. Je t'aime, ma puce. Viens, on rentre à la maison. On en reparlera plus tard.

— Je veux pas rentrer.

— Mais pourquoi ?

— Parce qu'elle habite là, maintenant.

— Ruby ! Ce n'est pas elle, le problème.

Quand nous arrivons à la maison, Ruby disparaît dans sa chambre avec son iPad. Je trouve ma mère allongée sur son lit, comateuse, encore tout habillée.

Désireuse de m'isoler un moment d'elles deux, je rejoins Hannah dans la cuisine.

— Ruby faisait grise mine, tout à l'heure, déclare-t-elle. Tout va bien ?

Je lui parle de la bagarre avec Jacob et de la réaction de ma fille à la sortie de l'école.

— Mon Dieu ! s'exclame-t-elle. J'aurais dû remarquer qu'elle avait des bleus. Je suis désolée.

— Tu ne pouvais pas les voir. Elle nous les a cachés.

— La pauvre petite. C'est un secret bien lourd à porter pour une enfant.

— C'est vrai. Et je me sens coupable moi aussi.

— Tu ne devrais pas. Tu fais tout ce que tu peux pour elle, et de toute façon, personne n'est parfait. Ruby a besoin de savoir qu'elle est aimée, il lui faut aussi de la stabilité, et je crois qu'à nous deux nous nous efforçons de combler au mieux ses manques. À mon avis, ce n'est qu'une question de temps avant qu'elle surmonte son chagrin. Elle sera alors plus docile, et tout s'arrangera.

Je la regarde mélanger farine et beurre entre ses doigts collants.

— Qu'est-ce que tu prépares ?

— Un crumble pour Ruby. Elle m'a demandé si je pouvais lui apprendre à le faire.

— Bonne idée.

— Tu ne m'en voudras pas si je mentionne quelque chose ?

— Quoi ?

— Elle était contrariée l'autre jour, parce que tu avais promis de l'aider pour son devoir d'anglais.

— Oh non ! Je ne me souviens même pas de lui avoir dit ça.

Je suis de nouveau assaillie par la culpabilité.

— Je t'ai entendue, tu sais, me révèle Hannah.

— Quand ?

— Tu venais de ramener ta mère de l'hôpital, alors je comprends que tu aies pu oublier.

— Je monte tout de suite la voir.

— Son devoir était pour aujourd'hui. Mais ne t'inquiète pas, je l'ai aidée.

— Tu crois que j'arriverai un jour à maîtriser le rôle de mère célibataire ?

— Je te rappelle que je suis là pour te prêter main-forte. Et puis, tu as traversé une période difficile. Où en es-tu de ta réflexion au sujet de ton travail ?

— Je ne sais pas trop. Je suppose que je devrais essayer de trouver une place dans une autre galerie.

— Il ne te faudrait pas plus d'expérience ?

— Si, sans doute.

— En tout cas, n'hésite pas à m'en parler si tu en as envie. Je pense que la clé, c'est de ne rien précipiter. Voilà ! Je crois que j'ai fini.

Je la regarde parsemer la préparation sur les pommes et les mûres qu'elle a déjà disposées dans un plat. Ça me rappelle tous ces repas que nous partagions autrefois dans la nursery.

— À propos, il m'est venu une idée, reprend-elle. Ce serait peut-être bien pour toi d'avoir en ta possession le catalogue Holt. Il te donnerait un avantage certain, tu ne crois pas ?

Elle enfourne le crumble.

— Je pensais qu'il avait été détruit.

— J'ai cru comprendre que ce n'était pas le cas. Ça vaudrait peut-être la peine de le chercher. Mais je disais ça comme ça, c'est sans doute idiot.

— Non, Hannah. Pas nécessairement.

Je repense à l'idée de Hannah pendant que je range la chambre de Ruby. Ma fille, allongée sur son lit, tapote l'écran de son iPad.

— Tu pourrais m'aider, tu sais, dis-je.

— Quand j'aurai fini de jouer.

— Non. Maintenant.

— Dans deux minutes.

Comme elle a les yeux cernés, je n'insiste pas. Je songe à l'éventualité que le catalogue Holt n'ait pas été détruit. Ce serait formidable de le retrouver. Sans compter que je pourrais peut-être m'en servir comme argument en faveur de mon embauche, ainsi que l'a suggéré Hannah.

J'ai les bras chargés de vêtements de Ruby quand, soudain, j'entends ma mère crier. Je lâche les habits sur le lit et me précipite dans le couloir pour la découvrir en haut de l'escalier, agrippant la rampe comme si sa vie en dépendait.

— Qu'est-ce qui se passe ?

— J'ai trébuché. Quelqu'un a fait un pli sur le tapis, juste là.

Elle pointe un index tremblant sur l'endroit en question. Je l'examine. Oui, il y a bien un petit pli, mais je n'y vois rien d'inhabituel.

— C'est Hannah, siffle-t-elle entre ses dents.

Toujours cramponnée à la rampe, elle titube. Elle a l'air d'une folle.

— C'est ridicule, mère ! Tu ne peux pas dire des choses pareilles. Ruby, retourne dans ta chambre !

Je ne veux pas qu'elle entende ce genre de propos délirants.

J'accompagne ma mère jusqu'à son lit, sur lequel elle s'allonge, la poitrine soulevée par son souffle précipité. Elle a les yeux fermés mais la bouche ouverte. Sa respiration mise à part, elle ressemble à un cadavre.

— Je connais chaque centimètre carré de ma maison, déclare-t-elle au bout d'un moment. Il n'y a jamais eu de plis sur ce tapis.

Je saisis un flacon d'antalgiques sur sa table de chevet.

— Tu es assommée par les médicaments, mère. Il faut que tu te reposes.

— Justement, à propos des cachets…

— Non, ne dis plus rien. S'il te plaît, dors.

Je ferme la porte de sa chambre et m'y adosse. Au même instant, je remarque Ruby, qui rôde dans le couloir.

— Qu'est-ce que tu fais là ?

— Je veux voir mamie.

— Pas maintenant. Elle est trop fatiguée. Et, Ruby ?

— Quoi ?

— Promets-moi de ne pas lui parler de l'étui à cigarettes de papy, ni de Hannah qui t'aurait fait du mal, ni d'autres histoires du même style.

— D'accord, promis.

Toute sa combativité l'a apparemment désertée. C'est un soulagement.

— Merci.

Je l'embrasse sur le front. Il me semble que ses cernes sont plus sombres que jamais, mais je me dis que c'est juste une impression due à la pénombre qui règne dans le couloir.

Après l'avoir laissée dans sa chambre, je descends. Je n'aspire plus qu'à me retrouver seule un moment. Une nouvelle fois, je dois résister à l'envie d'imaginer ce que serait notre vie s'il n'y avait que Hannah, Ruby et moi à Lake Hall. Sans ma mère, ce serait tellement plus facile pour nous de faire des projets d'avenir…

Je commence par chercher le catalogue Holt dans le bureau de mon père, puisque c'est dans cette pièce qu'il le conservait. Je passe en revue tous les rayonnages, puis fouille tous les tiroirs, sans succès.

Désemparée, je m'approche de la fenêtre et contemple le lac, dont la surface quasiment étale réfléchit un ciel où se sont amoncelés des nuages imposants évoquant une forteresse menaçante. Des feuilles mortes, pourrissantes, flottent sur la rive proche. L'image horrible d'un corps immergé dans ces eaux m'arrache un frisson.

À quoi pensait mon père quand il se tenait là, tout comme moi aujourd'hui ? Il a dû le faire souvent.

Je lève les yeux vers les chambres de la nursery, dans l'autre aile, en me remémorant la vue que j'ai découverte de la chambre de Hannah. La perspective n'est pas aussi bonne d'en bas, dans la mesure où le parapet dissimule la moitié inférieure de sa fenêtre. Hannah aurait pu l'observer tout à loisir sans qu'il le sache. C'est une pensée dérangeante. Personne n'aime être espionné.

Je décide de jeter un dernier coup d'œil dans les tiroirs quand je me rappelle l'étui à cigarettes. Je ne l'ai pas trouvé la première fois, et je ne l'aperçois nulle part lors de mon second passage. Y avait-il un fond de vérité dans les accusations portées par Ruby ? À moins qu'elle ne l'ait subtilisé elle-même ? Elle est fascinée par tout ce qui brille, telle une pie, et tourne sans cesse autour des bijoux de ma mère. J'ai dû plus d'une fois lui faire ôter une des bagues de sa grand-mère avant qu'elle parte à l'école. Ou alors, c'est peut-être ma mère qui a emporté l'étui. Elle devient de plus en plus sentimentale au sujet de mon père, depuis quelque temps. Peut-être cherchait-elle une source de réconfort.

Je me frotte les yeux. Je me sens toujours fébrile, mais trop fatiguée pour poursuivre mes explorations.

Dans le salon bleu, le feu est allumé et les albums photo sont empilés sur l'ottomane. J'en saisis un. Je suis curieuse de voir s'il y a d'autres clichés de la maison de Belgravia. Ma mère et ses acolytes ont-ils fabriqué de toutes pièces ce portrait de moi devant la vanité ? Avons-nous jamais été propriétaires de cette toile ?

Je feuillette lentement les albums, sans rien remarquer. Je tombe soudain sur deux pages collées, que je détache. Elles me révèlent des photos qui nous avaient échappé la dernière fois : quelques-unes des chiens de mes parents, et deux de ma mère. C'est mon père qui a dû les prendre. Ma mère est dans sa chambre, ici, à Lake Hall, et lui montre deux tenues différentes d'un air aguicheur, tandis que d'autres sont entassées sur le lit derrière elle. Je me rappelle qu'elle mettait un temps fou à choisir ses vêtements. S'habiller a toujours été tout un art pour elle.

Or, sur le dessus de la pile est posée une robe dont je me souviens parfaitement, parce que c'était la mienne – celle que je portais le soir où Hannah est partie. Je la reconnais sans peine, surtout après tous les problèmes qu'elle a causés, sauf qu'un détail cloche : elle est bleue, alors que Hannah m'a assuré qu'elle était verte. Est-ce que je me trompe ? Non, il s'agit manifestement d'un modèle pour enfant. C'est bien ma robe, j'en suis sûre. Alors, pourquoi Hannah a-t-elle essayé de me convaincre que mes souvenirs étaient inexacts ?

Je referme l'album avec une impression de malaise. Ce n'est pas la seule fois que Hannah m'a contredite au sujet de mes réminiscences ou fait remarquer certaines petites choses que j'avais oubliées, et je trouve tout à coup son attitude troublante. Ce qui me gêne surtout, c'est sa façon d'insinuer que ma mémoire est défaillante. Je ne crois pas qu'elle le soit à ce point. La photo de cette robe le prouve.

Inspecteur Andy Wilton

— Mon Ray, c'était un voyou, dit-elle à Andy.

Elle regarde ensuite par la fenêtre d'un air aussi concentré que si elle voyait le Taj Mahal de l'autre côté, et non une haie de troènes mal entretenue.

L'équipe scientifique a établi une correspondance entre l'ADN de l'inconnue du lac et un certain Ray Palmer, aujourd'hui décédé, qui avait un casier long comme le bras. Andy et Maxine s'entretiennent avec sa veuve.

— Madame Palmer ? reprend Andy. Nous aurions voulu savoir si des femmes de la famille de Ray ont disparu dans les années 1980.

Maxine est restée sur le seuil. Andy aimerait qu'elle vienne s'asseoir, mais elle lui a avoué qu'elle se sentait mal à l'aise. « Ça pue la mort, ici », lui a-t-elle glissé dans le vestibule.

Andy s'en fiche. La mort ne le dérange pas. De son point de vue, on se démène pour arriver le plus loin possible avant qu'elle survienne, parce que le reste ne dépend pas de nous, et certains n'en ont que d'autant plus de mérite à atteindre un âge avancé. De fait, il aime bien les seniors, qui ont tendance à se montrer plus francs quand on les interroge, dans la mesure où ils ont roulé leur bosse. Sauf s'il s'agit d'une personne aussi manipulatrice que lady Holt, évidemment.

La femme assise à côté de lui n'appartient pas au même monde que la propriétaire de Lake Hall. L'objet le plus précieux dans son salon est sans doute un vieux réveil de voyage dans son étui en similicuir dont les coins sont usés. Elle est aussi chaleureuse, accueillante et directe que lady Holt est froide, condescendante et impénétrable.

— Oui, répond-elle. Jean s'est volatilisée. C'était la nièce de Ray. Son frère, le père de Jean, était de la mauvaise graine, lui aussi. Et il avait le coup de poing facile. Un soir, Jean s'est enfuie. Elle a eu le cran de plaquer sa famille. Quelques années plus tard, quand elle en a eu le courage, parce qu'elle avait droit à une raclée si elle s'avisait de mentionner devant son mari le nom de leur fille, la mère de Jean a retrouvé sa trace à Leeds, et ensuite à Bristol, mais il était trop tard, la petite était déjà partie ailleurs. Ensuite, on n'a plus jamais entendu parler d'elle. Peut-être qu'elle s'est mariée ou qu'elle est allée s'installer à l'étranger. J'ai souvent pensé à elle, voyez-vous. Je me disais qu'elle avait peut-être réussi sa vie. Ça me ferait de la peine d'apprendre qu'elle a mal fini.

— Quelle était son identité complète, madame Palmer ? demande Andy.

— Jean Grace Palmer. « Grace », c'était en l'honneur de Grace Kelly. Je me rappelle sa date d'anniversaire, parce que c'est la même que la mienne : le 2 juillet. Sauf qu'elle, elle est née en 1957 et moi en 1937. C'était un beau brin de fille avec ça. Pour son malheur, peut-être. Vous savez ce qu'elle est devenue, inspecteur ?

— Je vous en prie, appelez-moi Andy. Non, je l'ignore, mais je vous tiendrai au courant si je découvre quelque chose. Vous en serez la première avertie, je vous le promets.

Il sait qu'il devrait partir, pourtant il bavarde avec elle encore quelques minutes, parce qu'il ne supporte pas de l'imaginer toute seule après leur départ, replongée dans la contemplation de cette affreuse haie, avec pour unique compagnie ses souvenirs d'une jeune fille qui, selon toute vraisemblance, a effectivement mal fini.

Quand il reprend le volant, Maxine, sur le siège passager, appelle le poste.

— Apportez-nous tout ce que vous pourrez trouver sur une dénommée Jean Grace Palmer, née le 2 juillet 1957. C'est elle, la femme du lac.

Jo

Je repose l'album. Peut-être suis-je trop épuisée pour réfléchir à tout ça maintenant.

Au même moment, Hannah passe la tête dans l'entrebâillement de la porte.

— Je file à Pewsey avant que les magasins ferment, annonce-t-elle. Tu as besoin de quelque chose ?

— Non, je ne crois pas.

— Tu es sûre de n'avoir rien oublié ?

— Certaine.

Du moins, je crois. Je me force à lui sourire, puis laisse mes traits et mes épaules se relâcher après son départ.

Je gravis lentement les marches. J'ai honte de ce que je m'apprête à faire. Je n'ai pas du tout envie de fouiller la chambre de Hannah, mais je ne vois pas d'autre moyen d'obtenir des réponses aux questions qui m'obsèdent concernant l'étui à cigarettes.

Le vitrail au sommet de l'escalier est aussi sombre que le ciel dehors. Quelques gouttes de pluie se sont insinuées sous une baguette de plomb et ont coulé à l'intérieur des panneaux de verre coloré. J'aperçois les feux arrière de la voiture de Hannah qui s'éloignent dans l'allée.

Un rai de lumière filtre sous la porte de la chambre de Ruby au premier et une clarté plus vive émane de l'escalier de service au fond du couloir. Elle me fait l'effet d'un fanal m'invitant à monter.

Quand Hannah s'est installée, elle a décidé de reprendre son ancienne chambre au grenier pour préserver son indépendance, et je sens maintenant grandir ma curiosité. Avant tout, je veux prouver à Ruby qu'elle a tort, mais je me demande aussi comment Hannah s'est organisée là-haut.

Dans la cage d'escalier, je regarde où je pose les pieds. Les marches, incurvées au milieu, sont usées et glissantes. J'ai beau avoir la certitude que Hannah est sortie, la nervosité me gagne. Cette incursion dans sa chambre m'apparaît comme un viol de son intimité et une trahison de la confiance qu'elle a placée en moi. Je tourne néanmoins la poignée, pour la découvrir verrouillée. Je passe par mon ancienne chambre dans l'intention d'ouvrir la porte communicante, mais elle est fermée à clé elle aussi. Pourquoi Hannah a-t-elle jugé nécessaire de prendre toutes ces précautions ?

Je m'accroupis et jette un coup d'œil à l'intérieur par le trou de la serrure. Je ne vois pas grand-chose, à part les contours de certains de ses effets personnels. Le souvenir de la pièce vide après son départ il y a des années s'est gravé si profondément dans mon esprit que j'ai l'impression de rêver en voyant de nouveau ses affaires.

Ma détermination à entrer dans son domaine n'en est que plus forte. Je redescends et fouille les tiroirs de la cuisine à la recherche du trousseau qu'Anthea m'a rendu lorsque je l'ai rencontrée au pub. Je le déniche facilement, le serre entre mes doigts et remonte au grenier plus rapidement que d'ordinaire.

Je dois essayer plusieurs clés avant de trouver la bonne. Quand, enfin, l'une d'elles déverrouille la serrure, j'inspire à fond et écarte lentement le battant. Les charnières grincent. J'éclaire.

La chambre, d'une propreté immaculée, est tout aussi spartiate et ordonnée qu'à l'époque où Hannah était ma nanny. Je repère cependant quelques touches de luxe auxquelles je ne m'attendais pas : une serviette près du lavabo, trop épaisse et moelleuse pour provenir de l'armoire à linge de Lake Hall, une robe de chambre suspendue à une patère derrière la porte et qui, au toucher, m'a tout l'air d'être en soie… Un coup d'œil à l'étiquette me le confirme.

Je reconnais également certains objets, en particulier deux chatons en porcelaine sur le manteau de la cheminée : des siamois, en position de jeu. Je les adorais quand j'étais petite. Je les convoitais, même. J'aurais pourtant juré que ceux d'alors étaient blancs, avec les pattes et le nez noirs. Bon, ils ne sont pas tels que dans mon souvenir, mais qu'est-ce qui l'est aujourd'hui ?

L'impression que je ressens est des plus étranges. Le décor m'est on ne peut plus familier, et en même temps, quelque chose a changé. Il me semble visiter un musée de mon enfance, où les pièces exposées ne sont pas tout à fait conformes à ce qu'elles devraient être. Je me retrouve transportée dans mon passé, sans toutefois m'y replonger complètement. Je le contemple à distance, en spectatrice.

Je finis par m'asseoir sur le tabouret devant la coiffeuse, consciente que je ne pourrai pas fouiller cette pièce. Ce ne serait pas bien de ma part.

La coiffeuse offre un contraste saisissant avec celle de ma mère, beaucoup plus opulente, à l'étage du dessous. Le miroir au centre est petit, piqueté et mal éclairé. Une brosse et un peigne sont posés l'un à côté de l'autre sur le meuble à la peinture écaillée, près d'un tube de crème pour le visage. Il n'y a rien d'autre.

Il vaudrait mieux que je sorte. Au cas où Hannah reviendrait plus tôt que prévu, je sais que je n'entendrai pas la voiture d'ici et je serais mortifiée si elle me découvrait dans son refuge. Or je ne bouge pas. Je veux juste m'accorder quelques minutes de plus pour tenter de mieux cerner mes sentiments.

Je me regarde dans la glace en songeant au nombre d'années écoulées depuis la dernière fois où j'ai occupé ce même tabouret. Je m'y asseyais quand Hannah me coiffait, et parfois je l'observais tandis qu'elle-même y prenait place. « Tu veux voir comment je me prépare pour la journée ? » Je lui tendais chaque fard au fur et à mesure. De temps à autre, je lui demandais aussi de me maquiller – une façon pour moi de me venger de ma mère, qui me le proposait souvent mais que je ne laissais jamais faire. Seule Hannah avait le droit de transformer mon visage. C'était fascinant.

« Tu comprends, disait-elle en étalant de la poudre sur ma figure, avec le maquillage, tu peux changer ton apparence et l'image qu'ont les autres de toi. » Quelle idée grisante !

La coiffeuse comporte deux tiroirs. J'ouvre le premier, qui contient tous les cosmétiques de Hannah, aussi bien rangés que je m'y attendais. Je ne me suis pas maquillée aujourd'hui. Je saisis un crayon à lèvres et souligne le contour de ma bouche d'un trait rouge foncé – ma couleur préférée quand j'étais petite. Je choisis ensuite un rouge à lèvres que j'applique avec un minuscule pinceau, en prenant soin de ne pas déborder, comme Hannah me l'a appris il y a des années.

Après avoir considéré mon reflet, je sors l'eye-liner. Si une voix dans ma tête me souffle que je ne devrais pas aller plus loin, il ne m'est pas difficile de l'ignorer, car une autre, plus insistante, tient à continuer. Quel mal peut-il y avoir à vouloir renouer ne serait-ce que quelques instants avec mes émotions d'enfant, datant d'une époque où ma nanny était tout pour moi ?

Je m'efforce de reproduire ses gestes lorsqu'elle me fardait. Je dessine un trait noir au bord de ma paupière supérieure, que j'affine au coin des yeux. J'ai l'impression d'entendre Hannah : « Il ne faut pas lésiner sur le mascara, parce que tes cils sont fins. Tu dois superposer les couches. Lève les yeux. »

Je retenais mon souffle pendant qu'elle s'activait, arrondissant les yeux au maximum, essayant de ne pas battre des paupières. Je prends dans le tiroir le tube de mascara noir et passe la brosse sur mes cils jusqu'à leur donner du volume.

Je me regarde de nouveau. Je suis trop pâle.

« Tu peux toujours te pincer les joues pour les colorer, disait Hannah, mais il vaut mieux utiliser du blush. »

Lorsqu'elle avait terminé, elle reculait toujours pour admirer le résultat.

« Et voilà, c'est fini ! Quelle jolie petite poupée ! La poupée de Hannah ! »

Je cherche le blush dans le compartiment, sans le trouver. Quand je veux ouvrir le second tiroir, il se coince presque tout de suite. J'ai beau le tirer et le secouer en tous sens, je ne parviens pas à le faire coulisser.

Il n'est qu'entrebâillé et j'ai du mal à glisser ma main dans l'espace étroit. J'explore l'intérieur du bout des doigts et sens l'objet qui bloque l'ouverture. Impossible de me méprendre sur sa forme. Je me tords le poignet pour pousser ma main plus loin, m'éraflant par la même occasion, mais peu importe. Je dois le récupérer.

Je sais déjà ce que c'est. Et il n'a pas sa place ici.

Je le ramène délicatement, espérant envers et contre tous me tromper. La sensation des contours et de la matière m'est cependant trop familière.

Il s'agit bien de l'étui à cigarettes.

Je le sors du tiroir en retenant ma respiration, puis le plaque contre ma poitrine.

Je suis comme anesthésiée, soudain. Complètement engourdie.

Dans la glace en face de moi, je vois la « petite poupée de Hannah » devenue vieille.

Je distingue aussi la surface brillante du motif émaillé de Fabergé entre mes doigts et l'éclat terne de l'or patiné par la main de mon père. Cet étui n'appartient pas à Hannah. Pourquoi l'a-t-elle rangé là ?

Je ne peux détacher les yeux de mon reflet dans la glace. Il montre une version de moi-même outrancièrement fardée – déformée, comme tout le reste. Qui suis-je vraiment ? Cette créature peinturlurée ou la femme derrière le masque ?

Je ne sais plus qui je dois croire. Ni en quoi.

La porte s'ouvre soudain dans mon dos, me révélant dans le miroir l'image de ma fille, de son petit visage rond aux yeux brillants, d'un bleu limpide. Parfait.

Je ne veux pas qu'elle me voie ainsi. Je ne veux pas qu'elle devienne comme moi.

— Va-t'en, dis-je.

Elle m'obéit.

Je reporte mon attention sur mon reflet et, cette fois, c'est ma mère qui me fait face.

Inspecteur Andy Wilton

— Il faut qu'on parle à la nanny, déclare Andy. Elle travaillait à Lake Hall à l'époque de la partie de chasse, et apparemment, elle serait revenue au manoir il n'y a pas longtemps. C'est à peu près la seule des anciens employés qui n'ait pas cent ans aujourd'hui. Si on parvient à établir un lien entre Jean Palmer et les Holt ou certaines de leurs connaissances, on aura peut-être une chance d'obtenir enfin des réponses. Ah, et j'aimerais aussi diffuser plus largement les photos. Je pensais en faire publier une dans le journal ce week-end, avec le nom de notre morte.

— De mon côté, j'ai établi une liste plus exhaustive des amis et fréquentations des Holt à cette période, lui apprend Maxine. Si on leur montrait les clichés ?

— D'accord, on ira les voir. Reste à espérer qu'ils ne seront pas aussi…

En apercevant leur supérieur qui passe dans le couloir, il prononce le gros mot à voix basse.

— … que le dernier bonhomme qu'on a interrogé. Mais bon, pour le moment, je préfère qu'on se concentre sur les membres du personnel. Je les imagine plus facilement prendre leurs distances avec leurs anciens employeurs. Ne viens pas me dire que tous ceux qui ont travaillé pour les Holt leur vouent une loyauté sans faille ! Je n'y crois pas une seconde. Toi, si tu avais dû t'occuper de sa fille, je suis sûr que Virginia Holt t'aurait portée sur les nerfs.

Il saisit un tirage de l'article de l'*Evening Advertiser* qu'il a trouvé à la bibliothèque et indique la femme qui, sur le cliché, serre contre elle la jeune Jocelyn Holt.

— Tu les as vues, toutes les deux ? lance-t-il. Tu ne penses pas qu'il y a un problème, là ?

Maxine lui prend la photo des mains.

— C'est un peu bizarre, oui. Tu poses devant l'objectif avec ton mari, mais c'est une autre femme qui s'affiche avec ton enfant.

— Tout juste.

— En même temps, tu ne crois pas que c'est courant, chez les aristos ?

— Pour autant, ce n'est pas vraiment normal, non ?

Maxine examine de nouveau l'image. Quoique bien présents, les sourires sur les visages paraissent factices. Même sur le tirage de mauvaise qualité d'une photo à gros grain, on perçoit plus de tension que de chaleur dans le petit groupe.

— Tu as raison, reconnaît-elle.

— Écoute, on va tâcher de réunir quelques infos sur le passé de la nanny et on s'arrangera pour avoir un entretien avec elle la semaine prochaine.

Andy a également en sa possession un cliché de Jean Palmer remis par la tante de cette dernière et pris peu avant qu'elle s'enfuie de chez elle. Il constitue un ajout précieux à ceux de la reconstitution faciale. Certes, Jean est plus jeune sur l'image qu'au moment de sa mort, mais elle a les yeux pétillants et semble gaie et pleine d'énergie. Ces caractéristiques permettent de se faire une idée de la personne qu'elle était et, par conséquent, réveilleront peut-être des souvenirs chez certains.

Jo

L'irruption de ma fille dans la chambre a rompu le charme. J'essuie le maquillage sur mon visage avec des gestes brusques, dégoûtée par l'image que je renvoie, puis fourre les mouchoirs en papier dans ma poche.

— Maman ?

C'est Ruby, qui doit toujours rôder près de la porte.

— Oui ?

— Qu'est-ce que tu fais ?

— Je rapportais quelque chose à Hannah. J'arrive. Attends-moi en bas, d'accord ?

— Hannah est rentrée.

Durant quelques secondes, j'hésite à emporter l'étui. Vaut-il mieux le mettre à l'abri ou le laisser dans le tiroir pour ne pas éveiller les soupçons de Hannah ? Je décide finalement de le prendre. C'est un souvenir trop précieux. Il est à nous, pas à elle.

Ruby, qui patiente dans le couloir, me regarde refermer la porte à clé quand nous entendons soudain des pas résonner dans l'escalier de service. Or, je ne veux pas affronter Hannah maintenant. Pas devant Ruby. Pas avant d'avoir réfléchi à ce que je vais dire.

Je pose un doigt sur mes lèvres puis fais signe à ma fille de me suivre jusqu'à une petite pièce au fond du corridor. À l'intérieur, tous les objets entreposés sont recouverts de draps. Je reconnais la forme de certains, que je chérissais dans mon enfance : une maison de poupée, un tricycle…

Nous y pénétrons avec Ruby, et je referme la porte le plus doucement possible, au moment où les pas se rapprochent du sommet de l'escalier.

— Maman ? murmure ma fille.

Elle a les yeux brillants. Si elle ne comprend pas ce qui se passe, elle prend manifestement plaisir à ces mystères.

— Chut…

Je croise les doigts pour que ma mère ne nous appelle pas et pour que Ruby se taise. Nous restons ainsi de longues minutes, immobiles et silencieuses, et je commence à me sentir un peu ridicule et honteuse de me cacher dans mon propre foyer. J'envisage de risquer un coup d'œil dans le couloir, mais je n'ose pas. La chambre de Hannah se situe entre le réduit où nous nous sommes réfugiées et le haut de l'escalier, et si jamais elle en sortait inopinément, j'ai peur de ne pas pouvoir inventer d'excuse convaincante pour justifier notre présence.

Nous attendons encore un moment, enveloppées par le silence. Nos yeux se sont accoutumés à la pénombre ambiante et je regarde Ruby soulever les draps pour voir ce qu'il y a dessous.

Pourquoi Hannah a-t-elle subtilisé l'étui ? Pourquoi a-t-elle jeté son dévolu sur cet objet en particulier ? Si elle avait pris un autre souvenir familial, n'importe lequel, il me semble que j'aurais pu plus facilement lui pardonner. Avait-elle besoin d'argent ? Est-elle dans une situation financière encore plus désastreuse que la mienne ? En même temps, cet étui, ce n'est pas seulement un bien matériel appartenant à mon père, *c'est* mon père. Elle sait ce qu'il représente pour moi. Alors, comment a-t-elle osé m'en priver ?

Lorsque nous entendons enfin la porte de sa chambre s'ouvrir, puis se refermer, Ruby pose la main sur la poignée, mais je l'oblige à patienter encore quelques minutes, pour laisser le temps à Hannah de descendre l'escalier.

— Prête ? dis-je dans un souffle.

Nous sortons du réduit aussi discrètement que nous y sommes entrées, et je referme la porte sur les reliques de mon enfance. Nous descendons les marches sans bruit, nos chaussures à la main. Le couloir en bas est désert. Ruby se tourne vers moi et ouvre la bouche, sans doute pour me demander des explications. Incapable de répondre à ses questions pour le moment, je la devance :

— Va voir si mamie va bien, ma puce.

— Et je peux lui faire la lecture ?

— Oui, si tu veux.

— Tu cherchais l'étui à cigarettes, maman ?

— Va voir mamie.

J'ai besoin d'être seule.

Une fois dans ma chambre, je m'assois sur mon lit, les yeux fixés sur l'étui.

Je devrais déjà savoir ce qu'il convient de dire et de faire dans une telle situation. Or, j'ai la tête vide. Je ne ressens que stupeur et incertitude.

Inspecteur Andy Wilton

— Elle s'appelle Jean Grace Palmer, révèle Andy. Et son corps vient d'être découvert dans le lac du manoir de Lake Hall, à Downsley. D'après le labo, elle serait morte en 1984, voire un peu avant ou après. Sa famille l'avait perdue de vue dix ans plus tôt, et nous n'avons pas été en mesure d'identifier des personnes qui auraient pu la fréquenter dans les années 1980. Si tu pouvais nous accorder de la place dans ton journal pour diffuser sa photo, nous t'en serions très reconnaissants. En retour, je pourrais peut-être t'accorder la primeur en cas d'éléments nouveaux.

— Tu permets que j'établisse le lien avec l'affaire de Lake Hall ? demande Dennis Wescott.

— Je n'y vois pas d'objection, mais ne publie rien avant lundi, d'accord ?

— OK, envoie-la-moi, déclare le journaliste. Je verrai ce que je peux faire. Un crâne mystérieux, ça constituera une première page plus alléchante que les travaux en cours sur notre célèbre rond-point, ce qui est la seule info dont je dispose pour le moment, et qui le restera à moins que Swindon ne remporte par miracle le match.

L'espoir fait vivre, pas vrai ? Bon, on se retrouve au Wheatsheaf demain soir ?

— Oui, sûrement, répond Andy.

À condition que sa petite amie l'autorise à aller boire un verre au pub, évidemment, ce qu'il n'admettrait pour rien au monde. Dennis n'aurait pas fini de se moquer de lui.

— À plus, fiston.

— Salut, Dennis.

— Alors ? demande Maxine après qu'il a raccroché.

— En début de semaine prochaine. Peut-être en une.

— Bien joué.

— Et toi ? Tu as pris rendez-vous avec la nanny ?

— Pas encore. J'ai essayé de l'appeler, mais elle ne répond pas. Je ferai une nouvelle tentative demain.

— N'oublie pas, surtout. J'ai un curieux pressentiment la concernant.

Jo

Hannah s'est levée avant moi pour préparer du porridge à Ruby. Je me réveille troublée, l'esprit embrumé. Toute la nuit, j'ai tenté en vain de comprendre ce que faisait l'étui de mon père dans la chambre de Hannah et, même si j'ai réussi à dormir quelques heures, mon sommeil n'a pas été réparateur, tant s'en faut.

Si elle a remarqué que le tiroir de sa coiffeuse était vide, elle n'en montre rien. De mon côté, je ne mentionne pas non plus ma découverte. Je sais bien que je devrais aborder le sujet mais je ne vois pas comment présenter les choses sans provoquer un conflit. Or, je ne veux pas de confrontation directe avec elle. Nous n'avons jamais eu ce genre de relation. En même temps, où en sommes-nous aujourd'hui ?

— Alors, tu as essayé de retrouver le catalogue, hier ? me demande-t-elle en passant le sirop d'érable à Ruby.

— Non, mais je compte m'y mettre bientôt.

Je ne tiens pas à lui dire la vérité. Maintenant que ma confiance en elle est ébranlée, je regrette amèrement de lui avoir parlé du trafic de faux tableaux.

— Ce doit être un document fascinant, ajoute-t-elle.

— Sûrement, oui.

— Comment va ta mère, ce matin ?

— Je ne sais pas, je ne l'ai pas encore vue.

— Elle va bien, affirme Ruby, tout en dessinant un motif sur son porridge avec son sirop d'érable.

— Mais toi, ça ne va pas, ma chérie ? m'interroge Hannah.

Elle ignore ma fille pour se concentrer sur moi, me fixant d'un regard pénétrant, comme si elle cherchait à me transpercer et à lire dans mes pensées.

— Si, si, ça va.

Je me lève et lui tourne le dos, sous prétexte de vérifier le contenu du sac de Ruby.

— Tu en es sûre ? insiste-t-elle.

Je confirme.

— J'emmènerai Ruby à l'école, ce matin, dis-je. J'ai des courses à faire après.

Un peu plus tôt, j'ai glissé l'étui à cigarettes dans mon sac à main avant de descendre. Je préfère le garder avec moi.

Dans la voiture, je viens à peine de démarrer que Ruby lance :

— Maman ? Qu'est-ce que tu faisais dans la chambre de Hannah, hier ?

— Écoute, ma chérie, je te répondrai, mais pas maintenant, d'accord ? Nous en parlerons ce soir, je te le promets.

À cet instant, nous abordons un croisement où la visibilité est mauvaise. Je tends le cou pour vérifier qu'aucune voiture n'approche, évitant ainsi le regard de Ruby.

J'ai beau redouter cette perspective, je suis on ne peut plus consciente de la nécessité de questionner Hannah. Elle n'a pas le droit de s'approprier les affaires de mon père, et surtout pas cet objet-là. Mais bon, il est possible qu'elle ait une bonne explication à me fournir, même si je ne vois vraiment pas laquelle.

Quand nous arrivons à l'école, j'accompagne Ruby jusqu'à la cour de récréation. Elle trébuche en montant sur le trottoir et je la rattrape par la capuche de son manteau.

— Ça va, ma puce ?

— Je suis fatiguée.

— Regarde où tu mets les pieds, tu pourrais tomber.

Elle hausse les épaules et resserre les pans de son manteau. Le vent froid fait voltiger ses cheveux. Elle a les lèvres bleues.

— Tu te sens bien, ma puce ? Tu en es sûre ?

Elle hoche la tête.

— Salut.

Elle s'esquive avant que j'aie pu l'embrasser.

— Jo ?

L'une des mamans me rejoint.

— Nous sommes plusieurs à vouloir aller prendre un café à Marlborough. Il reste une place. Vous venez avec nous ?

Elle m'indique sa voiture, où deux femmes sont déjà installées. Une troisième s'en approche. Je reconnais la mère de Stan et lui adresse un sourire quand je croise son regard. Non seulement elle ne me le rend pas, mais je perçois son hostilité.

— Merci, dis-je à la maman qui m'a invitée. Je serai ravie de vous accompagner une prochaine fois, malheureusement, j'ai un rendez-vous ce matin.

J'ai honte lorsque je remonte dans ma voiture. J'aurais dû partir avec elles. C'était l'occasion de m'intégrer dans le clan des mères de famille – et Dieu sait qu'il compte dans un village aussi petit que Downsley. Je les vois s'éloigner et assène un coup de poing sur le volant. Quand ma vie reprendra-t-elle un cours normal ? Je pourrais toujours les suivre et trouver un prétexte pour les rejoindre, sauf que je n'en ai pas le courage.

Mue par une impulsion, j'ouvre mon sac et jette un coup d'œil à l'intérieur. L'étui se niche au milieu de mon bric-à-brac habituel. J'avais prévu au départ de me rendre à Marlborough pour me donner le temps de réfléchir, mais je ne veux pas courir le risque de tomber sur les mamans. Je ne suis pas encore prête non plus à retourner à Lake Hall affronter Hannah, et il n'est pas question que je mette ma mère dans la confidence. Je n'imagine que trop bien sa réaction.

Je sors l'étui, soulève le couvercle et hume la faible odeur de tabac. Elle me transporte jusque dans les bras de mon père, me ramène à cette époque où je ne vivais que pour le moment où il m'attirerait à lui ou concentrerait toute son attention sur moi. J'avais alors l'impression que mon cœur allait éclater de joie. Je l'adorais.

Je referme l'étui. Je sais maintenant où je dois aller.

Le trajet sur les petites routes tortueuses ne me prend pas plus de cinq minutes. Je me gare sur le parking de l'église blottie au fond d'une cuvette à la sortie de Downsley.

Je m'engage sur le chemin qui sinue parmi les pierres tombales. Tout en marchant, je serre l'étui que j'ai fourré dans la poche de mon manteau. Sur les stèles couvertes de lichen érigées le long de la pente, je remarque que certains noms de famille se répètent. Le cimetière est exposé aux éléments et le vent me cingle le visage jusqu'à ce que j'atteigne le mausolée des Holt, qui m'offre un abri.

Il se dresse sur le côté du chemin, en position dominante. C'est de loin le monument funéraire le plus majestueux. La porte est flanquée de colonnes cannelées et de deux anges de pierre, chacun sur un piédestal, agenouillés l'un en face de l'autre. Sont-ils en prière ou est-ce un signe de déférence à l'égard des générations de Holt enterrées là ? Les deux, sans doute. Les noms des défunts sont gravés sur les piédestaux.

Je ne suis jamais venue voir la tombe de mon père, et c'est pour moi un choc de lire son nom au bas de la liste. La réalité de sa disparition n'en est que plus flagrante.

J'effleure les lettres inscrites sur la pierre sans chercher à retenir mes larmes. Je pleure à la pensée de toutes ces années où j'ai limité au maximum les relations entre nous, parce que je ne voulais pas de ma mère dans ma vie. Je pleure parce que Ruby n'a jamais connu cet homme que j'aimais par-dessus tout. C'était mon papa, et c'est la faute de ma mère si j'ai pris mes distances avec lui. Un jour, elle aussi aura son nom gravé sur le piédestal, à côté de celui de mon père. Ils reposeront ensemble pour l'éternité. Ce n'est pas juste, et je sens l'amertume m'envahir. Pourquoi n'est-ce pas elle qui est enterrée là, à la place de mon père ? Tout serait si différent…

— Jocelyn ! Je pensais bien que c'était toi !

Le prêtre s'avance vers moi, sa soutane voltigeant au vent.

— Je ne voudrais surtout pas interrompre un moment de recueillement, mais j'ai remarqué ta détresse. Puis-je t'aider ? À moins que tu ne préfères rester seule ?

— Merci, mon père, mais ça va. J'allais partir, en fait.

Je n'ai aucune envie de me confier à lui ni de lui montrer mon chagrin. C'est une vraie commère.

— Eh bien, tu sais où me trouver si tu as besoin de moi.

Je n'ai rien à ajouter de léger pour mettre un terme à cette conversation. Quand je tente de le contourner, il se met à marcher à côté de moi.

— Tu as vu ça ? me demande-t-il.

À cet instant seulement, je découvre sur le côté du mausolée un énorme bouquet de fleurs fraîches dans une grosse urne en marbre.

— Qui les a apportées ?

— Je croyais que c'était ta mère, dit-il.

— Mon père détestait les lis.

— Oh, c'est vrai ? Eh bien, quoi qu'il en soit, je suis sûr qu'il aurait apprécié le geste.

Je ne comprends pas ce que font ces fleurs ici. Je suis absolument certaine que ma mère n'aurait pas choisi des lis, ils ont donc forcément été déposés par quelqu'un d'autre. Quelqu'un qui ne le connaissait pas aussi bien qu'elle. Ma main se referme sur l'étui. Pourrait-il s'agir de Hannah ?

— Je dois y aller, maintenant, dis-je au prêtre. Merci.

Posté près de la grille du cimetière, il me regarde partir. Je me sens si tendue que je conduis en cramponnant le volant. Dans un virage serré, le Land Rover fait une embardée, et je parviens à le redresser de justesse, manquant de peu verser dans un fossé. J'écrase si fort la pédale de freins que le moteur cale.

Il me faut quelques minutes pour me ressaisir. Puis je redémarre et roule plus doucement. J'ai les nerfs à vif. Je dois absolument parler à Hannah.

Alors que je pénètre dans le vestibule, je suis bien déterminée à aller sur-le-champ lui demander des explications, mais la musique me prend de court. J'ai l'impression de me heurter à un rempart de son et, durant quelques secondes déroutantes, il me semble que mon père est toujours vivant. La musique provient de son bureau, où il l'écoutait toujours dans mon enfance, et je reconnais sans peine la voix de sa soprano préférée, qui s'élève dans les airs pour suivre la mélodie d'une aria, aussi légère que de gracieuses volutes de fumée s'enroulant autour des moulures au-dessus des lambris.

La porte du bureau est entrebâillée. Je la pousse et découvre ma mère assise dans la bergère en face de moi. Elle plaque contre elle son poignet meurtri. Nos regards se croisent, et j'ouvre la bouche pour prendre la parole, mais elle secoue légèrement la tête. J'écarte encore le battant. Hannah est assise à la table de travail, sur laquelle est posé un vieux registre. Elle me montre la couverture uniforme, où se détache une inscription rédigée à la main : « Catalogue des œuvres de la collection Holt ».

— Regarde ce que ta mère a trouvé ! s'exclame-t-elle.

— Oh, c'est formidable, dis-je.

La voir occuper la place de mon père me met mal à l'aise, d'autant que l'atmosphère dans la pièce me paraît étrangement pesante. Je jette un coup d'œil à ma mère, qui tourne maintenant la tête vers la fenêtre. Sa mâchoire est crispée et les tendons de sa gorge saillent. Il y a un problème, de toute évidence.

— Écoute, je peux comprendre ta réticence à rejoindre ce cercle de faussaires dont ta mère t'a parlé, commence Hannah, mais je crois qu'il est temps d'avoir une conversation franche. Assieds-toi.

J'hésite.

— Assieds-toi, Jocelyn. S'il te plaît.

Je m'installe dans le fauteuil en face d'elle, déconcertée par son intonation. Elle s'adresse à moi comme à une enfant.

— Je pense que tu ne fais pas le bon choix en refusant de participer à leurs opérations. Alors, j'ai eu une idée pour te convaincre. Baisse la musique, s'il te plaît.

Je tends la main vers la chaîne et coupe le son. Le silence qui suit est oppressant.

Hannah se penche pour ramasser un objet à ses pieds, qu'elle place ensuite sur le bureau. C'est un vieux magnétophone à cassettes.

— Non ! s'écrie ma mère.

On dirait plus un cri de douleur qu'un mot.

Hannah sourit.

— Taisez-vous, Virginia ! Bon, maintenant, Jocelyn, j'aimerais que tu écoutes attentivement.

Ma mère baisse la tête. Hannah s'adosse au siège de mon père. Je sens grandir mon malaise.

— Qu'est-ce que…

Elle m'interrompt en posant un doigt sur ses lèvres. Durant quelques instants, je ne distingue que du bruit blanc, puis une voix s'élève. Celle de mon père, qui semble soudain présent avec nous dans la pièce tant elle est nette.

— *C'est vraiment vous ?* demande-t-il.

— *Oui*, répond une femme. *C'est bien moi.*

— C'est toi ? dis-je à Hannah.

— Chut ! réplique-t-elle, avant de monter le son.

Ma mère ne me regarde toujours pas.

J'entends de nouveau la voix de mon père. C'est si douloureux…

— *Comment est-ce possible ?*

— *Vous voulez dire, comment est-il possible qu'une morte puisse revenir à la vie ?*

— *Vous étiez très mal en point la dernière fois que je vous ai vue.*

— *Vous avez toujours été maître dans l'art de l'euphémisme, Alexander.*

— *Nous nous sommes inquiétés pour vous après votre disparition soudaine.*

— *Ah oui ? Alors que vous aviez jeté mon corps dans le lac ?*

Je suis muette de stupeur. Mon père serait un meurtrier ? Ou, du moins, aurait tenté de tuer quelqu'un ? C'est impossible, puisque Hannah est là aujourd'hui. À moins que ce ne soit pas elle ? Mais, alors, qui serait cette femme ?

Je reporte mon attention sur ma mère. Le visage impénétrable, elle est aussi immobile qu'une statue. La conversation se poursuit : Hannah joue avec mon père, qui essaie en vain de garder sa contenance.

— *Vous ne m'avez jamais aimée, Alexander ?*

— *J'aime Virginia.*

— *Même quand nous étions ensemble ?*

— *Je ne répondrai pas à cette question.*

— Ça suffit !

Je me lève d'un bond. Je suis anéantie, écœurée au-delà de toute mesure. Mon père n'aurait jamais eu une aventure avec Hannah. Ce n'est pas possible. Pas avec elle. Il m'appartenait, et elle aussi ; ils ne s'appartenaient pas. Les imaginer ensemble est inconcevable. Ce serait la destruction de toutcs mes certitudes.

Et mon père n'aurait jamais fait de mal à quelqu'un.

Je tourne la tête vers ma mère, qui évite toujours mon regard. Je songe aux fleurs fraîches près de la tombe, qu'elle n'aurait jamais déposées là, à l'étui à cigarettes dans le tiroir de Hannah…

— Écoute ! m'ordonne cette dernière.

Sur l'enregistrement, je l'entends déclarer à mon père qu'elle veut de l'argent en échange de son silence. Il tente de discuter, adoptant un ton de plus en plus abattu et suppliant à mesure que celui de Hannah se durcit.

— *Si vous ne payez pas, je raconterai à tout le monde ce qui est arrivé.*

— *Vous n'avez qu'à dire que c'est moi.*

— *Tiens donc. Et votre fille n'a pas besoin de vous ?*

— *Non. J'assumerai toute la responsabilité de ce qui s'est passé. C'est le seul moyen de mettre un terme à tout ça.*

— *Dans ce cas, comment obtiendrais-je mon argent ? Il faudrait que je demande à Virginia. Bon, il vaut peut-être mieux que je révèle la vérité.*

— *Non, je vous en prie.*

— *Je pourrais prétendre que c'est Virginia qui m'a poussée.*

— *Non...*

La voix de mon père se brise.

— *Qui m'a poussée, Alexander ?*

— *Non, je ne le dirai pas.*

— *Alors, c'est moi qui vais le dire : c'est Jocelyn. Quel sale caractère elle a, en fin de compte. Je ne m'y attendais pas. Vous avez tout vu. Elle m'a délibérément poussée. Elle voulait que je tombe.*

— *Non, vous savez très bien que c'était un accident. Elle vous a poussée, mais elle ne cherchait pas à vous faire du mal.*

— *Oh si. Parce qu'elle n'a pas pu supporter de voir son cher papa avec moi. Elle voulait que je meure.*

Hannah arrête la bande et pose sur moi un regard si pénétrant que j'ai l'impression d'être à nu. Ma mère s'est couvert le visage de sa main valide. Je m'agenouille devant elle.

— Est-ce vrai ? Est-ce que j'ai poussé Hannah dans l'escalier ?

La figure toujours dissimulée, elle esquisse un mouvement de dénégation à peine perceptible. J'insiste :

— Réponds-moi !

— Nous pensions qu'elle était morte, murmure ma mère. J'ai cherché son pouls.

— Ils m'ont balancée dans le lac, déclare Hannah. Comme un vulgaire rebut. Un objet encombrant à faire disparaître. J'avais perdu connaissance en tombant. Tu n'y étais pas allée de main morte, tu sais, Jocelyn… Je n'aurais jamais cru ça de toi. Tu étais une gamine si insipide ! Une déception pour nous tous, n'est-ce pas, Virginia ?

— Tais-toi ! dis-je. Laisse-la parler.

J'écarte doucement la main valide de ma mère pour dégager son visage.

— Que s'est-il passé exactement ?

— Ton père avait une liaison avec Hannah et tu les as surpris en sortant de ton bain. Tu te rappelles ? Il a fallu que tu prennes un bain ce soir-là, après avoir sali ta robe…

Je hoche la tête. Ça, je m'en souviens, mais pas du reste.

— Tu ne t'y attendais pas, et tu as été tellement bouleversée que tu as poussé Hannah, qui est tombée dans l'escalier. Mais c'était un accident, ma chérie, tu n'avais pas l'intention de lui faire du mal. Tu essayais juste de les séparer.

— Vous n'étiez pas là, Virginia ! s'écrie Hannah. Tu voulais me tuer, Jocelyn, je t'assure. Tu es une Holt, tu as ça dans le sang. Tu ne me jugeais pas assez bien pour ton papa, alors tu as voulu te débarrasser de moi.

— Tu n'avais que sept ans ! intervient ma mère. Aucun enfant n'a le désir de tuer à cet âge.

— Je l'ai lu dans tes yeux, m'accuse Hannah.

Le choc me laisse pantelante. Je suis atterrée, incrédule, horrifiée. En même temps, je fouille frénétiquement ma mémoire à la recherche d'une réminiscence quelconque de cette soirée, mais il n'y a rien. Rien du tout. Je sens ma mère me presser la main.

— Tu veux savoir comment j'ai survécu ? reprend Hannah. Quand je suis revenue à moi, j'étais dans la remise à charbon, ficelée comme un rôti. J'avais l'impression que mon crâne avait doublé de volume tant il me lançait. J'avais la tête qui tournait, envie de vomir… À force de me contorsionner, j'ai réussi à desserrer suffisamment mes liens pour me libérer, et là, j'ai découvert que je ne pouvais pas sortir de la remise. La porte était verrouillée. J'ai appelé au secours, hurlé, même, sans que personne se manifeste. Tu imagines ce que j'ai pu ressentir ? Devais-je attendre qu'ils reviennent et tenter de les dissuader de terminer ce que tu avais commencé ? Ou me jeter sur eux quand ils réapparaîtraient ? Mais j'étais faible, blessée et en sang, et je n'ai rien trouvé dans la remise qui aurait pu me servir d'arme, surtout contre deux personnes. Alors j'ai décidé de faire semblant d'être morte. Je me suis rattachée comme j'ai pu, et j'ai guetté leur retour. Je me disais que, si je voulais me battre avec eux, il y aurait des endroits plus adaptés. Et durant tout ce temps, Jocelyn, je me raccrochais à la pensée qu'un jour, je prendrais ma revanche sur toi – toi, la sale gosse gâtée à outrance qui se croyait tout permis et ne m'avait pas estimée assez bien pour son papa.

» Évidemment, lorsque tes parents sont arrivés, ils paniquaient tellement qu'ils n'ont pas remarqué que mes liens étaient relâchés. Je ne m'étais pas trop mal débrouillée, finalement. Après, ils m'ont précipitée dans le lac et je me suis laissée couler. Ils m'avaient lestée avec des poids. Ils voulaient que je reste au fond, ce qui aurait été le cas si j'avais été inconsciente… L'eau était si froide ! Je n'avais pas eu le temps de gonfler mes poumons, mais j'ai tenu le plus longtemps possible. Je n'ai pas eu de mal à me défaire de mes cordes, qui étaient détendues. J'ai refait surface sans bruit, en espérant que ta mère ne me verrait pas. Elle aurait pu… Puis j'ai replongé et nagé vers l'île, où j'ai attendu un long moment avant de revenir vers la terre ferme. Et ensuite, vous vous souvenez, Virginia ? Vous aviez déposé un sac de vêtements dans la buanderie, à donner pour une vente de charité. Je les ai volés, et j'ai quitté Lake Hall dans des habits secs – les vôtres. J'ai aussi emporté ceux qui étaient mouillés, bien sûr ; je ne voulais pas éveiller vos soupçons, parce que je ne savais pas jusqu'où vous étiez prêts à aller pour terminer ce que Jocelyn avait initié.

Quand elle s'interrompt, je demande à ma mère :

— Tu pensais que je l'avais tuée ?

— Oh oui, répond Hannah à sa place. Ta chère maman a couvert une meurtrière. Et, à propos, il ne faudrait pas oublier ce crâne découvert dans le lac. Qui d'autre avez-vous éliminé, Virginia ? Ce n'était pas la première fois que vous immergiez un corps, n'est-ce pas ? Vous êtes tous des assassins, dans cette famille. Les Holt n'ont aucun scrupule à se débarrasser des gêneurs quand ça leur chante, hein ? Les autres ne comptent pas. Vous êtes répugnants, tous.

Je m'efforce de bloquer les paroles venimeuses de Hannah pour me concentrer sur ma mère. Je veux entendre sa version.

— Je ne me rappelle rien, mère. Pourquoi ?

— Nous t'avions donné un de mes cachets, m'explique-t-elle. Nous espérions qu'il effacerait au moins une partie de tes souvenirs, et il a eu l'effet escompté.

— Bref, autant vous dire que je vous tiens, conclut Hannah. Je vous tiens toutes les deux, et vous êtes à ma merci, comme j'étais à la vôtre autrefois. Alors, si vous ne voulez pas que j'aille raconter à la police tout ce que je sais, je vous conseille d'accepter que je fasse désormais partie de votre vie ici.

— Vous prendriez le risque de révéler votre chantage ? riposte ma mère.

— Pourquoi pas ? Après tout, ce ne serait pas cher payer pour obtenir justice, vous ne croyez pas ? Même si je suis reconnue coupable de chantage, vous aurez à répondre d'accusations bien pires. En attendant, il ne me semble pas nécessaire d'en arriver là. Je suis sûre que vous finirez par voir le bien-fondé de ma proposition, toutes les deux. Ce serait tout de même dommage pour Ruby que la police ouvre une enquête sur sa mère et sa grand-mère…

Elle appuie sur une touche du magnétophone et éjecte la cassette, qu'elle saisit.

— J'en ai fait des copies, ajoute-t-elle. Je vous préviens, au cas où vous seriez tentées de détruire celle-là pour résoudre vos problèmes.

Après l'avoir glissée dans sa poche, elle se lève, rajuste sa jupe, puis récupère le catalogue Holt. Je suis trop sidérée pour réagir. Toujours agenouillée devant ma mère, je ne peux que la regarder sortir de la pièce.

C'est seulement après son départ que je mesure toute l'horreur de ce qu'elle vient de raconter. La proximité de ma mère me paraît soudain insupportable. J'ai besoin de respirer. Je dégage vivement ma main de la sienne et m'écarte d'elle. J'ai l'impression d'étouffer.

— Est-ce que… est-ce que tout ça est vrai ?

— Je suis désolée, ma chérie. Nous pensions que tu ne le saurais jamais.

Virginia

La douleur, intolérable, est impossible à ignorer. Chaque mot prononcé par Hannah l'a avivée, comme une punition qu'elle m'infligeait.

— Ton poignet te fait mal ? me demande Jocelyn.

Elle n'a pas pris la parole depuis des heures, me semble-t-il, et sa voix est éraillée. Depuis le départ de Hannah, avachie sur le fauteuil en face du mien, elle est restée quasiment mutique, se bornant à me poser une question de temps à autre. J'y ai répondu le cœur lourd, confirmant une vérité qu'aucune de nous n'avait envie d'entendre.

— Oui, un peu, parce que Hannah m'a brusquée, dis-je. Elle exigeait le catalogue et je refusais de le lui donner.

Je suis plus grande et probablement plus forte que cette femme, mais ma fracture me mettait en position de faiblesse et elle a su en profiter.

— Mais ce n'est rien, ma chérie. Ça passera.

— Tu veux un cachet ?

— Non, surtout pas.

Je tiens à conserver toutes mes facultés, même si je ne vois absolument pas comment les utiliser pour nous en sortir. Alors que Jocelyn tente toujours d'assimiler ce qu'elle vient d'apprendre, je suis submergée par le sentiment de mon échec. Je n'ai pas été capable de protéger ma fille du plus grand danger qui la menaçait – découvrir ce qui s'était passé cette nuit-là –, et ce constat sape mes forces.

— Comment se fait-il que je ne me souvienne de rien ? demande-t-elle une nouvelle fois.

— Le choc. Le somnifère. L'association des deux. Comme beaucoup de gens, tu as refoulé tes souvenirs traumatisants, ma chérie. Pour ton père et moi, c'était une véritable bénédiction. Nous ne pouvions pas le croire.

Elle semble assommée. Je me rends bien compte que c'est trop de révélations d'un coup, et qu'elle va devoir les affronter une par une, mais le temps presse. Il faut que nous agissions et, pour la première fois de ma vie, j'ai peur d'être obligée de me fier à quelqu'un d'autre pour échafauder un plan.

Je regarde la photo d'Alexander. *Excuse-moi*, lui dis-je en silence. *J'ai failli à ma tâche. C'est Hannah qui a gagné, en fin de compte.*

Jocelyn, Ruby et moi sommes désormais aussi vulnérables devant Hannah qu'un renard poursuivi par une meute de chiens de chasse. J'espérais me montrer suffisamment rusée pour prolonger la traque encore un moment – et même peut-être assez longtemps pour pouvoir lui damer le pion –, mais cette fois elle nous a acculées et il n'y a plus d'échappatoire. Tout est fini. Elle a raison : nous sommes à sa merci.

— Tu pourrais m'aider à monter dans ma chambre, ma chérie ? Je ne me sens pas bien.

Nous gravissons lentement les marches et je m'appuie lourdement sur Jocelyn. Il me semble que tout le poids de l'histoire familiale autour de nous s'est abattu sur mes épaules, accentuant mes sentiments de culpabilité et de défaite.

Hannah nous attend en haut de l'escalier.

— Quelle mine sinistre ! s'exclame-t-elle. J'espère que vous allez vous dérider un peu, parce que j'ai eu une idée. Pourquoi ne dînerions-nous pas ensemble ce soir, toutes les trois ? Mais attention, pas dans la cuisine… Non, un vrai dîner de gala, dans la salle à manger, devant une belle table. Et nous aussi, nous nous ferons toutes belles pour l'occasion. Nous en profiterons pour discuter de nos projets communs. Je me suis renseignée et j'ai pas mal de suggestions à vous soumettre au sujet de notre petit trafic d'œuvres d'art.

Jocelyn et moi nous arrêtons dans le couloir. Je suis légèrement essoufflée. Hannah sourit, manifestement fière d'elle. C'est odieux.

— Alors, qu'en pensez-vous ? reprend-elle.

— D'accord, dis-je. C'est une excellente idée, en effet. Je m'en occupe.

— Bien. Alors, rendez-vous à 20 heures dans le salon bleu pour un verre, avant de passer à table ?

— Entendu.

Les doigts de Jocelyn se resserrent autour de mon bras, m'arrachant une petite grimace de douleur qu'elle ne remarque pas. Lorsque nous sommes seules dans ma chambre, elle chuchote :

— Il n'en est pas question.

— Nous n'avons pas le choix, ma chérie. Que veux-tu faire d'autre ? Il faut penser à Ruby.

Je m'assois sur mon lit, résistant à l'envie de m'allonger et de fermer les yeux. Je sens soudain quelque chose sous ma paume. C'est un de mes cachets. Je le montre à Jocelyn.

— J'avais glissé mes antalgiques dans la boîte à mouchoirs, dis-je. Ils étaient trop puissants et je ne voulais plus les prendre. Lorsque je me suis cassé le poignet, je les ai ressortis, mais il en manquait et je me suis demandé si Hannah n'en donnait pas à Ruby sans qu'on ait rien remarqué. Ta fille a changé depuis son arrivée ici ; elle est tout le temps fatiguée, alors qu'elle débordait d'énergie dans les premiers temps. Et je crois aussi que Hannah t'en a fait avaler à ton insu quand tu étais petite. Cette pensée nous est venue, à ton père et à moi, quand nous avons trouvé des flacons de comprimés en débarrassant sa chambre cette nuit-là.

Jocelyn me dévisage sans mot dire. La détresse dans son regard me fend l'âme. J'espère seulement que, désormais, elle sera de mon côté.

— Comment peut-on l'arrêter ? demande-t-elle.

Je devine son cerveau en train de s'activer, de chercher désespérément une issue au piège qui s'est refermé sur nous, mais je sais déjà qu'il n'y en a pas. Nous devons nous résoudre à faire face, d'autant que Hannah est capable de nous agresser physiquement, mon expérience de ce matin me l'a prouvé.

— Pour le moment, ma chérie, mieux vaut lui obéir. C'est plus prudent.

Elle secoue la tête mais je décroche tout de même mon téléphone et compose un numéro que je connais par cœur.

— Bonjour, dis-je à la voix familière qui me répond. Lady Holt à l'appareil. Auriez-vous une belle pièce de gibier à me mettre de côté ? Ou sinon, un carré d'agneau. Et pourriez-vous avoir la gentillesse d'envoyer quelqu'un m'apporter la commande ? J'ai un dîner imprévu ce soir, et je ne suis pas en avance.

Quand je raccroche, ma fille me regarde comme si j'étais folle.

— Il faut jouer le jeu, Jocelyn. Elle s'attend certainement à ce qu'on prépare un repas qui sorte de l'ordinaire.

Elle secoue de nouveau la tête. Une larme roule sur sa joue, puis tombe sur mon couvre-lit.

— Je ne sais pas cuisiner le gibier, et toi, tu ne peux pas te mettre aux fourneaux avec ton poignet, objecte-t-elle d'une petite voix.

— Ne t'inquiète pas, je te guiderai.

Si nous lui servons un bon dîner, Hannah en déduira vraisemblablement que nous la prenons au sérieux.

Je n'ai pas d'autre plan en tête.

Jo

Ma mère et moi nous activons à la cuisine. J'étais dans un état second quand je suis allée chercher Ruby à l'école. Je ne me rappelle rien de ce qu'elle m'a dit dans la voiture ou depuis que nous sommes rentrées, mais elle ne semble pas remarquer ma distraction. Elle est toute contente de nous voir cuisiner ensemble, ma mère et moi, et tient à nous aider.

À un moment, ma mère sort sa mallette de couteaux Sabatier. Elle explique à Ruby la fonction de chacun et lui montre comment émincer les carottes en biseau.

— C'est plus joli comme ça, dit-elle.

Ma fille s'applique, mais j'ai terriblement peur qu'elle ne se blesse.

Lorsque je vide dans l'évier l'eau des pommes de terre mises à cuire, un nuage de vapeur s'élève devant la fenêtre. Alors qu'il se dissipe, j'aperçois Hannah dehors, qui s'approche. Un instant plus tard, la porte de derrière s'ouvre.

— Oh, quel charmant spectacle ! s'exclame-t-elle. J'attends notre dîner avec impatience, vous savez.

Elle ôte avec précaution le foulard qui lui couvre la tête, et je me rends compte qu'elle revient de chez le coiffeur.

Ruby nous dévisage tour à tour, ma mère et moi.

— Qui d'autre vient dîner ?

— Il n'y a que nous, ma chérie, répond ma mère.

— Mais t'as dit que je pourrais avoir des saucisses, maman…

— Et tu en auras, ma puce. Tu ne mangeras pas avec nous.

— Nous devons discuter de choses assommantes, affirme ma mère. Tu t'ennuierais, trésor.

— Tout à fait d'accord, intervient Hannah. Mais il faudra que tu prennes de temps en temps tes repas avec nous, Ruby, parce que j'aimerais t'enseigner les bonnes manières. C'est important. N'est-ce pas, Virginia ?

Ma mère manque de s'étrangler. Elle se ressaisit cependant rapidement et parvient à formuler une réponse, ce dont je suis moi-même incapable :

— Oui, en effet. Ruby, tu veux bien m'aider à mettre la table ?

Après leur départ, Hannah se tourne vers moi.

— Eh bien, ça sent déjà délicieusement bon…

Elle survole du regard les légumes que j'ai préparés.

— Aurais-tu oublié que je n'aime pas les brocolis, Jocelyn ? Tu peux les ranger.

Docilement, je pose mon couteau et vais placer les brocolis dans le réfrigérateur.

— Quelle heure est-il ? s'enquiert-elle.

— 18 h 30.

— Parfait, je vais aller prendre un bain. Je vous retrouve comme convenu pour l'apéritif.

Je me rends dans la salle à manger, où Ruby a dressé le couvert en suivant les instructions données par ma mère.

— Je n'y arriverai pas, dis-je.

— Tu peux attraper les bougeoirs sur l'étagère du haut, s'il te plaît ? me demande ma mère.

Elle accompagne ces mots d'un regard sévère, m'incitant à ne pas flancher devant Ruby. J'ouvre le buffet et en sors les bougeoirs. Ils sont lourds, et les pampilles de cristal qui les ornent vacillent quelques secondes après que je les ai placés sur la table.

— T'as vu, maman ?

Ma fille m'indique les minuscules cuillères en argent qui vont avec la salière et la poivrière.

— Oui, c'est raffiné.

— C'est trop mignon. Et regarde ça !

Elle me tend un rond de serviette en argent. C'était celui de mon père ; ses initiales sont gravées sur le côté. Je sens que ma mère m'observe mais, quand je lui jette un coup d'œil, elle détourne la tête.

— On ne va pas se servir de celui-là, ma puce. Pas ce soir.

Ruby ne fait aucune difficulté pour aller se coucher de bonne heure.

— Tu sais, maman, j'aimerais bien dîner avec mamie et toi, un jour, et on mettra des belles robes. Mais je veux pas que Hannah soit là.

— Je comprends.

Elle bâille.

— Je suis fatiguée.

— Ça se voit. Bon, tu peux jouer avec ton iPad pendant une demi-heure et ensuite lire un peu si tu veux, mais éteins avant 20 h 30, d'accord ? Je viendrai te border.

Elle se blottit contre moi.

— C'était drôlement bien de faire la cuisine avec mamie et toi.

Je me retourne sur le seuil de la chambre.

— Bonne nuit, ma puce.

Elle ne m'entend pas, parce qu'elle a déjà ses écouteurs dans les oreilles. Je referme la porte derrière moi.

Je vais vérifier où en est la cuisson des plats avant de monter dans ma chambre, où je passe une éternité à inspecter ma garde-robe. Il n'est pas question que je porte le chemisier offert par Hannah, et je n'ai pas grand-chose d'habillé.

Un coup d'œil à ma montre me révèle qu'il est près de 20 heures. Je dois encore préparer les hors-d'œuvre, même si je préférerais m'étouffer que les avaler en présence de Hannah. J'ai l'impression d'être sa domestique, mais j'imagine que c'est le but recherché.

Je rejoins ma mère dans sa chambre, où elle bataille pour enfiler une robe. Elle ne s'est toujours pas maquillée, et sa pâleur la fait paraître vulnérable et plus vieille qu'elle ne l'est.

— Tu peux m'aider ? demande-t-elle.

Même si elle a choisi un modèle à manches évasées, elle ne parvient pas à s'y glisser tant son plâtre la gêne. Je la guide, puis remonte la fermeture Éclair sur le côté.

— Et toi ? s'enquiert-elle.

Je suis toujours en robe de chambre.

— Je ne sais pas quoi mettre.

— Tu veux qu'on regarde ensemble ?

— Il faut vraiment qu'on fasse ça ?

Je ne me suis jamais sentie aussi impuissante.

— J'en ai bien peur, répond-elle. Tu en es capable, Jocelyn. Toi et moi, nous surmonterons cette épreuve.

Elle n'a pas l'air aussi sûre d'elle que ses paroles le laissent supposer.

— Ce sera la première fois que tu m'autoriseras à te conseiller sur ta tenue, ajoute-t-elle.

Cette remarque m'atteint de plein fouet. C'est l'une des choses les plus blessantes que j'aie entendues aujourd'hui, car je me rends compte seulement maintenant que ma mère a fait de nombreuses tentatives pour se rapprocher de moi au fil du temps, et que je l'ai toujours rejetée. À cause de Hannah.

Que de souffrances ont été causées par sa faute…

Ma mère ouvre en grand les portes de ses deux penderies, révélant des vêtements suspendus en rangs serrés, dont la plupart sont protégés par des housses de pressing. Des boîtes de chaussures s'empilent dessous. C'est un véritable autel dédié à la mode.

— Voyons voir… commence-t-elle. J'ai toujours pensé que le bleu et le vert te mettaient particulièrement en valeur.

Elle fouille parmi ses robes et en sélectionne une.

— Tiens, celle-là devrait t'aller à la perfec…

Elle ne termine pas sa phrase. Hannah vient d'ouvrir la porte.

— Ah, vous êtes là ! Je me demandais ce que vous faisiez. Vous vous préparez ensemble ? Comme c'est touchant. Je peux me joindre à vous ?

Elle arbore la robe que je l'ai vue essayer à Marlborough et elle a forcé sur le maquillage comme jamais. Ses oreilles s'ornent de pendants en diamant qui appartiennent à ma mère et qu'elle-même tient de sa mère. C'est un héritage familial. J'en suis malade.

Le regard de Hannah s'éclaire quand il se pose sur le contenu des penderies.

— Oh, bonté divine ! J'avais oublié que vous aviez autant de vêtements… Alors, où sont mes préférés ?

Elle pousse ma mère pour mieux inspecter les tenues, qu'elle écarte sans ménagement.

— Qu'y a-t-il, Virginia ? lance-t-elle en remarquant que ma mère détourne la tête. Vous pensez que je ne suis pas assez bien pour toucher vos toilettes ?

— Non… Mais certaines de ces robes sont pratiquement des pièces de musée et il faut les manipuler avec délicatesse.

— Ah oui ? Celle-là, par exemple, en fait-elle partie ?

Elle tire une robe qu'elle plaque contre elle.

— Alors, qu'est-ce que ça donne ? Je crois que je vais plutôt choisir une de vos « pièces de musée » pour notre grand dîner de ce soir. Vous n'y voyez pas d'objection, je suppose ?

Tout en parlant, elle sort de nombreuses robes, puis arrache le plastique ou le papier de soie qui les recouvre. Elle en laisse tomber certaines à ses pieds, en expédie d'autres sur le lit et même sur la coiffeuse.

Ma mère et moi ne pouvons que la regarder faire, tandis que les housses de protection atterrissent sur le sol dans un léger bruissement semblable à un soupir ou à une exhalaison – le râle d'agonie de nos vies telles que nous les connaissions. J'ai le sentiment que Hannah ne s'arrêtera pas avant d'avoir vidé tous les placards mais, contre toute attente, elle interrompt brusquement sa fouille frénétique.

— Celle-là, décrète-t-elle. En fait, je l'ai portée une fois, Virginia. Vous le saviez ? Je l'ai prise dans votre penderie et je l'ai essayée. Oh, ce n'est pas la seule que je vous ai empruntée, mais celle-là était spéciale, parce que j'avais bien remarqué la façon dont Alexander vous regardait quand vous la mettiez. Et je dois dire qu'elle me donnait une allure folle, à moi aussi ! En fait, je vais l'enfiler, pour que vous puissiez en juger par vous-même, ma chère.

Elle se débarrasse de sa propre robe, dévoilant des sous-vêtements affriolants, tout de soie et de dentelle. Écœurée, je détourne les yeux. Elle est obligée de se contorsionner pour enfiler le fourreau de ma mère. Au moment où elle se penche pour le remonter, ses cheveux se prennent dans les broderies de perles sur le décolleté, et elle doit en arracher quelques-uns. J'espère que ça lui fait mal. Elle se dandine ensuite pour ajuster le tissu sur ses hanches, ses cuisses et son ventre.

— Remonte la fermeture Éclair, m'ordonne-t-elle.

J'obéis, mais ce n'est pas facile. La robe est trop étroite. La vue de son corps boudiné par ce magnifique tissu me révulse.

— Vous avez toujours été plus grosse que moi, fait remarquer ma mère.

Je sens Hannah se raidir alors que je finis de remonter la fermeture.

Elle va ensuite s'admirer dans le miroir, se tourne dans un sens puis dans l'autre…

— Oui, elle me va aussi bien que dans mon souvenir. Mais il y avait quelque chose qui m'apportait encore plus de satisfaction que de porter vos tenues, Virginia. Voulez-vous que je vous dise à quels moments j'avais vraiment l'impression d'avoir pris votre place ?

Ma mère se borne à soutenir son regard. Je remarque deux taches rouges sur les joues de Hannah. Ça l'amuse de nous torturer, c'est évident.

— Quand Alexander me possédait, ajoute-t-elle.

— Arrête ! dis-je. Ça suffit.

— Ce n'est pas à toi d'en décider, ma belle.

— Nous ferons tout ce que tu demandes.

— Je serais presque tentée de te croire si tu n'étais pas aussi fourbe, Jocelyn.

— Je ne vois pas de quoi tu parles.

— L'étui à cigarettes. Je suppose que c'est toi qui l'as emporté ? À moins que ce ne soit Ruby, évidemment. Tu veux bien aller me le chercher ? J'aimerais le récupérer ce soir.

— Il n'est pas à toi.

— Jocelyn ! intervient ma mère. Ce n'est pas grave. Va le chercher.

— Non. Même si papa avait une liaison avec elle, il nous appartenait à nous aussi. Nous étions sa famille.

— Ah oui ? ironise Hannah. Tu savais que ton cher papa m'autorisait à te donner des somnifères pour que nous puissions nous retrouver dans ma chambre, la nuit ?

— Certainement pas. Mère ? Dis-lui, toi.

— Je l'ignore, ma chérie. Je regrette.

— C'est faux !

— Tu as manqué beaucoup de choses, poursuit Hannah. Nous avions des ébats passionnés.

Incapable de concevoir une telle possibilité, je nie avec la dernière énergie.

— Il ne m'aurait jamais fait ça.

— Bien sûr que si, réplique-t-elle. Il le faisait tout le temps, au contraire, parce qu'il n'était pas attaché à toi. Il ne voulait pas d'une fille, il rêvait d'avoir un garçon. Et moi, j'étais toute prête à lui en donner un, figure-toi !

Chacune de ses paroles accentue la pression intolérable que je ressens.

— En attendant, en vrai gentleman, il ne t'aurait jamais montré à quel point il te méprisait, ajoute-t-elle, se délectant manifestement de l'effet produit par ses propos venimeux. Mais, à moi, il ne se lassait jamais de le répéter. Ah, on s'est bien moqués de toi, tous les deux ! Tu étais toujours tellement sérieuse, tellement désireuse de me faire plaisir. Il te trouvait pitoyable. Tu l'ennuyais. Pauvre petite Jocelyn Holt, dédaignée par sa mère et par son père… En même temps, qui aurait pu t'aimer ? Tu as été une immense déception pour ton père, et on peut le comprendre : toi, une gamine aussi fade et insipide à l'extérieur que pourrie à l'intérieur…

Elle se tourne de nouveau vers la penderie.

— Bien, dit-elle. Les chaussures, maintenant. C'est une chance que nous fassions la même pointure, Virginia, n'est-ce pas ?

Je contemple la fermeture Éclair sur son dos. Sous la robe de ma mère, elle n'est qu'un corps répugnant, un assemblage d'os et de chair molle. Comment ose-t-elle me débiter toutes ces horreurs ? Les mots qui sortent de sa bouche ne sont que du poison. Je n'en peux plus, il me semble que ma tête va éclater. Soudain, je sens quelque chose se rompre en moi.

Sans réfléchir, je saisis une housse de pressing sur le lit et en enroule les deux extrémités autour de mes mains jusqu'à réduire l'ouverture à la largeur d'une tête. Une rage sourde bouillonne en moi, imprégnant chaque partie de mon être. Je n'aspire plus qu'à mettre un terme à ce supplice.

Hannah est plus petite que moi, et moins forte, sans compter que je peux miser sur l'effet de surprise. Je me jette sur elle par-derrière sans lui laisser le temps de réagir, lui passe la housse sur la tête puis tends le plastique au maximum sur son visage, avant de la tirer en arrière. Elle vacille et perd l'équilibre. Je resserre encore ma prise tandis que ses jambes se dérobent et qu'elle bat des bras en essayant désespérément d'aspirer de l'air. Le polyéthylène scelle sa bouche ouverte, et je l'entends déjà s'étouffer.

Je me laisse tomber à genoux, en l'entraînant avec moi pour pouvoir maintenir la pression. Les muscles de mes bras, de ma nuque et de mes épaules sont douloureusement contractés, mais je tords de plus belle le plastique autour de mes mains. Je distingue maintenant son visage dessous et la vue de sa souffrance me stimule. Hannah émet des sons horribles alors qu'elle cherche son souffle, et se débat comme un beau diable, mais le polyéthylène reste inexorablement collé sur son nez et sur le « O » formé par sa bouche.

Je sens ses forces l'abandonner peu à peu. Je veux être la dernière personne qu'elle verra avant de mourir, alors je plonge mon regard dans ses yeux exorbités, jusqu'au moment où elle cesse de ciller. Il me semble qu'il ne s'est écoulé que quelques minutes, mais je n'en suis pas sûre, parce que j'ai perdu la notion du temps, et que, hors d'haleine, je cherche moi aussi avidement mon souffle. Puis j'éclate en sanglots, et ma mère me pose une main sur l'épaule.

— C'est fini, Jocelyn. Lâche-la. Tout est fini.

Mais je ne veux pas la lâcher. Je veux maintenir ce plastique sur sa figure à jamais et la punir encore et encore pour tout le mal qu'elle nous a fait. Saisie de tremblements incontrôlables, je finis pourtant par desserrer mes doigts.

Quand je les libère du plastique, je découvre mes mains blanchies à certains endroits, rougies et enflées à d'autres. Je les contemple fixement. J'entends ma mère répéter mon prénom, puis dire quelque chose, mais ses paroles n'ont aucun sens pour moi. Je ne peux détacher mon regard de mes paumes meurtries qu'au moment où la sonnerie du téléphone m'arrache à mon hébétude.

Inspecteur Andy Wilton

Il est presque 20 h 30 en ce vendredi soir quand Andy émerge du pub. Il y est entré trois heures plus tôt avec quelques collègues, pour boire un verre, et le temps a filé sans qu'il s'en rende compte. Résultat, il a raté le cours de vélo en salle qu'il était censé faire avec sa petite amie. Elle l'a appelé déjà six fois et lui a laissé deux messages furieux. Il est en train d'écouter la fin du second quand ses compagnons sortent à leur tour de l'établissement, faisant battre la porte dans leur sillage.

— Tu viens manger un curry avec nous, Andy ? lance l'un d'eux.

Son souffle forme de petits nuages blancs dans l'air froid.

— Maxine doit nous retrouver sur place.

Andy ne réfléchit qu'une seconde. Sa partenaire a passé la journée en formation et n'a pas répondu aux SMS qu'il lui a envoyés.

— OK, j'arrive.

Il rejoint ses amis – des gars costauds, en bonne condition physique, dont il adore la compagnie. Après avoir remonté le col de sa veste pour tenter de se protéger du froid mordant, il allume une cigarette. Il a déjà compris que son histoire de cœur ne durerait pas au-delà du week-end. Si sa petite amie ne le plaque pas dès le lendemain matin, c'est lui qui la laissera tomber.

Maxine est déjà attablée au restaurant devant une pinte. Elle tient l'alcool aussi bien que ses homologues masculins.

— Ne râle pas, dit-elle en voyant son partenaire. L'instructeur nous a ordonné d'éteindre nos portables. La journée a été longue. En attendant, j'ai de bonnes nouvelles pour toi.

— T'as interrogé la nanny ? lui demande Andy.

— Non, mais je le ferai à la première heure lundi. Promis.

— Vous êtes toujours sur l'affaire du manoir ? s'enquiert l'un des gars.

— Oui, répond Andy. On a établi une identité à partir de l'ADN de la morte. Les Holt ont prétendu ne pas la reconnaître quand on leur a montré les images de la reconstruction faciale, mais on a maintenant une vraie photo d'elle, datant d'avant son décès. Je veux la leur montrer, pour voir comment elles réagissent.

— Il y a autre chose, lui apprend Maxine.

Elle lui tend son téléphone pour qu'il puisse lire un mail reçu du poste :

> *Nos recherches nous ont livré un élément intéressant. Hannah Maria Burgess, née le 7 novembre 1957, est en réalité morte le 1er février 1973. Cause du décès : autoasphyxie. Elle avait seize ans.*

— Autrement dit, la nanny n'est pas celle qu'elle prétend être, déclare-t-elle.

— Manquait plus que ça, marmonne Andy.

— Ce serait peut-être une bonne idée de prévenir les Holt maintenant, histoire de les laisser mariner pendant le week-end ? suggère un de leurs collègues.

— Tu crois ? demande Andy, le cerveau embrumé par la bière.

— Non, décrète Maxine. C'est ridicule. Il est trop tard, et toi, tu as trop bu.

Il est bien forcé de l'admettre. Néanmoins, la tentation de déranger lady Holt chez elle un vendredi soir est forte. Quasi irrésistible, même.

Maxine s'en rend compte.

— Non, répète-t-elle d'un ton plus ferme. Tu ne feras que les braquer, et nous, ce qui nous intéresse, c'est leur réaction spontanée. Ce ne serait pas professionnel de ta part.

— Je vais prendre rendez-vous, c'est tout, déclare-t-il. Je ne révélerai rien.

Il sort du restaurant, fait quelques pas et trouve un endroit tranquille au bout d'une ruelle crasseuse, d'où il appelle Lake Hall.

— Allô ?

C'est Virginia Holt qui a décroché. Il reconnaîtrait entre mille ses inflexions guindées.

— Madame Holt ? C'est l'inspecteur Andy Wilton.

— Vous appelez à une heure bien tardive, réplique-t-elle.

Son intonation n'est toutefois pas aussi cassante que d'ordinaire.

— Oui, je sais, mais c'est important.

Il n'est pas question qu'il lui présente des excuses.

— Ah bon ? De quoi s'agit-il ?

— J'aimerais venir vous voir lundi matin. Vous, votre fille et la nanny.

— Je crains que ce ne soit pas possible.

Son imagination lui joue-t-elle des tours ou a-t-il réellement décelé un tremblement dans sa voix ?

Le téléphone plaqué contre l'oreille, il va et vient dans la ruelle, et il s'apprête à lui demander s'il y a un problème quand il trébuche contre le trottoir et manque de s'étaler.

— Allô ? Vous êtes toujours là ? demande-t-elle.

Il s'adosse à un mur et ferme les yeux. Maxine avait raison, il est trop ivre pour mener à bien cette conversation. Il aperçoit ses collègues à l'intérieur du restaurant, qui lui font signe de le rejoindre. Il faut qu'il mange quelque chose. De toute façon, dans son état, il ne pourra rien tirer de Virginia Holt. Il vaut mieux qu'il raccroche.

— 9 heures lundi matin, madame Holt. Je compte sur votre présence à toutes les trois. Bonsoir.

Il doit tapoter l'écran à plusieurs reprises avant de parvenir à couper la communication.

Virginia

Je replace le combiné sur sa base, elle-même posée sur ma table de nuit.

Jocelyn me dévisage sans me voir. Elle est en état de choc, tout comme l'était son père la première fois que Hannah est « morte ».

— C'était qui ? demande-t-elle.

— Personne. Une erreur de numéro.

Inutile de la mettre au courant.

— Tu n'aurais pas dû répondre.

— Bien sûr que si.

Hannah gît au milieu de ma chambre, inerte, toujours vêtue de ma robe. Mes autres vêtements sont éparpillés autour d'elle, formant des tas soyeux, rehaussés de perles ou de strass, et les housses qui les protégeaient jonchent le sol. Les grandes feuilles de plastique et de papier de soie chuchotent et bruissent sous mes pieds quand je quitte la pièce. J'ai l'impression de patauger dans une mare solide.

J'ouvre la porte de la chambre de Ruby avec d'infinies précautions. Sa lampe de chevet est éteinte. Je m'approche de son lit. Elle est tournée vers la fenêtre, son iPad calé sur l'oreiller devant sa figure, ses écouteurs dans les oreilles. J'ai feint le sommeil en de nombreuses occasions ces derniers temps, et je cherche sur son visage des signes me laissant supposer qu'elle est éveillée, mais le relâchement de son corps, de même que sa respiration profonde et régulière finissent par me persuader qu'elle est bel et bien endormie. Je ne crois pas qu'elle ait entendu quelque chose.

Je recule dans le couloir, ferme la porte et m'y adosse le temps de reprendre mon souffle. Je sais exactement quoi faire, à présent. Le temps de l'impuissance n'est plus qu'un souvenir.

Jocelyn s'est recroquevillée sur mon lit. Elle contemple un point au-delà de la dépouille de Hannah, comme si cette dernière n'était pas là. Je m'assois à côté d'elle, en veillant à ne pas la toucher. Ses réactions peuvent être imprévisibles.

— Tu m'entends, ma chérie ? Écoute, ce qui est fait est fait.

Ses yeux survolent mon visage sans s'y arrêter.

— Il va falloir agir vite, Jocelyn, et je n'y arriverai pas toute seule. Alors, tu vas m'aider, et ensuite nous ne parlerons plus jamais de ce qui s'est passé.

Elle m'oppose un regard vide, et je sens grandir mon appréhension. Son père avait eu la même attitude après coup, sauf que je savais comment m'y prendre avec lui.

— Jocelyn ? Jo !

Rien. Elle ferme les yeux. Je me penche vers elle et articule le plus distinctement possible :

— J'ai besoin de toi, ma chérie. Nous devons éviter que Ruby voie le corps, et si tu ne m'aides pas, là, maintenant, nous prenons le risque qu'elle le découvre. Alors, bouge-toi !

Elle semble enfin émerger de sa torpeur. Ses gestes sont ceux d'un robot, mais au moins, elle réagit.

Nous commençons par déshabiller Hannah. J'ouvre la penderie d'Alexander, d'où je sors une housse à vêtements. Je me suis débarrassée de presque toutes ses affaires après sa mort, mais j'ai gardé certaines tenues qui ont marqué l'histoire familiale. Dans cette housse se trouve la capote militaire d'un de ses ancêtres – un vêtement ample, épais, qui sent la naphtaline. Je l'extrais de son enveloppe protectrice.

Laquelle accueille ensuite la dépouille. Après avoir logé les bras et les jambes à l'intérieur, Jocelyn entreprend de remonter la fermeture Éclair.

— Attends ! dis-je. Ôte-lui d'abord les boucles d'oreilles.

Elle s'exécute, puis referme complètement la housse. Après avoir vérifié que la voie était libre dans le couloir, nous traînons le corps en direction de l'escalier de service pour ne pas avoir à passer devant la chambre de Ruby. Avec mon poignet blessé, je ne peux pas tenir le sac de mon côté, alors je laisse la tête de Hannah rebondir de marche en marche, comme nous aurions dû le faire la première fois.

Nous emportons ensuite notre chargement vers le lac, en suivant un chemin que nous connaissons si bien toutes les deux que le fin croissant de lune suffit à nous guider. La dépouille aplatit l'herbe mouillée sur son passage. La douleur dans mon poignet est si vive que j'ai l'impression d'être brûlée au fer rouge, mais à aucun moment elle ne me distrait de notre objectif.

Nous sommes toutes les deux hors d'haleine lorsque nous atteignons la rive. Jocelyn va chercher le kayak dans le hangar à bateaux. Comme il ne peut accueillir que deux personnes, elle devra se débrouiller toute seule avec le corps de Hannah.

— Il faut le lester, dit-elle.

— Pas seulement. Je sais ce qu'il faut faire. J'ai lu un livre qui parlait d'un cadavre ramené dans un filet de pêche. On lui avait ouvert le ventre pour empêcher qu'il ne gonfle et ne remonte à la surface.

J'aurais aimé le savoir la première fois que nous avions immergé Hannah, parce que j'avais eu des cauchemars terribles par la suite, où je la voyais flottant sur les eaux du lac, même si nous l'avions lestée.

— Jocelyn ? Va chercher mon set de couteaux.

Elle hoche la tête. Manifestement, elle aussi est concentrée sur notre mission. Je ne peux me retenir d'ajouter :

— Et toi qui pensais que je lisais trop de romans policiers ! Comme quoi…

Sans un mot, elle repart vers la maison et disparaît à l'intérieur, me laissant entrevoir sa silhouette dans l'ouverture de la porte quand elle franchit le seuil de la buanderie toujours éclairée. Je lève les yeux vers la fenêtre de Ruby, redoutant le moment où une lumière apparaîtra derrière. Il fait un froid glacial dehors, mais je n'en tiens pas compte et garde la tête haute, guettant le moindre bruit ou mouvement suspect.

Quelques minutes plus tard, Jocelyn revient avec la mallette.

— Ouvre-la, dis-je.

Ce qu'elle fait, exposant chaque couteau glissé dans son logement. S'ils n'y sont pas tous, puisque nous en avons utilisé certains ce soir, je repère rapidement celui qu'il me faut, avec sa lame de douze centimètres extrêmement tranchante. Je baisse la fermeture à glissière de la housse, révélant l'abdomen nu de Hannah.

— Ne regarde pas, Jocelyn.

Elle ne détourne cependant pas les yeux.

Après avoir coincé le couteau entre les doigts de ma main blessée, je referme l'autre sur le manche, puis plonge la lame dans le ventre de Hannah le plus profondément possible. Je répète la manœuvre encore deux fois, en deux endroits différents. Le son est horrible, de même que la vue de la chair s'écartant de part et d'autre de la pointe. Mais il n'y a pas de sang. Pour le coup, Hannah est bel et bien morte. Subitement prise de haut-le-cœur, ma fille s'éloigne en titubant, les mains sur les genoux. Elle tousse et crache des filets de bile. Je vais rincer le couteau dans le lac puis, laborieusement, je parviens à refermer la housse avec ma main valide. J'ai presque oublié la douleur dans mon poignet tant je suis électrisée par la pensée que nous touchons au but.

— Jocelyn ! Allez, il faut en finir. Si Ruby se réveillait et nous voyait…

Elle s'essuie la bouche, se redresse et jette un coup d'œil en direction de la chambre de Ruby, laquelle est toujours plongée dans l'obscurité. Une chouette ulule dans les bois quand nous chargeons le corps dans le kayak. Nous le mettons ensuite à l'eau, et je le stabilise pendant que Jocelyn va ramasser quelques pierres à loger dans la housse. On n'est jamais trop prudent.

Elle monte dans le kayak en tremblant comme une feuille. Le bas de sa robe de chambre est trempé.

Je la regarde s'éloigner, suivant des yeux chaque coup d'aviron même si le froid me transperce jusqu'aux os et que des nuages obscurcissent la lune par intermittences.

Elle s'arrête de pagayer à l'approche de l'île. Je ne la vois plus à présent, mais je l'entends. Je relâche mon souffle quand un *plouf* sonore me révèle que le corps a frappé la surface du lac, et je me souviens des vaguelettes s'apaisant peu à peu après que je m'étais moi-même délestée de mon chargement des années plus tôt.

Lorsque Jocelyn revient, la lune teinte de reflets argentés le sillage de l'embarcation, mais sinon tout est calme et aucune lumière ne brille dans la chambre de Ruby.

Après avoir fermé derrière nous la porte de la buanderie, j'aide Jocelyn à se défaire de sa robe de chambre. Je l'enveloppe ensuite dans ma longue parka, puis la guide vers le salon bleu. Les flûtes sont toujours sur le buffet où nous les avions placées en prévision de notre apéritif avec Hannah. La glace dans le seau à champagne a fondu. J'allume une lampe, ranime le feu et vais chercher un édredon, que j'étends sur ma fille. Je nous sers ensuite à toutes les deux une généreuse dose de whisky et lui tends son verre.

— Bois, dis-je.

Elle avale et grimace.

— Nous ne parlerons jamais à personne de ce qui s'est passé, ma chérie.

Elle hoche la tête.

— Nous n'en parlerons à personne, parce que nous devons protéger Ruby. Si notre secret s'ébruite, Hannah aura gagné, et ça, il n'en est pas question une seule seconde. Nous sommes bien d'accord ?

Ma fille porte de nouveau son verre à ses lèvres. Le whisky semble glisser plus facilement dans sa gorge, cette fois. Les lueurs du feu se reflètent sur son visage.

— Oui, murmure-t-elle. Nous sommes d'accord.

Jo

Ma mère veut des toasts au fromage pour le déjeuner. Ruby se charge de râper le fromage, tandis que sa grand-mère fait griller le pain d'une main.

— Où est Hannah ? demande ma fille.

Ma mère me regarde. Je secoue la tête. Je n'ai pas le courage de prononcer les mots.

— Elle est partie, répond ma mère.

— Pour toujours ?

— Oui.

— T'es sûre, mamie, elle reviendra pas ?

— Certaine.

Ruby semble d'abord stupéfaite, puis elle se jette dans nos bras. Elle rayonne littéralement.

Je ne peux rien avaler.

— Au fait, l'inspecteur Wilton a téléphoné, m'apprend ma mère. J'ai oublié de te le dire. Il veut venir nous voir lundi.

— Qu'est-ce que tu as répondu ?

— Que j'étais d'accord. Je n'ai pas eu le choix, il a insisté.

— Oh, non…
— On ne peut pas faire autrement, Jocelyn.
— Mais on n'y arrivera jamais…

VIRGINIA

— Jean Palmer, annonce l'inspecteur Wilton. Jean Grace Palmer.

Il a une nouvelle photographie à nous montrer – celle de la femme dont le visage a été reconstitué, précise-t-il –, et il la pose sur la table entre nous, exactement comme les enquêteurs le font dans les films à la télévision. Je regarde le cliché. Je ne reconnais pas cette personne. Elle ne ressemble à aucune de mes fréquentations.

— Non, désolée, je ne la remets pas.

— Et vous ? demande à ma fille la policière au regard perspicace.

— Moi non plus, répond Jocelyn.

Elle s'est exprimée d'un ton ferme. Tant mieux.

Où est votre nanny ? s'enquiert la policière.

— Eh bien, je regrette qu'elle n'ait pas pu assister à cet entretien, mais elle est partie. Elle nous a quittées dans la nuit de vendredi à samedi, sans nous prévenir ni nous laisser d'adresse. Nous ne savons pas où elle est allée. Elle avait déjà agi de la même manière une fois, il y a des années. C'est extrêmement perturbant.

— Ah oui ?

Les deux policiers échangent un coup d'œil.

— Voyez-vous, reprend l'inspecteur Wilton, nous pensons que votre nanny ne s'appelle pas Hannah Burgess. Nos investigations nous ont révélé qu'une certaine Hannah Maria Burgess, née le même jour et au même endroit, était morte le 1er février 1973, à seize ans.

La stupeur qui se peint sur le visage de Jocelyn n'a rien de feint et n'a d'égale que la mienne.

— En quelle année Hannah a-t-elle disparu la première fois ? demande-t-il.

— En 1987.

— Vous avez une bonne mémoire, lady Holt, fait remarquer sa partenaire en prenant des notes.

— On n'oublie pas ce genre d'événement. J'étais très attachée à elle et son brusque départ m'a dévastée. Je me rappelle que c'était au printemps, parce que nous étions sorties la veille pour aller admirer les jonquilles.

— Comment l'avez-vous retrouvée ?

— Elle s'est présentée chez nous un jour, dis-je. Comme si de rien n'était.

— Vous a-t-elle expliqué pourquoi elle revenait ?

Jocelyn fait non de la tête.

— Pas vraiment, répond-elle. Elle a juste parlé de prendre un nouveau départ après s'être occupée de sa mère pendant des années. C'est tout.

Je juge bon d'ajouter :

— C'était une personne très discrète. Nous respections sa réserve.

— Vous permettez qu'on examine rapidement sa chambre ? s'enquiert l'inspecteur Wilton. Ce serait utile pour notre enquête d'avoir un objet sur lequel prélever un échantillon d'ADN.

— Elle a tout débarrassé mais, bien sûr, vous pouvez voir la pièce. Son ADN doit être partout dans la maison.

— Vous manque-t-il des choses qu'elle aurait pu emporter ?

— Non.

— Je peux vous demander comment vous vous êtes cassé le poignet ?

— Je suis tombée. À mon âge, ça arrive, les accidents.

Jocelyn les escorte à l'étage, et je leur emboîte le pas. Je m'arrête en haut de l'escalier, parce qu'une idée m'est venue. Je vais chercher dans ma penderie la robe que Hannah portait quand elle est morte.

Je la descends au rez-de-chaussée et attends dans le vestibule.

Ils ne tardent pas à me rejoindre.

— Elle a bel et bien fait le vide, confirme l'inspecteur Wilton.

— Elle a de l'expérience en la matière, dis-je. Je vous le répète, ce n'est pas la première fois qu'elle agit ainsi. À propos, je me suis rappelé, pendant que vous étiez là-haut, que je lui avais prêté cette robe la semaine dernière. Elle avait besoin d'une tenue habillée pour une soirée. Vous y trouverez peut-être son ADN ? Je me prends souvent les cheveux dans les broderies en perles quand je l'enfile, et il est possible qu'elle en ait coincé quelques-uns elle aussi.

Il prend le vêtement, qu'il froisse dans sa grosse main.

— Attention ! C'est un modèle haute couture, inspecteur. Une véritable pièce de musée.

La policière sourit, récupère la robe et la pose sur son bras.

— Merci, dit-elle. Ne vous inquiétez pas, nous y ferons attention.

Ils effectuent ensuite un prélèvement à l'intérieur de notre bouche pour pouvoir exclure notre ADN.

Jocelyn et moi les raccompagnons à la porte, puis nous les regardons démarrer dans l'allée.

— Tu aurais pu leur donner les boucles d'oreilles, me fait-elle remarquer.

— Pas question. Elles sont pour Ruby.

Jo

— Tu viens me chercher à l'école, aujourd'hui ? demande Ruby, qui sautille autour de moi.

Elle va beaucoup mieux et a recouvré toute son énergie. Elle est heureuse.

— Non, c'est moi qui t'emmène et c'est mamie qui ira te chercher. Tu seras au lit quand je rentrerai.

— Tu vas à Londres ?

— Oui.

— Tu peux m'acheter une planche de ouija ?

— Non.

— Stan en voudrait une.

— Eh bien, il n'a qu'à demander à sa mère.

Après avoir déposé Ruby à l'école, je passe la matinée dans l'atelier d'Elizabeth, à faire des projets avec elle et ma mère, puis je prends le train pour Londres, où je dois dîner avec Faversham et un client.

L'inspecteur Wilton me téléphone au moment où nous nous attablons au restaurant.

— Excusez-moi une minute, je dois répondre, dis-je aux deux hommes.

Je vais me poster sous l'auvent auquel sont accrochées des suspensions qui débordent de lierre, d'où je regarde les taxis batailler pour se ranger le long du trottoir et laisser descendre des passagers bien habillés.

— Bonsoir, inspecteur, dis-je. Je peux faire quelque chose pour vous ?

Comme d'habitude, l'inspecteur Andy Wilton va droit au but.

— L'échantillon prélevé sur la robe de votre mère nous a permis d'établir une correspondance avec celui d'un membre de la famille. Ça n'a pas été facile de trouver la trace de ses proches, mais l'ADN est celui d'une dénommée Linda Taylor.

— Ah bon ?

— Elle a travaillé pendant quelque temps chez le frère de feue Hannah Burgess, ce qui nous laisse supposer que c'est à cette occasion qu'elle a eu l'idée d'endosser l'identité de la défunte. Surtout, nous avons pu établir un lien entre elle et Jean Palmer : elles ont été colocataires un moment.

— Est-ce que ça signifie que Hannah l'a…

— Rien n'est encore certain à ce stade, mais je peux vous dire que ça fait de Linda Taylor, *alias* Hannah Burgess, une suspecte dans la mort de Jean Palmer.

— Vous pensez qu'elle aurait pu la tuer ? Et qu'elle serait revenue à Lake Hall après que le crâne a été trouvé ? Mais pourquoi ?

— Une de nos hypothèses, c'est que Jean Palmer l'a peut-être menacée de révéler sa véritable identité, et que Hannah a décidé de la faire taire. Il se peut qu'elle ait appris par les journaux qu'un crâne avait été trouvé dans le lac et qu'elle soit revenue pour garder un œil sur ce qui se passait. Il n'est pas rare que les criminels essaient de s'immiscer dans les investigations de la police. Ça leur donne l'illusion de maîtriser le cours des événements. Quoi qu'il en soit, nous sommes persuadés qu'il ne s'agit pas d'une coïncidence si elle a disparu de nouveau après que nous avons identifié Jean Palmer.

— Elle avait peur que vous puissiez remonter jusqu'à elle ?

— C'est une possibilité que nous prenons en compte.

— Seigneur…

— Nous ferons tout ce qui est en notre pouvoir pour la localiser, ne vous inquiétez pas. De votre côté, pourriez-vous me prévenir si elle vous donne des nouvelles ?

— Bien sûr. Vous pensez qu'elle réapparaîtra dans la région ?

— À mon avis, elle est déjà loin. Mais nous allons tout mettre en œuvre pour retrouver sa trace.

— En tout cas, merci de m'avoir tenue au courant, inspecteur. C'est vraiment très gentil à vous.

J'appelle ma mère pour lui annoncer la nouvelle.

Je rentre tard à Lake Hall, mais ma mère m'a attendue. Elle rayonne.

— Ils ne penseront jamais à la chercher ici, me dit-elle. Plus maintenant. Bon sang, je ne peux toujours pas le croire…

Elle nous sert un remontant et me tend un des verres.

— Tchin-tchin ! lance-t-elle. À la conclusion de cette histoire. Enfin !

— Santé.

Je suis totalement prise de court quand elle tente de m'enlacer. Nos pommettes se heurtent et j'esquisse un mouvement de recul. C'est plus fort que moi.

Elle s'écarte aussitôt, comme si elle s'était brûlée à mon contact.

— Excuse-moi, dis-je, je ne voulais pas…

— Non, je comprends.

— C'est juste que…

Je ne sais pas comment terminer ma phrase. Ma mère approche sa main de ma joue, puis se ravise et la laisse retomber.

Cette fois, c'est moi qui m'avance vers elle pour la prendre dans mes bras.

— Désolée pour ma réaction, maman. Ce n'était qu'un petit souvenir de Hannah.

Remerciements

Les idées de Hellen Heller ont contribué à façonner ce roman et ses personnages du premier au dernier mot. Merci d'avoir fait de ce travail une telle partie de plaisir !

Un immense merci aussi à mes éditeurs, Emily Krump à New York et Emily Griffin à Londres, dont les remarques pertinentes et le soutien généreux m'ont permis d'améliorer considérablement cet ouvrage. De même, des remerciements très chaleureux à Julia Elliott et à Becky Millar.

Le soutien de Liate Stehlik chez William Morrow et de Selina Walker chez Century & Arrow m'est particulièrement précieux. Merci à vous deux.

Les équipes chargées du commercial, du marketing, des relations publiques et de la production jouent un rôle capital dans le succès d'un livre. Toute ma gratitude à Jen Hart, Lauren Truskowski, Molly Waxman et Kaitlin Harris aux États-Unis, à Sarah Harwood, Sarah Ridley, Natalia Cacciatore et Linda Hodgson au Royaume-Uni, et à tous ceux qui travaillent sur mes romans.

Les collaborateurs de HarperCollins Canada ont droit à une mention spéciale. Merci à Leo Macdonald pour son soutien (et ses photographies inspirantes), et aussi à Mike Millar et au reste de la remarquable équipe de Toronto.

Merci à Ceara Elliot pour les magnifiques projets de couverture.

Merci mille fois également à Jemma McDonagh, Camilla Ferrier et toute l'équipe de la Marsh Agency. J'apprécie énormément tout ce que vous avez fait.

Merci aux éditeurs qui mettent en traduction mes livres sur le marché international, et à toutes les équipes qui collaborent avec eux. Je leur suis très reconnaissante et j'ai été ravie de rencontrer certains d'entre vous en personne cette année.

J'ai de la chance de pouvoir travailler avec des personnes aussi compétentes et bienveillantes.

Libraires, blogueurs, critiques, auteurs et lecteurs font tous partie de cette communauté solidaire et généreuse qui rend mon métier si agréable, même les mauvais jours. Merci infiniment à vous.

Plus près de moi, merci aux deux inspecteurs à la retraite qui m'ont généreusement offert leur temps et leurs conseils au sujet des enquêtes policières. Nous n'avons pas eu l'occasion de discuter de cet ouvrage, mais je vous promets une invitation à déjeuner pour le prochain ! J'assume l'entière responsabilité d'éventuelles erreurs dans les procédures et des libertés que j'ai prises avec elles dans ce roman.

À Abbie Ross, ma partenaire d'écriture, Annemarie Caracciolo, Philippa Lowthorpe et d'autres amis, merci pour vos encouragements.

À Sean Burrows, Nick Lear, Jrae Davis, Ben Sheperd, John Hewer, Brett Marsden, Jake Burrows et Richard

Banister, merci de m'avoir aménagé un nouveau bureau durant la période où j'écrivais ce livre. C'était amusant de travailler à côté de vous.

Ma famille a fait preuve d'une patience incroyable pendant la rédaction de ce roman. Jules, merci pour les omelettes et le vin rouge. Rose, Max et Louis, merci à vous aussi. Je ne pourrais pas être plus fière de vous.

Composition et mise en pages
Nord Compo à Villeneuve-d'Ascq

Imprimé en Espagne par
Liberdúplex
à Sant Llorenç d'Hortons (Barcelone)
en mai 2021

POCKET – 92, avenue de France - 75013 Paris

S31587/01